☆普通高等教育"十一五"省级规划教材

管 理 学

◆ 理论、方法与实践 ◆

丁家云　谭艳华　主编

中国科学技术大学出版社

·合 肥·

内 容 简 介

本书是普通高等教育"十一五"省级规划教材,系统地介绍了管理的基础、管理理论的形成和发展、管理的职能等。本书创新之处主要有二:一是体例创新。各章在介绍理论知识的同时均设有管理聚集、知识链接和小案例等栏目。同时,各章末尾均附有案例分析,有助于读者全面掌握管理理论,提高解决实际问题的能力;二是内容创新。系统地介绍了中国管理思想的发展脉络,将企业社会责任投资、善因营销,管理绩效等纳入管理学知识体系,详细介绍了管理学前沿理论。

本书可作为高等学校各相关专业的本、专科生教材,或作为企业事业单位管理者的岗位培训教材,也适合对管理感兴趣的读者阅读。

图书在版编目(CIP)数据

管理学:理论、方法与实践/丁家云,谭艳华主编. —合肥:中国科学技术大学出版社,2010.9

(普通高等教育"十一五"省级规划教材)

ISBN 978-7-312-02723-9

Ⅰ. 管…　Ⅱ. ①丁…②谭…　Ⅲ. 管理学—高等学校—教材　Ⅳ. C93

中国版本图书馆 CIP 数据核字 (2010) 第 135496 号

责 任 编 辑:张善金
出　版　者:中国科学技术大学出版社
地　　　址:合肥市金寨路 96 号　邮编:230026
网　　　址:http://www.press.ustc.edu.cn
电　　　话:发行部 0551-3602905　邮购部 0551-3602906
印　刷　者:合肥学苑印务有限公司
发　行　者:中国科学技术大学出版社
经　销　者:全国新华书店
开　　　本:710mm×960mm　1/16
印　　　张:23.25
字　　　数:528 千
版　　　次:2010 年 9 月第 1 版
印　　　次:2010 年 9 月第 1 次印刷
印　　　数:1—5000 册
定　　　价:35.00 元

序①

收到丁家云教授、谭艳华教授主编的安徽省"十一五"规划教材《管理学》的书稿、编写大纲及邀请作序的信函等材料之后,我认真通读了所有资料,总体感觉这是一部内容丰富、体系完整、通俗易懂、可读性强的好教材。

一般来说,一本优秀的教材应该具备视野开阔、资料丰富、信息量大、语言简洁、通俗易懂、论述精辟等特点。本教材在形式上开创多种专栏,如:小案例、知识链接、管理大师、管理前沿等;在内容上,增加了中国管理思想和管理绩效等章节;同时,引入大量的实践性经典案例,这就使得该教材较之其他同类教材更具有生动性、启发性和实用性。因此,本教材基本具备了一本优秀教材的特点。具体体现在以下几个方面:

(1) 本教材是由教学团队按精品课程的要求精心编写而成。这部《管理学》是省级《管理学》精品课程建设的重要成果,它是以中青年管理学教师为主的教学团队集体智慧的结晶。其整个编写过程严谨,质量控制严格,既是编者们长期教学与科研经验的汇集与总结,又是他们的敬业精神与精益求精态度的良好体现。俗话说,"态度决定一切",编者们认真的编写态度和负责的精神极为可贵,值得称赞。综观整个整理成册的编写材料和编写过程,不难发现,编者们为之付出了大量的心

---

① 本序言是南京师范大学博士生导师许崇正教授2008年8月为本书初版所作。

血。从规划教材的申报材料、讲义、教材编写大纲的准备,到教材编写规范要求的制定和编写任务安排,再到数易其稿,多次与出版社联系沟通,直到教材完全定稿,确实做到了充分的前期准备、严格的编写过程控制和圆满的后期出版。这种严谨的研究态度和作风,是教材高质量的根本保证。因此,可以说,正是由于有较高素质的教学团队,加上认真细致的工作以及严格的编写过程控制,才编写成了这本质量较高的优秀教材。

(2)教材结构合理、逻辑性强、有一定的创新。全书以管理过程为线索来安排章节体例,既符合当今管理学教材体系的主流,又不拘泥于传统教材的结构,创新了管理学编写的结构安排,具体可以分为四大部分:即管理基础、管理过程、管理效果评价和管理理论新发展。这样编排,既适合老师讲授和易于引导学生进入管理学这门科学的殿堂,又适应大学生们深入系统学习管理学知识的需要。创新之处主要体现在:增加了对管理效果评价的内容,即管理绩效,这就是说管理活动本身也要进行管理;把中国管理思想单独成章,较为系统地梳理了中国古代、近代、现代管理思想的发展脉络,这些在同类教材中都是不多见的。

(3)内容新颖、信息量大、时代性强。改革开放已经三十多年,但我国的管理学研究和教学与世界管理学的发展仍存在较大的差距,为了缩短这种差距,急需一些优秀的管理学教材。加之在知识经济和信息技术时代,世界信息瞬息万变,唯一不变的就是变化,为了使我们培养的学生具有广阔的视野,能够适应时代发展的要求,掌握必备的管理知识十分重要。因此,在本教材中,有比较多的背景知识的介绍,如管理大师、知识链接、管理前沿所反映的内容,力求让学生了解管理的来龙去脉及其重要性;且有专门章节介绍中国管理思想,这与管理本土化、实践化的思想是一致的,也适应了 21 世纪国际管理学界推崇中国式管理的新形势,符合我国的基本国情;此外,本教材对当今在国内外广为流传的管理理论进行了较多的介绍,如业务流程再造、学习型组织、虚拟企业等。

(4) 体例新颖、通俗易懂、可读性强。要想切实做到让学生喜欢,让教师满意,在教材体例上的不断创新是非常重要的。该教材每章内容主要由学习目标、课程内容、思考与练习、课后案例等部分构成。这种创新设计可以增强学生学习的兴趣,加深学生对课程内容的理解和认识。同时,该书既注重理论知识的阐述,也注意在体例上增加一些精心设计的小栏目,如管理方面的一些小故事、一些公司成功和失败的小案例、一些管理学者的人生经历等,在很大程度上避免了纯粹的理论说教而给学生能力培养造成的障碍,引人入胜,可读性强。

作为安徽省省级规划教材,该书的出版,为广大本专科生学习管理学这门课程又多了一种选择,也可作为党政事业单位干部和企业管理人员培训用书,对广大管理者及从事管理学研究的同志有较高的参考价值。

2008 年 8 月

前　言

由丁家云、谭艳华教授合作主编的《管理学》一书,于2008年8月由中国科学技术大学出版社出版已经两年了。其间编者与使用该书作为教材的教师、学生及其他读者进行了多种形式的沟通,就教材在框架结构、体例、栏目设计、内容等方面的想法和问题做了一些交流,商讨修订的设想和方案。同时,编者也在教材出版后的两年里,不断探索和研究,并认为,在管理领域,新的理论和方法层出不穷,必须及时跟上发展的脚步,否则,教材内容落后于实际情况的发展,会在一定程度上影响人才培养的质量。基于以上两点考虑,我们决定对教材作出修订,并将书名更名为《管理学——理论、方法与实践》,以期更好地满足广大高校学生、教师和其他读者学习管理知识的需要。

本次修订主要是从两个方面着手:

1. 章节调整

修订后全书共分为十二章。原来的第二章西方管理理论的形成和发展,第三章中国管理思想的形成与发展和第十五章管理前沿,三章合为一章,即现在的第二章管理理论的形成与发展,分为五节,分别是:第一节古典管理理论;第二节行为科学理论;第三节现代管理理论;第四节中国管理思想;第五节管理前沿。原来的第十四章管理绩效从全书内容中删除。其他十一章的章节标题没有变化。

2. 内容的更新

在修订的过程中,我们对教材使用中出现的问题进行了修改和完善。同时,另外一项重要工作,就是对教材的内容进行了一定的更新,特别是更换和充实了大量新的案例和知识链接。

新版书仍由丁家云和谭艳华教授担任主编,修订工作分工如下:丁家云执笔第一章,谭艳华、王亮和孙晓波共同执笔第二章,王彦长执笔第六章和第十章,王亮执笔第五章,叶六奇执笔第十一章,雷勋平执笔第三章和第四章,孙晓波执笔第十二章,蒋文生执笔第八章和第九章,张静执笔第七章。

限于水平,新版书中仍会存在不足和疏漏之处,敬请同行专家和广大读者批评指正。

编　者

2010 年 6 月

2008 版前言

　　管理的实践活动可以追溯到遥远的古代人类文明,管理活动的历史和人类历史一样悠久,但是,管理作为一门学科却只有百年的历史,相对于其他学科来讲,还是一门比较年轻的学科,所以,为数众多的管理研究者和实践者一直在进行着不懈的努力,为管理学科体系的建立作出了卓越的贡献。同时,随着时代的不断变化,人类有组织的集体活动越来越复杂,迫使我们的管理学者和实际工作者不断地探寻和运用新的管理理论,使得管理理论能够和我们的现实世界紧密地结合在一起,中外的管理研究者在这方面做得很好。但是,我们还要知道,一门学科的知识必须经过有效的传播才能为人们所掌握,并且很好地为人们所运用,管理学科也是一样,那么,这一责任理所当然地落在管理的教育者身上。管理的教育者通过什么样的方式向人们传授管理的基本知识和操作技能呢? 教材、教学方法、硬件设施等都是影响管理教育效果的因素,而教材是第一重要的因素,有了体系完整、能够反映时代特点的教材,管理教育成功的可能性就增加了很多。谁来提供这样的教材呢? 同样也是管理的教育者,因为他们最了解受教育者需要什么。基于此,我们这个从事管理教育的团队,很早就产生了编写一本"管理学"教材想法。

　　是什么让我们的这个愿望变成了现实呢?"高等学校教学质量和教学改革工程"是教育部制定的《2003～2007 年教育振兴行动计划》的重要组成部分,其中有一项任务是建设 1500 门精品课程;《教育部关于启动高等学校教学质量与教学改革工程精品课程建设工作的通知》(教高[2003]1号文)中也明确提出:精品课程是具有一流教师队伍、一流教学内容、一流教学方法、一流教材、一流教学管理等特点的示范性课程。各高等学校都严格按照教育部的要求,在已有课程建设的基础上,进行着不同级别的精品课程建设,我院的管理学课程在课程组全体教师的长期共同努力下,有幸地成为我院第一门省级精品课程(见教密高[2005]66号),课程主持人为丁家云教授。在管理学课程建设中,我们始终如一地按照"一流"的要求从教学内容、教学方法、教材和教学管理等方面进行操作,推出了管理学网络课程,在院内外进行推广,取得了良好的资源共享效益;积极申报和精品课程建设相关的教研课题,如谭艳华教授申报的《省级精品课程建设质量保障体系研究》获教育厅立项(项目编号2007jyxm445),其研究成果丰富了课程建设领域的理论研究;培养了一支高素质的管理学教学团队,整个团队的教师刻苦钻研、重视教学经验的交流沟通,有着高水平的教学质量,每个成员都多次获得优秀教学质量奖,并有多篇教研论文发表。有了这样一支精诚合作的团队,有了这么多年的从事管理学课程建设的经验,大家组织在一起编写一本管理学教材,在时间上和经验上也就有了非常可靠的保障。

在本书的编写过程中,我们对内容体系和知识结构进行了认真的思考,决定按照管理的过程来安排全书的逻辑体系,并要求参加编写的人员把握三点要求:一是扩大信息量,同时要给授课教师留有充足的发挥空间。为此,特设了许多小栏目,来解释管理理论是如何运用的,或者提供一些加深学习以及引发学生思考的内容;二是理论知识和实践知识要保持合适的比例,方便读者对所学知识的理解和运用,在每一章内容后面,我们都设有案例分析;三是以成熟的理论为基础,吸收管理学发展的最新成果,如和谐管理理论、中国管理思想的研究。在结构安排上,可以分为四大块:第一大块为管理的基础,包括第一章管理学导论、第二章西方管理理论的形成与发展、第三章中国管理思想的形成与发展、第四章管理伦理与社会责任;第二大块为管理的过程,包括第五章决策、第六章计划、第七章组织、第八章人力资源管理、第九章领导、第十章激励、第十一章沟通、第十二章控制和第十三章创新；第三大块为对管理结果的评价，包括第十四章管理绩效；第四大块为管理理论的新发展，包括第十五章管理前沿。

我们希望在上述要求指导下编写出来的教材能够适用于大学本专科各专业管理学教学的需要，同时可以作为各类人员学习管理学知识的自学教材和参考书。

本书是集体智慧和力量的结晶，在所有参编人员的共同努力下，实现了编写的初衷，达到了预期的目标。由于本书内容先进，质量上乘，因而被确定为安徽省普通高等学校"十一五"规划教材。本书也是团结合作的成果，撰稿分工如下：

丁家云　教　授：第一章

谭艳华　教　授：第二章

王彦长　副教授：第七章、第十一章

王　亮　讲　师：第三章、第六章

叶六奇　讲　师：第十二章、第十四章

雷勋平　硕　士：第四章、第五章

孙晓波　硕　士：第十三章、第十五章

蒋文生　讲　师：第九章、第十章

张　静　硕　士：第八章

在编写过程中，我们得到了许多同行专家和同事们的大力支持和帮助，南京师范大学副校长、博士生导师许崇正教授在百忙中审阅了本书的全部内容，并欣然为本书作序，对本书的出版给予了高度的评价；铜陵学院工商管理系主任吴杨教授为本书的出版做了大量的工作；铜陵学院工商管理系的老师们对本书的出版也以不同的方式给予了鼎力相助与支持，在此一并表示深切的感谢！此外，我们还参阅了大量的相关著作、教材和案例资料，在此谨向这些作品的作者、译者表示由衷的

感谢。

　　尽管我们做了许多努力,希望这本书的出版能得到广大学生和其他读者的喜爱,但是限于水平,书中的不足之处在所难免,恳请各界人士批评指正。

编　者

2008 年 4 月

目　　录

第一章　　管理和管理学

学习目标

1. 掌握管理的含义和性质。
2. 理解并掌握管理的基本职能。
3. 领会管理者扮演的角色和技能。
4. 了解管理学的研究对象和研究方法。

　　管理活动自古有之,人类社会的发展史同时就是一部管理发展史。管理作为人类社会活动中最重要的一项活动,广泛地存在于社会生活的各个领域,它是一切有组织的活动所必不可少的组成部分,即凡是两人以上进行共同劳动,就必然存在管理。

　　管理活动的出现,促使人们对此进行经验总结,并初步形成了一些零散的管理思想,这些我们可以从中外的文字记载中获得。尽管各类组织的管理活动有其特殊性,但其中又有些共性的东西,即管理应该遵循的普遍规律、基本原理和一般科学方法,这便是管理学的研究对象。管理学是一门系统研究人类管理活动的普遍规律、基本原理和一般方法的科学,是一门集交叉性、边缘性、综合性和应用性的科学。从学科的角度来看,管理学包括管理科学与工程、工商管理、农业经济管理、公共管理和图书馆、情报与档案管理。

　　掌握和学习管理理论、原理、方法和技巧,对于现代社会实践和管理工作具有重要的指导和借鉴意义。本章主要从管理的概念和性质、管理的职能和管理者、管理学的研究对象及研究方法来阐述管理和管理学。

第一节　管理的概念和性质

　　在人类历史上,还很少有什么事比管理的出现和发展更为迅猛,对人类具有更为重大和更为激烈的影响。

——彼得·德鲁克

一、管理的起源

管理的历史源远流长,有共同劳动的地方就有管理。它和人类的历史一样悠久,人们在共同劳动中为有效地达到一定的目标,需要开展有组织的活动,于是有了最早的管理活动,同时随着人类社会的发展而发展。早在人类社会文明的初期,生产力水平极其低下,单靠人类个体用简陋粗糙的石器、木器等难以同各种凶猛的野兽及大自然斗争,于是人们联合起来,协同行动,选择最佳攻击部位和时机去捕捉猎物。此时人们脑海中没有管理的概念,其行为也没有管理理论的指导,没有管理者和被管理者,但其行为是为了达到共同目标而协同劳动,具有管理的一般特征,从某种意义上讲,这可以说是管理的萌芽。公元前 17 世纪中国商代,国王已统辖、指挥几十万军队作战和管理上百万分工不同的奴隶进行生产劳动。中国历代帝王的管理机构和治国典章制度是相当复杂和完备的,包含着许多中国传统管理思想和管理智慧。在西方文明发源地的希腊、罗马、埃及、巴比伦等文明古国中,管理在文化、生产、法律、军事、建筑、艺术等许多方面也有光辉的实践。埃及金字塔、巴比伦"空中花园"、中国长城等伟大的古代建筑工程都证明:在几千年前人类已能组织、指挥、协调数万乃至数十万人的劳动,能历时多年完成计划周密的宏大工程,这些都是人类管理实践活动的骄傲。

二、管理的概念

管理的概念是管理学中最基本的范畴。由于管理涉及面很广,古今中外的学者都是根据某种需要来看待管理,研究管理,对管理研究的侧重点各不一样。经济学家认为,管理是生产运转的一个条件,没有管理就没有生产,在现代社会,管理和科学技术一样,也是一种生产力,管理和科学技术已经成为推动现代社会飞速前进的两只翅膀;社会学家认为,管理是一种职权系统,从人类历史来看,管理最初是由少数上层人物来决定普通成员的行动,后来一些管理部门开始实施家长式管理,再以后便出现了规章管理,劳动者既是管理的对象又是管理的主体[①]。

但是,关于管理的概念,迄今为止,仍然没有公认和统一的定义。归纳起来,

---

① 刘军跃. 管理学[M]. 上海:信会计出版社,2009:3.

主要有以下三种主流观点：

（1）"管理职能说"。持这种观点的学者认为，管理就是行使相关管理职能。例如，西蒙认为"管理就是决策"；法约尔认为"管理由计划、组织、指挥、协调和控制五种要素构成"。

（2）"管理活动说"。普伦基特和阿特纳认为，管理是"一个或多个管理者单独或集体通过行使相关职能（计划、组织、人员配备、领导和控制）和利用各种资源（信息、原材料、货币和人员）来制定并实现目标的活动"；刘跃军指出"管理是由一个或者更多的人来协调他人的活动，以便收到个人单独活动所不能收到的效果而进行的活动"。

（3）"管理过程说"。罗宾斯认为，管理是指同别人一起，或通过别人使活动完成得更有效的过程，这个过程既重视效率，又重视效果；杨文士和张雁将管理定义为"组织中的管理者通过实施计划、组织、人员配备、指导与领导、控制等职能来协调他人的活动，使他人同自己一起实现既定目标的活动过程"；刘易斯等人指出，管理是有效支配和协调资源，并努力实现组织目标的过程；徐国华认为管理是"通过计划、组织、控制、激励和领导等环节来协调人力、物力和财力资源，以期更好地达成组织目标的过程"。

上述定义从不同角度、不同侧面阐述了管理的定义，或者揭示了管理某一方面的属性。综合已有的研究成果，本书将管理定义为：管理是指在一定的管理环境下，组织为了实现个人无法实现的目标，综合运用各项管理职能，合理分配和协调相关资源特别是人力资源以实现组织目标的过程。该定义可以从以下几方面做进一步的解释：

（1）什么地方需要管理？——管理的载体。凡是有两个及两个人以上共同劳动的地方（即组织），就存在和需要管理，管理的载体就是组织。具体包括国家机关、企事业单位、政治党派、社会团体以及各种宗教组织等。

（2）管理的本质是什么？——管理的过程。管理的本质是一个分配和协调资源的过程，在这个过程中，既重视效率，又重视效果。

（3）由谁来管理？——管理的主体。管理的主体是管理者，是整个管理的核心，协调资源、组织活动、实现目标等管理行为都需要管理者去实施、去执行，管理者是整个管理系统的驾驭者。作为管理的主体，管理者既表现为单个管理者，又表现为管理者群体及其构成的管理机构。

（4）管理什么？——管理的客体（或对象）。管理者是对管理客体（或管理对象）进行管理的。它既包括不同类型的组织，也包括各组织中的各种资源，如人力资源、财力资源、物力资源、时间资源和信息资源等。在所有的资源中，人力资源是最为重要的,人是首要的因素,因而管理要以人为中心。

(5)在什么情况下管理?——管理环境。管理总是在一定的环境中进行的,而管理环境是指影响组织活动的各种内外部因素的总称。管理行为依一定的环境而存在,并受到管理环境的重要影响。

(6)如何管理?——管理的职能。管理就是运用决策、计划、组织、领导、控制和创新六大职能进行的活动过程。

(7)为何要管理?——管理的目的。管理的目的是实现组织既定的目标,这个目标是个人无法实现的,必须通过组织的力量才能实现,这也是建立组织的原因。

案例

动物园管理员和袋鼠的故事

动物园管理员们发现袋鼠从笼子里溜了出来,怀疑是笼子不够高,于是将原来的50米的笼子加高到80米,然而没想到,隔天居然又看到袋鼠全跑到外面,于是管理员们大为紧张,决定一不做二不休,将笼子的高度再加高到100米。一天长颈鹿和几只袋鼠们在闲聊。"你们看,这些人会不会再继续加高你们的笼子?"长颈鹿问。

"很难说。"袋鼠们回答,"如果他们再继续忘记关门的话!"

结合案例谈谈,什么是管理? 管理的根本是什么?

三、管理的性质

从管理的基本意义来看,一是组织劳动,二是指挥和监督劳动,即具有同生产力社会化生产相联系的自然属性,同生产关系、社会制度相联系的社会属性,即通常所说的管理的两重性,这也是管理的根本属性;从管理的实践过程来看,管理过程中既要遵循客观规律的科学性要求,又要发挥人的主观能动性,体现管理的灵活性和艺术性,做到科学性和艺术性的辩证统一,这也是管理的特殊属性;从整个人类社会的发展历程和管理产生的历史来看,管理活动无处不在,这就是管理的一般属性,即管理的普遍性。

(一)管理的根本属性——自然属性和社会属性

管理是人类共同劳动的产物,它具有两种根本属性,即管理的自然属性和管理的社会属性。通常,我们把管理的自然属性和社会属性称为管理的二重性,具体参考图1-1。其中,管理的二重性是马克思主义关于管理问题的基本观点。马克思在《资本论》中指出："一切规模较大的直接社会劳动或共同劳动,都或多或少地需要指挥,以协调个人的活动,并执行生产总体的运动——不同于这一总体的独立器官的运动——所产生的各种一般职能。"

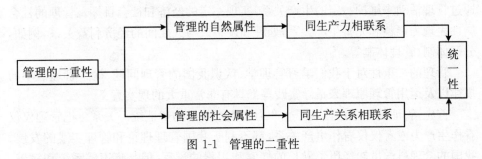

图 1-1 管理的二重性

1. 管理的自然属性

管理的出现是由人类活动的特点决定的。如果没有管理,一切生产、交换、分配活动都不可能正常进行,社会劳动过程就要发生混乱和中断,社会文明就不可能延续。可以看出,管理是人类社会活动的客观需要,是人类社会共同劳动的一般要求。

管理也是社会劳动过程中的一种特殊职能。管理在人类社会劳动过程中具有特殊的作用,只有通过管理才能把实现管理过程所必需的各种管理要素结合起来,以发挥整体效能。

管理也是生产力。任何社会、任何企业,其生产力是否发达,都取决于它所拥有的各种经济资源和各种生产要素是否得到了有效的利用,都取决于从事社会劳动的人的积极性是否得到了充分的发挥,而这两者均依赖于管理。我们提倡科学技术是生产力,但科学技术的发展本身就离不开有效的管理,并且只有通过管理,科学技术才能转化为真正的生产力。

由此可见,管理具有不以人的意志为转移而有所改变的性质,这实质上是一种客观存在,我们称之为管理的自然属性。管理的自然属性反映了社会劳动过程本身的要求,在分工协作条件下的社会劳动,需要通过一系列管理活动把人力、资金、物质等各种要素按照一定的方式有效地组织起来,才能顺利进行。

2. 管理的社会属性

管理作为人类的一种活动,只有在一定的社会历史条件下和一定的社会关系中才能进行。管理可以看作是与生产关系相联系的一种"监督劳动",是管理执行者维护和巩固生产关系,实现特定生产或业务活动目的的一种职能,这就是管理的社会属性。换句话说,管理是在一定的生产关系条件下进行的,必然体现出生产资料占有者指挥劳动、监督劳动的意志,因此,它具有同生产关系、社会制度相联系的社会属性。

管理的社会属性体现了统治阶级的利益和要求,在一定的生产方式下,需要通过管理活动来维护一定的生产关系,实现一定的经济和社会目标。管理的社会属性表现为调整和完善生产关系,处理和调整人与人之间的经济利益关系,例如,分配体制、管理体制等。

管理的二重性对于我们学习管理学、认识我国的管理问题、探索管理活动的规律以及运用管理原理来指导实践等都具有非常重大的现实意义。

首先,管理的二重性体现了生产力和生产关系的辩证统一关系。把管理仅仅看作生产力或者仅仅看作生产关系,都不利于我国管理理论和管理实践的发展。我国的管理科学虽然经历了漫长的探索和积累的过程,但是还不够系统和完善。因而,要求我们总结自身的经验教训,必须遵循管理的自然属性的要求,并在充分体现社会主义生产关系的基础上,分析和研究我国的管理问题,力求建立具有中国特色的管理科学体系。

其次,西方的管理理论和管理方法是人类长期从事生产实践的产物,是人类智慧的结晶,它同生产力的发展一样,具有连续性,是不分国界的。因此,我们要在继承和发展我国过去的管理经验和管理理论的同时,注意学习和借鉴国外先进的管理理论和管理方法,根据我国的国情,融会贯通,为我所用。

(二) 管理的特殊属性——科学性和艺术性

1. 管理的科学性

管理的科学性是指管理作为一个活动过程,其间存在一系列客观规律,即人们在实践中,通过总结所建立的系统化的理论体系,包括一系列反映管理活动过程客观规律的管理理论和一般方法。人们反过来利用这些理论和方法指导管理实践,并以管理活动的结果来衡量和评价管理过程中所使用的理论和方法的正确与错误,从而使管理的科学理论和方法在实践中得到不断的丰富和发展。因此,管理是一门科学。其主要表现为:

(1) 客观的规律性。管理科学是人类在长期从事社会生产实践活动中,对管理活动规律的总结。管理科学揭示了管理的规律性,形成了该学科的原则、程序和方法,对管理者给予普遍指导,是管理成为理论指导下的规范化的理性行为。

(2) 严格的程序性。科学的逻辑在管理中表现为一种严格的程序化操作,管理者按照决策、计划、组织、领导、控制、创新等职能从事管理活动,体现管理活动的程序性这一重要特征。

（3）重要的技术性。管理和科学技术一样,都是生产力,具有很强的应用性,管理理论只有转化为具体的管理技术和技能才能发挥重要作用。在现代管理学中,诸多管理技术又被转化为各种管理软件和具体的技能操作,促使具体管理任务的有效完成。

2. 管理的艺术性

管理的艺术性就是强调管理的实践性,没有实践就没有艺术。它是一种随机的创造性工作,不像有些科学可以通过单纯的数学求得最佳答案,也不可能为管理者提供解决问题的具体模式,只能使人们按照客观规律的要求,实施创造性管理,因人而异,因时而异,这便是管理的艺术性。鉴于管理中存在着许多未知的、灵活的、模糊的因素,管理人员在管理实践中,必须发挥其积极性、主动性和创造性,因地制宜地将管理知识和具体管理活动结合起来,方能有效地进行管理。因此,管理的艺术性就是要求管理者除了掌握一定的管理理论和方法外,还要具备灵活运用这些知识和技能的诀窍。

在管理活动中,管理的艺术性具体表现如下:

（1）灵活的应变性。在管理实践中,管理者会遇到各种意料之外的事件,是否具备随机应变的能力,就显得十分重要。特别是在组织中,会经常出现重大变故,管理者灵活的应变性起着决定性的作用。

（2）巧妙的策略性。管理作为一种手段,不仅需要运用智慧进行战略层面上的帷幄与运作,更需要策略层面上的巧妙操作。管理认为做正确的事情和正确地做事情同等重要。

（3）完美的协调性。管理者在组织中需要协调各种关系,包括组织部门之间、员工之间、领导之间以及员工与员工之间,都需要管理者来协调。管理者只有具备完备的协调能力才能成功地协调各方面的关系,这对管理者本身也是一个重大的考验。

管理科学是反映管理领域中的客观规律的知识体系,管理艺术则是以管理知识和经验为基础,富有创造性管理技巧的综合。对于学习管理学的人来说,不能把管理学当作一般的知识性学科进行学习,也不能简单地当作完成职业任务的操作技能来学习,而应该从管理科学、管理艺术两个层面学习和探讨管理学,既不能盲目地偏信管理的科学性,也不能盲目地追求管理的艺术性,应该做到管理的科学性和管理的艺术性的辩证统一,在管理实践中,一方面把握管理的客观规律,同时又发挥人的主观能动性,使自身修炼成一个出色的管理者。

（三）管理的一般属性——管理的普遍性

组织对管理需要的程度是多少? 我们可以认为,对于所有的组织而言,管理都是绝对必要的,这就是管理的普遍性,见图1-2。

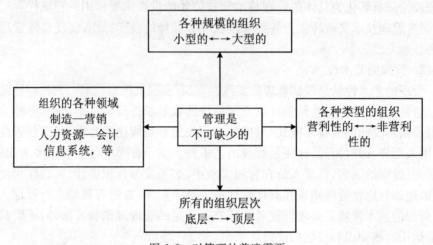

图 1-2　对管理的普遍需要

(资料来源:罗宾斯.管理学[M].第7版.孙健敏,等译,北京:中国人民大学出版社,2003.)

无论组织规模的大小,无论在组织的哪一个层次上,无论组织是从事何种工作,无论这个组织位于哪一个国家,都必须进行管理。

第二节　管理的职能与管理者

一、管理的职能

管理活动表现在管理的各种职能中。由于分工的发展和管理工作的专业化,人们在管理活动中划分出一系列相对独立的具体活动,这便构成了管理的职能。在管理实践中,绝大多数管理者并不执行全部的管理职能,而是承担某一方面,执行部分管理职能。

关于管理的职能至今尚无定论,不同的管理学者有着不同的观点。20世纪初,法国著名管理学家法约尔提出,所有管理者都行使着五种管理职能:计划、组织、指挥、协调和控制。此后,西方学者在此基础上,不断发展和补充,提出了各种观点,详见表1-1。

表 1-1　西方管理学者关于管理职能划分的主要观点

年份	学者 \ 职能	计划	组织	指挥	协调	控制	激励	调集资源	通信联络	决策	人事	创新
1916	法约尔	√	√	√	√	√						
1934	戴维斯	√				√						
1937	古利克	√	√	√	√				√		√	
1947	布朗	√	√	√			√					
1951	纽曼	√	√								√	
1955	孔茨	√									√	
1956	特里	√	√			√						
1958	麦克法兰	√										
1959	西蒙									√		
1964	梅西	√								√		
1964	米	√				√	√			√		√
1966	希克斯	√							√			√

（资料来源：刘跃军.管理学[M].上海：立信会计出版社，2009.）

　　我们认为管理的职能包括以下六种：决策、计划、组织、领导、控制和创新。六种管理职能有着自己独特的表现形式。决策职能通过对各种方案的选择表现出来；计划职能是决策职能的具体延伸；组织职能通过对组织结构的设计和组织人员的配备表现出来，具体又可以细分为组织设计、人力资源管理和组织变革等内容；领导职能通过领导者和被领导者的关系表现出来，具体包括领导、激励和沟通职能；控制职能通过对偏差的识别和纠正表现出来；创新职能则是通过组织提供的服务或产品的更新以及其他管理职能的变革和改进来表现的，现代管理中，更强调创新职能，创新职能是各项管理职能的灵魂，创新无处不在、创新无时不在。

（一）决策

　　决策是组织或个人为了实现某种目标而对未来一定时期内有关活动的方向、内容及方式的选择或调整过程。简单地说，决策就是定夺、决断和选择。决策是计划的核心问题，只有对计划目标和实施办法等要素进行科学合理的决策，才能制定出科学合理的计划。决策的主体是管理者，决策的目的不仅仅是为了解决问题，有时也为了利用机会。一般认为，决策是管理工作的本质。管理的各项职能——计划、组织、领导、控制和创新都离不开决策。

（二）计划

组织中所有层次的管理者，包括高层管理者、中层管理者和基层管理者，都必须执行计划职能。计划职能是确立组织目标及实现目标途径和方法的活动。所谓计划，就是指"制定目标并确定为达成这些目标所必需的行动"。组织中的高层管理者负责制定组织战略，相应地，组织中层管理者和基层管理者则必须为其工作小组制定经营计划，以便为实现组织总体目标而做出贡献。

（三）组织

计划的执行离不开组织中人员的合作。通过计划职能解决了"干什么"的问题，但要实现目标，还必须建立机构和配备人员，解决"谁来干"的问题，这就是组织职能所要完成的任务。组织职能的形成正是源于人类对合作的需要，具体地可以延伸到现代组织的人力资源管理。合作能够形成一股合力，即我们通常所说的"1＋1＞2"的效应。如果在执行计划的过程中，通过良好的组织，则可以产生比个体总和更大的力量。因而，应该根据工作的要求与人员的特点，设计工作岗位，通过授权和分工，将合适的人员安排在合适的工作岗位上，坚持"能岗匹配"的最佳原则，形成一个有序的组织结构，通过组织职能的发挥，使整个组织协调、高效地运转。

（四）领导

组织职能解决了"谁来干"的问题，那么"怎么干"呢？这就是说，决策、计划、组织工作做好之后，还不一定能够保证组织目标的最终实现，组织目标的实现还要依靠全体人员的共同努力，这就要求有权威的领导者进行领导。组织结构上配置的人员，可能会在个人目标、需求、偏好、性格、素质、价值观、工作态度等方面存在着很大的差异，在彼此工作合作中不可避免的会产生一些矛盾和冲突。管理中通过领导职能的发挥，可以增强组织成员之间的沟通程度，使成员之间相互了解，从而便于在管理中统一他们的思想和行动，为更好地实现组织目标奠定基础。领导职能贯穿在整个管理活动之中，是一门非常深奥的领导艺术，随着领导职能的不断完善，现代组织中更加强调沟通和激励。

（五）控制

组织中的成员在执行计划的过程中，往往会受到各种因素的干扰，常常会使实践活动偏离原来的计划。为了保证组织目标及组织计划的有效实现，为了防止实际运行结果与组织计划偏离程度的降低，就需要发挥控制职能。组织中的管理者必须及时取得计划执行情况的信息，并将有关信息与计划进行比较，发现实践活动中存在的问题，分析原因，及时采取有效的纠正措施。可以认为，没有控制，就没有管理,控制是管理有效性和及时性的必要手段。简单地讲,控制职能就是纠正偏差的活动。组织中各个管理层次都必须充分重视控制职能。

(六)创新

随着科学技术的迅猛发展,社会经济活动空前活跃,市场需求瞬息万变,社会关系日益复杂,使得每一位管理者时刻都会遇到新情况和新问题。在求新求异的今天,如果仍然因循守旧、墨守成规,则组织就缺少了应付新形势的能力。在变革的新时代,一切都在变化,唯一不变的就是变化,这些迫切要求所有的管理者都要敢于创新。组织是在动态环境中生存的社会经济系统,创新职能是今天的组织适应环境变化的新武器。

各项管理职能之间紧密联系、相互渗透,一般认为,每一项管理工作都是从决策开始、经过计划、组织、领导到控制结束。控制的结果可能又导致新一轮的计划,从而开始新一轮的管理循环。如此循环不断,把管理工作推向前进。创新在这个管理循环之中处于轴心的地位,成为推动管理循环的基础动力。

二、管理者

(一)管理者的概念

传统的观点认为,管理者是运用职位、权力,对人进行指挥和驾驭的人。这种概念强调的是组织中正式职位和职权,强调必须拥有下属。德鲁克从现代管理的角度出发,认为管理者是指通过其职位和知识,对组织负有贡献的责任,因而能够实质性地影响该组织经营及达成成果的能力者。现代观点强调管理者必须对组织负有责任,而不仅仅是权力;同时对组织做出贡献,这样的人才是管理者,而不在于是否拥有下属。也就是说,在现代化的组织中,可以没有普通的操作人员,但必须要有管理者。管理者在组织中工作,但是并非在组织中的每一个人都是管理者。最简单的一种划分是按照人员在组织中的地位和作用的不同,组织中的人员一般可以分为两大类:一类是作业者,另一类则是管理者。结合现代组织对管理者的要求,本书作者认为,管理者是那些在组织中行使管理职能,指挥或协调他人完成具体任务、并对组织负有贡献责任的人。

【案例】

分粥的故事

有七个人曾经住在一起,每天分一大桶粥。要命的是,粥每天都是不够的。

一开始,他们抓阄决定谁来分粥,每天轮一个。于是乎每周下来,他们只有一天是饱的,就是自己分粥的那一天。

后来他们开始推选出一个道德高尚的人出来分粥。强权就会产生腐败,大家开始挖空心思去讨好他,贿赂他,搞得整个小团体乌烟瘴气。

然后大家开始组成三人的分粥委员会及四人的评选委员会,但他们常常互相攻击,扯皮下来,粥吃到嘴里全是凉的。

最后想出来一个方法:轮流分粥,但分粥的人要等其他人都挑完后拿剩下的最后一碗。为了不让自己吃到最少的,每人都尽量分得平均,就算不平,也只能认了。大家快快乐乐,和和气气,日子越过越好。

问题:(1)请从分粥中总结管理的真谛。

(2)作为管理者,在分粥中是重"管"还是重"理"?

(二) 管理者的类型

按照不同的划分标准,可将管理者分为不同的类型。目前运用比较多的是,根据管理者在组织中所处的层次不同,将管理者分为高层管理者(Top managers)、中层管理者(middle managers)和基层管理者(first－line managers)。具体可以用图 1-3 来描述组织中管理者的分类。

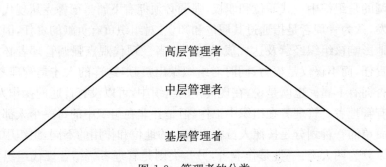

图 1-3　管理者的分类

1. 高层管理者

高层管理者是处于或接近组织顶层的管理人员,是组织中的高级领导人。高层管理者一般负责制定广泛的组织决策、为整个组织制定计划和目标的责任。他们的典型头衔通常是首席执行官、副总裁、总裁、管理董事或者董事会主席。

2. 中层管理者

中层管理者包括所有处于基层和高层之间的各个管理层次的管理者,这些管理者管理着基层管理者。中层管理者一般负责贯彻和执行高层管理部门制定的目标和政策。他们可能具有部门经理、项目主管、工厂厂长,或者事业部经理的头衔。

3. 基层管理者

基层管理者是直接监察实际作业人员的管理者,是最低层的管理人员,他们管理着非管理雇员所从事的工作。基层管理者的主要职责是给下属安排工作任务和程序,使工作流程一步接着一步顺利地进行。他们的头衔一般包括工长、领班、小组长或办公室主任等。

┃小案例┃

华为如何选拔优秀管理者

合格的管理者需要具备强烈的进取精神与敬业精神,没有干劲的人是没有资格进入高层的。这里不仅仅是指个人的进取精神,而是自己所领导群体的进取与敬业精神。

公司发展需要大量的管理者,优秀管理者有三个衡量的标准:一、具有敬业精神,对工作是否认真,改进了,还能改进吗? 还能再改进吗? 二、具有献身精神,不能斤斤计较。献身精神是考核干部的一个重要因素,一个管理者如果斤斤计较,就不能与手下融洽合作,不能将工作做好。没有献身精神的人就不要去做管理。三、具有责任心和使命感,这将决定管理者是否能完全接受企业的文化,担负起企业发展的重担。

企业在选拔管理者的过程中要坚持以下原则:

第一,管理者要具备踏实的办事能力、强烈的服务意识与社会责任感,能够不断提高自身的驾驭与管理能力。

作为一个管理者不但要学会做人,也要学会做事,踏踏实实地做事,认认真真地做事。那种只说不做或只会做表面文章的人,只会进行原则管理、从不贴近事件的人,不能得到提拔和重用。华为要求每个管理者都能够亲自动手做具体的事,那些找不到事做又不知如何下手的管理者,就会面临被精简的命运,我们会将没有实践经验的干部调整到科以下的岗位去。在基层没有做好工作的,没有敬业精神的,是得不到提拔的,任何虚报数字、作风浮夸的干部都会被降职、降薪。

第二,管理者要具备领导的艺术和良好的工作作风。

团结、沟通是管理工作的永恒主题,任何一个管理者不仅要团结与自己意见一致的人,也要团结那些与自己意见不一致的人,做不到这一点就没有资格做接班人,永远不会得到上级的提拔。在华为,我们强调批评与自我批评的工作作风,从高层一直传递到最基层。在公司内部允许员工对自己的上级,对自己的部下进行批评,否则人人都顾及影响,都做"好人",企业管理的进步就无从说起。

任何一个管理者都要清清白白做人、认认真真做事,做员工学习的榜样。不仅要严格要求自己,也要严格要求部属。只有一个群体具有高水平,才表明这个管理者的高水平。在华为,我们在高中级干部中贯彻,反对贪污,反对浪费,反对假公济私的原则。

第三,管理者必须具有培养超越自己的接班人的意识。

管理者具有承受变革的素质,这是企业源源不断发展的动力。没有前人为后人铺路,就没有人才辈出。只有人才辈出,继往开来,才会有事业的兴旺发达。每个管理者都必须开放自己,融入到企业的文化中,具有能上能下的心胸,只有能屈能伸的人,才会有大出息。

企业变革的阻力一般都来自管理层,管理者要以正确的心态面对变革。变革从利益分配的旧平衡逐步走向新的利益分配平衡,这种平衡的循环过程,促使企业核心竞争力提升与效益增长。在这个过程中,管理者的利益可能会受到一些损害,大方丈可能会变成小方丈,原来的庙可能会被拆除,这时,管理者要从企业发展的角度出发,用正确的心态对待。就像华为,正处在一个组织变革的时期,许多高中级干部的职务都会相对发生变动。公司会听取管理层的倾诉,但也要求服从,否则变革无法进行。等变革进入正常秩序,公司才有可能按照干部的意愿及工作岗位的需要,接受他们的调整愿望。

第四,企业对候选的管理者要进行深入的了解与沟通。

有些企业选拔管理层,对个人的履历没有做深入的调查,不是很清楚他过去的经历,导致在以后的工作中出现很多意想不到的状况。华为就要求管理者的个人履历加强透明度,他也可以选择放弃对公司的透明度,这样,公司也会放弃选择他做干部的权利。对管理者个人状况的了解有助于解决管理层的腐化问题。

华为还有一个选拔管理者的原则:凡是没有基层管理经验,没有当过工人的,没有当过基层秘书和普通业务员的,一律不能提拔为管理层,哪怕是博士也不行。学历再高,如果没有实践经历,也不可能成为一个合格的管理者。

(资料来源:http://blog.sina.com.cn/s/blog_4b8e5c06010006a5.htm)

(三)管理者的角色

美国著名的管理学家彼得·F·德鲁克(Peter F. Drucker)1955 年提出"管理者角色"的概念。德鲁克认为,管理是一种无形的力量,这种力量是通过各级管理者体现出来的。德鲁克从管理一个组织、管理管理者和管理工作及工人三个方面阐述了管理者扮演的角色。在现代管理研究中,亨利·明茨伯格的一项研究被广为引用,他认为管理者扮演着十种角色,这十种角色可被归入三大类:人际角色、信息角色和决策角色。明茨伯格的管理者角色理论可用图 1-4 来表示。

1. 人际角色

人际角色是管理者扮演的第一类角色。人际角色产生于管理者的正式权力,由于管理者在组织中需要处理与组织成员和一些利益相关者的关系,这样就自然而然地扮演了人际角色。

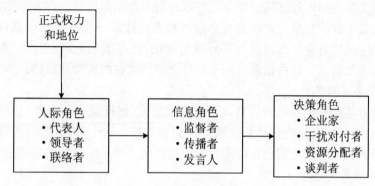

图 1-4　管理者的角色

（资料来源:周三多,等.管理学——原理与方法[M].第 4 版.上海:复旦大学出版社,2003).

管理者扮演的人际角色具体包括代表人角色、领导者角色和联络者角色三种。

1) 代表人角色

作为一名管理者,其必须代表组织行使一些具有礼仪性质的职责。例如,管理者有时必须出现在社区的集会上,参加社会活动,或者宴请重要客户等等。这些时候,管理者扮演着代表人的角色。

2) 领导者角色

作为组织的管理者,应该对所在组织的成败负有重要责任,他们必须在工作小组内扮演领导者角色,也就是说,管理者要善于和员工一起工作并通过员工的努力来确保组织目标的实现。

3) 联络者角色

组织中的管理者除了扮演代表人角色、领导者角色外,还必须扮演联络者的角色。组织是在环境中成长的,是和外部很多因素紧密联系的,因而离不开联络。没有联络,管理者就无法与别人一起工作,也无法与外界建立联系的桥梁。

2. 信息角色

亨利·明茨伯格认为管理者扮演的第二类角色是信息角色。在信息角色中,管理者负责确保和其一起工作的人具有足够的信息,从而能够顺利完成管理工作和实现组织目标。整个组织,离不开信息的传递。

管理者扮演的信息角色具体包括监督者角色、传播者角色和发言人角色三种。

1）监督者角色

管理者必须扮演的第一种信息角色是监督者角色。作为一名监督者,管理者必须持续关注组织内外环境的变化以获取对组织有用的信息。需要明白的是,监督的目的在于获取信息。管理者可通过各种方式获取一些有用的信息,例如,通过密切关注组织自身状况以及外部环境的变化;通过接触下属,利用个人关系网等方式来获取信息。这些信息有利于管理者辨别潜在的机会和威胁。

2）传播者角色

管理者还需要把获取的信息大量地分配出去,保证重要信息可以及时、准确地传递给相关员工,最终保证切实有效地完成工作。这个时候,管理者扮演着传播者角色。管理者应当明白在特定情况下也要向工作小组隐藏特定的信息。

3）发言人角色

管理者所扮演的最后一种信息角色是发言人角色。管理者必须把信息传递给组织的外部,例如必须向董事会和股东说明组织的财务状况和战略方向;必须向消费者保证组织在切实履行社会义务,以及必须让政府官员对组织遵守法律的良好表现感到满意。

3. 决策角色

管理者除了扮演人际角色、信息角色之外,也扮演着决策角色。在决策角色中,管理者处理信息并得出结论。如果信息不用于组织的决策,这种信息就会丧失其应有的价值。管理者负责做出组织的决策,他们让工作小组按照既定的路线行事,并分配资源以保证小组计划的实施。

管理者扮演的决策角色具体包括企业家角色、冲突管理者角色、资源分配者角色和谈判者角色四种。

1）企业家角色

管理者所扮演的第一种决策角色是企业家角色。前面提到的监督者角色中,管理者密切关注组织内外部环境的变化和事态的发展,以便发现机会。作为企业家,管理者对所发现的机会进行投资以更好地利用这种机会,比如,开发新产品、提供新服务或者发明新工艺等。

2）冲突管理者角色

任何一个组织在运行的过程中,都会不可避免地遇到或多或少的冲突和矛盾。作为组织的管理者,必须善于处理冲突和化解矛盾,例如,善于平息客户的怒气、同竞争对手进行谈判、调解组织内部员工之间的争端,等等。

3）资源分配者角色

组织中有很多种资源,包括人力资源、财力资源、物力资源、时间资源和信息资源等等,管理者需要决定组织资源用于哪些项目,这必然要求管理者要充当资源分配者角色。优秀的管理者,能够有效地、合理地配置好组织资源的,会使资源发挥最大效用的。

4) 谈判者角色

管理者所扮演的最后一种角色是谈判者角色。通过对组织内部所有层次管理工作的研究表明,管理者把大量的时间花费在谈判上。管理者的谈判对象包括组织员工、供应商、客户和其他组织等。无论谈判的对象是谁,管理者都必须进行必要的谈判,都要为实现组织目标而进行谈判。

(四) 管理者的技能

管理者的技能主要表现为实际管理过程中管理者的管理技能。美国管理学者罗伯特·卡茨指出管理者应该具备三类技能,分别是技术技能、人际技能和概念技能。

1. 技术技能

技术技能(technical skills)是指"运用管理者所监督的专业领域中的过程、惯例、技术和工具的能力"。通俗地说,是指熟悉和精通某种特定专业领域的知识,诸如工程、计算机科学、财务、会计、市场营销或者制造等。例如,监督会计人员的管理者必须懂会计业务,监督销售人员的管理者必须懂市场营销业务等。

无论何种管理层次的管理者相应的都应该具有一定的技术技能,不同管理层次的管理者对技术技能的需要程度不同。一般地,技术技能对于组织各个管理层次的管理的重要性可以用图 1-5 表示。

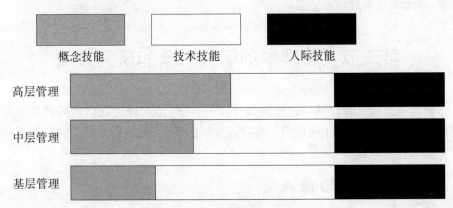

图 1-5　各种层次管理所需要的管理技能比例

由图 1-5 可以看出,技术技能对于组织的基层管理最重要,对于中层管理较为重要,对于高层管理较不重要。

2. 人际技能

人际技能(human skills),也叫做人际关系技能,是指"成功地与别人打交道并与别人沟通的能力"。通俗地说,就是处理人与人之间关系的能力。一般地,人际技能包括管理者对下属员工的领导能力和处理组织内部不同小组之间关系的能力。作为一名管理者,必须能够处理好与人打交道的能力,这样才能树立组织良好的团队精神。

人际技能对于组织各个层次的管理的重要性可以用图 1-5 表示。

由图 1-5 可以看出,人际技能对于组织中基层、中层和高层管理者的重要性大体相同。

3. 概念技能

概念技能(conceptual skills),也称构想技能。指"把观点设想出来并加以处理以及将关系抽象化的精神能力"。通俗地说,概念技能是管理者对复杂情况进行抽象和概念化的技能。一般地,具有概念技能的管理者往往把组织看成是一个整体,并且了解组织各个部分之间的相互关系,想象组织如何适应它所处的广泛的环境。具有概念技能的管理者能够准确把握工作单位之间、个人之间和工作单位以及个人之间的相互关系,能够深刻认识组织中任何行动的后果,以及正确行使管理的各种职能。

概念技能对于组织各个层次的管理的重要性可以用图 1-5 表示。

由图 1-5 可以看出,概念技能对于组织的高层管理最重要,对于中层管理较重要,对于基层管理较不重要。

第三节　管理学的研究对象和研究方法

管理学是研究管理活动过程及其规律的科学,是管理实践活动的科学总结。管理学是现代化、社会化和各门学科日益发展的产物,横跨自然科学、社会科学和工程技术各个领域。

一、管理学的特点

和其他学科相比,管理学有其自身的特点,具体如下①:

---

①　刘跃军. 管理学[M].上海:立信会计出版社,2009:19.

（一）一般性

著名的管理学家法约尔的代表作《工业管理与一般管理》，将管理从工业领域推向包括商业领域在内的其他领域，很能说明管理学的一般性。管理学主要是研究管理活动的共性原理和基础理论，是其他管理学科的基础。它适用于国家、一切企业组织、事业单位和部门，不管是工厂、学校、科研机构、政府、军队、社会团体、服务机构、慈善组织，只要它们为了实现本组织的目标，都需要进行包括决策、计划、组织、领导、控制和创新在内的一切管理职能，运用管理学的一般原理和方法，协调组织中的各种关系。最终实现组织的目标。

（二）综合性

鉴于管理工作的复杂性，管理学涉及许多学科方面的业务和知识。涉及数学（概率论、统计学、运筹学等），社会科学（政治学、经济学、社会学、心理学、人类学、生理学、伦理学、哲学、法学），技术科学（计算机科学，工业技术等），新兴科学（系统论、信息科学、控制论、耗散结构论、协同论、突变论），以及领导学、决策科学、未来学、预测学、创造学、战略学，等等。因此，可以说管理学是一门交叉学科或边缘学科。在管理研究中，需要综合运用到上述多学科的研究成果，才能发挥自己的作用，这就充分体现了该学科的综合性。

（三）模糊性

管理工作本身既有科学的一面，又有艺术的一面，实际工作中所遇到的复杂因素，使它在研究方法上，不同于数学和其他自然科学，管理很难完全定量化，也难以在现实生活中找出绝对理想和最优的管理方案，管理科学在整体上总是定性分析与定量分析相结合的方法，在决策上追求满意决策，而非最优决策。因此，从某种程度上讲，管理学本身不是一门精确的科学。这也告诉人们，在学习管理学理论的同时，还应该重视管理学艺术性的一面，做到因时、因地、因人、因事制宜地创造适合自身组织的管理经验。

（四）应用性

管理学的思想、理论和方法来源于管理活动的实践，管理学是对社会管理活动的内容、方式和方法的概括和总结，具有很强的应用性。将管理学的知识与其他学科领域的知识相结合，融合到实践中去，可以带来巨大的经济效益和社会效益。

二、管理学的研究对象

管理学的研究对象是在一定程度上可以理解为管理活动的客观规律，包括生产力、生产关系及上层建筑的各个方面。具体内容如下①：

（一）管理原理

它主要研究管理的基本规律，即研究适用于一切社会和个别社会形态管理活动的基本规律。诸如管理的对象、过程、核心、目的以及管理的实质与内容。在客观规律上具体包括：

（1）生产力规律。主要包括社会资源的配置、技术进步、企业生产经营活动的安排等。管理成为一门科学，是人们通过对管理实践的总结、概括和提炼而形成的。管理学研究生产力规律的目的在于合理地组织生产力。

（2）生产关系规律。主要包括国民经济的发展规律、价值规律、按劳分配规律、人际关系、劳动分工与协作、工资奖励等。管理学研究生产关系的目的在于科学地调整生产关系，以求适应或促进生产力的发展。

（3）上层建筑规律。主要包括国家各项方针政策的制定与执行、组织规章制度的建立与执行、思想政治工作等。

（二）管理的职能

管理的各种职能既体现管理的基本任务，又反映了管理的全过程，而且管理的原理、原则都要通过管理的职能发挥作用。

（三）管理的主要手段、技术和方法

管理职能的执行与完成，是靠管理方法、技术和手段来实现的。管理方法、技术和手段的研究是管理学的重要内容之一，体现出管理学具有很强的应用性。

（四）管理者和管理者群体

管理者是管理活动的主体，能否进行有效的管理，管理者起着至关重要的作用。因此，管理者的个体素质和技能，管理者的群体结构，以及他们之间的关系和联系，都是管理学研究的重要课题。

（五）管理环境

任何组织都是在特定的外部环境下运行的，都要与外部环境进行物质交换、能量和信息交流。管理者要达到组织的目标，就必须对外部环境进行研究，把握组织与外部环境之间的联系方式和途径，以最有效地从外部获取所需资源和最大限度地进行功能输出。

（六）管理思想及实践的发展历史

研究管理思想及实践的发展历史，以便更好地继承、发展和建设现代管理学。

---

① 王绪君.管理学[M].北京：中国广播电视大学出版社，2008：16.

（七）管理效果

管理效果是对管理目标达成的度量,是管理学研究要达到的重要目标。管理必须有效,有效的标志就是让管理活动既有效率又有效益。

三、管理学的研究方法

管理学的研究方法是由管理学的特征决定的。如前所述,管理学具有一般性、综合性、模糊性和应用性等特点,这些特点是从管理学不同侧面反映出来的,从而形成了管理学中各种不同的研究方法。

一般来说,管理学的研究方法有四种:第一种是归纳方法,第二种是试验方法,第三种是演绎方法,第四种是系统方法。

（一）归纳方法

在管理学的研究方法中,归纳方法用的是较为广泛的。管理学从本质上讲是一门实践性很强的学科,因此,在管理过程中,可以通过大量事实的观察,掌握其特点、联系,分析管理活动的因果关系,最终找出一般性的规律。从学术的角度来说,归纳方法就是通过对客观存在的一系列典型事物或经验进行观察,从掌握典型事物的典型特点、典型关系、典型规律入手,进而分析研究事物之间的因果关系,从中找出事物变化发展的一般规律,这种从典型到一般的研究方法也叫做实证研究方法。

由于管理过程是十分复杂的,影响管理活动的相关因素繁多,并且相互交叉,人们所能观察到的往往只是综合结果,很难把各个因素的影响程度分解出来,所以大量的管理问题就可以采用归纳法进行研究与分析。采取归纳法也有一定的局限性,例如,必须对足够多的对象进行研究,才能得出有价值的结论;对确定的对象的代表性要求极高;管理过程无法进行人为重复,结果不能进行实验验证等。

我们在运用归纳法进行管理问题的研究分析时,应该注意以下一些方面。

(1)要弄清与研究事物相关的因素。

我们要弄清楚各种外部环境和内部条件以及系统的或偶然的干扰因素。同时,要尽可能地剔除各种不相关的因素。

(2)选择好典型。

在选择好典型之后,要将典型分成若干类,分类标志应当清晰,并且能够反映事物的本质特征。

(3)调查对象应有足够数量。

遵循抽样调查原理,使样本容量能够保证调查结果的必要精度,这必然要求在采用归纳法的时候,要保证调查对象具有足够的数量。

（二）试验方法

管理中的很多问题，特别在微观组织内部，关于生产管理、设备布置、工作程序、操作方法、现场管理、质量管理、营销方法以及工资奖励制度、劳动组织、劳动心理、组织行为、商务谈判等很多问题，都可以采用试验法进行研究。

试验法即人为地为某一试验创造一定条件，观察其实际试验结果，再与未给予这些条件的对比试验的实际结果进行比较分析，寻找外部条件与试验结果之间的因果关系。如果做过了多次试验，并且总是得到相同的结果，那么就可以得到结论，这里存在着某种普遍使用的规律性。这种方法常要设置对照组，确定具体指标，进行动态观察，定期总结，以提高试验的科学水平。著名的霍桑研究就是采用试验法研究的一个典型例子。

试验法可以得到接近真理的结论。但是，试验法也有一定的局限性。管理中有些问题，尤其是高层的、宏观的管理问题，由于问题的性质特别复杂，影响因素很多，不少因素又是协同作用的，所以很难对单个因素孤立地进行试验。并且此类管理问题的外部环境和内部条件特别复杂，要想进行人为的重复也是不可能的。

（三）演绎方法

对于复杂的管理问题，也可以在归纳基础上找到一般规律并加以简化，形成某种出发点，建立起反映某种逻辑关系的管理模型。这是一种简化了的事实，但完全合乎逻辑。从这种一般规律推广出新的结论，就是演绎方法。

值得注意的是，演绎方法是从一般性知识引出个别性知识，即从一般性前提得出特殊性结论的过程。演绎推理的前提与结论之间存在着必然联系，只要推理的前提正确，推理的形式合乎逻辑，则推出的结论也必然正确。

在管理学的实际研究中，归纳法与演绎法经常综合运用。归纳方法与演绎方法二者可以互相补充，互相渗透，在一定条件下还可以相互转化。演绎方法是从一般到个别的思维方法；归纳方法则是对个别事务、个别现象进行观察研究，而概括出一般性的知识。作为演绎方法的一般性知识来源于经验，来源于归纳的结果，归纳方法则必须有演绎方法的补充研究。

（四）系统方法

管理学是一门系统地研究管理活动的普遍规律和一般方法的科学。系统方法是通过对影响管理活动的要素分析和系统整体反应的研究，从而找出规律性结论的方法。例如结构功能方法、系统分析方法等都是系统方法的一个具体方法。

尽管各种具体的管理活动千差万别，但是管理者在处理问题时，都要通过一定的计划、组织、领导和控制等职能来实现组织的目标。管理学的系统研究方法就是要对一个系统进行功能性的分类,对一个组织的功能进行识别,进而协调各个子系统之间的关系。系统方法是将协同学和系统工程的方法引入到管理学中,它强调的是整体大于局部之和的真理。

　　在现代社会中,人们还把系统方法应用于外部管理中,一些优秀的企业,为了更高的效率和更大的发展,充分识别哪些组织可以合并,哪些可以作为企业支持性的组织,把低效率的活动,间接转嫁到其他组织中。

思 考 与 练 习

　　1. 简述管理的内涵。

　　2. 管理的性质有哪些? 如何理解管理的二重性?

　　3. 管理有哪些基本职能? 它们之间具有什么样的关系?

　　4. 一位有效的管理者需要扮演哪些角色? 不同层次的管理者对管理技能的要求如何?

　　5. 为什么说管理是科学性和艺术性的辩证统一?

　　6. 管理学的研究对象是什么?

　　7. 你所了解的管理学的研究方法有哪些?

◤案例◥

百年老院的现代管理启蒙

　　北京同仁医院是一所以眼科闻名中外的百年老“店”,走进医院的行政大楼,其大堂的指示牌上却令人诧异地标明:五楼 MBA 办公室。目前该医院已经从北大、清华聘请了十一位 MBA,另外还有一名学习会计的研究生,而医院的常务副院长毛羽就是一位留美的医院管理 MBA。

　　内忧外患迫使同仁下定决心引进职业经理人并实施规模扩张,希望建立一套行政与技术相分离的现代医院管理制度。

　　根据我国加入世贸组织达成的协议,2003 年,我国将正式开放医疗服务业。2002 年初,圣新安医院管理公司对国内数十个城市的近 30 家医院及其数千名医院职工进行了调查访谈,得出结论:目前国内大部分医院还处于极低层次的管理启蒙状态,绝大多数医院并没有营销意识,普遍缺乏现代化经营管理常识。更为严峻的竞争现实是:医院提供的服务不属于那种单纯通过营销可以扩大市场规模的市场——医院不能指望通过市场手段刺激每年病人数量的增长。

同仁显然是同行中的先知先觉者。2002年，医院领导层在职代会上对同仁医院的管理做过"诊断"：行政编制过大、员工队伍超编导致流动受限；医务人员的技术价值不能得到体现；管理人员缺乏专业培训，管理方式、手段滞后，经营管理机构力量薄弱。同时他们开出药方：引入MBA，对医院大手笔改造，涉及岗位评价及岗位工资方案、医院成本核算、医院工作流程设计、经营开发等。

目前，国内医院几乎所有的医院都没有利润的概念，只计算年收入。但在国外，一家管理有方的医院，其利润率可高达20%。这也是外资对国内医疗市场虎视眈眈的重要原因。

同仁要在医院中引入现代市场营销观念、启动品牌战略和人事制度改革。树立"以病人为中心"的服务观念：以病人的需求为标准，简化就医流程，降低医疗成本，改善就医环境；建立长期利润观念，走质量效益型发展的道路；适应环境、发挥优势、实行整合营销；通过扩大对外宣传、开展义诊咨询活动、开设健康课堂等形式，有效扩大潜在的医疗市场。

同仁所引进的MBA背景各异，绝大多数都缺乏医科背景。他们能否胜任医院的管理工作？医院职业化管理至少包括了市场营销管理、人力资源管理、财务管理、科研教学管理、全面医疗质量管理、信息策略应用及管理、流程管理等7个方面的内容。这些职能管理与医学知识相关但非医学专业。

同仁医院将MBA们"下放"到手术室3个月之后，都悉数调回科室，单独辟出MBA办公室，以课题组的形式，研究医院的经营模式和管理制度。对于医院引入的企业化管理，主要包含医院经营战略、医疗市场服务营销、医院服务管理、医院成本控制、医院人力资源、医疗质量管理、医院信息系统和医院企业文化等多部分内容。其中，医院成本控制研究与医院人力资源研究是当务之急。

几乎所有的中国医院都面临着成本控制的难题，如何堵住医院漏洞，进行成本标准化设计，最后达到成本、质量效益的平衡是未来中国医院成本控制研究的发展方向。另外，现有医院的薪酬制度多为"固定工资＋奖金"的模式，而由于现有体制的限制，并不能达到有效的激励效果，医生的价值并没有得到真实的体现，导致严重的回扣与红包问题。如何真正体现员工价值，并使激励制度透明化、标准化成为当前首先要解决的问题。

这一切都刚刚开始。指望几名MBA就能改变中国医院管理的现状是不可能的。不过，医院管理启蒙毕竟已经开始，这就是未来中国医院管理发展的大趋势。

（资料来源：单大明，郑义龙. 管理学[M]. 北京：中国传媒大学出版社，2007.）

问题：

1. 结合案例说明你对管理及管理职能的理解。

2. 同仁医院为什么要引进如此多的MBA？你认为MBA们能否胜任医院的管理工作？

第二章 管理理论的形成与发展

学习目标

1. 了解西方早期管理思想的发展历史和主要贡献。
2. 理清西方管理理论形成和发展的逻辑思路。
3. 理解泰罗的科学管理理论的主要内容及历史意义。
4. 理解法约尔的一般管理理论的核心思想及主要内容。
5. 了解韦伯的理想的行政组织理论。
6. 认识行为科学理论产生的背景及主要研究内容。
7. 认识现代管理理论的主要流派及主要观点。
8. 了解中国管理理论的形成和发展。
9. 了解管理理论的前沿。

　　自从有了人类社会，人们的社会实践活动就表现为集体的协作劳动形式，有集体协作劳动的地方就需要管理活动。在漫长而复杂的管理活动中，管理思想逐步产生。随着社会生产力的发展，人们把各种管理思想加以归纳总结，形成了系统性的管理理论。反过来，人们也不断运用各种管理理论去指导管理实践，以期取得更好的效果，并在管理实践中修正和完善已有的管理理论。

　　研究管理首先必须研究的就是西方管理思想和管理理论，因为西方管理思想无论从产生的时间上还是内容体系的完整性上来说都是其他类型管理思想和管理理论无法比拟的。100 年来，西方管理理论学派林立，但其发展大致可分为 3 个阶段：

　　(1) 古典管理理论阶段，代表人物有泰罗、法约尔和韦伯。

　　(2) 行为科学理论阶段，代表人物为梅奥、马斯洛等人。

　　(3) 现代管理理论阶段，代表人物较多。

　　作为历史悠久的文明古国，中国有着丰富的管理思想，同时，在近现代也出现了众多具有自己特色的管理理论和管理方法,所以,我们也有必要学习和掌握这些知识。

第一节　古典管理理论

一、西方早期的管理实践活动

管理与人类社会的发展始终相伴相随,管理的实践活动自古有之。

在西方国家,古罗马帝国的兴盛,在很大程度上归功于有效的组织。当时的统治阶级为了统治其拥有8 000万人口,西起英国,东至叙利亚辽阔疆域的庞大帝国,进行了集权与分权结合的统治方式。最著名的代表者是戴克利国王,他在公元284年上台执政后,实行了一种"连续授权制"的行政制度。所谓连续授权制,就是把罗马帝国划分成大区、区、省等行政区域,国王授权给大区首脑,大区首脑又授权给区总督,区总督再授权给省长……当时罗马被划分成19个省份,分归13个区领导,这些区又归并为4个大区。戴克利国王兼任一个大区的首脑,把另外3大区的领导权授给了3个助手。可见,从宏观层面上来讲,古罗马拥有一套较完整的行政集权体制。至于微观层面,古罗马的瓦洛对农庄管理提出了一些新的观点。他认为如何选取合格的农庄工人与监工对农庄管理的成效性是非常重要的。在他的论文中,他提出了优秀的农庄工人和监工的标准。

罗马天主教会早在第一次工业革命以前就成功地解决了大规模活动的组织问题。它采取按地理区域划分基层组织,并在此基础上采用高效率的职能分工。在各级组织中配备辅助人员,从而使专业人员和下级既参与决策的制定过程,又不会破坏指挥的统一。而意大利的威尼斯,在1436年建立了政府的造船厂(即兵工厂)以改变依靠私人造船厂的情况。到16世纪,威尼斯的兵工厂成为当时最大的工厂,雇用工人2 000人。其多种管理经验,对后人管理思想的形成起到了一定的作用。

18世纪下半叶的产业革命,把管理实践和管理思想推到了一个历史的新阶段。这场革命把手工业生产转变为机器生产,促使以手工业为基础的资本主义工场向采用机器的资本主义工厂制度过渡。工厂制度带来了一系列前所未有的棘手问题,比如,如何分工协作,怎样培训工人,如何协调人的活动,如何做到均衡生产,等等。这种变化要求进行管理思想的变革,计划、组织、领导、控制等职能应运而生。为适应这种需要,许多经济学家的著作中越来越多地涉及管理问题,很多实业家包括厂长、经理等也潜心于总结管理经验,探讨管理问题。于是,出现了一系列早期的管理思想。受当时社会条件以及科学技术和生产力水平的限制,这些思想和观点比较零散,尚未形成系统的知识体系,但却为后来管理理论的产生与发展奠定了重要基础。

二、西方早期管理思想

(一)亚当·斯密的管理思想

亚当·斯密(Adam Smith,1723～1790)是英国古典经济学的杰出代表和理论体系建立者。其对管理思想的贡献是他提出的劳动分工理论和"经济人"观点。

斯密认为,一国财富的增加,关键在于提高劳动生产率,而劳动生产率的提高又依赖于劳动分工。他认为,劳动分工之所以能够提高劳动生产率是因为:①劳动者的技巧因业专而日进;②减少因工作变换而损失的时间;③许多简化劳动和缩减劳动的机械发明,使一个人能做多个人的工作。斯密认为,人是理性的"经济人",为了经济利益而活动。人们在经济活动中追求的完全是个人利益,但是每个人的私人利益又受到其他人利益的限制,社会是以个人利益为基础的。这一观点对资本主义管理理论及其实践产生了重要影响。

(二)詹姆士·小瓦特的科学管理实践

詹姆士·小瓦特(James Watt Jr.,1769～1819)是发明家——改进蒸汽机的詹姆士·瓦特的儿子,他于1800年接管了父亲的工厂——建在英国伯明翰附近的索霍厂。在该厂,他实施了一系列早期的科学管理措施:进行充分的市场调查与研究,为生产提供依据;选择交通便利并有扩建余地的厂址;进行符合工作流程的设备布局;制定工艺程序和机器作业标准;制定工具维修及采购制度;实行产品部件标准化;作详细统计记录,以作管理决策的依据;制定详细的会计制度;进行工作研究;实行按成果付酬制;推行职工福利制;制定员工培训计划,等等。小瓦特的这些措施为索霍厂赢来了声誉和生产率,可以看出这些措施对现代管理制度产生了一定的影响。

(三)罗伯特·欧文的人事管理

罗伯特·欧文(Robert Owen,1771～1858)曾被马克思称为"空想社会主义者",他最早注意到企业内部人力资源的重要性,提出要重视工厂管理中人的因素,开辟了人际关系和行为管理理论的先河。他从1880年开始在苏格兰一家大纺织厂进行一项新实验,把长达十几小时的劳动日减少到十个半小时,禁止录用未满9岁的儿童做工,改善工厂的工作条件,提高工资,免费供应膳食,建设工人住宅,开设工厂商店,设立幼儿园和模范学校,创办互助储金会和工人医院,发放抚恤金等等,极大地调动了工人积极性,使企业经营获得了优厚的利润。

(四) 查尔斯·巴贝奇的管理思想

查尔斯·巴贝奇(Charles Babage,1792~1871)是英国剑桥大学教授、数学家、机械师,是一位富有现代气息的管理先驱,他的代表作是 1832 年出版的《论机器和制造业的经济》。他对管理思想的贡献体现在:①他提出了企业管理一般原则的设想,认为在科学分析的基础上,探索出某些管理规律或规则是可行的;②他还提出了与后人作业研究方法相似的"观察制造业"的方法;③他进一步发展了亚当·斯密劳动分工理论;④他还强调了劳资合作,提出了固定工资加利润分享的分配制度,倡导了以技术水平及劳动强度为依据的付酬制度等等。

三、古典管理理论产生的历史背景

在西方,对管理理论比较系统地加以阐述,始于 19 世纪末和 20 世纪初,人们通常将这一时期的管理理论称为古典管理理论。

19 世纪末、20 世纪初,资本主义自由竞争开始向垄断阶段过渡。随着科技水平和生产社会化程度的不断提高,企业规模不断扩大,生产技术更加复杂,市场迅速扩张,竞争日益激烈。这一切变化都对企业管理提出了更高的要求。传统的凭个人经验进行生产操作、训练员工等模式,已不能适应生产发展的需要,客观上要求资本所有者与企业经营者分离,要求管理职能专业化,建立专门的管理机构,采用科学的管理制度和方法。同时,也要求对过去积累的管理经验进行总结,使之系统化、科学化并上升为理论,用于指导实践,提高管理水平。这表明,西方企业发展面临着如何提高劳动生产率和管理水平以促进生产的实际问题,迫切需要用"科学管理"取代"传统的经验管理"。而当时社会经济发展状况,又使欧美的一些管理学家有可能根据实践经验,在继承前人管理思想的基础上,建立系统的管理理论,这便促进了古典管理理论体系的形成。

古典管理理论中最具有代表性的有三种理论:一是以泰罗为代表的科学管理理论;二是法约尔的一般管理理论;三是韦伯的理想的行政组织理论。

四、科学管理理论

(一) 泰罗及其科学管理理论

1. 泰罗简介

费雷德里克·温斯洛·泰罗(Fraderick Winslow Taylor,1856~1915)出生于美国费城一个富裕的律师家庭。1875~1878 年,泰罗在费城一个小钢铁机械制造厂当学徒工,1878 年谋职于米德维尔钢铁公司,不久升任车间管理员,而后又升至技师、工长等职，1883 年在史蒂文斯技术学校获得机械工程学位，1884 年升为该公司的总工程师。

在工作中，泰罗对当时的米德维尔钢铁公司的管理方法产生了不满。当时，该公司权责不明，标准不清，工人积极性低，士气消沉，并最终导致劳动生产率的低下。对此，他提出了一系列方案，并取得了很好的效果。在此基础上，结合以后的工作管理经验，于 1911 年，他写成了《科学管理原理》一书，由于其对科学管理理论的杰出贡献，人们尊称他为"科学管理之父"。

▌管理故事▐

泰罗的三大科学管理实验

泰罗的科学管理理论是建立在他的管理实践经验和三大著名的管理实验基础上的。

（1）铁块搬运实验。这项工作是由工人用手将每块重 92 磅①的铁块由铁路货场搬到火车车皮上。当时泰罗刚进入钢铁公司，该公司的每个搬运工每天平均搬运工作量为 12.5 吨。泰罗对此进行了观察研究，认为工人可以大幅度提高搬运的效率。为了印证他的设想，他找了一个身强力壮的工人，给他取了一个名字"施密特"，泰罗精心设计了工作的程序和休息时间。按照泰罗规定的时间和方法，施密特每天达到了 47.5 吨的工作量，同时施密特还得到了超过其他工人的高工资 1.85 美元。经过反复的挑选和实验发现，七八个人当中只有一个人能成为施密特式的工人。

（2）铲具实验。泰罗所在的钢铁公司有一项铲掘煤粉和铁砂的工作，铲具由铲掘工自带。他们铲掘铁砂时，平均每一铲子的质量要远远高于铲掘较轻的煤粉时每一铲子的重量。泰罗意识到这一点并进行了大量的实验，发现平均每铲的质量为 21 磅时铲掘工作效率最高。于是企业开始设置工具库，工人不必自带铲具，而要根据铲掘物的不同从工具库领取大小不同的铲具，保证了工作效率的提高。

（3）金属切削实验。泰罗经过多次试验，获得了大量关于金属切削机器与进料、运转速度之间变化关系的资料，发明了一种高速钢和计算尺。高速钢的运用，使切削时间减少了；计算尺的运用，使普通工人可以在最短的时间内计算出最佳的切削速度和送料方法，使机器操作达到最优化。

（资料来源：丁家云，谭艳华. 管理学［M］. 合肥：中国科学技术大学出版社，2008.）

---

①　磅为非法定计量单位，1 磅＝0.45359237 千克。因此处为引文，故未做规范化换算处理。本书后文类似之处，不再说明。

2. 泰罗科学管理理论的主要内容

（1）工作定额原理。泰罗认为要制定出有科学依据的工人的"合理的日工作量"，就必须进行动作和时间研究。方法是把工人的操作分解为基本动作，再测定完成这些基本动作所需的时间，将得出的最有效的操作方法作为标准。然后将完成这些操作的标准时间，加上必要的休息时间和其他延误时间，就可以得到完成这项工作的标准时间，据此制定一个工人的"合理日工作量"。

（2）标准化原理。泰罗认为必须用科学的方法对工作的操作方法、使用工具、劳动和休息时间的搭配以及机器的安排和作业环境的布置等进行分析，才能从根本上提高劳动生产率，而这些应该是企业管理的首要职责。

（3）能力与工作相匹配原理。为了提高劳动生产率，必须为工作挑选第一流的工人。第一流的工人是指：能力最适合做这种工作而且也愿意去做这种工作的人。要根据人的能力把他们分配到相应的工作岗位上，鼓励他们努力工作，并进行培训，教会他们科学的工作方法，使他们成为第一流的工人。

（4）刺激性的差别计件工资制。泰罗认为，工人怠工的主要原因之一是报酬制度不合理。泰罗提出了一种新的报酬制度——差别计件工资制。所谓"差别计件工资制"，是指计件工资率随完成定额的程度而上下浮动。如果工人完成或超额完成定额，则定额内的部分连同超额部分都按比正常单价高25％计酬；如果工人完不成定额，则按比正常单价低20％计酬。工资支付的对象是工人而不是职位，即根据工人的实际工作表现而不是根据工作类型来支付工资。

（5）计划职能与执行职能相分离原理。泰罗主张把计划职能同执行职能分开，由专门的计划部门承担计划职能，由所有的工人和部分工长承担执行职能。计划部门的主要任务是：①进行时间和动作研究；②制定科学的工作定额和标准化的操作方法，选用标准化的工具；③拟定计划，发布指示和命令；④对照标准，对实际的执行情况进行控制等。

（6）职能工长制。泰罗认为，为了使工长能够有效地履行职责，必须把管理工作细分，使每个工长只承担一种职能。但后来的事实表明，一个工人同时接受几个职能工长的指挥，容易造成混乱，所以这种职能工长制没有得到推广，但这种思想为以后职能部门的建立和管理专业化提供了基础。

（7）例外原理。所谓例外原理，就是高级管理人员为了减轻处理纷乱繁杂事务的负担，把处理文书、报告等一般日常事务的权力授予下级管理人员，高级管理人员只保留对例外事务即重大事件的决策权和监督权。

（二）其他学者的科学管理理论

1. 吉尔布雷斯科学管理理论

弗兰克·吉尔布雷斯（Frank Gilbreth，1868～1924）与莉莲女士从工作效率和心理作用两方面入手，在动作研究和工作简化方面做出了特殊的贡献。吉尔布雷斯把人的动作分解为 18 个基本元素，简称"动素"，即：寻找、找到、选择、抓取、夹持、移物、定位、装配、使用、拆卸、检验、预定位、放物、空移、休息、不可避免的耽搁、可避免的耽搁、计划。通过分解各种动作，剔除不必要的动作，形成新的工作方法。他们研究出一种工作和休息的合理搭配方法和恰当的环境布置，在 1916 年出版了《疲劳研究》，莉莲女士还出版了《管理心理学》，被称为管理学上的"第一夫人"。

2. 甘特科学管理理论

亨利·甘特（Henry Gannt，1861～1919）。甘特曾是泰罗的亲密合作者，一生著述甚多。他发展了生产管理中的计划控制技术，创造出"甘特图"，并提出了新的工资制度。他在 1916 年出版的《工业革命》一书，号召人们更多地注意管理中人的因素，认为必须改进领导方式。

此外，对工时测定、降低成本、提高效率、消除浪费以及组织结构都有所研究的哈林顿·爱默森（Harrington Emerson，1858～1931），促进了科学管理理论的进一步丰富化。亨利·福特（Henry Ford，1863～1947）创建了当今享誉全球的美国福特汽车公司，他是流水线大量生产方式的倡导者，并促进了生产和管理的进一步标准化，真正用实践充实了泰罗的管理标准化原理。

五、一般管理理论

（一）亨利·法约尔简介

亨利·法约尔（Henri Fayol，1841～1925）出生于法国的一个小资产者家庭，1860 年毕业于法国圣艾蒂安国立矿业学院，同年受聘于康门塔里—福尔尚布德矿业公司，成为一名采矿工程师，1868 年在该公司任矿井经理，1888 年升任为公司总经理。1916 年法国矿业协会的年报公开发表了他的著作《工业管理与一般管理》。这本著作是他一生管理经验和管理思想总结。他认为，他的管理理论虽以大企业为研究对象，但除了可运用于工商企业外，还可应用于政府、教会、慈善机构和军事组织等。所以，法约尔是第一位概括和阐述一般管理理论的管理学家。

（二）一般管理理论的主要内容

1. 企业的经营活动和管理的五项职能

法约尔认为，管理和经营是两个具有不同内涵的概念。任何企业的经营活动都可分为六大类，管理不过是其中的一个组成部分。这六类活动包括：①技术活动，指生产、制造和加工；②商业活动，指采购、销售和交换；③财务活动，指资金的筹措、运用和控制；④安全活动，指设备的维护和人员的保护；⑤会计活动，指货物盘点、成本统计和核算；⑥管理活动，指计划、组织、指挥、协调和控制。

法约尔认为，管理具有五大职能，其中，计划是指探索和预测未来，并据此制定行动计划，提出实施方案；组织是指确定执行工作任务，组织人力、物力资源，建立管理职能机构，即建立统一企业人财物的权力机构；指挥是指对下属活动以指导，使之发挥作用；协调是指连接、联合、调和所有的活动及力量，维持必要的统一，调整不同部门、不同人员的活动与关系；控制是指确保各项工作的实际执行与计划、指令及标准基本符合。

法约尔提出的五项管理职能，形成了一个完整的管理过程，因此，他又被称为管理过程学派的创始人，其"职能观"被广泛采纳。

2. 管理的十四条原则

（1）分工。分工是实行劳动专业化以提高生产效率，它是在各种机构、组织、团体中进行管理活动所必不可少的工具。

（2）权力与责任。权力是指"指挥他人的权以及促使他服从的力"。在行使权力的同时，必须承担相应的责任，即权责对等。

（3）纪律。纪律实质上就是组织内所有成员通过成文协议对自己在组织内的行为进行控制。纪律是管理所必需的，没有纪律就难以管理成功。

（4）统一指挥。组织内每一员工只能接受一位上级的指挥。

（5）统一领导。对于目标相同的一组活动只能在一个领导和一个计划下进行。

（6）报酬合理。报酬必须保证公平合理，尽可能使职工和公司双方满意。

（7）个人利益服从于整体利益。任何个人都不应把个人利益放在组织整体利益之上。当两者发生不一致时，管理人员要设法公正地将之协调起来。

（8）集权与分权。提高下属重要性的做法是分权，降低下属重要性的做法是集权。合理的集权与分权可以使组织各部分运动起来，尽可能地发挥所有人员的才能。

（9）等级链。所谓等级，指的是从最高权力机构到低层管理人员的上下级关系系列，它是执行权力的路线和信息传递的途径。

▌知识链接▐

法 约 尔 桥

　　法约尔认为要保证统一指挥,那种从最高权威者到最低层管理者的等级链是必要的,但在紧急情况下,平级之间跨越权力而进行的横向沟通也是非常重要的。因此,法约尔设计了一种分层管理的"跳板",即"法约尔跳板"或"法约尔桥"(见图2-1)。

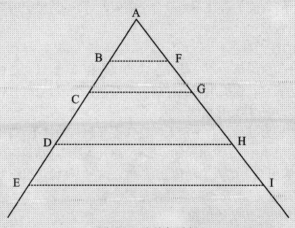

图 2-1　法约尔跳板

　　在法约尔跳板中,如果 D 所在部门(或车间)发生了紧急情况,D 可以和 H 直接横向沟通,条件是所有当事人同意和通知各自的上级,这样就保证了在维护统一指挥前提下的迅速、可靠的横向联系,可以提高效率,节省时间。

　　(资料来源:丁家云,谭艳华. 管理学[M]. 合肥:中国科学技术大学出版社,2008.)

　　(10)秩序。秩序指的是组织中的人员和物料都各有其位,并且都各在其位。

　　(11)公平。管理必须对每一个员工以同样的原则和态度来处理问题,才能建立起公正平等的气氛,才能使下属对上级表现出忠诚和热心。

　　(12)人员稳定。如果人事不断变动,工作将难以顺利完成,成功的企业应鼓励职工长期努力工作,保持工作的相对稳定性。

　　(13)首创精神。首创精神是创立和推行一项计划的动力。领导者不仅本人要有首创精神,还要鼓励全体成员发挥他们的首创精神。

　　(14)集体精神。必须保持和维护企业内部的融洽、和谐与团结,特别是人与人之间的相互关系。

法约尔特别强调,以上14条原则在管理中不是死板和绝对的,是有尺度的。因此,原则是灵活的,可以适应于一切需要,关键是要灵活地运用它们。

六、理想的行政组织理论

古典管理理论研究者中对组织理论有重要贡献的人物是马克斯·韦伯(Marx Weber,1864~1920)。韦伯是德国著名的社会学家和经济学家,他提出了理想的行政组织理论,他的代表作为《社会组织和经济组织理论》。他指出理想的行政组织理论中,所谓"理想的",并不是最合乎需要的,而是指组织的"纯粹形态"。该理论的核心内容包括:

(一)组织的权力基础

韦伯认为任何组织都必须有某种形式的权力作基础,只有这样组织才会始终朝目标前进并达到它。他提出有三种权力类型,与之相对应有三种组织形式。

1. 超凡权力——神秘化组织

这种组织的权力基础是对个别人的特殊性和超凡的神圣、英雄主义或模范的崇拜。在这种组织当中,支撑组织的是那些"超凡人物",他们具有神授的能力、无与伦比的魅力,吸引众多的人追随他、服从他。这种"神秘化组织"是不稳固的,因为它会随着"超凡人物"的死亡或离开而走向分裂。

2. 传统权力——传统的组织

这种组织的权力基础是对古老传统的不可侵犯性和按传统执行权力的人的正统性的信念。在这种组织中,领导人不是按能力来挑选的,而是按传统或继承沿袭而确立的。它建立的基础是非理性的或局部理性的,运作效率在三种组织形式中是最低的。

3. 法定权力——理想的行政组织

这种组织的权力基础是对标准规则的"合法性"的信念,或对那些按照标准规则被提升为领导者的权力的信念。领导者是按技术资格或其他既定规则挑选出来的,组织中的决定、规则都以书面形式规定与记载。这种组织好比一架旨在执行某些功能而设计的合理化的机器。这种组织的优点是能有效地实现组织目标。

韦伯认为,理想的行政组织建立在合理、合法的基础上,它是最有效率的组织形态。

(二)理想行政组织的特征

理想的行政组织应该具备以下特征:

(1)明确的分工。成员间有明确的任务分工,每个职位的权力和责任都有明确的规定。

（2）自上而下的等级系统。组织内的各个职位，按照等级原则进行安排，形成自上而下的等级系统。

（3）人员的考评和教育。人员的任用根据职务的要求，通过正式的考评和教育来进行。

（4）职业管理人员。公职人员必须是专职的，有固定的薪金和明文规定的升迁制度。

（5）遵守规则和纪律。组织内部任何人都必须遵循共同的法规和制度，组织中人员的任用必须一视同仁，严格掌握标准。

（6）组织中人员之间的关系。组织中上下左右的关系是工作与职位的关系，不受个人情感的影响。

第二节　行为科学理论

一、行为科学理论产生的历史背景

古典管理理论对人的假设是"经济人"，把工人当作机器看待，忽视人的心理因素、精神因素、动机等对劳动生产率的影响。随着日新月异的科技进步和生产规模的不断扩大，劳动力大军的结构发生了重大变化，具有较高文化水平和技术水平的工人逐渐占据主导地位，单纯的金钱刺激和严格的控制难以像以往那样发挥作用。因此，许多企业主深切地感受到，继续依靠传统的管理理论和方法已不可能有效地控制工人来达到提高劳动生产率、增加利润的目的。一些管理学家和心理学家也意识到，社会化大生产需要与之相适应的新的管理理论。于是，他们开始从生理学、心理学、社会学等角度研究企业中有关人的问题，诸如人的工作动机、情绪、行为与工作环境之间的关系，试图找出影响生产率的因素，进而创建了行为科学理论。

行为科学理论起源于20世纪20年代末30年代初，当时以梅奥为代表的一批学者进行的"霍桑试验"，开创了行为科学的早期研究，建立了"人际关系学说"。之后，社会学家、人类学家、心理学家、管理学家等许多领域的学者共同研究人的行为和动机，在这方面取得了突破性进展。1949年，在美国芝加哥大学的一次跨学科会议上，学者们充分肯定了对人的行为研究的一系列成果，并将之命名为"行为科学"。

二、霍桑试验与人际关系学说

(一) 梅奥与"霍桑试验"

乔治·埃尔顿·梅奥(George Elton Mayo,1880～1949)是澳大利亚籍美国心理学家和管理学家。1924～1932年间,美国国家委员会和西方电气公司合作,由梅奥负责在西方电气公司所属的霍桑工厂,为测定各种有关因素对生产效率的影响程度而进行了一系列试验即著名的霍桑试验(Hawthorne Experiment)。该试验分为四个阶段:

1. 工厂照明

该试验的目的在于调查和研究工厂的照明度和工作效率的关系。一批工人被分成两组:一组是试验组,车间的照明度作各种变化;另一组是对照组,车间照明强度保持不变。结果发现,照明度和工作效率没有单纯的直接关系,生产效率应该是与某些其他未知因素有关。

2. 继电器装配室试验

在这一阶段,试验人员选择了5名女装配工和1名女画线工在单独的一间工作室内工作,1名观察员被指派加入这个小组,记录室内发生的一切,以便对影响工作效果的因素进行控制。这些女工在工作时间可以自由交谈,观察员对她们的态度也很好。在试验中分期改善工作条件,如改善进料供应方式、增加工间休息、供应午餐和茶点、缩短工作时间、实行集体计件工资制等,这些条件的变化使女工们的产量上升。但过了一年半,在取消工间休息和供应的午餐和茶点并恢复每周工作六天后,她们的产量仍然维持在高水平。研究人员发现,其他因素对产量无多少影响,而社会条件和督导方式的变化会引起工人工作态度的变化,从而自动地保持高的生产效率。为了得到更多的资料和信息,试验小组决定设计一个大规模的访谈计划来加以确认和证实。

3. 大规模访谈

试验小组用了3年时间对西方电器公司的两万一千名员工进行了访问调查。目的是了解如何获取职工内心真正的感受,从而帮助他们解决问题,进而提高生产效率。面谈表明,职工个人有个人需要解决的问题,他们对工作也各有不同的意见,这些都直接影响着职工的生产积极性。管理者应当理解职工的感情,倾听他们的意见,消除他们的各种烦恼和不满,才能提高他们的工作热情,达到提高生产率的目的。

4. 接线板接线工作室试验

该工作室有9名接线工、3名焊接工和2名检查员。在观察了相当长的一段时间以后,试验小组有重大发现:①大部分成员都自行限制产量。他们每天完成的工作量低于公司制定的定额,原因是怕公司再提高工作定额,也因此造成一部分人失业,他们这样做保护了工作速度较慢的同事。②工人对不同级别的上事持不同态度。他们把小组长看作小组的成员。对于小组长以上的上级,级别越高,工人对他越尊敬,但工人对他的顾忌心理也越强。③成员中存在小派系。工作室里存在派系,每个派系都有自己的行为规范,谁要加入这个派系,就必须遵守这些规范。

(二)人际关系学说的主要内容

根据以上四个阶段的试验,梅奥等人建立了人际关系学说,并出版了一系列的著作,其中,1933 年出版的梅奥的《工业文明中人的问题》影响最大,在这部著作中,他阐述了他的人际关系学说的主要内容:

1. 工人是社会人,不是经济人

古典管理理论把人假设为经济人,认为金钱是刺激积极性的唯一动力。工人还有社会、心理等方面的需求,所以,不能忽视社会和心理因素对工人工作积极性的影响。

2. 生产效率主要取决于工人的工作态度以及他和周围人的关系

梅奥认为,提高工作效率的主要途径是提高工人的满足度,即职工对家庭、社会生活和组织中人与人之间关系的满足度。所以,管理人员应重视人际关系,设身处地地关心下属,达到感情的上下沟通,提高员工士气,从而提高工作效率。

3. 企业中存在着非正式组织

梅奥认为,企业成员会因为具有共同的感情、态度和价值观而形成一种"非正式组织",非正式组织以它独特的感情、规范和倾向,左右着其成员的行为,它是影响生产率的一个重要因素。

三、行为科学理论

人际关系学说发展到 20 世纪 50 年代初期便形成行为科学理论。行为科学的含义有广义和狭义两种。广义的行为科学是指包括类似运用自然科学的实验和观察方法,研究在自然和社会环境中人的行为的科学。已经公认的行为科学的学科有心理学、社会学、社会人类学等等。狭义的行为科学是指有关对工作环境中个人和群体的行为进行研究的一门综合性学科。进入 20 世纪 60 年代,为了避免同广义的行为科学相混淆,出现了组织行为学这一名称,专指管理学中的行为科学。

目前,组织行为学从它研究的对象和涉及的范围来看,可分成三个层次,即个体行为、团体行为和组织行为。

(一) 个体行为理论

个体行为理论主要包括两大方面的内容：

(1) 有关人的需要、动机和激励方面的理论，可分成三类：⑴激励的需要理论，包括马斯洛的需要层次论、赫茨伯格的双因素理论和麦克利兰的后天需要理论等；⑵激励的过程理论，包括亚当斯的公平理论和弗鲁姆的期望理论；⑶强化激励理论、归因理论等。

(2) 有关企业中的人性理论。主要包括：美国社会心理学家道格拉斯·麦格雷戈提出的"X－Y理论"，围绕人的本性来论述人类行为规律及其对管理的影响；美国的行为科学家克里斯·阿吉里斯把马斯洛的思想加以发展，提出了一项人类行为的不成熟—成熟理论。他认为，在人的个性发展方面，如同婴儿成长为成人一样，也有一个从不成熟到成熟的连续发展过程，最后发展成为一个健康的个体。

(二) 团体行为理论

团体是由两个或两个以上的人组成，并通过人们彼此之间相互影响、相互作用而形成的。团体可以分为正式团体和非正式团体；也可以分为松散团体、合作团体和集体等等。团体行为理论主要是研究团体发展动向的各种因素以及这些因素的相互作用和相互依存的关系。比如，团体的目标、团体的结构、团体的规模、团体的规范以及信息沟通和团体意见冲突理论等等。

(三) 组织行为理论

组织行为理论主要包括领导理论和组织变革、组织发展理论。领导理论又包括三大类，即领导性格理论、领导行为理论和领导权变理论等等。

以上这些理论，我们将在领导、激励、沟通等章节中有选择地加以介绍。

第三节　现代管理理论

第二次世界大战以后，随着现代科学技术日新月异的发展，社会生产力水平迅速提高，生产的社会化程度不断加强，市场竞争日益加剧。生产与经营环境的变化，引起了人们对管理理论的普遍重视。欧美的许多管理学家以及心理学家、社会学家、人类学家、经济学家甚至生物学家、哲学家、数学家等纷纷从各自不同的背景、不同的角度、用不同的方法对现代管理问题进行研究，涌现出各种各样的管理学派。这些理论和学派，在历史渊源和内容上相互影响和相互联系，形成了盘根错节、争相竞荣的局面,被称为"管理理论的丛林"。

1961年12月,美国著名管理学家哈罗德·孔茨(Harold Koontz,1908~1984)在美国《管理杂志》上发表了《管理理论的丛林》的文章,把当时的各种管理理论划分为六个主要学派,包括管理过程学派、经验(案例)学派、人类行为学派、社会系统学派、决策理论学派和数理学派。1980年,孔茨又发表了《再论管理理论的丛林》的论文,指出管理理论已经发展到11个学派。

▌知识链接▐

十一个学派的代表人物及主要思想

学派名称	代表人物	主要观点
经验(案例)学派	德鲁克 戴尔	通过分析经验(通常是案例)来研究管理,学生和管理者通过研究各种各样的成功和失败的案例提高分析问题和决策能力,进而有效地进行管理
人际关系学派	梅奥 马斯洛	运用心理学和社会心理学理论研究人与人之间的关系,人们的价值观念、激励、行为修正、领导和沟通等是这一学派研究的重点
群体行为学派	卢因 谢里夫	运用社会学、人类学和社会心理学的理论研究群体中人的行为,并着重研究群体行为方式
合作社会系统学派	巴纳德	把组织当成人、群体相互作用的合作的社会系统来研究,是对人际关系和群体行为学派的一种修改
社会技术系统学派	特里斯特	重点研究技术系统(机器、方法、技术)和社会系统(态度、价值观念、行为)之间的相互作用
决策学派	西蒙 马奇	强调管理者的主要任务是决策和解决问题,着重研究如何制定决策的问题,以及决策对组织管理的影响
系统学派	卡斯特 约翰逊	认为任何事物都是一系列相关要素的组合,组织是由相关的职能部门或子系统组成的系统,应按照系统方法研究管理
管理科学学派	伯法 鲍曼	开发解决管理问题的数学模型,重视定量分析技术的研究及其在管理工作中的应用

学派名称	代表人物	主要观点
权变学派	莫尔斯 洛希	主要研究管理工作与环境条件之间的关系,认为管理理论和方法是环境的函数。
管理角色 学派	明茨伯格	通过观察管理者的实际活动来明确和研究管理者的工作内容
经营管理 学派	孔茨 穆尼	强调管理职能及与管理职能相关的管理原则的研究,力图把用于管理实践的概念、原则、理论和方法结合起来,形成系统的管理学科

(资料来源:张玉利.管理学[M].第2版,天津:南开大学出版社,2004:37.)

本书认为,现代管理理论在以下七个学派上最具代表性。

一、合作社会系统学派

该学派的代表人物是美国人切斯特·巴纳德(Chester Barnard,1886~1961),他的代表作是1938年出版的《经理人员的职能》。

合作社会系统学派认为组织是一个合作的社会系统,其存在取决于:①协作的效果,即目标的达成;②协作效率,即在实现目标的过程中,协作的成员损失最小而心理满足较高;③组织目标应和环境相适应。

巴纳德还把组织分为正式组织和非正式组织,指出正式组织无论级别的高低和规模的大小,都必须包含三个要素:①组织成员有协作意愿;②共同的目标;③组织中有一个能彼此沟通的信息系统。关于协作的意愿,巴纳德认为,组织成员对于自己在工作中的贡献(即个人对组织的牺牲)同所能得到的诱因(即所得)进行比较后,如果其净结果(即个人欲望的满足)是正数,则产生协作意愿;如果是负数,则协作意愿消失,成员就会退出组织。

巴纳德认为作为一个管理人员或经理人员,必须完成三个主要的职能:①设定组织目标;②筹集所需资源,使组织成员能为实现目标提供贡献,管理者应带头工作,以使其权威为职工所接受;③建立并维持一个信息联系系统。

二、社会技术系统学派

该学派的创立者是英国的特里斯特(E. L. Trist)等人。他们通过对长壁采煤法生产问题的研究,认为在管理中只分析社会系统是不够的,还需要研究技术系统对社会的影响以及对个人心理的影响,因为技术系统对于社会系统有强烈的影响,他们主张在社会系统和技术系统之间建立协调关系,一旦发现两者不协调时,就应对技术系统作出某些变革。他们认为,管理绩效乃至组织的绩效,不仅取决于人们的行为态度及其相互影响,而且取决于人们工作的技术环境。管理人员的任务之一就是确保社会系统与技术系统相互协调。

三、决策学派

决策学派的代表人物是赫伯特·西蒙(Herbert A. Simon,1916~2001)。由于在决策方面的杰出贡献,西蒙被授予1978年诺贝尔经济学奖。西蒙的决策理论的主要思想包括两个基本命题:人的有限理性和决策的满意原则。

西蒙认为,管理理论所关注的焦点是人的社会行为的理性方面与非理性方面的界限。相对于微观经济学中经济人的完全理性,管理人的理性是有限的,主要表现在:知识不完备,即所谓局部的文盲;困难的预见,这是多变的环境以及自身局限的必然结果;局限的可能行为范围。

基于对有限理性的研究,西蒙又提出了决策的满意准则。由于决策者在认识能力上和时间、经费以及情报来源上的限制,即有限的理性,事实上人们不可能做出"完全理性"或"最优决策",常常只能满足于"足够好的"或"令人满意的"决策。

▌管理大师▐

赫伯特·西蒙

赫伯特·西蒙(Herbert A. Simon,1916~2001),美国管理学家和社会科学家,西方决策理论学派的创始人之一,在管理学、经济学、组织行为学、心理学、政治学、计算机科学等方面都有所造诣。他早年就读于美国芝加哥大学,于1943年获得博士学位。1949年以前,他先后在芝加哥大学、伯克利大学和伊利诺伊工艺学院任教,1949年以后长期在卡内基—梅隆大学任教。1961~1965年间任美国社会科学院研究委员会主席。他长期讲授计算机科学和心理学等课程,并曾从事过经济计量学的研究。由于在决策理论的研究方面做出了贡献,他被授予1978年度诺贝尔经济学奖。

西蒙的主要著作有:《管理行为》(1945年)、《公共管理》(1950年)、《人的模型》(1957年)、《组织》(与马奇合写,1958年)、《经济学和决策科学中的决策理论》(1959年)、《管理决策的新科学》(1960年)、《自动化的形成》(1960年)、《人工的科学》(1969年)、《发现的模型》(1977年)。

(资料来源:陈莞,倪德玲.最经典的管理思想[M].北京:经济科学出版社,2003.)

决策学派的主要观点包括:①决策是一个复杂的过程。包括判断问题,确定目标;提出尽可能多的各种方案与措施;比较得失,做出选择。②决策分为程序化决策和非程序化决策。③组织设计的任务就是建立一种决策的人——机系统。计算机的广泛运用,对管理工作和组织结构产生了重大影响,它使得程序化决策的自动化程度越来越高,甚至许多非程序化决策也逐步进入程序化决策的领域,从而导致企业决策的重大改革。由于组织本身就是一个由决策者个人所组成的系统,现代组织又引入了自动化技术,从而变成为一个由人与计算机所共同组成的结合体。组织设计的任务就是要建立这种制定决策的人—机系统。

四、系统学派

系统学派的代表人物是美国管理学家弗里蒙特·卡斯特(Fremont E. Kast)、詹姆士·罗森茨韦克(James E. Rosenzweig)等人。他们将系统论和控制论运用于企业管理领域,出版了《系统理论和管理》《组织与管理:系统与权变的方法》等著作,形成了系统学派。

系统学派的理论要点是:组织是由人们建立起来的,相互联系并且共同作用的要素所组成的系统,这一人造的开放系统,同外部环境之间存在着动态的相互作用,并具有内部和外部的信息反馈网络,能够不断地自行调节,以适应环境和本身的需要;企业的组织结构是一个完整的系统,同时也是一个管理信息系统。对于管理者而言,尤其是工商组织中的管理者,必须要有一个系统观念,当他们决定改变某一子系统时,需考虑将会对其他子系统,乃至整个系统产生怎样的影响。总之,在企业中,没有一个管理者,没有一个部门或单位能不顾及他人而独立存在,这也就是说,组织中整体的或部门的运作要防止因为局部的优化而造成对其他领域产生负面影响。

五、管理科学学派

管理科学学派的代表人物是美国管理学家埃尔伍德·斯潘塞·伯法(Elwood Spencer Buffa),其代表作是《现代生产管理》。管理科学学派也称数理学派,它其起源于第二次世界大战期间运筹学在组织和管理大规模军事活动和后勤活动所发挥的重要作用。第二次世界大战后,英国和美国都成立了专门的运筹学研究机构。这些运筹学家认为,管理基本上是一种数学程序、概念、符号以及模型等的演算和推导。

管理科学学派认为,管理就是用数学模式与程序来表示计划、组织、控制、决策等合乎逻辑的程序,求出最优的解答,以达到系统所追求的目标。管理科学就是制定用于管理决策的数学模型与程序的系统,并把他们通过电子计算机应用于组织管理。解决问题的一般程序是：提出问题；建立一个研究系统的数学模型；从模型中取得解决问题的方案，并对数学模型求解，取得能使系统达到最佳效益的数量值；检查这个模型对预测实际情况的准确度；对所求得的解进行控制，提出对方案进行调整控制的措施；把方案付诸实施。

六、权变学派

权变学派的代表人物是弗莱德·菲德勒（Fred Fiedler）和琼·伍德沃德（Joan Woodward），该学派试图综合各管理学派的理论，因此，它认为，由于组织内部各部分之间的相互作用和外界环境的影响，组织的管理并没有绝对正确的方法，也不存在普遍适用的理论，任何理论和方法都不见得绝对的有效，也不见得绝对的无效，采用哪种理论和方法，要视组织的实际情况和所处的环境而定。权变理论学派试图通过"权宜应变"融各学派学说于一体。权变学派并不排斥哪一个学派，而是认为每个学派的理论和方法都是可取的，经营管理（或管理过程）学派、行为科学学派、管理科学学派、系统学派的理论和方法都是权变关系中的管理变量，对权变管理都能做出贡献。

权变管理理论的运用主要表现在计划、组织、领导方式三个方面。

（1）计划的制定，必须首先分析环境和组织的重要变量，在不同的情况下，制定不同类型的计划，要充分注意计划中的模糊性与灵活性。

（2）不但不同的公司，甚至在某一公司不同的发展阶段，也需要不同模式的管理组织形式。因地制宜和因时制宜地选择符合企业需要的管理组织模式和管理措施，是公司经理的重要任务。

（3）世上没有什么"最好的"或"最差的"领导方式，一切以企业的任务、个人和团体的行为特点以及领导者和职工的关系而定。

七、经营管理（或管理过程）学派

经营管理学派也叫管理过程学派。这个学派是在继古典管理理论和行为科学理论之后影响最大、历史最悠久的一个学派。法约尔是这个学派的创始人，后来经美国管理学家哈罗德·孔茨等人发扬光大，成为现代管理理论丛林中的一个主流学派。该学派的思想框架为现代管理学学科体系的构建奠定了基础。

该学派的主要观点是：

（1）管理是一个过程。它的研究对象就是管理的过程和职能，可以通过分析管理人员的职能从理论上很好地对管理加以剖析。

（2）管理存在共同的基本原理。根据在各企业中长期从事管理的经验，可以总结出一些基本的管理原理,这些原理对认识和改进管理工作能起到说明和启示作用;可以围绕这些基本原理开展有益的研究,以确定其实际效用,扩大其在实践中的作用和适用范围。

▌管理大师▐

哈罗德·孔茨

哈罗德·孔茨(Harold Koontz,1908~1984),美国管理学家,管理过程学派的主要代表人物之一。1908年5月19日出生于美国俄亥俄州的芬雷。1931年,成绩优异的孔茨被美国西北大学录取,改读企业管理硕士学位。1935年获得耶鲁大学哲学博士学位。他的工作经历非常丰富,既在大学从事管理学的教学和研究,又有大量和多种企业管理的实践经历,由此,造就了孔茨在管理上的突出成就。

孔茨很强调管理的概念、理论、原理和方法,认为管理工作是一种艺术,它的各项职能可以分成五类,即计划、组织、人事、指挥和控制,组织的协调是五种职能有效应用的结果。

《管理学》是孔茨与奥唐奈合著的一部著名管理学著作。此外,他还著有:《企业的政府控制》(1941年),《私人企业的公共控制》(与加勃合著,1956年),《管理理论的丛林》(1961年),《经营的实践入门》(与福尔默合著,1978年),《再论管理理论的丛林》(1980年)。《管理学》这部著作是西方企业管理过程学派的代表作之一,自1955年出版后曾多次改版。孔茨的《管理学》这部著作,奠定了孔茨作为管理过程学派的主要代表人物之一的学术地位,从而在西方管理学界产生了很大的影响。

(资料来源:陈莞,倪德玲.最经典的管理思想[M].北京:经济科学出版社,2003.)

(3) 管理有明确的职能和方法。孔茨把管理描述为通过别人使事情做成的各项职能:计划、组织、人事、指挥、控制等。他认为,协调的本身不是单独的职能,而是有效地运用了这五种职能的结果。

(4) 管理拥有自己的方法。分析每一项管理职能的一些基本问题,如特点和目的、基本结构、过程、技术和方法及其优缺点等,研究其有效实施的障碍和排除这些障碍的手段和方法。

(5) 管理人员的环境和任务受到文化、物理、生物等方面的影响,管理理论也从其他学科中吸取有关的知识。

第四节 中国管理思想

一、中国古代管理思想

中国是世界四大文明古国之一,古老的中华民族在其部落领袖和帝王的率领下,从事着有组织的生产劳动、建筑工程和政治斗争,并发展和积累自己的社会文化,同时也就开始有了一定形式的管理。随着社会生产力和民族文化的发展,社会化劳动日益加强,社会文化日益丰富,管理活动越加复杂,为了适应治理国家、发展经济和领兵作战的需要,出现了众多杰出的思想家,提出了许多早期的管理思想。

中国古代管理思想的框架基本形成于先秦至汉代这一时期,主要体现在诸子百家思想中,如儒家、道家、墨家、法家、兵家等。中国管理思想从传说时期萌芽,夏商周时期产生,秦汉至隋唐时期发展,到宋元明清时期承接,其内容实质没有变化。从宏观的角度看,我国古代管理思想大致可分为三个部分:治国、治生和治身。治国主要是处理整个社会、国家管理关系的活动,即"治国之道",它是治理整个国家、社会的基本思路和指导思想,是对行政、军事、人事、生产、市场、田制、货币、财政赋税、漕运等方面管理的学问;治生是在生产发展和经济运行的基础上通过官、民的实践逐步积累起来的,它包括农副业、手工业、运输、建筑工程、市场经营等方面的管理学问;治身主要是研究谋略、用人、选才、激励、修身、公关、博弈、奖惩等方面的学问。中国历史给我们留下了有关管理国家、巩固政权、统帅军队、组织战争、治理经济、发展生产、安定社会等方面极为丰富的经验和理论,至今仍闪耀着光辉的管理思想。中国古代管理思想虽然博大精深,但是这些管理思想大都属于认识性的和经验的积累,并且比较零星分散。

经过传说中的"五帝"时代,随着夏王朝早期国家的建立,跨越殷商与西周发展到春秋战国时期,在漫长的国家前社会和国家社会丰富的管理实践的基础上形成了日趋成熟、各富个性的不同管理思想。经过春秋战国的"学派林立、百家争鸣"、秦王朝的"崇法轻儒"和汉初的"黄老之术"、汉武帝时代的"罢黜百家、独尊儒术",历史选择终于架构出以"儒学为主、道法相辅"为学派结构的中国古代主干管理思想。古代管理思想不具备当代科学的严谨逻辑结构,没有自身独立的知识体系,而是包蕴于诸子学说之中,再加上其鲜明的伦理政治型、谋略政治型等特征,铸就了与西方现代管理理论的巨大差异。

对于中国的传统文化,我们应结合时代的发展,古为今用,使中华文化永葆美妙的青春。任何管理思想都是植根于一定的社会文化土壤之中的,而一定的社会文化又割舍不断与历史传统的联系,并且总是在继承中发展,在发展中继承。只有这样,才能形成适合本国国情的特色,才能具有强大的生命力。所以,我们在研究现代管理思想的时候,不得不首先研究中国古代传统的管理思想。

▌知识链接▐

孔子与儒家思想

在春秋时代,诞生了一位伟大的思想家——孔子,他开创了一代儒学,对后世影响深远。孔子的远祖是宋国贵族,殷王室的后裔,孔子生在鲁国,名丘,字仲尼。由于早年丧父,家境衰落,孔子年轻时曾做过“委吏”(管理仓廪)与“乘田”(管理牧牛羊)。虽然生活资苦,但孔子15岁即“有志于学”。他善于取法他人,且学无常师,好学不厌,乡人都称赞他“博学”。

孔子学有所成后,便开始授徒讲学,创办了我国最早的私学。公元前517年,鲁国内乱,孔子离鲁至齐。齐景公向孔子问政,孔子便讲了“君君,臣臣,父父,子子”的儒家纲领,又主张“政在节财”。可惜当时齐国政权操控在大夫陈氏手中,孔子在齐国总不得志,遂又返回鲁国,以教书为生。公元前501年,孔子被鲁国国君任命为中郎宰,后升为大司寇。齐国听说孔子受到重用,怕鲁国强大后兼并自己,送了许多美女和乐工给鲁定公。鲁定公于是日日寻欢作乐,荒废了朝政。孔子见自己的政治抱负无法实现,遂带领弟子颜回、子路、子贡、冉求等人离开鲁国,开始了长达14年之久的周游列国的颠沛流离生涯,宣传自己的政治主张。

当时,大国都忙于争霸战争,小国都面临着被吞并的危险,整个社会正在发生剧烈的变革。而孔子宣传的,却是要恢复周朝初期的礼乐制度,自然没人接受。孔子先后到过卫国、曹国、宋国、郑国、陈国、蔡国、楚国,这些国家的国君都没有重用他。最后,孔子还是回到鲁国,把精力放到整理古代文化典籍和教育学生上。晚年的孔子整理了《诗经》和《尚书》,并根据鲁国史料,编成了我国历史上第一部编年体史书——《春秋》,记载了公元前722年到公元前481年的大事。孔子去世后,他的弟子将他生前的言行编成《论语》一书,并继续传授他的学说,形成了儒家学派。

儒家思想不仅在中国有着深远的影响,而且至少早在一千多年前的唐朝就已跃出国界,传播到了日本、朝鲜和东南亚各国,成为世界东方文化的渊源之一。在近一百年来,特别是最近几十年间,许多东南亚国家和地区,如日本、韩国、泰国、新加坡、我国香港和台湾都相继走上了现代化的道路,社会经济高度发展,企业管理也达到了世界先进水平。它们都没有否定儒家思想为核心的东方文化,实行全盘西化,而是把东西方文化有益的因素成功地结合在一起,把儒家思想中最核心的家庭观引进了企业,把"企业大家庭"作为企业组织的理想目标,把对君和父的忠诚用于建立企业中上下级关系的楷模,把"仁义礼智信"作为塑造企业文化的精髓,形成了与西方企业文化截然不同的特色。

　　参考资料:李肇翔.中国通史[M].上卷.沈阳:万卷出版公司,2006:51~52.作者做了改编。

二、中国近代管理思想

　　进入19世纪,中国的历史发生了重大的变化。一方面鸦片战争的爆发,给中国的政治、经济、社会带来了巨大的灾难,另一方面国门洞开也促进了中国资本主义工商业的发展,诞生了一批杰出的近代民族实业家,引进了西方的企业经营管理思想,使中国传统管理思想融进了新鲜的内容。这一时期的管理思想代表人物有地主阶级改革派林则徐、魏源等;洋务派李鸿章、张之洞等;资产阶级改良派康有为、梁启超等;资产阶级革命派孙中山、廖仲恺等;以及著名民族实业家张謇、穆藕初、荣宗敬、荣德生、刘鸿生、卢作孚等。本书将重点介绍近代著名民族实业家的管理思想。

(一)张謇的经营管理思想①

　　张謇(1853~1926),字季直,号啬庵,江苏南通人,光绪二十年恩科状元、立宪派领袖,清末民初著名的实业家、教育家、慈善家。

　　(1)实业与救国相并论。作为爱国的知识分子,张謇具有强烈的民族意识和责任感。他认为要抵御外侮,士大夫应担负起振兴实业的职责。

　　(2)农业、工业与商业相联系。他提出要全面发展民族资本主义,主张变法应该以发展农、工、商为中心和主体,优先发展工业,而发展的重点在棉纺织和钢铁两大行业,即著名的"棉铁主义"。

　　(3)官助与商办相结合。张謇一贯主张发展中国民族资本主义的基本途径是官助与商办相结合。

　　(4)内资与外资相合用。为了解决资金匮乏、财力不足的困难,他提出了引进外资的思想。

　　(5)产业与产业相联结。张謇经过30年的不断开拓,创办了包括垦牧业、盐

---

　　①　改编自:杨佐平.张謇经济思想探析[J].经济问题探索,2007(9):187~190.

业、轻重工业、手工业、交通运输、金融、贸易等在内四十多个企业组成的综合性大型资本集团企业,形成相互关联、良性循环的产业经济链。

(6) 实业与教育相促进。在发展实业的过程中,张謇意识到教育的重要性,他认为必须一方面抓实业,一方面抓教育。张謇所办的教育事业,具有两个显著的特点,一是特别重视小学教育和师范教育;二是非常注重发展职业教育和职业培训。

(二)穆藕初的经营管理思想

穆藕初(1876~1943),中国近代著名的民族实业家,赴美留学获农学学士和企业管理学硕士学位,1914 年学成回国。先后创办了德大、厚生、豫丰三大纱厂以及上海纱布交易所、商品陈列所、上海华商纱厂联合会、中国劝工银行等。

(1) 引进西方科学管理理论。他第一个将西方现代科学管理理论介绍到中国,形成了独具特色的企业管理风格,获得了巨大成功,被时人称为"中国四大棉纱巨子"之一,翻译了泰罗的《科学管理原理》(译名为《工厂适用学理的管理法》),这是中国近代最早的一部科学管理译著。

(2) 推行以泰罗制为蓝本的企业管理制度。一是在充分调查的基础上,确定企业投资和厂址的选择;二是废除工头制,建立以工程师、技术人员为主的生产管理体系;三是建立严格的财务管理制度;四是用公开招工制代替工头对工人的奴役制度;五是建立监督和协调机构。

(3) 关注市场动态,树立"妙应时机,发在先机"的营销观念,时刻关注全球市场动态,树立全球化竞争意识。

(4) 重视科技引进和人力资源开发。

(5) 企业规模化、集团化。主张以股份有限公司的形式组织大规模的新型工厂,与外商抗衡,打破外商垄断价格的局面,从而开拓国内、国际市场,在商战中立于不败之地。

(三)荣宗敬、荣德生的经营管理思想[①]

荣氏兄弟被称为面粉大王和棉纱大王,是近代中国民族实业家的杰出代表。荣氏兄弟创办了茂新面粉公司、福新面粉公司和申新纺织公司,为后人留下了许多宝贵的企业管理财富。

(1) 坚持专业化经营。荣氏兄弟在企业经营过程中,慎重选择产业,一旦确定下来,始终坚持主业,将主业做大做强,不轻易涉足其他产业,实施专业化生产

---

① 朱晋伟,金其桢.民族实业家荣氏兄弟的企业发展战略[J].苏州大学学报,2006(6):68~72.

战略。

（2）实行与产业配套的准事业部制组织结构。对于每一个行业，设立不同的独立核算的企业，各个工厂的独立性相对较大，各自有经营管理机构，甚至各自有各自的品牌，有利于发挥企业基层单位的积极性。

（3）以信任关系为基础的家族式用人战略。荣氏家族企业通过家族的关系、股权关系和忠诚关系建立起一个相互信任的系统。

（4）运用社会资本的扩张战略。在利用社会资金方面，主要包括发行股票和借款。

（四）刘鸿生的经营管理思想

刘鸿生（1888~1956），祖籍浙江定海（今宁波），近代中国著名的民族实业家。他具有"煤炭大王"、"火柴大王"、"毛纺业大王"和"企业大王"等美称，在近代中国民族资本主义发展史上具有举足轻重的地位。

（1）重视技术，讲求质量。他通过引进与改进先进技术和设备、重用管理和技术人才等方式，保证了产品的质量，提高了生产效率。

（2）严格管理，精细经营。建立了权责明确、专业高效的对生产、销售、财务集中统一管理的组织制度；坚持"任人唯贤，用人所长"的用人基本原则；重视成本核算，聘用第一流的会计师，建立了严格的会计制度。他认为，"成本会计是你的眼睛"。

（3）多元化经营模式。他将资本投向了国民经济的多个领域，有效地扩展了经营范围，分散了经营风险，扩张了企业的总体实力。

（五）卢作孚的经营管理思想①

卢作孚（1983~1952），又名卢思，四川合川县（现重庆市合川市）人。中国近代著名的爱国主义实业家，中国近代航运史上首屈一指的民族资本企业——民生实业股份有限公司创始人，有"中国船王之称"。其管理思想有关企业文化的内容占据了较大的部分。

（1）组织管理。他提出了"建立秩序"的组织管理思想，提出了建立秩序的五点原则：① 必须就事业管辖之区域或范围或事业的性质划分部门；② 必须有明确的分工；③ 必须层层负责，层层节制；④ 上层机关管理下层机关、组织约束个人，个人服从组织；⑤ 无计划即勿行动。这套以"建设秩序"为核心的完整的组织管理理论在当时的中外理论界确是一种创见。

---

① 改编自：张支陵. 对十年来卢作孚研究的思考[J]. 黄冈师范学院学报，2006（1）：35~38.

（2）民主管理。提倡加强集体领导的会议制度，是民生公司推行民主管理的主要措施，效果很显著。这种主张把企业领导放在群众监督之下，接受群众监督的观点，在当时先进的西方管理思想中也是不多见的。

（3）人事管理。一是高度重视人的作用；二是建立科学的人才选择机制。实行"低级人员考，高级人员找"的人才选拔机制；三是重视开发企业职工智力。卢作孚重视对员工的培训，他把民生公司造就成了一所"社会大学"；四是满足职工的多方面需要；五是规范人在企业中的行为。

（4）物资管理与财务管理。他提出了自己的独立见解：一是必须使设备的利用达到最大限度，达到最大效用。在物料管理方面提出了"经济、实用、节约"的原则；二是"无预算，勿开支"，必须建立完善的会计制度。

（5）民生精神。这种精神，就是卢作孚在 1933 年正式提出来的"民生精神"。它是民生公司的灵魂所系，是中国早期成熟的企业文化。

近代的中国社会是一个半封建半殖民地的社会，处于外国列强入侵、封建制度没落的内外交困之中。由于中国的特殊时代背景，中西管理思想不断融合，一方面表现为西方现代管理理论及思想在中国的不断本土化，另一方面表现为中国古代管理思想在新时期的继承和发扬，在政治、经济、军事、文化等方面不断地创新运用。这个复杂而又漫长的过程，为中国现代管理思想的形成和发展奠定了基础，创造了条件。

三、中国现代管理思想

中国进行改革开放以后，现代管理思想得到了极大的发展，对外开放政策的实施，为学习和借鉴国外的先进管理经验提供了宝贵的机会，中国现代管理思想正在发生深刻的变化。

（一）由国内管理向国际化管理转变

长期以来，中国的管理通常局限在本国或本地区的范围之内，往往只考虑本国、本企业、本组织内部如何进行管理，很少能够真正放眼看世界。随着改革开放步伐迅速加快，经济全球化势不可挡。中国管理的未来就是要高瞻远瞩，在全球范围内优化资源配置。中国企业和各种社会组织的管理要尽可能地结合本国实际，吸取外国先进的管理经验和方法，与国际接轨。

（二）由科学管理向信息化管理转变

中国利用后发优势，在信息产业和产业信息化方面实现跳跃式发展。因特网和现代通讯工具已经普及，形形色色的网络沟通和网上交易迅速改变神州大地的面貌。信息化管理并不是简单地用计算机自动程序代替原来的手工程序，而是要对原来的工作流程进行分析、改造、重组、调整,使流程更加合理化。

(三)由首长管理向人性化管理转变

随着时代的进步,知识经济的发展,创新知识已成为经济发展的最重要资源。作为创新知识载体的人,不再是机器或资本的附庸,也不再是一种简单的生产要素,而是已成为企业创新的源泉,组织可持续发展的决定性因素。

(四)由封闭式实体管理向开放式虚拟管理转变

在市场经济不发达、不成熟的条件下,企业和组织为了节约交易费用而尽量把市场内部化,因而出现"大而全"、"小而全"的现象。当市场越来越发达成熟时,市场交易费用越来越低时,情况就会发生逆转。企业或组织可能会越来越专业化,核心竞争力越来越强,企业或组织唯一的理性选择就是把一切可以外包的业务统统外包给专业组织。企业或组织的边界越来越模糊,传统意义上的企业或组织,围绕某种或多种产品进行研发、设计、试制、采购、加工、制造、装配、销售的综合性企业实体逐渐消失了。生产某种材料、零配件或提供某种服务的专业组织遍及全球,它们不再是独立生产或提供某种产品或服务的场所或组织,只是全球采购制造、供应网络中的一个节点。各个节点之间相互依存、相互连接,每个节点都可把与自己相关的节点视同本组织的一部分,但实际上他们又是独立的,因此称之为虚拟组织。组织的虚拟化是一种必然的趋势,只是各个组织虚拟化的程度和管理方式各不相同。

第五节 管 理 前 沿

随着市场全球化、经济区域化、经营跨国化的日益加剧,市场竞争更加激烈。与此同时,信息技术、网络技术的飞速发展正在更深的层面上影响着人们的生活、工作等行为方式,传统的企业管理观念受到了一定冲击和挑战,与此相适应,一些前沿的管理理论和方法也在众多的企业和其他组织中得到了广泛的应用。

一、业务流程再造

(一)业务流程再造的含义

20世纪80年代初,美国两位著名的管理专家迈克尔·哈默和詹姆斯·钱皮在广泛深入的企业调研中发现,一些公司由于大幅度改变了原有的工作方法而在一个或多个领域取得了惊人成就,取得这种成就的前提只是改变了或取消了在过去那些业务中所遵循的业务流程。

1993 年迈克尔·哈默和詹姆斯·钱皮在其著作《再造公司:企业革命的宣言》一书中,首次正式提出了经典的业务流程再造(BPR,business process reengineering)定义:对业务流程进行根本性的再思考和彻底性的再设计,以便在成本、质量、服务和速度等衡量企业绩效的重要指标上取得显著性的进展。该定义包含了四个关键词:根本的(fundamental)、彻底的(radical)、显著的(dramatic)、流程(process)。BPR 的实质是对企业的一种系统变革,其核心领域是业务流程,其根本目标就是要对被专业分工和官僚体制分割得支离破碎的流程进行重新设计和再造,是对工业社会中劳动分工和管理分工的整合。BPR 思想继承和发展了许多管理思想,同时又是将其与现代信息与通信技术等进行的一次综合集成。

(二)业务流程再造的特点

1. 以顾客为中心

全体员工以顾客而不是"上司"为服务中心,每个人的工作质量由其"顾客"作出评价,而不是公司"领导"。

2. 企业管理面向业务流程

将业务的审核与决策点定位于业务流程执行的地方,缩短信息沟通的渠道和时间,从而提高对顾客和市场的反应速度。

3. 注重整体流程最优化的系统思想

按照整体流程最优化的目标重新设计业务流程中的各项活动,强调流程中每一个环节上的活动尽可能实现增值最大化,尽可能减少无效的或非增值的活动。

4. 重视充分发挥每个人在整个业务流程中的作用

提倡团队合作精神,并将个人的成功与其所处流程的成功当作一个整体来考虑。

5. 强调面向客户和供应商来整合企业业务流程

企业在实施 BPR 的过程中,不仅要考虑企业内部的业务流程,还要对企业自身与客户、供应商组成的整个价值链的业务流程进行重新设计,并尽量实现企业与外部只有一个接触点,使企业与供应商的接口界面化、流程化。

6. 利用信息技术手段协调分散与集中的矛盾

在设计和优化企业的业务流程时,强调尽可能利用信息技术手段实现信息的一次处理与共享使用机制,将串行工作流程改造为并行工作流程,协调分散与集中之间的矛盾。

二、学习型组织

从 20 世纪 80 年代开始,在企业界和管理学界,出现了推广和研究学习型组织的热潮，并逐渐风靡全球。学习型组织（learning organization）是美国学者彼得·圣吉（Peter M. Senge）在《第五项修炼》（*The Fifth Discipline*）一书中提出的管理思想，他认为企业面临剧烈变化的外部环境，组织应力求精简、扁平化、终生学习、不断自我组织再造，以维持竞争力，所以应建立学习型组织。

（一）学习型组织的五项要素

（1）建立共同愿景（building shared vision）：愿景可以凝聚公司上下的意志力，透过组织共识，大家努力的方向一致，个人也乐于奉献，为组织目标奋斗。

（2）团队学习（team learning）：团队智慧应大于个人智慧的平均值，以做出正确的组织决策，透过集体思考和分析，找出个人弱点，强化团队向心力。

（3）改变心智模式（improve mental models）：组织的障碍，多来自于个人的旧思维，例如固执己见、本位主义，唯有透过团队学习以及标杆学习，才能改变心智模式，有所创新。

（4）自我超越（personal mastery）：个人有意愿投入工作，专注于工作技巧和专业，个人与愿景之间有一种创造性的张力，正是自我超越的来源。

（5）系统思考（system thinking）：应透过资讯搜集，掌握事件的全貌，以避免见树不见林，培养综观全局的思考能力，看清楚问题的本质，有助于清楚了解因果关系。

学习是心灵的正向转换，企业如果能够顺利导入学习型组织，不只能够创造更高的组织绩效，更能够增强组织的生命力。

（二）学习型组织的适用性

管理理论的发展是为了适应社会进步的需要，战略的柔性要求企业成为学习型组织。由于社会环境、管理基础、制度效率等因素，引入学习型组织这一模式的时候，必须考虑其适用性。

（1）要与社会环境及相关背景相适应。学习型组织的五项修炼并不是拿来即用，学习型组织这一尚未成熟的理论在我国企业中的运用必须有一个本土化的过程。

（2）要与企业管理的基础相适应。在目前的学习型组织案例中，无论是国外的微软、通用电气、英特尔，还是国内的联想、宝钢、海尔，都是管理基础比较好的企业。学习型组织只是众多组织形式之一，并不是每个企业都适合于建设成为学习型组织。

（3）要与企业的发展阶段相适应。从制度效率角度来看，一个企业在生命周期的不同阶段，应采取一个能实现其效用最大化的组织形式，不要刻意追求最先进、最时髦的，而是采取合适的组织形式，用最佳的运作效率实现企业的最大效用。

三、和谐管理

企业管理从本质上来说,具有"和谐"的内涵。在企业管理中,一方面,人和自然之间必须实现生态和谐,即企业按照可持续发展思想和环境保护要求,形成的一种经营管理理念及其所实施的一系列管理活动。另一方面,人与人之间必须实现人态和谐,即现代企业管理过程中,随着顾客、员工、利益相关者的介入程度日益加深,从某种意义上说,企业已成为各种关系的总和,因此,要认识和把握企业,要理解企业的活动,掌握企业运动、变化和发展的规律,要驾驭和管理企业,都必须从企业的关系入手,通过企业内、外关系——企业管理层与员工、员工与员工、企业与市场、企业与企业、企业与政府、企业与社会及公众之间诸关系的协调,来实现企业资源的合理优化和充分利用,促使企业取得效率和效果的和谐。这就蕴含着在企业管理中要实现和谐管理。

(一)企业和谐管理的基本内涵

企业和谐管理是企业按照"和谐"理念,对企业所拥有的资源进行计划、组织、领导和控制等一系列管理,以有效达到既定的组织目标的过程,其目的就是要实现人与自然的和谐、人与人的和谐以及人自身的和谐的三大统一,获得包括经济效益、社会效益和生态效益在内的生态经济综合效益。

企业和谐管理的内涵包括以下要点:① 企业和谐管理的管理理念是追求和谐,它要求企业的管理者以和谐理念统领企业的发展;② 企业和谐管理的目标是追求企业经济效益、社会效益和生态效益的共同提高,实现企业的可持续发展;③ 企业和谐管理的内容包括企业内部由出资者、经营者、生产者共同主宰的和谐管理和企业外部与其利益相关者、社会、自然全面协调的和谐管理;④ 企业和谐管理主要解决的问题是正确处理企业内部人自身、人与人以及企业外部人与社会、人与自然的关系;⑤ 企业和谐管理是一个从"不和谐—和谐—新的不和谐—新的和谐"的动态平衡过程,而且由于"不和谐"存在的客观必然性,决定了追求和谐是企业的永恒主题。

(二)和谐管理的实施阶段

和谐管理的实施可分为三个阶段:第一阶段,协调阶段,各管理要素融合集成后,其管理的总成效已经大于各单项要素之和,说明各要素可协调共处,即达到和谐管理的初级阶段,实现 $1+1>2$;第二阶段,协同阶段,各管理要素融合集成后,其管理的总成效较大地超过了各单项要素之和,说明各管理要素能相互推动,即达到和谐管理的中级阶段,实现 $1+1>10$;第三阶段,各管理要素融合集成后,其管理的总成效大大地超过了各单项要素之和,说明各要素达到相互交融,浑然一体的境界,即达到和谐管理的高级阶段,实现 1+1>100 或 1000。

和谐管理是一个不断吐故纳新、螺旋上升的动态变化过程。企业和谐管理体现的是全方位开放的格局,企业和谐管理所覆盖的领域广阔,企业内外各种软硬件要素全部包容其中。和谐管理过程中各要素之间,企业内外环境之间,各种管理能量、资源乃至思维、策略等无形资源要素频频发生交换和作用,企业要与价值链和价值体系中各个模块形成互补协调的和谐匹配关系。因此,企业和谐管理本质上是要使企业形成一个集成动态的开放体。同时,企业价值链及价值体系中各个模块是不断更新的,企业要勇于吸纳外界环境中先进优良要素,来更新淘汰企业内部的陈旧要素,使企业机体永葆竞争活力。

思 考 与 练 习

1. 西方早期管理思想的主要内容有哪些? 它们对管理理论的形成和发展产生了怎样的影响?

2. 科学管理理论产生的历史背景是什么? 它的基本内容是什么?

3. 一般管理理论和科学管理理论有什么区别? 请加以分析。

4. 霍桑实验得出了什么结论并产生了怎样的影响?

5. 什么是"管理理论丛林"? 现代各种管理理论学派的主要观点是什么?

6. 理解中国古代儒家思想的主要内容,并思考对现代企业管理经营有何启示?

7. 谈谈您所熟悉的管理前沿理论及其适用范围。

▌案例一▌

UPS公司最快捷的运送

美国联合邮包公司(United Parcel Service,简称 UPS)雇佣了 15 万名员工,平均每天将 900 万个包裹发送到美国各地和全球 180 多个国家。为了实现他们的宗旨:"在邮运业中办理最快捷的运送",UPS 的管理当局系统地培训他们的员工,使他们以尽可能高的效率从事工作。

UPS 的工程师们对每一位司机的行驶路线都进行了时间研究,并对每种送货、暂停和取货活动都设立了标准。这些工程师们记录了红灯、通行、按门铃、穿过院子、上楼梯、中间休息喝咖啡的时间,甚至上厕所的时间,将这些数据输入计算机中,从而给出每一位司机每天工作中的详细时间表。每个员工必须严格遵循工程师设定的程序工作，才能完成每天的定额任务。

这种刻板的时间表是不是有效呢？毫无疑问！生产率专家公认，UPS是世界上效率最高的公司之一。比如，联邦捷运公司（Federal Express）平均每人每天不过取送80件包裹，而UPS却是130件！

（资料来源：中华管理学习网 http://www. 100guanli. com/HP/20100330/De-tailD894162. shtml）

思考题：

1. UPS在管理中运用了什么管理理论？
2. 试分析这种管理理论在UPS的具体运用。

案例二

中西方管理思想的差异

康洁利公司是一家中外合资的高科技专业涂料生产企业。总投资594万美元，其中固定资产324万美元，中方占有60％的股份，外方占有40％的股份，生产玛博伦多彩花纹涂料等11大系列高档涂料产品。这些高档产品不含苯、铅和硝基等有害物质，无毒无味，在中国有广阔的潜在市场。

开业在即，谁出任公司总经理呢？外方认为，康洁利公司引进的20世纪90年代先进的技术、设备和原材料均来自美国，中国人没有能力进行管理，要使公司迅速发展壮大，必须由美国人来管理这个高新技术企业。中方也认为，由美国人来管理，可以学习借鉴国外企业管理方法和经验，有利于消化吸收引进技术和提高工作效率。因此，董事会形成决议：从美国聘请米勒先生任总经理，中方推荐两名副总经理参与管理。

米勒先生年近花甲，但身心爽健，充满自信。有18年管理涂料生产企业的经验，自称"血管里流淌的都是涂料"，对振兴康洁利公司胸有成竹。公司员工也都为有这样一位洋经理而庆幸，想憋足劲大干一场，好好地大赚其钱。

谁料事与愿违。公司开业9个月不但没有赚到一分钱，反而亏损70多万。当一年的签证到期时，米勒先生被总公司的董事会正式辞退了。1994年3月26日，米勒先生失望地返回美国。

来自太平洋彼岸的洋经理被"炒鱿鱼"的消息在康洁利公司内外引起了强烈的反响，这位曾经在日本、荷兰主持建立并成功地管理过涂料工厂的洋经理何以在中国"败走麦城"呢？这自然成了议论的焦点。

多数人认为:米勒先生是个好人,工作认真,技术管理上是内行,对搞好康洁利公司怀有良好的愿望,同时,在吸收和消化先进技术方面做了许多工作。他失败的主要原因是不了解中国的实际情况,完全照搬他过去惯用的企业管理模式,对中国的许多东西不能接受,在经营管理方面缺乏应有的弹性和适应性。中方管理人员曾建议根据中国国情,参照我国有关三资企业现成的成功管理模式,结合国外先进的管理经验,制定一套切实可行的管理制度,并严格监督执行。对此,米勒先生不以为然。他的想法是"要让康洁利公司变成一个纯美国式的企业"。对计划不信任,甚至忧虑,以致对正常的工作计划都持抵触态度,害怕别人会用计划经济的一套做法去干预他的管理工作。米勒先生煞费苦心地完全按照美国的模式设置了公司的组织结构并建立了一整套规章制度。但最终还是使一个生产高新技术产品且有相当实力的企业缺乏活力。在起跑线上就停滞不前,陷入十分被动的局面。

也有人认为,米勒先生到任后学会的第一个中文词就是"关系",而他最终还是因搞不好关系而离华返美。

对于中国的市场,特别是中国"别具一格"的市场情况和推销方式,米勒先生也不甚了解。他将所有有关市场营销的事情邮文给一位中方副总经理,但他和那位副总经理的关系并没有"铁"到使副总经理为他玩命去干的程度。

在管理体制上,米勒先生试图建立一套分层管理制度:总经理只管两个副总经理,下面再一层管一层。但他不知道,这套制度在中国,如果没有上下级间的心灵沟通与相互间的了解和信任,会出现什么样的状况和局面。最后的结果是,造成管理混乱,人心涣散,员工普遍缺乏主动性,工作效率尤为降低。

米勒先生还强调,我是总经理,我和你们不一样,你们要听我的。他甚至要求,工作进入正规后,除副总经理外的其他员工不得进入总经理的办公室。米勒先生不知道,聪明的中国企业负责人在职工面前总是强调和大家一样,以求得职工的认同。

米勒先生临走时扔下一句话:"如果这个企业出现奇迹的话,肯定是上帝帮忙的结果。"

然而,上帝并未伸出援助之手,奇迹却出现了。

康洁利公司在米勒先生走后,中方合资厂家选派了一位懂经营管理,富有开拓精神的年轻副厂长刘思才任总经理,并随之组成了平均年龄只有33岁的领导班子。新班子迅速制定了新的规章制度,调整了机构,调动了全体员工的积极性。在销售方面,基于这样一个现实,自己的产品虽好但尚未被人认识,因而采取了多种促销手段,并确定在1994年零利润的状态下,主动向消费者让利销售,使企业走上了良性循环。

(资料来源:四川民族学院管理学原理精品课程)

思考题:

1. 试运用管理学中的有关原理分析康洁利公司起落的原因。
2. 从本案例中你对中西方文化差异在管理中的区别有何认识?

第三章 管理伦理与企业社会责任

学习目标

1. 了解伦理学的起源及其含义。
2. 掌握管理和伦理的关系。
3. 理解管理伦理学的含义及其研究对象。
4. 掌握企业社会责任的含义及其研究范围。
5. 理解企业社会责任与善因营销的关系。
6. 掌握领导和伦理的内在联系。

　　企业管理伦理是企业管理实践活动中的内在要求，是一种特殊的道德现象。企业社会责任是企业管理伦理的核心理念，是企业可持续发展的基石。随着社会经济的发展，时代的进步，企业的管理伦理和社会责任已成为管理学中两个重要的范畴，引起了企业界和学术界的广泛关注。

　　马克思对商人不讲道德和攫取利润的刻画、莎士比亚描绘的威利斯商人，中国流传的"无奸不商"和"无商不奸"等等，都体现出商人冷酷的嘴脸。

　　商品经济发达以后，在市场经济中的活跃角色和商品交换及生产的承担者，就不再限于职业商人，取而代之的是各类企业。道德沦丧的事件被媒体屡屡曝光，上个世纪 50 年代后期，在美国发生了所谓的"电气公司阴谋案"，致使通用电气公司的几位高层主管锒铛入狱。由此可见，在组织中加强道德和伦理建设显得日益重要。作为管理者或领导者，一方面要深入理解管理和伦理、领导和伦理的内在联系，明确企业社会责任，提升自身道德修养，另一方面要致力于提高员工的道德素质。

　　企业应在追求价值和利润最大化的同时，应遵循社会道德伦理规范、遵守社会法律，同时应尽力创造社会价值，这就是企业应该担负的社会责任。只有这样，企业才能实现可持续发展。

第一节 管理伦理

一、伦理学概述

(一) 伦理学起源

伦理学是以人类伦理关系和道德现象为研究客体的理论学科,是人们对人类伦理关系和道德现象长期探索的结果。要理解伦理学的含义,首先必须理解伦理、道德的含义及其关系。

在我国古代典籍中,"伦"与"理"是两个概念。早在公元前 8 世纪前后的《尚书》、《诗经》、《易经》中已分别出现。"伦理"的"伦"字就有群、类、序等意思,即"伦,从人,辈也"。"伦"就是指人们之间的伦常及辈分关系,也就是表示人们之间的某种特定关系,"伦谓人群相待相荷之生活关系也"。"伦理"的"理"则有道理、规律的意思,而"理"所指的规律不仅是事物的客观规律,更指事物的"应当"之规律和规则,"理即当然之则也"。"伦理"二字合起来使用,始于秦汉之际成书的《礼记》。《礼记·乐记》写道:"乐者,通伦理者也。"意思是说,懂音乐的人与伦理相通。乐理之通于伦理,均在一个"和"字上。"和"蕴含着和谐、和美、秩序、位次等意。"伦理"连用一般则指处理人们之间不同的关系以及所应当遵循的各种道理或规则。这就是说,伦理一词的特定含义是指关于人伦关系的道理。东汉学者许慎在《说文解字》中指出:"伦者,辈也";东汉经学家郑玄在为《礼记》作注曰:"伦,犹类也","伦谓亲疏之比也";东汉经学家赵歧为《孟子》作注云:"伦,序……识人事之序"。许慎在《说文解字》中也指出:"理,治玉也。"由此,"理"字含有仔细琢磨、分析、精微之义,同时又引申出条理、道理、顺序等义。

在西方,"伦理"一词源于古希腊语 ethos,原意指驻地和公共场所,后来引申为驻地居民的风俗、习惯、气质和性格等义。公元前 4 世纪,古希腊哲学家亚里士多德从风俗、习惯、性格、气质等含义出发,构造了一个形容词 ethicos,表示"伦理的"、"德行的"。后来他又构造了 ethika 即"伦理学",用以指研究道德问题的学科。自亚里士多德以后,西方开始广泛使用"伦理"及"伦理学"概念。

(二) 伦理学的含义

在我国,伦理学作为一门学问具有悠久的历史,早在公元前 5 世纪到公元前 2 世纪,我国就已有了"人伦"、"道德"等概念,并相继出现了具有丰富伦理思想的《论语》、《墨子》、《孟子》、《荀子》等名篇。从此,伦理学成为我国思想发展史上的一个重要内容,以至可以把我国古代哲学称为伦理型哲学。

在西方,伦理学也是一门古老的学问,早在古希腊荷马时代,人们就开始了对道德的理论思考,伦理学的内容在古希腊罗马哲学家的著作中占据着重要的地位。如亚里士多德的《政治学》、《尼可马克伦理学》、柏拉图的《理想国》等,都含有重要的伦理学思想。

伦理学是关于道德的科学。作为人文科学的一种,伦理学是人类对道德问题的自觉省思和理论概括,也是对道德实践的经验积淀和智慧结晶。伦理学既是一门与整个社会经济、政治、文化相互交融,密切联系的理论性学科,又是一门与人们的道德生活、道德品质、道德行为密切联系的实践性学科。系统地学习和研究伦理学,对研究管理伦理与企业社会责任有很大的帮助和借鉴意义。

二、管理与伦理的关系

(一) 管理活动的伦理学解释

在学科分类中,管理学与伦理学是两个不同的学科,也是两个不同的概念。从表面上看,二者似乎相去甚远,很少有内在的联系,但从管理活动在现实生活中的实际应用以及管理所涉及的对象来看,管理与伦理是相互贯通、有着密切联系的。对管理活动的伦理思考,可以从以下四个角度来分析:

1. 管理归根结底是对人的管理

人类自从开始集体活动或劳动之后,才出现了相对明显的管理活动。众所周知,社会生产和生活无非是人群的活动过程和结果,为了协调人群的活动,取得一定的效果,于是出现了各种形式的管理活动,而人就成为其中的管理者与被管理者。为了充分调动所有管理者与被管理者的积极性,这就需要规范人的行为,建立良好和谐的人际关系和集体意识,充分发掘人的内在精神潜力,规章制度诚然能够对人的行为起到基本的规范作用,制约人的行为,但要真正发挥每一个人的潜力,除了硬性的规章制度约束以外,还需要伦理道德的引导,以良好的伦理道德来激发组织成员的使命感、责任感和荣誉感,使每个管理者与被管理者对自己的行为都有一个清醒的认识。

2. 管理活动的实施离不开对伦理准则的把握

管理是一种实践性很强的社会活动,主要是对人、财、物的支配。在管理过程中,离不开对伦理准则的把握。就企业管理而言,无论是内部的人力资源管理、财务管理、生产管理,还是外部的市场营销、广告宣传和公共关系的拓展,都是在一个基本目标下,通过对人力、物力、财力的调动与支配来达到某种目的。在这整个活动中都涉及对伦理准则的把握。例如,在企业的经营过程中,怎样才算把有限的人力、物力、财力运用到最佳的程度？企业在经营活动中,如何才能兼顾企业与社会的利益？企业的管理者与被管理者在对财、物的支配中,怎样才能不违背道德原则？这些都离不开一种清醒的道德意识和对伦理道德原则的掌握。

3. 在处理个人与集体的关系时,更需要建立一种伦理准则

当代管理学家认为,管理最主要的是对人的管理,人是一切组织中最宝贵的资源。怎样使组织中的每个成员都能够正确处理好个人与集体的关系,这其中充满着伦理学的内容。市场竞争空前激烈,企业经营活动日益复杂,企业管理手段不断创新,在科学化、信息化、后现代化的时代,员工的思想意识也在不断变化。而对于企业的领导人来说,在企业经营活动中,怎样才能做到既考虑到集体的利益,使组织和集体不断发展壮大,获得更多的利润,创造更多的价值,又兼顾到员工个人的利益,以更好地充分调动每个人的积极性,这对管理者来说,不仅有管理艺术、管理水平上的考验,更有伦理道德方面的考验。当今在组织管理中被普遍推崇的团队精神,正是适应了这一管理伦理的发展要求。

4. 每一项具体的管理行为同样存在着伦理问题

管理活动是非常具体的。每一项具体的管理行为,需要面对不同的人和事,其中也同样存在着许多伦理问题。例如,用管物的方法来管人,是否符合道德？把企业员工视为"经济人",认为他们到企业工作,仅仅是为了获取物质报酬,这是否符合人的本来愿望？企业中的工作设计单调枯燥,而一些企业为了提高生产效率,长期让员工从事单一化、重复性的劳动而不采取任何弥补措施,最终导致员工身心失调,产生某种程度上的心理疾病,这已被现代管理学普遍认为是不道德的管理行为,却仍被一些企业视为是提高劳动生产率的"法宝"。凡此种种,说明在管理的各个方面,都涉及错综复杂的伦理问题。

（二）伦理的管理功能

人来到这个世界上,每时每刻都要与人打交道,进行着人际交往,不断产生着各种各样的人际关系,其中就包括伦理关系。正因为在一切有人际交往的地方,都有伦理的存在,而且伦理关系渗透于一切社会人际关系之中,所以伦理实际上在一个社会运行中起着相当大的管理作用。

我们可以从以下几个方面对伦理的管理功能加以认识：

1. 伦理道德产生于对人际关系协调与管理的需要

道德的发展经过相当长的时期。它从直接体现于原始人的行为活动和相互交往中,发展成为他们多少能直觉到的社会风尚,经历了一个相当长的历史过程。在人类社会产生了畜牧业与种植业、手工业与农业的两次社会大分工之后,生产力水平不断提高,财富逐渐增加,人们之间的社会交往也随着产品交换的需要和

分工合作的需要而增加。与之相适应,社会组织形式也发生了变化,由原来的部落发展成为氏族部落联盟。而人们之间的关系,在这时候便日益成为人们可以直接觉察到的现实和人们每天必须面对的问题。个人与部落的整体利益、个人与他人利益之间的矛盾也日益突出,由此便产生了解决这些矛盾的要求和意识。久而久之,便在人们之间形成了一些最简单的行为规范和准则,这样就形成了人类的特殊生活及其意识形态——道德。在当时,道德更多的是作为一种风俗习惯而存在,但是这种风俗习惯已经在调节人们的行为,在协调、管理人际关系中起到了相当大的作用。

2. 伦理是特殊的社会管理方式

我们从伦理的起源中就清晰可见,人的伦理从其产生之日起就担负着特殊的社会管理和社会调节的职能。伦理道德与政治、法律等一样,是一种社会控制力量。任何社会及其各个生活领域,都势必在其运转过程中形成某种相应的秩序,并只有在合适的秩序中才能正常运转。为了将社会成员的行为尽其可能地引入现实直接需要的秩序范围,以保持社会及其各个生活领域正常运转,任何社会必然会形成某种相应的社会控制系统。社会控制系统所凭借的社会力量,通常是指法律、道德、教育、习俗、宗教、艺术、制度以及体现国家权力的军队、警察、法庭、监狱等等。就控制的渠道而言,它包括三个子系统,即整个社会、社会群体和社会组织有意识地对其成员的行为进行指导、约束和制裁;社会成员之间自发的互相影响、互相监督和互相批评以及社会成员个人自觉按社会规范选择、约束和检点自身的行为。

因此,伦理作为一种社会规范,不仅从人们的主观意识上控制和引导着人们的行为,使得人们每做出一项社会行为时,都会自觉或不自觉地考虑一下是否符合当今的伦理道德。而且,伦理在客观上也制约着人们的行为,每当人们的一项社会行为产生后,其周围的人群都会用当时社会所奉行的伦理道德规范,来对这一行为加以衡量和评判,符合的就以各种形式给予肯定,不符合的就会以各种形式加以批评和抨击。只要伦理存在,它就具有社会规范的作用,扮演着社会管理的某种角色。

从对管理的伦理思考和对伦理的管理作用的认识,我们便可以清晰地发现,管理是交融伦理的管理,伦理思想与原则贯穿一切管理行为和管理活动之中。而伦理是一种特殊的社会管理方式,具有强大的但又是无形的管理作用,管理与伦理二者具有内在的统一性。

三、管理伦理

韦伯斯特将伦理定义为:"涉及什么是善与恶以及道德责任与义务的规则。"这样,个人伦理就是"个人自己生活的准则"。管理伦理则是"组织的管理者们在其业务活动中采用的行为或道德判断的标准"。这些标准来自社会的一般道德规范,来自每个人在家庭、教育、宗教及其他类型的组织中的感受。来自与他人的交往,因此,管理伦理可能各不相同。

美国研究企业社会责任的著名学者阿契·卡洛尔曾经将管理伦理划分为不道德的或非伦理的管理、中性的管理和道德的或伦理的管理三种类型,并分别叙述其特征,如表 3-1 所示。

表 3-1 管理伦理类型

组织特征	不道德的或非伦理的管理	中性的管理	道德的或伦理的管理
伦理标准	管理的决策、活动与行为主动地违反道德(伦理)。决策与公认的伦理原则不相一致。意味着对道德的否认	管理既非道德的,又非不道德的,但其决策超出了道德判断的适用范围。管理活动处于特定法典的道德秩序之处。可能意味着缺少对伦理和道德的认识	管理活动同伦理即正确行为的标准相一致,同公认的专业的行为标准保持一致。在管理方面,通常是伦理的领导
动机	自私。管理者只关注自身的或组织的收益	本意是好的,但因为不考虑对他人的影响,从某种意义上看也是自私	良好。管理者想成功,但又受健康的伦理理念(公平、公正、正当进行)约束
对法律的态度	法律标准是壁垒,管理者要实现自己的愿望,就必须加以克服	法律是伦理的指导,对法律文字要遵守。中心问题是,我们能够合法地做些什么	要服从法律的文字和精神。法律是伦理行为的下限,人们的活动应该服从法律规定的要求
战略	为公司收益开拓一切机会。只要情况有利,就去抢先	给管理者自由控制权。个人伦理也可应用,但要让管理者自己选择。如有必要,就应遵守法律的规定	按照健康的伦理标准过日子。遇到伦理困境时,想到领导地位。对自己持开明的态度

(资料来源:吴照云.管理学原理[M].北京:中国社会科学出版社,2008.)

卡诺认为,在管理伦理的三种类型中,当前占据优势的是中性的管理,但是,道德的或伦理的管理才更可能符合组织长期的最佳利益。

此外,也有的学者将伦理标准归纳为以下三个方面,它们各有其优点与缺点:

(1)伦理的功利主义观。即用结果来衡量活动或决策的好坏,功利主义的目标是为大多数人提供最大的利益。据此观点,管理者可能认为解雇 20％的工人是正当的,因借此可以增加利润,提高余下的 80％人员的工资和股东的红利。这种观点鼓励提高效率和生产力,且符合利润最大化目标,但可能牺牲少数人的利益,造成资源的不合理配置。

(2)伦理的权利观。即应当尊重和保护个人的各种权利,包括言论自由等法律规定的权利。这种观点有其积极的一面,但易形成一种墨守成规的工作气氛,阻碍效率和生产率的提高。

(3)伦理的公正理论观。即要求管理者要公平、公正地待人处事,实施管理。这种观点保护那些利益未充分体现或无权无势的弱者,但也会助长降低效率和生产率的权利观。

这些学者认为,现在大多数工商企业持功利主义观点,但管理领域正在变化,观点也需改变,强调权利和社会公正的新趋势意味着管理者面临巨大挑战,因为按权利和社会公正观点来制定决策,要比按功利主义观点制定决策,含有更多的模糊性。

四、管理伦理学的含义

管理伦理学,英文是 business ethics,由于翻译的不同,又有人将它称为企业伦理学和商业伦理学。这是一个比较年轻的学科,它的形成是理论界对公众和实业界普遍重视企业伦理所做出的积极反应,也是企业界重视管理伦理实践活动所导致的一个积极成果。

管理伦理学是研究人类各种管理活动中的道德现象的科学,企业管理伦理学则是研究企业在一切经营管理活动中的道德现象与伦理准则的科学。它是以管理学作为基本理论框架,用伦理学的观点来分析管理理论的正确与否、管理行为与决策的道德与否,并构成自己的理论体系。管理伦理学是管理学的一个分支,也是伦理学的一个分支,就管理学的一个分支而言,它就像管理心理学等新兴学科一样,是以自己独特的研究视野和角度来分析和研究管理思想和行为。它的研究,有助于从深度和广度上来帮助人们进一步对管理思想和行为作出思考,并使人类社会及组织,主要是企业的各种管理行为,更加趋向于符合当代社会的伦理道德,以此来促使社会进步。而作为伦理学的一个分支而言,管理伦理学属于应用伦理学,它具有很强的实践性,但又有一定程度的理论抽象性和概括性,是研究管理过程中的道德现象、道德评价体系、道德标准及道德发展的规律。伦理学与管理伦理学是一般与特殊、共性与个性的关系。管理伦理学对管理过程中的道德建设起着指导和规范的作用。

五、管理伦理学的研究对象

国外目前对企业管理伦理学的研究,主要从三个方面来展开,即微观层面、中观层面和宏观层面。这种从具体行为出发的研究方式,有着很强的实际意义和针对性。

(一)微观层面

在微观层面,美国、欧洲和日本的研究者们,把研究对象确定为企业中单个的人,即作为雇主和雇员、管理者与被管理者、同事、投资者、供应商和消费者,这些单个的人为了自己在企业中的角色和作用,为了认识和承担自己的道德责任而应该做些什么、能够做什么和实际上做些什么。他们出于各自不同的角度,对某一项经营行为或管理行为产生什么看法,如何在日常的管理工作中把正确的观念传递给他们,并从而规范这些人的行为以符合企业的宗旨、价值观和道德。

(二)中观层面

在中观层面,需要着重研究的是组织。这个组织不仅包括企业和其他商业组织,而且包括工会、消费者协会和行业协会等等。这些组织在自身的行为中应该具有什么样的观念,如何以自身独特的作用来为企业建设优秀的管理伦理推波助澜。由于社会分工不同,各类组织在社会中扮演着不同的角色。企业的管理伦理行为牵涉各个方面,不仅企业自身要有明确的信念和与之相符的行为,也需要其他组织的参与和合作。

(三)宏观层面

在宏观层面,企业的管理伦理还牵涉经济体制和整个国家的经济运行机制以及总体的经商环境和经济秩序。一个国家的宏观经济运行机制虽然不直接对企业伦理产生影响,但在很大程度上间接地影响企业的价值观和企业的行为方式,影响着企业的经营和管理行为,从而实际上影响到企业的管理伦理。

在国外学者看来,在这三个层面上,行为者都被假定有或多或少的决策自由度,这种自由中自然也就包含相应的道德责任。这种被很多研究企业管理伦理的学者所认同的三个层面的研究划分,就与经济学和社会学中较多的单从微观和宏观两个方面来研究的做法有所区别。在这里,单个的人被认为是道德行为者,而经济组织同样也被认为是道德行为者。这种对中观层面的强调,表明在企业的管理伦理中,组织行为中所产生的伦理指向和产生的伦理影响具有十分重要的位置。

第二节 企业社会责任

管理伦理调节的是企业及其成员与利益相关者之间的利益关系。处理利益关系的核心问题就是正确认识和履行权利和义务。权利与义务是同一事物的两个侧面,一方的权利就是另一方的义务。所谓义务,就是对他人和社会做与自己的职责、使命、任务相宜的事情。"任何一个社会或阶级,都总是要向本阶级的或全社会的成员,提出一定的义务要求,以调整人们之间的关系,把人们的行为引导到一定的社会秩序中去。"同样,社会对企业也会提出一定的义务要求,即企业社会责任。

一、企业社会责任的概念

自 20 世纪世纪 50 年代开始,美国经济和管理学界对企业社会责任展开了热烈的讨论,尽管讨论了几十年,但关于其含义仍众说纷纭、莫衷一是。一般来说,组织的社会责任与组织的外部环境密切相关。

(一) 有关企业社会责任的不同观点

尽管目前关于企业的社会责任有多种不同的理解,但大体上可归纳为下列三种:

1. 企业社会责任就是社会义务

社会义务是美国经济学家、诺贝尔奖获得者米尔顿·弗里彼曼及其支持者所主张的观点。他们认为,社会创造了企业,让它去追求特定的目的——为社会提供商品和服务,企业所承担的唯一社会责任就是在社会颁布的法令范围之内从事经营,追求利润,即"守法谋利"。除此之外,再要求企业承担其他责任,那就是错误而有害的。

2. 企业社会责任就是社会反应

持社会反应观点的代表人物是美国的基思·戴维斯。他认为,将社会责任理解为"守法谋利"而拒绝介入任何社会事务,实际上就是反对承担社会责任。社会对企业的期望已经超出"提供商品和服务",要求它们对现在流行的社会标准、价值观念和绩效预期做出反应。所以,企业最低限度必须对自己的活动所造成的生态的、环境的和社会的代价负责,而最大限度则是必须对解决社会问题做出反应和贡献(即使这些问题并非直接由企业所引起)。

3. 企业社会责任就是社会响应

社会响应是当代流行的观点,即认为对社会负责的行为是主动和预防性的,而不是被动的反应。所谓响应社会的行为包括:对社会问题表明立场,自愿对任何群体的要求负责采取行动,预见社会未来的需要并设法加以满足,在有关社会期望的立法方面同政府沟通等。进步的管理者要应用公司的技能和资源于每一个社会问题,从社区危房重建到青少年教育和就业等。

上述三种观点不是完全对立的,提出"社会反应观点"的人也接受"守法谋利"是企业的社会义务的观点;提出"社会响应观点"的人也要求"守法谋利"和对社会群体的要求做出反应。它们代表着社会对企业的经济期望的不同程度,反映出人们对社会责任范围的理解逐渐扩大。按照"社会响应观点",企业的社会责任包括经济、法律、伦理和自选责任四种。如图 3-1 所示。

"社会义务观点"仅强调企业的经济责任和法律责任;"社会反应观点",特别是"社会响应观点,则强调还要承担伦理责任和自选责任。

伦理责任是指并非法律所规定却是社会成员强烈期望的行为,如果不去做,就有违伦理道德。

| 自选责任 |
| 伦理责任 |
| 法律责任 |
| 经济责任 |

图 3-1　企业社会责任示意图

自选责任则包括并非法律规定或社会公众强烈期望企业去做的一些公益性活动,例如,捐助教育、慈善事业,赞助文化、体育活动等。社会成员欢迎这类活动,但即使企业不做,人们也不会认为有违伦理道德。很明显,对这种责任,企业管理者将根据自身情况自由决策。

(二)企业社会责任的含义

美国经济学家、诺贝尔奖金获得者密尔顿·弗里德曼(Milton Friedman,1989)认为,企业的社会责任就是增加利润。期蒂芬·P·罗宾斯(Stephen P. Robbins,1991)认为,"企业社会责任是指超过法律和经济要求的、企业为谋求对社会有利的长远目标所承担的责任。他区分了社会责任(social responsibility)和社会义务(social obligation),认为一个企业只要履行了经济和法律责任,就算履行了社会义务,而社会责任则在社会义务的基础上加了一个道德责任,它要求企业分清是非并遵守基本的道德准则。哈罗德·孔茨(Harold Koontz)和海因茨·韦里克(Heinz Weihrich)(1993)认为,"公司的社会责任就是认真地考虑公司的一举一动对社会的影响。"里基·W·格里芬认为(Ricky W·Griffin,1989)认为,"企业社会责任是指在提高本身利润的同时,对保护和增加整个社会福利方面所承担的责任。"

本书借助我国一些学者的观点,"企业社会责任就是企业为所处社会的全面和长远利益而必须关心、全力履行的责任和义务,表现为企业对社会的适应和发展的参与。企业社会责任的内容极为丰富,既有强制的法律责任,也有自觉的道义责任。"此外还包括企业对政府履行的责任,内容主要包括:缴纳税金,环境保护,提供就业,支持文化,教育事业,向慈善机构捐赠,等等。

管理聚焦

2009 年中国企业社会责任榜

2007 年 12 月 29 日,国务院国有资产监督管理委员会发布了《关于中央企业履行社会责任的指导意见》,对中央企业履行社会责任作出制度性约束。目前,中国对其他企业履行社会责任尚未进行硬性政策要求。

2009 年 9 月 19 日,中国企业社会责任研究中心等机构联合主办了"六十华诞、责任中国——2009 中国企业社会责任研讨会"。会议发布了"2009 中国企业社会责任榜""100 强"榜单,同时分别发布了 15 个"履行社会责任优秀案例"和 15 个"社会责任缺失案例"。

根据"100 强"榜单,国家电网公司、中远集团、海尔集团、华能集团、中国航天科工集团、中国工商银行、中国电信、复星集团、宝钢集团、神华集团、百度公司、民生银行、远东控股集团、玉柴集团、用友集团、中钢集团、日照港集团、江铃汽车、长江证券、中海油服等国内知名企业名列 2009 年中国企业社会责任"100 强"榜单的前 20 位。

海尔集团公司"用金牌托起希望"、国家电网公司"灾区紧急供电工程"、中国远洋运输集团"绿色节油项目"、中国航天科工集团公司"八大责任铸'神剑'"等 15 个案例被主办机构评为"2009 中国企业履行社会责任优秀案例"。三鹿集团"三聚氰胺重大食品安全事故"、完达山药业"刺五加注射液事件"等影响重大的产品安全事件以及上海农药厂、玖龙纸业、太阳纸业等 15 个国内企业所发生的"社会责任缺失"事件出现在榜单中。

二、企业社会责任的范围

中国企业联合会、中国企业家协会执行副会长冯并认为,社会责任品牌的较量,将是未来公司竞争的一个主战场,最终决定公司的生死存亡。根据中国企业社会责任(CSR)研究中心的分析报告,中国企业目前仍存在"履行社会责任不足""重要性认识不到位""制度欠缺、主观随意性大""重捐赠,轻实施"等问题。

关于企业应该如何承担社会责任,其具体范围包括哪些? 全国政协常委、国务院参事任玉岭在接受《中国经济周刊》记者采访时曾指出,我国也应针对经济社会发展的需要和企业社会责任暴露出的问题,尽早研究和制定中国的企业社会责任标准,以防走在外国的后面,让外国制肘我们的发展。对此,他建议,应从以下八个方面来确立我国企业的社会责任标准。

(一)承担明礼诚信确保产品货真价实的责任

由于种种原因造成的诚信缺失正在破坏着社会主义市场经济的正常运营,由于企业的不守信,造成假冒商品随时可见,消费者因此而造成的福利损失每年在2 500亿~2 700亿元,占 GDP 比重的 3‰~3.5‰。很多企业因商品造假的干扰和打假难度过大,导致企业难以为继,岌岌可危。为了维护市场的秩序,保障人民群众的利益,企业必须承担起明礼诚信,确保产品货真价实的社会责任。

(二)承担科学发展与交纳税款的责任

企业的任务是发展和赢利,并担负着增加税收和国家发展的使命。企业必须承担起发展的责任,搞好经济发展,要以发展为中心,以发展为前提,不断扩大企业规模,扩大纳税份额,完成纳税任务,为国家发展做出大贡献。但是这个发展观必须是科学的,任何企业都不能只顾眼前,不顾长远,也不能只顾局部,不顾全局,更不能只顾自身,而不顾友邻。所以无论哪个企业,都要高度重视在"五个统筹"的科学发展观指导下的发展。

(三)承担可持续发与节约资源的责任

中国是一个人均资源特别紧缺的国家,企业的发展一定要与节约资源相适应。企业不能顾此失彼,不顾全局。作为企业家,一定要站在全局立场上,坚持可持续发展,高度关注节约资源。并要下决心改变经济增长方式,发展循环经济、调整产业结构。尤其要响应中央号召,实施"走出去"的战略,用好两种资源和两个市场,以保证经济的运行安全。这样,我们的发展才能持续,再翻两番的目标才能实现。

(四)承担保护环境和维护自然和谐的责任

随着全球和我国的经济发展,环境日益恶化,特别是大气、水、海洋的污染日益严重。野生动植物的生存面临危机,森林与矿产过度开采,给人类的生存和发展带来了很大威胁,环境问题成了经济发展的瓶颈。为了人类的生存和经济持续发展,企业一定要担当起保护环境维护自然和谐的重任。

(五)承担公共产品与文化建设的责任

医疗卫生,公共教育与文化建设,对一个国家的发展极为重要。特别是公共教育,对一个国家的脱除贫困、走向富强就更具有不可低估的作用。医疗卫生工作不仅影响全民族的身体健康,也影响社会劳力资源的供应保障。文化建设则可以通过休闲娱乐,陶冶人的情操,提高人的素质。我们的国家,由于前一个时期对这些方面投入较少,欠债较多、存在问题比较严重。而公共产品和文化事业的发展固然是国家的责任,但在国家对这些方面的扶植困难、财力不足的情况下,企业应当分出一些财力和精力担当起发展医疗卫生、教育和文化建设的责任。

(六) 承担扶贫济困和发展慈善事业的责任

虽然我们的经济取得了巨大发展,但是作为一个有 13 亿多人口的大国还存在很多困难。特别是农村的困难就更多、更重。这些责任固然需要政府去努力,但也需要企业为国分忧,参于社会的扶贫济困。为了社会的发展,也是为企业自身的发展,我们的广大企业,更应该重视扶贫济困,更好地承担起扶贫济困的责任。

(七) 承担保护职工健康和确保职工待遇的责任

人力资源是社会的宝贵财富,也是企业发展的支撑力量。保障企业职工的生命、健康和确保职工的工作与收入待遇,这不仅关系到企业的持续健康发展,而且也关系到社会的发展与稳定。为了应对国际上对企业社会责任标准的要求,也为了使中央关于"以人为本",构建和谐社会的目标落到实处,我们的企业必须承担起保护职工生命、健康和确保护工待遇的责任。企业要坚决作好遵纪守法,爱护员工,搞好劳动保护,不断提高工人工资水平和保证按时发放。企业要多与员工沟通,多为员工着想。

(八) 承担发展科技和开创自主知识产权的责任

当前,就总的情况看,我国企业的经济效益是较差的,资源投入产出率也十分低。为解决效益低下问题,必须要重视科技创新。通过科技创新,降低煤、电、油、运的消耗,进一步提高企业效益。改革开放以来,我国为了尽快改变技术落后状况,实行了拿来主义,使经济发展走了捷径。但时至今日,我们的引进风依然越刮越大,越刮越严重,很多工厂几乎都成了外国生产线的博览会,而对引进技术的消化吸收却没有引起注意。因此,企业要高度重视引进技术的消化吸收和科技研发,加大资金与人员的投入,努力做到创新以企业为主体。

▌管理聚焦▌

善待员工——企业履行社会责任的当务之急

中国企业联合会、中国企业家协会执行副会长蒋黔贵 2010 年 3 月 27 日在北京呼吁,企业履行社会责任涉及方方面面,当务之急是"善待员工"。近几年中国不时出现的"民工荒"也警示我们,靠低工资维持低成本的老路难以持续。企业必须以人为本,把员工视为企业发展的重要战略资源,切实保障基层劳动者的权益和提高员工素质,实现员工与企业共同成长。

蒋黔贵认为,单纯追求经济价值而忽略社会价值的企业,未来的生存空间会越来越小,发展压力会越来越大。有专家认为,中国的企业管理已经进入社会责任时代。

他强调,企业价值观是企业在经营过程中所推崇的基本信念和奉行的基本准则,决定着企业的使命、战略和行为,是企业的立身之本和成功关键。今天,利润最大化的传统价值观正在逐渐被与社会互利共赢的现代企业价值观所取代。现代企业价值观认为,企业不仅仅是一个追求利润的经济组织,还是一个与其他组织相互联系和相互作用的社会组织,是"社会公民"。因此,企业在提供产品和服务获取利润的同时,必须统筹考虑员工、消费者、国家、社会等利益相关者的利益,积极承担社会责任,促进人类的可持续发展。

蒋黔贵同时指出,目前,农民工已成为中国产业大军的主力,其中"60后"、"70后"农民工正在逐渐退出历史舞台,"80后"、"90后"新生代农民工正在崛起,他们不安于普通工作岗位,又不能胜任技术岗位,这种尴尬是中国长期以来对物的投入远远高于对人的教育、培训,特别是职业培训的投入造成的。如何迎接中国产业工人换代的挑战,是企业战略转型的重要问题。

(资料来源:中国新闻网 http://www.chinanews.com.cn,《中企联:企业履行社会责任的当务之急是善待员工》,作者:阮煜琳。)

三、企业社会责任与经济绩效

社会责任会降低经济绩效吗?大部分研究表明,公司社会参与和经济绩效之间存在一种正相关关系。正相关关系的逻辑基础是社会参与为公司提供了大量利益,足以补偿其付出的成本。这些利益可能包括一个积极的消费者形象,一支目的更明确和更讲究奉献的员工队伍以及政府更少的干预。

诸多学者通过研究,得出了一个最有意义的结论:没有足够的证据表明,一个公司的社会责任行为明显降低了其长期经济绩效。

毫无疑问,公司的某些社会行为主要是由利润动机驱动的。事实上,这种行为已经获得了一个名称:起因相关营销,指实施直接由利润驱动的社会行为。如美国运通公司、可口可乐公司、通用食品公司等毫无顾忌地利用社会公众的良心。正如美国运通公司的一位总经理所说:"社会责任是一个很好的营销诱饵"。这便是后面的善因营销。

(一) 善因营销

管理聚焦

善因营销的起源与含义

善因营销的起源可追溯至 1981 年,当时美国运通公司(American Express Company)为帮助旧金山的艺术团体 San. JoseSymphonp 筹募基金,承诺当消费者刷卡消费或申请新卡时,公司便捐出部分所得给该艺术团体,结果非常成功。1983 年,该公司又与爱丽丝基金会(Ellis Island and Foundation)合作,为整修自由女神像募集资金,结果 3 个月的营销活动共捐赠了 170 万美元,达到预期目标的 3 倍之多,而美国运通公司的刷卡率也因此比前一年同期提高了 28%,并发行了大量新卡,自此,善因营销理念开始被企业与非营利组织所广泛采用。

Varadarajan 最早定义善因营销为一种水平式的合作促销,即将产品品牌与非营利组织相结合,共同进行销售促进活动。对消费者而言,善因营销为其提供了一个机会,在购买产品或获得服务的同时为非营利组织进行捐赠;对企业和非营利组织而言,善因营销促使双方基于特定事件,为了相互利益而结合,建立了双赢的合作关系。

善因营销是企业策略性公益行为的两种方式之一。另一种方式是公益广告,即企业出资赞助非营利组织在大众媒体上发布公益广告,传播公益理念,协助企业与非营利组织同大众进行沟通。

在市场营销观念得到西方工商界广泛推崇和世界接受的同时,人们又开始对其提出了质疑:一个在了解、服务和满足个体消费者需要方面干得十分出色的企业,是否必定也能满足广大消费者和社会的长期利益呢? 营销观念回避了消费者需要、消费者利益和社会福利之间隐含的冲突。例如,100 多年来世界各地的烟草工业越办越兴隆,为吸烟者提供了需求满足,为社会带来大量的财政收入,但最近的科学研究发现,烟草对与吸烟者在一起生活和工作的人的危害比对吸烟者本人的危害要大得多;口香糖制造商虽然极大地满足了部分消费者清新爽口的需求,但同时也带来了街道卫生的问题;一次性碗、筷子给大多人带来了方便,但是也给人类带来了土地沙漠化和污染……

同样,在全球经济一体化的今天,企业的产品以及服务日益趋同,要想在众多的竞争者中脱颖而出,仅依靠良好的服务及著名的品牌已经不够。现代的客户希望知道,他们所使用的产品和所投资的企业在环保、人权以及社会责任方面有何作为? 股东也开始询问公司的道德规范、社会承诺以及相关责任方面的完成情况。

为了解决企业的社会责任和道德良心问题,20 世纪 70 年代中期开始,社会营销观念作为对市场营销观念的修正和补充被具有社会责任感的企业接受和采纳。社会营销观念认为,组织的任务是确定诸目标市场的需要、欲望和利益,并以保护或提高消费者及社会福利的方式,比竞争者更有效、更有利地提供目标市场所期待的满足。事实上,社会营销观念与市场营销观念并不矛盾,问题在于一个企业是否把自己的短期行为与长期利益结合起来,能否在满足顾客需求获取利润的同时,顾及人类普遍的福利和社会发展的可持续性。

根据著名学者卡诺的观点,可以把一个企业的社会责任分为四个层次:第一个层次的企业社会责任是经济责任,它是指企业的赢利,是其他更高层次社会责任实现的基础;第二个层次的企业社会责任是法律责任,它是指企业的一切活动都必须遵守法律的条款,依法经营;第三个层次的企业社会责任是伦理责任,它是指企业的各项工作必须符合公平、公正的社会基本伦理道德,不能做违反社会公德的事;第四个层次的企业社会责任是慈善责任,它是指企业作为社会的组成成员,必须为社会的繁荣、进步和人类生活水平的提高做出自己应有的贡献。这些层次呈现出金字塔的形状,其中慈善责任是企业社会责任最高层次的表现形式,与之相对应的营销方式称之为善因营销,善因营销体现了社会营销观念,是最高层次的营销观念,它不仅注重营销的效率和效果,还考虑社会和道德问题。善因营销也叫事业关联营销(cause-related marketing),是指将企业与非营利机构,特别是慈善组织相结合,将产品销售与社会问题或公益事业相结合,在为相关事业进行捐赠,资助其发展的同时,达到提高产品销售额、实现企业利润、改善企业社会形象的目的。

▌小案例▌

雅芳:三步成就善因营销

雅芳公司在善因营销方面堪称楷模。首先,雅芳选择了和自己目标相吻合的公益事业。雅芳的主要客户是 30 岁以上的中年妇女,她们很清楚乳腺癌对自己及所有女性的潜在威胁。面对众多企业参与这一领域的"过度竞争"状况,雅芳公司另辟蹊径,避开当时最热门的研究赞助,而转向那些得不到良好医疗服务的妇女。她们最迫切的需求就是定期检查和及时就诊。雅芳推出了"雅芳抗击乳腺癌之旅"这样的创新项目,保持了自己的特色。

2000 年 10 月,纽约著名的第五大街的交通线漆出了一条由第 42 街到第 59 街的"一英里粉红带",表示了纽约市要唤起人们对妇女乳腺癌的重视以及防治病魔的决心。

其中粉红色代表了雅芳,以表彰雅芳所做出的贡献。10 月 10 日也被宣布为"雅芳抗癌日"。

其次,精挑细选了公益合作伙伴。"由于抗击乳腺癌活动专业性很强,又是长期计划,因此我们希望能够找到一家具有权威性和专业精神的全国性基金会(以下简称"癌基会")组织作为固定的合作伙伴。"雅芳负责人介绍。经过一段时间的了解,2003 年年初,雅芳(中国)有限公司和中国癌症研究基金会正式签定合作协议,设立"雅芳爱心基金",该基金通过"雅芳爱心礼包"的义卖筹措资金,用于有关乳腺疾病普及教育和医疗防治的有力推行和延续。

"我们对中国癌症研究基金会的专家们表示由衷的敬意,他们没有丝毫机关作风,做事不求回报、雷厉风行,每次活动,现场到处都是癌基会工作人员忙碌的身影。没有他们的大力协助,我们无法把对最有需要的中国妇女提供帮助的承诺落到实处。另外,癌基会的财务很清楚。属于基金的每笔钱如何支出都有详细的说明,保证了爱心基金用于爱心事业。我们庆幸能遇到这么好的合作伙伴,并希望把合作继续下去。"雅芳负责人如是说。

(资料来源:《全球商业经典》,2005 年第 11 期,第 52~54 页,有删节。)

(二) 社会责任投资

社会责任投资(social responsible investment,简称 SRI)在西方已成气候,并开始进入中国。SRI 关注的是企业社会责任(corporation social responsibility)的实现,其基本原则非常简单——如果金钱是让世界运转的动力,那么以承担社会责任为宗旨的投资就有机会让这个世界运转得更美好。它是指将融资目的和社会、环境以及伦理问题相统一的一种融资模式,即以股票投资、融资等形式为那些承担了社会责任的企业提供资金支持。它要求企业在对其赢利能力加以"合理"关注以外,同时也关心另外两项对所有企业生存的影响与日俱增的因素:环保和社会公正。社会责任投资,同时能使环境和社会业绩出色的公司脱颖而出。通过投资者活动的形式使经理层参与到这些问题上来,从而改善企业在这些领域的业绩,它是企业社会责任的组成部分。SRI 是一个混合体,它既是资本投资的出口,又必须在金融市场内运用,这样就注定其中的每一个参与者经常要在商业利益和社会责任之间做出决断。带有道德筛选意味的投资可追溯至 17 世纪的贵格会(Quakers,西方基督教的一个教派,从事一定的商业活动,其教徒以拒绝参加战争而闻名),当时的贵格会拒绝对武器买卖进行投资。而现代的 SRI 运动始于 1971年的柏斯全球基金(Pax World Fund)。该基金由抗议越战的牧师发起,Pax 的投资者认为拥有一些公司的股票——例如制造凝固汽油的陶氏化学公司的股票——是错误的。因此，他们创造了一个共同基金，把他们认为不合道德的公司——剔除出他们拥有的所有股票组合之外（当时基金从本质上说就是一个筛选股票的工具），这些公司包括烟草、酒精、赌博和军火企业。如今西方对企业责任的定义愈发广泛，还包括妇女和同性恋权利，种族平等和动物试验，等等。

由此可见，"社会责任投资"是一个为了适应经济的可持续发展而产生的产物。借由整合多方面的考虑（社会正义性、环境可持续性、财务绩效）于投资过程中，使得"社会责任投资"可以同时产生财务性及社会性的利益。"社会责任投资"并不是一个特定的商品名称，而是指一种为投资组合设定特定价值的应用方法或哲学。

▌管理聚焦▐

"三腿凳"——社会责任投资

社会责任投资可以形容为一个"三腿凳"——它由股票筛选、股东行动主义和社区投资三部分构成。首先是股票筛选（social screening），它是最能直接畅快表达投资者立场的SRI方式。可以用一句话概括：把你最主要的资产投向你的原则所在。看上去这是投资者对一个公共上市企业表达不满的最好途径。例如，如果你不满意宝洁进行动物试验，你可以选择不买它的股票；或者，如果你已经拥有这些股票，你可以把它们放掉。如果你希望汽车能终有一日通过燃料电池起动，你可以考虑采取正面筛选，把进行这方面研究的巴勒德电力系统公司加入你的投资组合。

其次是股东行动主义。目前最有效的股东行动主义个案是雨林行动网络（Rainforest Action Network），该组织让美国家得宝（Home Depot）允诺逐步消除对老龄木材的销售。另一些积极分子也取得了类似的成功。他们让通用电气支付1.5亿到2.5亿美元，用于清洗位于美国东北部因受多氯联苯而污染的城市；他们还说服了福特、戴姆勒—克莱斯勒、通用汽车和德士古石油退出阻碍消减全球变暖工作的全球气候联盟（Global Climate Coalition）。财富500强公司的CEO们所受的压力来自各个方面，但从内部受到"进攻"更让他们焦虑，由于所有的股东都是公司的拥有者，并且对企业政策拥有有限的评论权，所以即使一个美国人只拥有一份微软的股票（价值大约相当于拥有比尔·盖茨家里橱柜的门把），他仍可以参加微软的年度股东会议，在会议上提出问题，并在面向股东的任何问题上投一票。

SRI的第三个支柱是社区投资。相对于针对大公司的股票筛选和股东行动，社区投资是资助有价值的项目以及支持个人。在某个意义上，社区投资是SRI中最让环保人士、社会责任活动家们振奋的行为，因为它直接提供了各种行动的支持。

长期以来，众多微型借贷机构在世界各地不断增加，在美国就有十多家。例如，对以生态为重的投资者,美国北卡州的自助借贷(Self—Help Credit)向经营绿色业务的少数族群和低收入家庭提供创业的机会。大多数的社区投资通过银行和信用社达成,一些投资也可以借助基金和信托的途径进行。由于利率通常由借贷方选择,利率可能会比市场水平要低。因为风险相对集中,这类型投资通常比较安全,就好比购买一个存款证明。更令社会投资者舒心的是,他们知道自己的投资被用到了改善世界的种种途径上。

第三节　领导和伦理

一、领导与伦理的关系

"克己复礼、推己及人、杀身成仁、己所不欲,勿施于人"等等,这些叙述涵义都以"仁"为核心。以"爱人"为主体,以"博施济众"和"推己及人"为两翼。孔子指出:"躬自厚而薄责于人,则无怨矣"(《论语·卫灵公》),又指出:"上好礼则民莫敢不敬,上好义则民莫敢不服,上好信则民莫敢不用情。"(《论语·子路》)。孟子进而指出:"君之视臣如手足,则臣视君如腹心,君之视臣如犬马,则臣视君如国人,君之视臣如土芥,则臣视君如寇仇"(《孟子·离娄下》),荀子指出:"故君子之度己则以绳,接人则用曳,度己以绳,鼓足以天下法则矣;接人以曳,故能宽容,因求以成天下大事矣。"(《荀子·非相》)。由以上引述可以看出在儒家的领导理论中领导和伦理具有内在的统一性:"内圣"以伦理道德为体,"外王"以领导为用,"内圣"与"外王"道出了伦理与领导的内在关系。道德不仅作为一种道德规范,它本身还具有贯通天道、人道的本体论地位和作用,道德伦理的本体化过程自先秦始,至宋代完成,由此建立了以人为本,以德为先,道德为内,领导为外,德主刑辅的东方领导模式,这是一个从个人修养入手,逐步向为他人、组织、社会服务转变的过程,自董仲舒"废黜百家、独善儒术"之后,成为中国的官方哲学,一直延伸到 20 世纪初。

领导在企业里主要发挥其指挥、协调和激励功能,其权力主要来自职位权力和个人影响力。约翰·科特认为:作为优秀的管理者,其任务是为庞大而复杂的组织提供必要的秩序及协调性,相比之下,作为富有感召力的领导者,他应该具有远见卓识,能够将人们团结在一个共同的目标周围,能够"满足人们对于成就感、归属感、认同感、自尊、对自我命运的把握以及实行理想的基本需要。"

领导的影响力是一个多因素的复杂系统,其构成要素可分为权力因素和非权力因素,权力因素包括传统因素、职位因素、资历因素等,而非权力因素即非权力性影响力,如个人专长权,不是由社会或组织所赋予的,而是由领导者自身的因素(如品德、威望等)所产生的。它对下属所产生的心理和行为的影响是建立在他人信服的基础上。非权力性影响力对人的激励作用远远超过权力性影响力,因为前者不是靠心理上的压力,而是通过潜移默化的作用,调动起员工的内在驱动力,使其自愿地行动。非权力性影响力包括品格因素、能力因素、知识因素、感情因素等,其中品格因素是基础。

如何发挥领导者的领导功能,詹姆斯·麦格雷戈·伯恩斯(James McGregor Burns)认为:"在某种程度上说,领导是一种领导人与追随者基于共有的动机、价值和目的而达成的一致的道德过程——这种一致建立在追随者与领导人一样的'真正'需要的基础上,这包括心理、经济、安全、精神、性、审美或身体的需要。"这个观点概括了领导与伦理的内在相关性。

二、领导的伦理性质

领导和伦理是否具有内在的相关性? 可以从三个层次来展开研究:深层次、中层次和浅表层次。

(一)领导伦理性质的哲学基础

领导伦理性质的哲学基础是领导的交互主体性,现当代领导者与对象之间的伦理关系已经从以前的"领导者→被领导者"的单向主体性转为"领导者←→被领导者"的交互主体性,或称主体间性。主体间性的概念首先由德国的哈贝马斯和阿佩尔提出,他们抛弃了传统道德哲学的个体"主体范式",而代之以"主体间的范式",因为"主体范式"不能从主体自我寻找出一种普遍的、本质的和内在的人性特征,以作为道德原则的合理性与权威性的绝对形而上学基础。领导的主体间性要求将伦理作为领导活动的基础,着眼于企业谋取效益的方式是否有利于满足人的精神和道德要求,是否有利于形成和谐的人际关系。现代组织谋取效益的方式已经形成了三个层面:一是技术层面,二是制度层面,三是伦理层面。其中,伦理层面着眼于组织谋取效益的方式和谋取行为的道德性和伦理性。当组织从技术层面向制度层面和伦理层面推进时,便是把对人的看法从"手段人"向"手段人"与"目的人"并重迈进。组织伦理具有的这种目标导向功能,旨在不断探索和创造出能正确引导人类价值理想的效益获取方式和获取行为,彼得·M·圣吉断言:"当人们所追求的愿景超出个人的利益,便会产生一股强大的力量,远非追求狭窄目标所能及。组织的目标也是如此。"

（二）领导伦理性质的管理学基础

20世纪90年代初，在弗里曼（Freeman）、布莱尔（Blair）、多纳德逊（Donaldson）等学者的共同努力下，利益相关者管理理论获得重大发展，伦理成为利益相关者管理理论的基本要求和思想精华。所谓利益相关者管理（stakeholder management）是指企业的经营管理者为综合平衡各个利益相关者要求而进行的管理活动。该理论认为，任何一个公司的发展都离不开各种利益相关者的投入或参与，企业追求的是利益相关者的整体利益，而不仅仅是某个主体的利益。这些利益相关者包括企业的股东、债权人、雇员、消费者、供应商等交易伙伴，也包括政府部门、本地居民、当地社区、媒体、环境保护主义者等压力集团，还包括自然环境、人类后代、非人物种等受到企业经营活动直接或间接影响的客体。这些利益相关者都对企业的生存和发展注入了一定的专用性投资，他们或是分担了一定的企业经营风险，或是为企业的经营活动付出了代价。为此，企业的经营决策必须要考虑他们的利益，并给予相应的报酬和补偿。在利益相关者理论中，企业的发展前景依赖于企业管理层对利益相关者要求的回应质量。管理者必须从利益相关者的角度来看待企业，这样才能获得持续的发展。利益相关者理论的实质就是从功利主义学派的角度，提倡关注领导过程中固有的伦理性质。

三、领导伦理学

▌管理聚焦▐

《贞观政要》的领导伦理思想探析

《贞观政要》系统地总结了唐太宗李世民的治国策略，包含着丰富的领导伦理思想，是中国领导伦理思想发展史上的一部重要著作，蕴涵了"勤政廉政、公忠为国"的领导德性伦理彰显、"任贤致治、功推臣下"的领导关系伦理建构、"机制完善、律令严明"的领导制度伦理律则。

一、领导德性伦理彰显："勤政廉政""公忠为国"

（一）沥心勤政，励精图治：对领导者来说，勤的要求是对所从事的事业尽心竭力、孜孜不倦的态度和行为。唐太宗君臣励精图治，勤于政事。

（二）崇俭反奢，清廉自守：崇俭反奢，清廉自守是贞观一代又一突出的官德。君臣同心，以史为镜，牢记强秦富隋，穷奢纵欲。

（三）公忠为国、中正诚信：公正、公平、诚实、守信是《贞观政要》中领导德性伦理思想的重要的组成部分，是为官者必须具备的基本品格。

二、领导关系伦理建构:"任贤致治""功推臣下"

(一)君者政源、主贤臣明:行"仁义之治",首先要求为君的做出榜样。要求自己"勤行三事",强调"主纳忠谏,臣进直言"。正是在他的这种思想影响下,才使得贞观年间出现了以魏征为首的著名谏臣,才使得贞观领导集团出现了"君臣上下,各尽至公,共相切磋,以成治道"和谐的领导局面。

(二)任贤致治、知人善任:唐太宗在治国的实践中,始终能够选贤任能,知人善任,广开纳贤之门。其选官的标准:一是德,二是才,三是影行(个人的实际表现和老百姓对他的反映)。魏征曾为他拟定了 12 条识别官员的标准:把官员分为"六正"与"六邪"两大类。

(三)人格感召,功推臣下:领导者要想最大限度地发挥对属下的领导效能,影响和激励属下,真正做到令行禁止,必须充分运用非领导权威的力量。唐太宗处理君臣关系时,十分注意运用情感的力量,能够做到"功不归己"。

三、领导制度伦理规约:机制完善、律令严明

(一)完善决策机制:领导决策在本质上应是伦理决策或具有道德内涵的行为,领导者只有在决策过程中遵循公正、公平、人道、民主、诚信等伦理准则,才能够做出符合伦理的决策。为此,唐太宗建立了决策监督机制、决策集议制度和决策咨询制度。

(二)规约谏官制度:唐初贞观君臣将谏官制度全面推向实践,形成了谏官史上空前绝后的昌盛局面,并促使中国封建政治走向高潮。谏官的参政主要有两种方式,一是廷诤,二是上封事。综观唐代职官的选任途径,主要有以下四种:一是科举,二是门荫,三是流外入流,四是从军或入幕。贞观时期的谏官制度和唐太宗的求谏纳谏思想是我国领导伦理思想和政治伦理思想的一份珍贵的财富,至今仍有一定的借鉴意义。

(三)修订治吏律令:古往今来各国明智的统治者都很重视吏治。李世民除重视选拔德才兼备的人才外,还十分重视对官僚机构的监督管理,注意监督官署精简编制以提高办事效率。唐统治者委任官吏讲究少而精,在授官时坚持"量才授职,务省官员"的原则。

(资料来源:刘毓航.《贞观政要》的领导伦理思想探析[J].中国浦东干部学院学报,2008(1).

中央党校戴木才教授首先研究了管理与伦理结合"何以可能?"他认为"管理不仅是一个事实判断,同时也具有丰富的价值内涵。揭示管理的'价值判断'性质以及管理的'应该'指向,是管理伦理的应有之义",他论证了管理和伦理结合是由于"管理"与"伦理"具有可通约性:管理本身内在地具有伦理性质。即管理与伦理之所以能够结合,在于管理本身具有道德性。人类的实践活动一方面遵循客观规律,另一方面也都是在需要和目的的驱使下把主体尺度运用于对象世界。遵循客

观规律是管理得以运作的科学基础,而体现人的价值追求则是管理的主体尺度的内在要求。

从上面这个视角出发,我们发现领导本身同样具有伦理性质。领导的伦理性质表现为领导过程的伦理性质和领导者的目标伦理。

(一)领导过程的伦理性质

领导过程的伦理性质表现为领导过程的普遍伦理性和组织伦理性。领导过程的普遍伦理性是指领导活动要遵从社会的普遍伦理,具体表现在以下两个方面:

(1)领导活动总是体现一定的社会伦理原则和道德要求,同时也受到一定的社会价值观念的制约。

(2)人们总是要对领导行为做出伦理评判,使领导活动符合评价主体的伦理道德取向。领导本质上是对人的管理,主体是人,对象也主要是人,离不开人的价值选择和道德选择,而这种价值和道德系统是一个民族文化结构的一部分,同时又随着社会文化价值观念的变化而不断地重构,这种价值和道德系统就是领导的普遍伦理性。

领导过程的组织伦理性是使领导过程取得最优绩效的基本内在要素,对领导活动具有根本的作用。首先,从组织的内部看,组织依靠一定的制度和结构来进行管理,但仅有严格的制度是不够的,因为制度只能对人的行为起到基本的规范作用。还应该有符合人性的、激发员工工作热情的组织文化,以良好的伦理道德来激发组织成员的使命感、责任感和荣誉感,充分发掘员工的内在潜力,这是领导活动在组织内部所蕴涵的伦理问题。其次,从组织外部环境看,组织自身的生存和发展离不开良好的社会环境和自然环境,组织自身所追求的目标也必须满足社会全面进步和人类自身全面发展的要求。而所有这些,都体现着丰富的伦理内容。领导过程的组织伦理性体现了领导活动在组织内外都具有伦理性质。

(二)领导者的目标伦理

1. 领导者目标伦理的内涵

所谓领导目标伦理,是指领导者做人做事、人事和谐的目标取向。核心是回答领导者"是什么样的人(做什么人)"、"应当做什么样的事"这样两个根本性的伦理价值取向问题。

领导者是一个从普通人走上领导岗位,成为领导普通人的人。领导者做人不仅是他个人的"自选动作",而是必须服从所在组织发展,向其提出的目标需求。主要表现在以下方面:

(1)领导者的品质应有两个展本特性:一是"人之初,性本善"。领导者在当领导人以前就是一个公认的善良人——具有温、良、恭、俭、让和仁、义、礼、智、信等伦理内质的人。二是"性相近，习相远"。他既和具他普通人相似，又是一个"用特殊材料制成的人"，无论职位多高、权力多大，始终毫无自私自利之心的人。唯有同时具备这样两种人格的人，才能是具有当代魅力的伦理领导人。

（2）领导者的做人模式是完全可以确立为组织成员所信服的伦理目标的。中外政治学、管理学界曾先后作出过所谓"性善说"、"性恶说"、"X 理论"、"Y 理论"、"超 Y 理论"、"Z 理论"乃至"复杂人说"等等人性评说，其间都肯定或吸纳了人性中的善性一面。领导伦理中当然可以更加理直气壮地坚持现代民主政治条件下的性善说。

（3）领导者的做人目标是其精神生命运动的内在形式。人类学和人学研究证实，凡健全的人一般都有三重内在生命运动：肉体生命运动、社会生命运动、精神或伦理道德生命运动。领导人员与一般社会人的显著不同在于：第三种生命运动占有很大的比重。

2. 领导者的目标伦理的特征

1）内在和外在的完美统一

领导者做人的目标选择与确立，是行为主体的一种价值抉择——指导、激励自身行为的一种内在调控活动。所以它是内在的——他人看不见、摸不着的自我修炼活动。但如同"丑媳妇总要见公婆"一样，为公众服务的领导者的所作所为——其做人目标的最终体现形式，总是会通过其行为及其实践状态，为公众所了解和检验。因此，从"实践是检验真理的唯一标准"看来，任何领导者的做人目标都具有外在性。

领导者的做人状态、为人修养无不是"积蓄于内、现形于外"的产物。要使自己的外在行为获得下属的公认，领导者就得把基本功下在"内秀"——确立做人、做事的伦理标准上。

2）自主性和自控性的统一

领导者择定做人的伦理目标，是其自主力与自控力的集合。具体表现在：

（1）领导者自主地选择做人的伦理目标，既是其合法权利的积极实现，又是其正义理性的主动践行。古语所说"从善如登，从恶如崩"，分析了从善不易、从恶不难的规律。而领导者应当从善，不可从恶，才有"资本"做领导人。于是，任何一个领导者能否积极、主动地去掌握自己的社会命运与航向，就是看其是否具有善良地做人、做事的伦理目标及其追求勇气与能力。

（2）领导做人目标的自控一般是针对两个方面的情形：积极的目标环境和消极的目标环境。这里的目标环境主要是指间接的社会大环境和直接的领导小环境。间接的社会大环境越协调,领导者做人目标的伦理选择就越是具有外在和内在的双向动力。相反,领导者择定做人伦理目标就主要是靠自我把握、内在动力。

3) 公信力和人格魅力的统一

公信力是领导活动的伦理支柱之一,领导者做人做事是一定公信力的承载与表达方式。领导者择定并践行做人做事的伦理目标,是其职业活动所必需的公信力基础。

要想做一个确有公信力的令人信服的领导者,只有一个选择:做人做事讲伦理讲道德。

人格魅力就是使人信服的道德品质魅力。这是领导者履行职责的另一内在支点。一个缺乏高尚道德修养和优秀品质的人,是不应成为领导者,也绝对当不好领导的。做普通人时有扎实的道德基础,被选做领导人以后,没有与时俱进,结合领导实际发展自己的道德内涵的人,也最终当不好领导者也逃不出大浪淘沙的结局。

思 考 与 练 习

1. 简述管理和伦理的关系。
2. 管理的伦理功能和伦理的管理功能分别是什么?
3. 从宏观、中观和微观剖析管理伦理学的研究对象。
4. 简述企业社会责任的层次。作为企业,应该如何履行社会责任?
5. 领导和伦理有何内在联系?
6. 什么是社会责任投资? 企业应该如何进行社会责任投资?

案例

好产品是责任理念无声的宣传

正大集团认为"企业社会责任更多地体现在日常管理、生产销售等环节中。正大集团的三农情结最大的体现了我们的社会责任。"

社会责任是衡量企业优劣的标准

正大集团认为企业社会责任是衡量企业优劣的基本标准。该集团对自己产品的要求就是"安全、健康、营养"。因此,企业为消费者服务,提供给消费者好的产品,这就是很好地履行了企业的基本社会责任。如果企业提供了差的产品、劣质的产品,这样的企业就不负责任,甚至是犯罪。

此外,好的企业一定也要积极投身公益事业,为社会做出自己力所能及的贡献。同时社会也会认可它,为企业的进一步发展创造良好的环境,这是相辅相成的一种关系。像去年的冰雪灾害、汶川地震这样的灾害,有社会责任感的企业一定会挺身而出,力所能及地去帮助灾区群众。

每一款好产品都是对企业社会责任无声的宣传

正大集团从不刻意地设立企业社会责任部门,也没有新闻宣传部门来特意宣传自己的企业社会责任。但是,没有这个部门,并不是说正大集团不重视企业社会责任。

正大集团自己的内刊和报纸也会宣传企业社会责任的理念,认为企业社会责任并不是企业能制造出来的,它实际上更多的是在企业的日常管理、生产销售等环节中。换句话说,社会责任不是宣传出来的,不是说出来的,而是做出来的。正大集团已经把企业社会责任工作融入到日常运营中,正大深信其每一款好产品都是对企业社会责任无声的宣传。

"三利"原则确保"情系中国"

正大集团的两位创始人和第二代经营者都有着中国情结,多年来一直关心和支持中国的发展。正大集团的企业社会责任理念是"利国、利民、利企业",讲了几十年,也一直践行这一宗旨。

在利国方面。从1979年改革开放之初,我们第一个来中国投资,在深圳建立了第一个现代化饲料厂。作为一个华侨企业,比较了解中国的国情,具有中国情结,也能够理解政府的开放政策,相信中国一定会使外资企业发展起来。当时集团的领导人就想,假如投资不成功的话,就当奉献给祖国了。

在利民方面。集团董事长常说,国家提倡要建设新农村、发展农业,帮助农民奔小康,作为企业来讲,顺应国家的需求就一定会获得国家的支持,比如政策、税收、贷款等方面。另一方面,凡是国家倡导的行业一定是国家急需的,也是人民急需的。比如随着物质文化水平的提高,人们对生活品质的要求也越来越高,特别是饮食方面的要求越来越高。正大大力发展食品行业也是对国家与人民有利的,同时企业的发展水平也在不断提升。

在利企业方面,正大集团在经营中要利股东、利员工,这是一个多赢的过程。

健全的安保体系为食品安全服务

在去年的"三鹿奶粉事件"中,国内许多知名奶制品企业深陷其中,据了解,正大集团生产的相关产品经检查是安全的,那么正大集团是如何做到这一点的?"三鹿奶粉事件"爆发后,国家质量技术监督部门对饲料中添加三聚氰胺情况进行了严格的抽查。在这一系列的检查中,正大集团没有被发现一起三聚氰胺含量超标的事件。这是由于正大长期以来始终秉承全面、健全的食品质量安全管理体系,确保饲料产品质量符合国家规定的各项标准,做到真正的安全、卫生。比如农牧业的产品,实行的是"四良法":即良种、良料、良舍、良管,就是要有好的种苗、好的饲料、好的饲养环境、好的管理,包括健全的防疫免疫体系,这样就一定会有安全的食品生产出来。在屠宰加工方面,也都是现代化的屠宰加工厂,在国内也是率先达到 ISO9001、ISO22000、欧盟 GAP 等标准,正大集团这些方面都比较健全。

此外,这也同集团的管理体制有关系,独立的垂直领导是我们的特色。饲料技术管理这条线是独立的,有的企业在品质管控方面受到方方面面的影响,在正大是不同的,这条线是绝对垂直和独立的。即使总经理、总裁也无权决定让不合格的产品通过审核,因为正大在质量管理方面实行一票否决制。

与此同时,技术管理和生产也是各自垂直独立的一条线,从采购到品管,再到生产,最后财务就更不必说了,差的产品肯定不会付款。这些都是正大集团食品安全组织体系上的重要保证。

(资料来源:编者根据企业社会责任中国网,http://csr—china.net/,杨海浩.好产品是责任理念无声的宣传[OL].改编,有删节。原作者:王先知.WTO经济导刊.)

问题:

1. 结合案例,谈谈正大集团是如何履行社会责任的?
2. 从企业社会责任的角度分析正大集团的辉煌和三鹿集团破产的原因。

第四章 决 策

学习目标

1. 理解决策的内涵。
2. 正确把握掌握决策的原则。
3. 了解决策的特征和类别。
4. 熟悉决策理论的发展及其主要观点。
5. 领会决策的过程。
0. 重点掌握各种决策方法及其适用条件和范围。

大到一个国家、一个组织,小到一个家庭以及我们每个人,每时每刻都要做出不同的打算或者决定,这些就是我们管理学上所说的决策职能。如"一国两制"、改革开放、减免"农业税"、义务教育免费等等,都是党中央的一些重大战略举措和战略决策。再如,高考填报自愿时,是选择经济管理专业,或者工科专业,还是理科专业等;大学毕业后是选择继续读书还是找工作,包括继续读书的学校,工作的城市等等,都要做出选择。由此可见,一项决策就是在一组备选方案中选定方案的过程。对组织而言,决策就是管理者识别问题,并针对问题和目标,分析问题、解决问题。在现实生活中,或许我们追求的是"最优"、"最好",但是决策理论是发展的,决策的环境是变化的,我们所做的都是动态决策,因此,决策遵循的是"满意"而非"最优"。管理者或决策者在决策过程中应该充分考虑各种因素,努力提高企业决策效率和质量,才能在经营管理中立于不败之地。

管理聚焦

决策的重要性

人主有诱于事者,有壅于言者,二者不可不察也。

> 人臣易言事者，少索资，以事诬主。主诱而不察，因而多之，则是臣反以事制主也。如是者谓之诱，诱于事者困于患。其进言少，其退费多，虽有功，其进言不信。不信者有罪，事有功者必赏，则群臣莫敢饰言以惛主。主道者，使人臣前言不复于后，后言不复于前，事虽有功，必伏其罪，谓之任下。
>
> 人臣为主设事而恐其非也，则先出说设言曰："议是事者，妒事者也。"人主藏是言，不更听群臣；群臣畏是言，不敢议事。二势者用，则忠臣不听而誉臣独任。如是者谓之壅于言。壅于言者制于臣矣。主道者，使人臣必有言之责，又有不言之责。言无端末辩无所验者，此言之责也；以不言避责持重位者，此不言之责也。人主使人臣言者必知其端以责其实，不言者必问其取舍以为之责，则人臣莫敢妄言矣，又不敢默然矣，言、默则皆有责也。

（资料来源：《韩非子·南面》，第十八.）

第一节　决策与决策理论

一、决策的内涵

(一)决策的定义

决策的定义同管理的定义一样，至今没有一个统一的说法，但是大多数学者都强调"决策是一个选择方案的过程"这一观点。杨洪兰(1996)认为，决策就是从两个以上的备选方案中选择一个方案的过程；周三多(1999)认为，决策是指组织或个人为了实现某种目标而对未来一定时期内有关活动的方向、内容及方式的选择或调整过程；张石森、欧阳云将决策定义为："人们为了达到一定目标，在掌握充分的信息和对有关情况进行深刻分析的基础上，用科学的方法拟定并评估各种方案，从中选择合理方案的过程。"而路易斯、古德曼和范特(Lewis, Goodman and Fandt, 1998)则认为："决策是管理者识别并解决问题以及利用机会的过程。"著名的管理学家西蒙可谓是决策理论大师，他驳斥了认为决策仅仅是从几个备选方案中选择一个方案的过程，他认为决策行为应该从逻辑上展开，从认知科学的角度出发，提出了"情报—设计—选择—审查"的决策程序论。

本书采用西蒙的观点，将决策定义为：组织或个人搜集情报、设计方案、选择方案和修正方案的过程。对此定义我们可以作以下解释：

1. 决策的首要问题是制定目标和界定解决途径

即在了解客观环境的基础上,寻求相关的决策信息,在大量的信息中发现和判断需要处理的问题,依照问题的重要性和紧迫性确定行动方向,针对问题的解决要求形成所要达到的行动目标,进而界定问题的解决途径。

2. 决策的重点是设计方案和选择方案

界定解决问题的途径后,就必须寻找、制定并分析有可能达到目标的备选方案,即西蒙所说的"设计活动",通常应该遵循"成本—效益"论的观点。其次,管理者从诸多方案中选择并确定一个最符合某种满意标准的方案,西蒙称该过程叫做"选择活动"。

3. 决策的保证是修正方案

在实际管理中,我们必须对已选择的方案在实施过程中进行评价和校正,西蒙称"审查阶段",通过修正决策目标和备选方案,来应对主客观条件的变化和备选方案本身的错误或遗漏,也便于指导下次的决策。

(二) 决策的特点

1. 目标性

决策是为实现组织的某一目标而开展的管理活动,没有明确的目标或者没有目标,就不可能做出正确的决策。如果决策失去了方向,也就无所谓科学了。

2. 选择性

决策显著特点之一就是它是在多个可行方案中选择最满意的方案。如果只有一个方案,决策者就没有选择的空间,也就不存在决策问题,从而也就不需要决策的知识和能力了。这是由于决策是对多个方案的择优,对方案的分析、选择标准的确定、方案优劣的判断等,反映决策者在判断力方面的素质。相应地,对决策者提出了较高的要求。

3. 风险性

决策是一种有风险性的管理活动。因为任何备选方案都是在预测未来的基础上制定的,客观事物的变化是受多种因素影响的,加之人们的认识总会存在某种程度上的局限性,作为决策对象的备选方案不可避免地会具有某种不确定性,也就是风险性。决策者对所做的决策能否达到预期目标,不可能有十足的把握,需要冒不同程度的风险。

4. 非零起点

无论是一种什么决策,即使是一项全新的决策,都是在过去的基础上进行的。一些是对过去执行结果的延伸,而另一些可能是对过去所执行过的决策的修正。无论属于哪一种情况,都说明决策不可能在与过去完全无关的状态下进行。因此,决策带有"非零起点"的特点。

二、决策的原则

(一) 全局性原则

企业作为社会的一个组成单位,一方面,它是整个国民经济的子系统,要贯彻执行政府的有关方针、政策、法令、制度,适应社会的限制条件;另一方面,企业自身又是一个系统,企业的经营决策,要保证总体优化,必须协调好企业内部各部门、各单位、各环节之间的关系,进行综合平衡。这是决策的首要原则。

(二) 科学性原则

决策是一个复杂的过程,必须遵循科学的决策程序,尊重客观规律,尊重科学,从实际出发,实事求是。确定有效的决策标准,采用科学的决策方法,建立有效的决策体系和做好决策的组织工作。

(三) 满意原则

决策遵循的是满意原则,而不是最优原则。对决策者来说,要想决策达到最优,必须获得决策所需要的全部信息、拟定所有可能达到目标的方案、准确预测每种方案在未来执行的结果。然而,由于人的"有限理性",这些条件都是无法达到的,现实情况决定了决策者难以做出最优决策,只能做出相对满意的决策,这就是决策的满意原则。

(四) 可行性原则

每一项决策都会有若干条件的制约,必须从实际出发,使决策方案切实可行,才能提高效率,获得更多收益,避免浪费和减少风险程度。应采用定性和定量相结合的方法,认真进行可行性研究和分析论证,量力而行,选取切实可行的满意方案。

(五) 经济性原则

经济性原则具体体现为决策的效益原则和节约原则。讲求效益是决策的根本目的。要把速度与效益、短期效益与长期效益、企业效益与社会效益有机地结合起来。节约原则有两重含义:第一,决策过程本身所使用的费用最少;第二,决策内容也力求成本最低。

(六) 创新性原则

科学的决策,要求决策者既要有技术经济分析的能力,又要有战略眼光和进取精神,勇于开拓新路子,提出新设想,创造新方法。

三、决策的类型

按照不同的划分角度,决策有以下几种类型:

(一)从决策所涉及的问题上看

从决策所涉及的问题来看,决策可以分为程序化决策和非程序化决策。

1. 程序化决策

程序化决策是指可以根据既定的信息建立数学模型,把决策目标和约束条件统一起来,进行优化的一种决策。比如,工厂选址、采购运输等决策。这种决策是可以用运筹学技术来完成的。在这种程序化决策中,决策所需要的信息都可以通过计量和统计调查得到,它的约束条件也是明确而具体的,并且都是能够量化的。对于这种决策,运用计算机信息技术可以取得非常好的效果。

2. 非程序化决策

非程序化决策是指所掌握的信息不完全,变量与变量之间的关系模糊、不确定。约束条件是由各种各样的社会发展变量构成的,比如,社会需求、消费偏好、个人收入、消费习惯等之间的关系。社会发展变量的不确定性制约着约束条件的稳定性,而且这种决策的贯彻实施还会引起决策所影响对象的有意识反应,比如,竞争对手采取与之相对应的措施,这就导致决策与决策实施结果之间关系的进一步复杂化。这种决策,是无法通过建立数学模型来为决策人制定决策提供优化方案的,在这种决策中,变量更多的是人的意志因素。而人又是一个奇怪的存在物,他的意志和欲望多种多样,并且各自的评价又不同。所以,这种决策就不是一种可以在数理基础上完成的逻辑选择。

从管理的层次来看,基层管理者主要处理日常熟悉的、重复发生的问题,往往可以依靠一些标准、规章制度或安排来开展工作,所做的决策是程序化的。而相对高层管理者而言,较高层次的管理者面临的问题和困难大多具有突发性、例外性,他们大多数时间都在处理一些棘手的问题,通常是无章可循的,特别是在市场变幻莫测的知识经济和信息时代,所做的工作也基本无重复性,经常做出一些里外决策即非程序化决策。

诚然,在现代企业管理中,决策者在做决策时,没有严格的程序化决策和非程序化决策,大多数决策时介于两者之间。一般情况下,程序化决策有助于找出那些日常重复性、琐碎问题的解决方案。非程序化决策则能帮助决策者找到独特的突发性问题的解决方案。管理者主要根据实际情况,做出最有利的决策。

(二)从决策的重要性上看

从决策的重要性看,决策分为战略决策、战术决策和业务决策。

1. 战略决策

战略决策对组织最重要,通常包括组织目标、方针的确定,组织机构的调整,企业产品的更新换代,技术改造等,这些决策牵涉组织的方方面面,具有长期性和方向性。

2. 战术决策

战术决策又称管理决策,是在组织内贯彻的决策,属于战略决策执行过程中的具体决策。战术决策旨在实现组织中各环节的高度协调和资源的合理使用,如企业生产计划和销售计划的制订、设备的更新、新产品的定价以及资金的筹措等都属于战术决策的范畴。

3. 业务决策

业务决策又称为执行型决策,是日常工作中为提高生产效率、工作效率而做出的决策,牵涉范围较窄,只对组织产生局部影响。属于业务决策范畴的主要有:工作任务的日常分配和检查、工作日程(生产进度)的安排和监督、岗位责任制的制订和执行、库存的控制以及材料的采购等。

在不同的企业组织决策活动中,不同的管理者所面对的问题和所授权限不同,所能负责的决策任务也不同。基层管理者主要从事业务决策,中层管理者主要从事管理决策,高层管理者主要从事战略决策,但并不是严格孤立地去执行,实践表明,基层管理者必须了解管理决策与经营决策,时刻将业务决策与战略决策即组织的战略目标体系结合起来,才可能做出合理的业务决策。在民主性企业中,基层管理者常参与战略决策、管理决策。中层管理者在做出管理决策时,为使决策合理,必须对战略决策有深入理解,同时,他们必须指导和帮助基层管理者进行业务决策,使全体员工接受决策的结果,职工参与决策和民主化,是提高管理效率和管理绩效的有效途径之一。高层管理者除制定战略决策之外,还通过战略决策来示范并引导管理决策和业务决策,从而促进战略决策的观测实施。此外,高层管理者往往具有丰富的经验和超人的洞察力,当下属制定管理决策或业务决策遇到困难时,他们都能给予有力的帮助和指导。

(三) 从决策的条件方面看

从决策的条件看,决策可以分为确定型决策、风险型决策和不确定型决策。

1. 确定型决策

确定型决策是在对决策问题所处的条件全知道的情况下所做的决策。如知道市场需求量、市场价格和成本等条件进行的产量决策就是确定型决策问题。对企业内部生产能力、产量等问题的决策一般都是确定型决策问题。这些问题通常可用数学模型求最优解,如采购与库存决策、盈亏平衡分析等,都属于确定型决策。值得注意的是,现代企业管理中,确定型决策并不多,对管理者来说,这些仅是一种理想化的决策活动。

2. 风险型决策

风险型决策指决策者对决策对象的自然状态和客观条件比较清楚,也有比较明确的决策目标,但是不全面和肯定的情况下所做的决策。如知道市场需求量可能出现几种情况、能预测每种情况出现的可能性大小,知道市场价格和成本条件进行的产量决策就是风险型决策问题,一般可以用期望值来表示。如企业对利润和效益等问题的决策一般都采用风险型决策法。可以看出,这种决策应该在计量化的基础上进行辨别和筛选,方能做出最满意的决策。

3. 不确定型决策

不确定型决策是指对决策问题所处的条件知之甚少,主要依赖决策者的经验和主观判断进行决策。如前所述,只知道市场可能出现的几种结果,不能预测出每种情况出现的可能性大小,知道市场价格和成本条件下进行的产量决策就是不确定型决策问题,企业的战略决策一般都是不确定型决策。因此,不确定型决策的关键在于尽量掌握有关信息资料,然后凭决策者的直觉、经验和判断行事。

(四) 从决策的目标和方法角度上看

从决策的目标和方法看,可以分为定量决策和定性决策。

1. 定量决策

定量决策是指决策目标有明确的数量标准,并可以用相应的数学模型进行的决策。它强调用数字说话,给人以直观印象和说服力。如企业产量的决策、采购量决策、库存决策等等都是定量决策。

各行各业的管理者,无论是私营部门的还是公营部门的,也不管是在生产行业还是在服务行业,都必须具备数字信息处理能力,利用此类信息得出结论。定量决策涵盖了数量的产生及其计算,预测的方法与实际操作、数据收集与信息描述、分布形式的种类和选取、决策树的绘制和应用等内容,并围绕抽样阐述了相关的理论和实际问题,探讨如何将上述理论应用到以食品、工程、装潢、咨询等领域为背景的实际问题的决策中。常见的定量决策方法有:盈亏平衡法(或量—本—利分析)、线性规划法和决策树法等。

2. 定性决策

定性决策是指决策目标难以定量化,主要以决策者的经验进行判断的决策,如企业招聘员工的决策就是定性决策。

相对定量决策而言,定性决策具有宏观性,不需要严密的数学推理,在企业管理中,对于战略决策问题,问题往往带有很大的模糊性和不确定性,如果忽略这些问题,将不可能做出正确的战略规划。

在实际生活中,在众多的决策问题中有这样一类:① 解决该类决策问题必需的环境知识和信息量较少;② 要求决策者只做出是与非的决策。对于这类问题,由于信息的缺乏和不准确性,建立精确的数学模型已不可能;同时,因为这类问题的决策目标比较粗,没有建立精确数学模型的必要。因此,在决策过程中,通常将定性决策与定量决策相结合。

(五) 从决策的起点上看

从决策的起点看,决策可以分为初始决策和追踪决策。

1. 初始决策

初始决策是指组织对从事某种活动或从事该种活动的方案所进行的初次选择。主要是确定未从事的活动或新的活动的方向、目标、方针及方案。它是在对内外环境的某种认识的基础上做出的,可以说是首次决策,此前没有决策可以参考,决策者只能凭借所掌握的信息做出判断和选择。

2. 追踪决策

追踪决策是指在初始决策的基础上对组织活动方向、内容或方式的重新调整。它是在初始决策的基础上对组织活动方向、内容或方式的重新调整。主要是由于这种客观环境发生了变化,或者是由于组织对环境特点的认识发生了变化而引起的。显然,组织中的大部分决策当属追踪型决策。

与初始决策相比,追踪决策具有如下特征:

(1) 回溯分析。初始决策是在分析当时条件与预测未来基础上制定的,而追踪决策则是在原来方案实施,并发现环境发生了重大变化、或与原先认识的环境有重大区别的情况下进行的。因此,追踪决策须从回溯分析开始。所谓回溯分析,就是对初始决策的形成机制与环境进行客观分析,列出失误的原因,以便有针对性地采取调整措施。当然,追踪决策是一个扬弃的过程,对初始决策的"合理内核"还应保留。因此,回溯分析还应挖掘初始决策中的合理因素,以之作为调整或改变的基础,而不应"倒洗澡水连婴儿一起倒掉"。

(2) 非零起点。初始决策是在有关活动尚未进行,因此对环境尚未产生任何影响的前提下进行的。追踪决策则不然。它所面临的条件与对象,已经不是处于初始状态,而是初始决策已经实施,因而受到了某种程度的改造、干扰与影响。也就是说,随着初始决策的实施,组织已经消耗了一定的人、财、物资源,环境状况因此而发生了变化。初始决策的实施对环境的影响主要表现在两个方面:第一,随着初始决策的实施,组织与外部的协作单位已经发生了一定关系,比如:企业为了开发某种产品,已经组织了资源供货渠道,已经向有关厂家订购了生产这种产品必须的某些设备等等;第二,随着初始决策的实施,组织内部的有关部门和人员已经投入相应活动。随着这种活动的不断进行,这些部门和人员不仅对自己的劳动成果及这种劳动本身产生了一定的感情,而且他们在组织中的未来也可能在很大程度上与这种活动的继续命运相系。因此,如果改变原先的决策,会在不同程度上遭到外部协作单位以及内部执行部门的反对。由于这种反对,这些单位和部门可能在追踪决策时提供并非客观的信息和情报。

(3)双重优化。初始决策是在已知的备选方案中择优,而追踪决策则需双重优化,也就是说,追踪决策所选择的方案,不仅要优于初始决策方案,因为只有在原来的基础上有所改善,追踪决策才有意义,而且要在能够改善初始决策实施效果中的各种可行方案中,选择最优或最满意者。第一重优化是追踪决策的最低要求;后一重优化是追踪决策应力求实现的根本目标。

四、决策理论

(一)古典决策理论

古典决策理论又称为规范决策理论,是基于"经济人"假设提出的,主要盛行于 20 世纪 50 年代以前。决策者主要从经济的角度出发,认为决策的目的是为了获得最大的经济利益,其目的在于为组织获取最大的经济效益。该理论的主要观点有:

(1)最优化标准。决策者全面掌握决策环境的信息情报,充分了解备选方案的情况,决策者是完全理性的,能按最优化原则做出决策。

(2)决策者应建立一个自上而下的执行命令的组织体系。

(3)决策的目的在于使组织获得最大的经济效益。

古典决策理论假设,决策者是完全理性的,决策者在充分了解有关信息情报的基础上,是完全可以做出实现组织目标最佳决策的。古典决策理论忽视了非经济因素的作用,这种理论不可能正确指导实际的决策活动,从而逐渐被更为全面的行为决策理论所代替。

(二)行为决策理论

行为决策理论的发展始于 20 世纪 50 年代。主要代表人物是赫伯特·A·西蒙,其代表作《管理决策新科学》和《管理行为》。他认为理性和经济标准无法确切说明管理的决策过程,进而提出了"有限理性"和"满意度"原则。此外,其他学者对决策行为做了进一步的研究,指出影响决策的不仅有经济因素,而且还有决策者的心理和行为特征,如态度、情感、经验和动机等。

行为决策理论的主要观点有:

（1）决策就是管理，管理过程就是决策过程。西蒙指出在组织中，经理人员的重要职能就是做决策。他认为，任何作业开始之前都要先做决策，制定计划就是决策，组织、领导和控制也都离不开决策。

（2）以满意标准代替古典决策的最优化标准。人是有限理性的，介于完全理性和非理性之间，主要原因在于，不确定的复杂的决策环境的影响，知觉上偏差的影响，决策时间及可利用资源的限制等等。以往的管理学家往往把人看成是以"绝对的理性"为指导，按最优化准则行动的理性人。西蒙认为事实上这是做不到的，应该用"管理人"假设代替"理性人"假设，"管理人"不考虑一切可能的复杂情况，只考虑与问题有关的情况，采用"令人满意"的决策准则，从而可以做出令人满意的决策。

（3）风险决策中，受经济利益的影响，决策者厌恶风险，倾向于接受风险较小的方案，尽管风险大的方案可能会带来更加客观的收益。

（4）重视决策者的作用。行为决策理论认为，决策者在决策过程中应该以身作则，一定要有全局观念，大局意识，要认识到权威不是强制命令，要积极提高下级主动承担责任的意识。

一个组织的决策根据其活动是否反复出现可分为程序化决策和非程序决策。经常性的活动的决策应程序化以降低决策过程的成本，只有非经常性的活动，才需要进行非程序化的决策。行为决策理论给了我们两点启示：

（1）从管理职能的角度来说，决策理论提出了一条新的管理职能。针对管理过程理论的管理职能，西蒙提出决策是管理的职能，决策贯穿于组织活动全部过程，进而提出了"管理的核心是决策"的命题，而传统的管理学派是把决策职能纳入到计划职能当中的。由于决策理论不仅适用于企业组织，而且适用于其他各种组织的管理，具有普遍的适用意义。因此，"决策是管理的职能"现在已得到管理学家们普遍的承认。

（2）首次强调了管理行为执行前分析的必要性和重要性。在决策理论之前的管理理论，管理学家的研究重点集中在管理行为的本身的研究中，而忽略管理行为的分析，西蒙把管理行为分为"决策制定过程"和"决策执行过程"，并把对管理研究的重点集中在"决策制定过程"的分析中。

行为决策理论对决策行为的影响因素进行了较为系统的研究，抨击了把决策视为定量方法和固定步骤的片面性，主张把决策视为一种文化现象。例如，日裔美籍学者威廉·大内在其对美日两国企业在决策方面的差异进行的比较研究中发现，东西方文化的差异是导致这种决策差异的一种不容忽视的原因，从而开创了对决策的跨文化管理比较研究。

除了西蒙的"有限理性"模式,林德布洛姆的"渐进决策"模式也对"完全理性"模式提出了挑战。林德布洛姆认为决策过程应是一个渐进过程,而不应大起大落(当然,这种渐进过程积累到一定程度也会形成一次变革),否则会危及社会稳定,给组织带来组织结构、心理倾向和习惯等的震荡和资金困难,也使决策者不可能了解和思考全部方案并弄清每种方案的结果(这是由于时间的紧迫和资源的匮乏)。因此,"按部就班、修修补补的渐进主义决策者或安于现状的人,似乎不是一位'叱咤风云'的英雄人物,而实际上是能够清醒地认识到自己是在与无边无际的宇宙进行搏斗的足智多谋的解决问题的决策者"。这说明,决策不能只遵循一种固定的程序,而应根据组织内外环境的变化进行适时的调整和补充。

(三) 当代决策理论

继古典决策理论和行为决策理论之后,决策理论有了进一步的发展,即产生了当代决策理论。当代决策理论的核心内容是:决策贯穿于整个管理过程,决策程序就是整个管理过程。

组织是由作为决策者的个人及其下属、同事组成的系统。整个决策过程从研究组织的内外环境开始,继而确定组织目标、设计可达到该目标的各种可行方案、比较和评估这些方案进而进行方案选择(即做出择优决策),最后实施决策方案,并进行追踪检查和控制,以确保预定目标的实现。具体过程为:识别机会—确定目标—拟定可行方案—评估备选方案—作业决定—选择实施战略—检查、监督和评估。这种决策理论对决策的过程、决策的原则、程序化决策和非程序化决策、组织机构的建立同决策过程的联系等作了精辟的论述。

对当今的决策者来说,在决策过程中应广泛采用现代化的手段和规范化的程序,应以系统理论、运筹学和电子计算机为工具,并辅之以行为科学的有关理论。这就是说,当代决策理论把古典决策理论和行为决策理论有机地结合起来,它所概括的一套科学行为准则和工作程序,既重视科学的理论、方法和手段的应用,又重视人的积极作用。

第二节　决 策 过 程

决策制定过程通常被描述为"在不同方案中进行选择",但这种观点显然过于简单了,因为决策制定是一个过程而不是简单的选择方案的过程。也有人认为,做出决策是顷刻之间的事。可是,刹那间的决定有可能过于草率,容易造成大错。因此,严格地说应视决策为一过程,其步骤如图4-1所示。图4-1描述了决策的制定过程,从认识决策需要开始,到选择能解决问题的方案,最后到反馈方案结束。

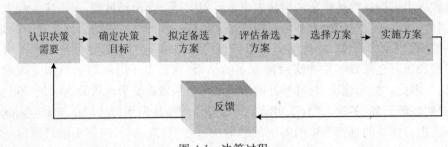

图 4-1　决策过程

一、认识决策需要

在决策前,决策者必须知道为什么要决策,因此决策过程的第一步就是认识决策需要。一些刺激因素通常会激发起决策需要的意识。当组织环境中发生的变化带来了新的机遇或威胁时,这些刺激因素就会凸现出来。当然,我们不是简单地认识这些因素,必须考察它们对整个组织的一些影响程度,考虑这些因素对组织和员工需要的满足感,并对其进行较为准确的评估,寻找最紧迫和最重要的需要。只有这样,才能提高做出决策的可能性。

确定需要的准确度有赖于获得信息的精确程度,因此决策者要力求获得最精确的、可信赖的信息。否则将不能发现真实的决策需要。其次要正确地解释精确的信息。

除了来自于外部环境中的变化,激发决策需要的刺激因素还可能来自于组织内部管理者的行为。一个组织拥有大量的技术、能力和资源,而这些因素都掌握在企业员工和营销、生产以及研发等各个部门手中,积极寻找利用这些能力的管理者往往能创造决策需要。因此,在决策需要过程中,管理者既可以在需要形成之后对其认识评价,发挥被动反应作用,也可以主动创造决策需要,发挥积极作用。总之,无论是主动还是被动,管理者必须认识到决策的需要,并以一种及时恰当的方式做出反应。

二、确定决策目标

管理就是为了实现组织目标,体现为组织要获得的结果,因此,决策前必须要明确获得结果的数量和质量,因为它将成为决策其他步骤的行动指南。

决策目标就其重要程度一般分为三类,即必须达到的目标、希望达到的目标和不予重视的目标。必须完成的目标,对组织和决策来讲是绝对重要,完成它就意味着决策取得了成功;希望完成的目标,对组织和决策来讲是相对重要的,能够全面完成更好,部分完成也算决策的收获,因此,它是一种弹性的要求;不予重视的目标,是对组织和决策重要性不大的,在决策方案中无需专门考虑的目标。

三、拟定备选方案

认识到决策需要,明确决策目标后,管理者接下来要做的事情就是拟定备选方案,用来应对出现的机遇和威胁,达到组织目标。这一步需要丰富的想象力和创造力。事实证明,没有恰当地拟定不同的备选方案并对其进行分析是许多管理者做出错误决策的重要原因之一。

但是,在大多数情况下,备选方案不会很清楚和明确。主要问题在于,管理者很难对特定问题提出具有创造性的解决方案。因为他们中的一些人也许已经习惯于从单一的角度看待和分析问题,即形成了某种特定的"管理思维定势"。因此,在明确目标这一步,要积极培养组织的学习能力和创造力,帮助管理者抛开固有的关于世界的思维模式,从而提出创造性的备选方案解决问题。

四、评估备选方案

一旦管理者拟出了一系列备选方案,他们就必须要对每种方案的优点和缺点进行评估。要想客观地评价这些备选方案,关键是要准确地定义机遇和威胁,然后确定出可能对解决问题或利用机遇的备选方案选择产生影响的决策标准。做出不良决策的原因就在于管理者没有确定对于达成一项决策很重要的决策标准。

评估的方法通常有三种,即经验判断法、数学分析法和试验法。经验判断法是一种依靠决策者的实践经验和判断能力来选择方案的一种方法。对于比较复杂的方案,可用起码的满意程度或关键评价标准淘汰一些方案。数学分析法是一种用数学模型进行科学计算以选择方案的一种方法。当选择重大方案时,既缺乏实践经验,又无法采用数学模型,可选择少数的几个典型环境为试点单位,以取得经验和数据,作为选择方案依据的方法,这就是试验法。

一般来说,成功的管理者常使用四个标准来评价某一项备选方案:

(1) 合法性。管理者必须保证可能入选的行动方案是合法的,不会违背任何国内和国际的法律以及政府法规。

(2) 合乎道德。管理者必须确保可能入选的行动方案是合乎道德的,不会给任何一个利益相关者带来伤害。实际上,管理者做出的很多决策都可能对一部分利益相关者是有利的,而对另外一些利益相关者是有害的。因此,在对每一备选方案进行分析时,管理者必须对各种决策可能产生的影响有一个清楚的认识。

(3)经济可行性。管理者必须确定一种备选方案在经济上是否有可行性。也就是说,在既定的组织目标下,备选方案是否能够实施。通常,管理者都要对各种备选方案进行一个成本收益分析,以确定哪一种方案将会为组织带来最大的财务净收益。

(4)实用性。管理者必须确定自己是否拥有实施备选方案的能力和资源,必须保证所选择的备选方案不会威胁到组织其他目标的实现。如有些备选方案在经济上可能优于其他方案,但是,如果经过仔细分析,管理者发现该方案有可能威胁到组织的其他重要项目,那么,说明该方案不具有实用性。

因此,管理者在评估备选方案时,需要同时考虑上述四种标准。

五、选择方案

在对备选方案进行详细分析之后,下一项任务就是对不同的备选方案进行排序和筛选,主要参考上述四项标准,然后从中选择。在排序时,管理者确保所有可能获得的信息都纳入考虑范围之内,但是,获得一项决策所需要的全部相关信息并不意味着管理者拥有的信息是完全的。由于人的"有限理性",在大多数情况下,管理者获得的信息是不完全的。

因此,管理者在选择方案时,必须仔细考察所掌握的全部事实,并确信自己已获得足够信息。

六、实施方案

在选定了最满意的备选方案之后,就需要将其予以实施,在实施方案的过程中,还需要做出许多后续的相关决策。一旦确定了一项行动方案,如企业开发新的女装市场,那么,在实施该方案的过程中还需要做出成千上万的后续决策。这些后续决策可能包括招聘服装设计师,购买布料,寻找质量可靠的制造商以及和服装店签订新产品的销售合同等等。

管理者还要明白,方案的实施将不可避免地会对各方造成不同程度地影响,正如前所述,一些人是利益的既得者,一些人是利益受害者。所以说管理者要善于做思想工作,帮助他们认识损害只是暂时的,或者说决策必须服从大局利益,化解决策方案实施的阻力。

七、反馈

决策过程的最后一个步骤就是从反馈中学习。有效的管理者总是善于对过去的成功或失败进行反思,并从中吸取经验和教训。不对决策结果进行评价的管理者不仅不能从经验中有所收获,相反,他们还会停滞不前,甚至有可能一而再、再而三地犯同样的错误。为了避免这些问题,管理者必须建立起一种从过去决策的结果中进行学习的正式程序。这种程序一般包括以下步骤:

(1) 将实施一项决策后的实际结果与期望的结果进行比较。

(2) 分析有些决策期望没有达到的原因。

(3) 从中总结出有助于未来决策的指导方针。

善于从过去的失败和成功中总结经验教训的管理者不断地提高自己的决策质量和决策水平。对决策结果进行评价,就是一个学习的过程。因此,对决策结果进行评价能够为组织及管理者带来巨大的收益。

第三节 决 策 方 法

一、定性决策法

定性决策方法是决策者根据所掌握的信息,通过对事物运动规律的分析,在把握事物内在本质联系基础上进行决策的方法。

在计算机、数学和运筹学广泛应用于经济管理之前,人们习惯用自己的经验判断来解决问题,就是我们通常所说的定性决策法,也有一些采用定性与定量相结合并以定性决策为主的决策方法。在当今信息时代和计算机、数学和运筹学广泛应用于经济管理决策领域后,定性决策仍有其广泛的用武之地,主要理由如下:

(1) 面对信息不完全的决策问题以及一些突发性的事件和新问题等等,难以使用对数据依赖程度较高的定量方法。

(2) 当决策问题与决策者主观意愿关系密切,难以或者不能应用数学模型来加以解决,或者数据根本就无法得到和预测,此时就必须采用定性决策或定性和定量结合以定性决策为主的决策方法。

(3) 问题本身的复杂性,现有的定量分析方法和计算机工具难以胜任时,人们也不得不进行粗略的估计和采用定性分析法。

常见的定性决策方法主要有以下 4 种:

(一) 头脑风暴法

头脑风暴法也称为思维共振法、专家意见法,即通过有关专家之间的信息交流,引起思维共振,产生组合效应,从而导致创造性思维。

运用此种方法必须遵循以下原则：

（1）严格限制预测对象范围，明确具体要求。

（2）不能对别人意见提出怀疑和批评，要认真研究任何一种设想，而不管其表面看来多么不可行。

（3）鼓励专家对已提出的方案进行补充、修正或综合。

（4）解除与会者顾虑，创造发表自由意见而不受约束的气氛。

（5）提倡简短精练的发言，尽量减少详述。

（6）与会专家不能宣读事先准备好的发言稿。

（7）与会专家人数一般为 10 至 20 人，会议时间一般为 20 至 60 分钟。

头脑风暴法有助于倡导创新思维。

（二）德尔菲法

德尔菲法是兰德公司提出的。该方法以匿名的方式，通过几轮函询来征求专家的意见，组织预测小组对每一轮的意见进行汇总，整理后作为参考再发给各位专家，供他们分析判断，以提出新的论证。几轮反复后，专家意见趋于一致，最后供决策者进行决策。

此种方法具有匿名性、多轮反馈性和统计性等特点，具体步骤是：

（1）确定预测题目。

（2）选择专家。

（3）制定调查表。

（4）预测过程。

（5）做出预测结论。

如果结果分歧很大，可以开会集中讨论，否则，管理者分别与专家联络。

（三）SWOT 分析法

SWOT 分析法又称为态势分析法，它是由美国旧金山大学的管理学教授于 20 世纪 80 年代初提出来的。常用来作企业内部分析方法，即根据企业自身的既定内在条件进行分析，找出企业的优势、劣势及核心竞争力之所在，然后做出有利的决策。其中，S 代表 strength（优势），W 代表 weakness（弱势），O 代表 opportunity（机会），T 代表 threat（威胁）。在决策过程中，将与研究对象密切相关的各种主要内部优势、劣势、机会和威胁等，通过调查列举出来，并依照矩阵形式排列，然后用系统分析的思想，把各种因素相互匹配起来加以分析，从中得出一系列相应的结论，而结论通常带有一定的决策性。运用这种方法，可以对研究对象所处的情景进行全面、系统、准确的研究，从而根据研究结果制定相应的发展战略、计划以及对策等。如优势与劣势分析（SW），由于企业是一个整体，并且由于竞争优势来源的广泛性,所以在做优劣势分析时必须从整个价值链的每个环节上,将企业与竞争对手做详细的对比。如产品是否新颖,制造工艺是否复杂,销售渠道是否畅通以及价格是否具有竞争性等。如果一个企业在某一方面或几个方面的优势正是该行业企业应具备的关键成功要素,那么该企业的综合竞争优势也许就强一些。需要指出的是,衡量一个企业及其产品是否具有竞争优势,只能站在现有潜在用户角度上,而不是站在企业的角度上;机会与威胁分析(OT),比如当前社会上流行的盗版威胁:盗版替代品限定了公司产品的最高价,替代品对公司不仅有威胁,可能也带来机会。企业必须分析,替代品给公司的产品或服务带来的是"灭顶之灾"呢,还是提供了更高的利润或价值;购买者转而购买替代品的转移成本;公司可以采取什么措施来降低成本或增加附加值来降低消费者购买盗版替代品的风险等等。

(四) 经营单位组合分析法[①]

该方法由美国波士顿咨询公司提出,其基本思想是,大部分企业都有两个以上的经营单位,每个经营单位都有相互区别的产品——市场片,企业应该为每个经营单位确定其活动方向。企业应根据各类经营单位的特征,选择合适的活动方向。在确定某个单位经营活动方向时,应该考虑它的相对竞争地位和市场业务增长率两个维度。相对竞争地位经常体现在市场占有率上,它决定企业的销售量、销售额和盈利能力;业务增长率反映业务的增长速度,影响资金周转和投资回收期。该方法的具体操作是构建 BCG 矩阵:横轴代表市场份额;纵轴表示预计的市场增长率(见图 4-2)。其分析步骤如下:

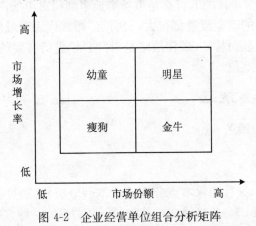

图 4-2　企业经营单位组合分析矩阵

---

① 周三多. 管理学[M].北京:高等教育出版社,2005:96.

（1）把企业分成不同的经营单位。

（2）计算各个经营单位的市场占有率和业务增长率。

（3）根据其在企业中占有资产的比例来衡量各个经营单位的相对规模。

（4）绘制企业的经营单位组合图。

（5）根据每个经营单位在图中的位置，确定应选择的活动方向。

通过上面的划分方法，可以把市场经营业务状况被分为四种类型，分别可以采用以下方法加以决策：

（1）"瘦狗"型的经营单位市场份额和市场增长率比较低，只能带来很少的现金和利润，甚至可能亏损。对这种不景气的业务，应该采取收缩甚至放弃战略。

（2）"幼童"型的经营单位市场占有率较低而市场增长率却较高的经营单位。高速的市场增长需要大量投资，而相对市场占有率低只能产生少量的现金。对"幼童"而言，因增长率高，一个战略是对其进行必要的投资，以扩大市场占有率使其转变成"明星"。当市场增长率降低以后，这颗"明星"就转变为"金牛"。如果认为某些"幼童"不可能转变成"明星"，那就应当采取放弃战略。

（3）"金牛"型经营单位是指有较低的市场增长率和较高的相对市场占有率。较高的相对市场占有率带来高额利润和现金，而较低的市场增长率只需要少量的现金投入。因此，"金牛"通常产生出大量的现金余额。这样，"金牛"就可提供现金去满足整个公司的需要，支持其他需要现金的经营单位。对"金牛"类的经营单位，应采取维护现有市场占有率，保持经营单位地位的维护战略；或采取抽资转向战略，获得更多的现金收入。

（4）"明星"经营单位的的特点是市场增长率和相对市场占有率都较高，因而所需要的和所产生的现金流量都很大。"明星"通常代表着最优的利润增长率和最佳的投资机会。显而易见，最佳战略是对"明星"进行必要的投资，从而维护或改进其有利的竞争地位。

二、定量决策法

（一）确定型决策法

1. 盈亏平衡法

1）概念

盈亏平衡分析，又称为保本点分析或量本利分析，是通过盈亏平衡点（break even point，简称 BEP）分析项目成本与收益平衡关系的一种方法。盈亏平衡点通常是根据正常生产年份的产品产量或销售量、可变成本、固定成本、产品价格和销售税金及附加等数据计算出来的，用生产能力利用率或产量等表示。盈亏平衡分析的目的就是找出这种临界值,即盈亏平衡点(BEP),判断投资方案对不确定因素变化的承受能力,为决策提供依据。

2)假设

(1)产量等于销售量,销售量变化,销售单价不变,销售收入与产量呈线性关系,企业主管不会通过降低价格增加销售量。

(2)假设项目正常生产年份的总成本可划分为固定和可变成本两部分,其中固定成本不随产量变动而变化,可变成本总额随产量变动呈比例变化,单位产品可变成本为一常数,总可变成本是产量的线性函数。

(3)假定项目在分析期内,产品市场价格、生产工艺、技术装备、生产方法、管理水平等均无变化。

(4)假定项目只生产一种产品,或当生产多种产品时,产品结构不变,且都可以换算为单一产品计算。

(5)该项目的生产销售活动不会明显地影响市场供求状况,假定其他市场条件不变,产品价格不会随该项目的销售量的变化而变化,可以看作一个常数。销售收入与销售量呈线性关系,即:

$$B = P \cdot Q$$

式中,B 代表销售收入;P 代表单位产品价格;Q 代表产品销售量。其函数关系如图 4-3 所示。

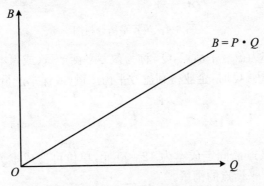

图 4-3 销售收入与产品销售量函数关系图

项目投产后,其生产成本可以分为固定成本与变动成本两部分。固定成本指在一定的生产规模限度内不随产量的变动而变动的费用,变动成本指随产品产量的变动而变动的费用。变动成本总额中的大部分与产品产量成正比例关系。也有一部分变动成本与产品产量不成正比例关系,如与生产批量有关的某些消耗性材料费用、模具费及运输费等,这部分变动成本随产量变动的规律一般是呈阶梯型曲线,通常称这部分变动成本为半变动成本。由于半变动成本通常在总成本中所占比例很小,在经济分析中一般可以近似地认为它也随产量成正比例变动。总成本是固定成本与变动成本之和,它与产品产量的关系也可以近似地认为是线性关系,即:

$$C = C_f + C_v Q$$

式中,C 代表总生产成本;C_f 代表固定成本;C_v 代表单位产品变动成本。

其函数关系如图 4-4 所示。

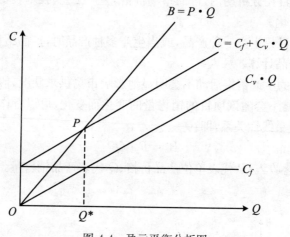

图 4-4 盈亏平衡分析图

图 4-4 中 P 称为盈亏平衡点,Q^* 称为盈亏平衡产量(或保本产量),依照盈亏平衡的定义,$C = P \cdot Q$ 时,企业得到盈亏平衡产量(或保本产量),其表达式为:

$$Q^* = \frac{C_f}{P - C_v}$$

3) 应用举例

【例 4-1】 某产品固定成本为 12 000 元,单位可变成本为 100 元,售价为 210 元,试确定盈亏平衡点的销量。

解 由公式 $Q^* = \dfrac{C_f}{P - C_v}$,有

$$Q^* = \frac{12000}{210 - 100} = 109(件)$$

用图形表示如图 4-5 所示。

图 4-5 中,X 轴为销量,Y 轴为成本,两直线中较平缓的一条为总成本线,较

陡峭的一条为总收入线,两直线交点为盈亏平衡点,该点 X 轴的坐标为 109,即当销量为 109 单位时盈亏平衡。位于平衡点左侧两直线所夹区域为亏损区,平衡点右侧两直线所夹区域为盈利区。

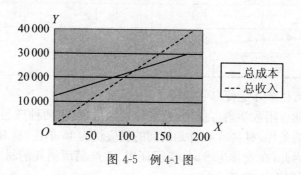

图 4-5　例 4-1 图

2. 线性规划法

1) 概念

线性规划(linear programming,简称 LP)是运筹学的一个重要分支,其研究始于 20 世纪 30 年代末,许多人把线性规划的发展列为 20 世纪中期最重要的科学进步之一。1947 年美国数学家丹捷格(G. B. Dantzing)提出求解线性规划的一般方法——单纯形法,从而使线性规划在理论上趋于成熟,此后随着电子计算机的出现,计算技术发展到一个更高的阶段,单纯形法解题步骤可以编成计算机程序,从而使线性规划在实际中的应用日益广泛和深入。目前,从解决工程问题的最优化问题,到工业、农业、交通运输、军事国防等部门的计划管理与决策分析,乃至整个国民经济计划的综合平衡,线性规划都有用武之地,它已成为现代管理科学的重要基础之一。

线性规划研究可以归纳成两种类型的问题:一类是给定了一定数量的人力、物力、财力等资源,研究如何运用这些资源使完成的任务最多;另一类是给定了一项任务,研究如何统筹安排,才能以最少的人力、物力、财力等资源来完成该项任务。事实上,这两个问题又是一个问题的两个方面,就是寻求某个整体目标的最优化问题。

2) 应用举例

【例 4-2】 某工厂生产甲、乙两种产品,需消耗 A、B、C 三种材料每生产单位产品甲,可得收益 4 万元;每生产单位产品乙,可得收益 5 万元,生产单位产品甲、乙对材料 A、B、C 的消耗且及材料的供应量如表 4-1 所示。

表 4-1 材料消耗及供应量

	甲	乙	资源量
A	1	1	45
B	2	1	80
C	1	3	90
收益	4	5	

问如何安排生产才能使总收益最大?

解 此问题可用数学语言描述,设在计划期内甲、乙两种产品的产量分别为 x_1,x_2,按给定的条件,材料 A 在计划期间的供应量为 45 单位,这对产品产量是一个限制条件。因此,在安排生产时,要保证甲、乙产品所消耗的材料 A 不超过该材料供应量,可用不等式表示为:

$$x_1 + x_2 \leqslant 45$$

类似地,对材料 B 和 C 也有下述不等式:

$$\begin{cases} 2x_1 + x_2 \leqslant 80 \\ x_1 + 3x_2 \leqslant 90 \end{cases}$$

该厂的目标是使总收益最大,如以 Z 代表总收益,则有:

$$Z = 4x_1 + 5x_2$$

该函数称为问题的目标函数。

此外,产品产量不可能是负的,因此有 $x_1 \geqslant 0$、$x_2 \geqslant 0$。

综上所述,此问题的数学模型为:求一组变量 x_1,x_2 满足下列约束条件:

$$\begin{cases} x_1 + x_2 \leqslant 45 \\ 2x_1 + x_2 \leqslant 80 \\ x_1 + 3x_2 \leqslant 90 \\ x_1, x_2 \geqslant 0 \end{cases}$$

使目标函数

$$Z = 4x_1 + 5x_2$$

为最大。

求解线性规划的方法很多,常见的方法有单纯形法、改进单纯形法、对偶单纯形法等,可以直接求解,也可以借助于计算机求解。通常采用的软件有 mathematica、excel 等。此处对具体的解法不再赘述。

(二) 不确定型决策法

不确定(uncertainly)型决策是对自然状态出现的概率无法确定,即决策问题中涉及的条件有些是未知的,对其中有些随机变量,连它们的概率分布也是不知道的,这时就要采取一些不必知道状态概率的决策方法。下面让我们结合实例来介绍一些常见的方法,这些方法只是决策者优选的"原则",所选原则不同,得到的最优方案亦不同。

【例4-3】 某公司生产某产品,有3种生产方案,其效益情况如表4-2所示。

表 4-2 各种方案在不同情况下的收益

效益值(千元) 状态 方案	市场繁荣	市场一般	市场萧条
A_1	200	150	-20
A_2	150	120	30
A_9	100	80	60

试分别根据相应的决策标准,对该问题进行决策。

1. 悲观决策法

悲观决策法,也称为小中取大法,其基本思想是:把事情估计得很不利(效益最小),最优方案则是从各方案的最坏情形(收益最小)中,取一个最好(收益最大)的方案。

运用此法对例4-3进行求解,详见表4-3。

表 4-3 悲观决策法的决策表

收益值(千元) 状态 方案	市场繁荣	市场一般	市场萧条	最小收益值
A_1	200	150	-20	-20
A_2	150	120	30	30
A_3	100	80	60	60

按照悲观决策法,在三个方案的最小收益值-20千元、30千元和60千元中选择一个最大的收益值60千元,应选择A_3方案。

2. 乐观决策法

乐观决策法也称为大中取大法,与悲观决策法相反,该方法总把事情估计得最好(效益最大),最优方案则是从各方案的最好情形(收益最大)中,取一个最好(收益最大)的方案。

运用此法对例 4-3 进行求解,详见表 4-4。

表 4-4　乐观决策法的决策表

收益值(千元)　　状态 方案	市场繁荣	市场一般	市场萧条	最大收益值
A_1	200	150	−20	200
A_2	150	120	30	150
A_3	100	80	60	100

按照乐观决策法,在三个方案的最大收益值 200 千元、150 千元和 100 千元中选择一个最大的收益值 200 千元,应选择 A_1 方案。

3. 折衷决策法

折衷决策法是决策者为了克服上面完全乐观或完全悲观的情绪,而采取的一种折衷办法。即根据历史经验先确定一个乐观系数 $\alpha(0<\alpha<1)$,然后求每个方案的折衷效益值 H_i,各方案对应的折中效益值是 α 乘以方案中的最大收益值与 $(1-\alpha)$ 乘以方案中的最小收益值之和,然后选择折中效益值最大的方案即为最佳方案。

特别地,当 $\alpha=0$ 时就是乐观决策法,$\alpha=1$ 时就是悲观决策法。

以例 4-3 为例,采用折中决策法,计算如下:

(1) 取 $\alpha=0.7$,则 $1-\alpha=0.3$,由上面的公式有

$$H_1 = 0.7 \times 200 + 0.3 \times (-20) = 134$$
$$H_2 = 0.7 \times 150 + 0.3 \times 20 = 111$$
$$H_3 = 0.7 \times 100 + 0.3 \times 60 = 88$$

显然,H_1 最大,即 A_1 为最优方案。

(2) 取 $\alpha=0.6$,则 $1-\alpha=0.4$,由上面的公式有:

$$H_1 = 0.6 \times 200 + 0.4 \times (-20) = 68$$
$$H_2 = 0.6 \times 150 + 0.4 \times 20 = 72$$
$$H_3 = 0.6 \times 100 + 0.4 \times 60 = 76$$

显然,H_3 最大,即 A_3 为最优方案。

由此可见,采用折中决策法,当 α 取值不同时,也会导致决策方案的不同。

4. 最小最大后悔值法

最小最大后悔值法也称最小遗憾决策法,其基本思想是将每一种状态下的最优值(效益最大)定为理想目标,并将该状态下其他效益值与最优值的差称为未达

到理想之后悔值,然后把每个方案的最大后悔值找出来,再从中找出最小者所对应的方案作为最优方案,即先求后悔值,构成后悔值矩阵,然后根据该矩阵选取每个方案对应的最大后悔值,最后从中选取最小者,即为最优方案。

运用此法对例 4-3 进行求解,详见表 4-5。

表 4-5 最大最小后悔值法的决策表

收益值(千元) 状态 方案	市场繁荣	市场一般	市场萧条	最大后悔值
A_1	$200-200=0$	$150-150=0$	$60-(-20)=\boxed{80}$	80
A_2	$200-150=\boxed{50}$	$150-120=30$	$60-30=30$	50
A_3	$200-100=\boxed{100}$	$150-80=70$	$60-60=0$	100

按照最大最小后悔值法的决策原则,在各个方案最大后悔值 80 千元、50 千元和 100 千元中选择一个最小的 50 千元,即应该选择 A_2 方案。

(三)风险型决策法

风险型决策法又称概率型、统计型决策方法,或称随机型决策方法。它是以决策收益为基础,进行计算、比较和分析,依据相应的判断标准,选择其中一个合理方案,并加以验证后作为决策的依据。风险型决策应该具备以下几个条件:

(1) 存在决策者欲达到的目标。

(2) 存在两个以上的可行方案。

(3) 已知可行方案的自然状态。

(4) 明确自然状态发生的概率。

(5) 已知各可行方案在自然状态下的收益值。

在决策方法上,风险型决策主要采用决策树法。

1. 决策树的含义

决策树又称为决策流程网络或决策图,是把方案的一系列因素按它们的相互关系用树状结构表示出来,再按一定程序进行优选和决策的技术和方法。具体做法是:以决策损益值为依据,通过绘制的决策树,根据决策目标,在计算、比较和剪枝的基础上,寻找最优方案的决策方法。

2. 决策树的构成及符号说明

图 4-6 示出了决策树的构成,图中各符号说明如下:

□——决策点。从决策点引出的分枝为方案枝(□—),分枝数反映可能的方案数。

○——状态结点。该结点上方注有该方案的期望值。从它引出的分枝为概率枝(○—),每个分枝上注明自然状态及其出现的概率,分枝数反映可能的自然状态数。

‖——剪枝。该符号表示剪去(或舍弃)不必要的方案。

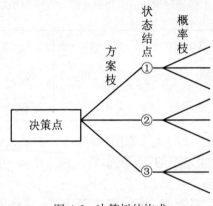

图 4-6　决策树的构成

3. 决策树法的具体步骤

(1) 绘制决策树。

(2) 预测可能事件(可能出现的自然状态)及其发生的概率。

(3) 计算各方案的损益期望值。

计算损益期望值的方法:采用从右到左,从上到下计算各方案的期望损益值,并将各方案的损益期望值之和标注在对应的状态结点。

(4) 比较各方案的损益期望值,进行择优决策。

判断准则:若决策目标是效益,应取期望值大的方案;若决策目标是费用或损失,应取期望值小的方案。

4. 应用举例

【例 4 - 4】　某企业准备打算增加某种产品的生产量,通过预测,未来 3 年该产品的市场需求量基本保持稳定,但是市场繁荣、萧条状态各不一样。就该产品的生产线而言,有 3 个方案可供选择:新建、扩建和购买。3 个方案的投资情况及其在不同自然状态下的年收益见表 4-6。

表 4-6 各方案的投资、收益值和概率

收益值　　自然状态及概率　　方案及投资(万元)		各市场状态下的收益值(万元)		
		市场繁荣	市场一般	市场萧条
		0.3	0.5	0.2
新建生产线	80	200	120	—10
扩建生产线	50	100	50	10
购买生产线	20	80	40	20

根据上述资料,用决策树法对该问题进行决策。

解 (1)根据上述资料绘制决策树(见图 4-7)。

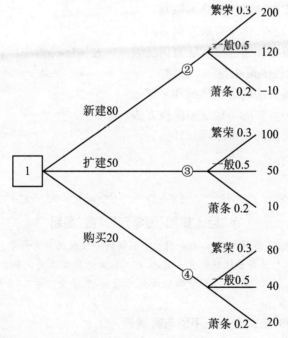

图 4-7 例 4-4 的决策树

(2)计算各方案的损益值。

新建生产线的损益值为：

$$0.3 \times 200 + 0.5 \times 120 + 0.2 \times (-10) - 80 = 38(万元)$$

扩建生产线的损益值为：

$$0.3 \times 100 + 0.5 \times 50 + 0.2 \times 10 - 50 = 7(万元)$$

购买生产线的损益值为：

$$0.3 \times 80 + 0.5 \times 40 + 0.2 \times 20 - 20 = 28(万元)$$

（3）对各方案进行比较选择。

通过比较，新建生产线的损益值最大，其余的两个方案应该剪去，该企业最后选择新建生产线。

思 考 与 练 习

1. 什么是决策？它有哪些基本类型？

2. 在决策的过程中有哪些注意事项？具体包括哪些步骤？

3. 简述决策应该遵循的基本原则。

4. 头脑风暴法和德尔菲法有何异同？

5. 定量决策法和定性决策法有何优缺点？在实际决策中应该如何综合运用定量决策法和定性决策法？

6. 简述决策树法的适用情况和步骤。

7. 比较四种常见的不确定型决策方法。

8. 盈亏平衡法的基本原理是什么？

▌案例▐

从"巨人集团"倒塌到三"金"崛起

谈到巨人集团，谈到史玉柱，都会引出中国商海一段段的传奇故事。1997年，曾经风头无两的巨人因为资金链断裂宣告倒地，史玉柱由时代偶像变成全中国负债最多的人。从1998年～2008年，史玉柱凭借脑白金、黄金搭档、黄金酒这三"金"产品，再书"史氏传奇"新的旋律。

公元1998：脑白金——不屈与再崛起

1997年时，巨人的业务涉足三大领域：电脑、房地产、保健品。之后多元化经营把巨人拉下了深渊。1997年，脑白金在江阴市场试销。1998年6月，巨人集团靠50万元启动资金，以"脑白金"这个新品推动二次创业。最先获得了江苏市场的成功。此后，巨人集团启动全国市场之际，就开始与央视合作，进行常规投放。2000年，脑白金首次登陆央视黄金资源招标段。脑白金刚一上市，巨人集团就斥巨资投入央视，在外人看来很冒险。实际上，在战略上突破，集中力量投放强势传播平台，是巨人的必然之路。曾在

1998年底时，巨人集团判断，脑白金经过三年的规划和推广，年销售额应该能够超过6亿。结果在全国上市一年后，销售额就突破了10个亿！央视作为全国覆盖面最广、公信力最强的媒体，对脑白金迅速打开全国市场起到了不可替代的作用。

公元2003：黄金搭档——“金”色文化的延续与升级

2003年，巨人集团在脑白金之后又推出黄金搭档，进一步巩固保健品市场的强者地位。有心的人会注意到，在脑白金广告之后，紧跟着的就是黄金搭档的广告，这实际上标志着史玉柱下定决心要在全国正式开始运作黄金搭档，也充分说明了二者广告风格的延续性。

从“乖乖，真的有效”到“送老师、送亲友”，再到“个子长高，不感冒”，黄金搭档的广告语几经变迁，每一条都令消费者耳熟能详，但每一条又都饱受争议。很多人认为，黄金搭档的广告除了喊口号外，实在没有什么美感可言，是“史氏暴力营销”的再现。巨人集团内部经常说：“不要漂亮得让人记不住，讲清楚比讲漂亮更重要。”在广告中直接体现消费者的需求，是广告策略必胜的法宝之一。要从浩若烟海的广告中脱颖而出，一定要把握记忆度。巨人集团的广告在上市之前都要进行测试，拿出20个广告做对比，如果测试者观看后第一个联想到的不是巨人的广告，那么这个广告就要作废。与脑白金一样，黄金搭档的宣传也是从一开始就瞄准了央视。除了常规段位的广告投放，脑白金的成功经验让集团坚定地选择黄金资源招标段作为黄金搭档的最佳媒介平台。此外，继脑白金后，黄金搭档连续冠名第三至第八届CCTV服装设计暨模特电视大奖赛。2007年9月，第八届CCTV黄金搭档杯模特大奖赛的选手开展了爱心之旅，慰问北京四季青敬老院的老人和丰台儿童福利院的小朋友们，为他们表演节目，陪他们聊天、做游戏，并向老人和孩子们送上黄金搭档，让产品本身与节目联合得更加紧密。可以说，巨人集团成为了这一大赛逐年扩大影响的见证者和支持者，同时，也是受益者。

公元2008：黄金酒——华彩新篇章

牛年春节将至，消费者发现一个新的带有“史玉柱风格”的黄金系列产品登陆央视荧屏。这次，转战网游领域多年的史玉柱突然掉转方向进入了保健酒行业，推出由五粮液集团保健酒有限责任公司与巨人集团共同打造的功能性白酒——黄金酒。

“送长辈，黄金酒”，黄金酒在广告中最直接地向目标消费者传达了“购买指令”。其广告创意一如脑白金、黄金搭档：很直白地向消费者传达其清晰的“送长辈”的诉求。唯一不同的是其“品质诉求”广告与“品牌诉求”广告交叉播放，使得消费者很快认知到黄金酒“大品牌，好礼品”的品牌企图。黄金酒自2008年10月28日上市后的4个月时间，销售额突破7亿元。这与巨人集团果断追加央视标段广告、大量投放央视广告资源密切相关。央视的大力度投放不但帮助黄金酒快速提升了产品知名度，也给巨人集团的营销团队、经销商以充分的信心，帮助黄金酒完成快速铺货、启动和销售，缔造了巨人集团的又一个营销神话。在2009年度央视广告招标上，史玉柱携三“金”而来，坚持一贯的媒介投放策略,中标额度强劲增加,中得了包括《新闻联播》后标版第一、四单元第一选择权在内的广告资源,三"金"产品整齐地出现在中央电视台黄金资源广告时段中。

(资料来源:改编自中国创意传播在线 http://www.cnadp.com/文章:王闻昕.揭秘巨人集团三"金"传奇[OL].题目为编者自拟.)

问题:

1. 从决策理论出发,分析"巨人集团"倒塌与三"金"崛起的原因。

2. 结合案例,谈谈史玉柱的决策艺术。

第五章 计   划

学习目标

1. 明确计划的概念、任务、特性和意义。
2. 区分计划的种类。
3. 清楚计划工作的过程。
4. 理解组织目标的多重性与分类。
5. 了解目标管理的内涵,应用典型的目标管理规划。
6. 理解战略性计划的内涵,把握远景与使命陈述、战略分析与战略选择三项内容。
7. 熟悉和掌握各种常用的计划工作的方法和工具。

计划是管理职能中的一个基本职能,它与管理的其他职能有着密切的关系。计划是决策的组织落实过程,管理人员通过计划规定的目标,去从事组织、人员配备、领导、控制和创新等活动,以达到预期的目标。计划通过将组织在一定时期内的活动任务分解给组织的每个部门、环节和个人,从而不仅为这些部门、环节和个人在该时期的工作提供了具体的依据,而且为决策目标的实现提供了保障。

本章主要阐述计划的概念与类型、计划工作的过程、目标管理、战略性计划和计划方法等内容。

第一节 计 划 概 述

一、计划的概念

在汉语中,"计划"一词词性既可能是名词,也可能是动词。从名词意义上来说,计划是指用文字和指标等形式所表述的,组织以及组织内不同部门和不同成员,在未来一定时期内,关于行动方向、内容和方式安排的管理文件。

从动词意义上来说,计划的概念有广义和狭义之分。广义的计划是指制定计划、执行计划和检查计划三个紧密相连的工作过程。狭义的计划是指制定计划,即根据实际情况,通过科学的预测,权衡客观的需要和主观的可能,提出在未来一段时期内要达到的目标以及实现目标的途径。计划既是决策所确定的组织在未来一定时期内的行动目标和方式在时间和空间的进一步展开,又是组织、人员配备、领导、控制和创新等管理活动的基础。计划职能具有普遍性,组织中各级各类的管理者都要从事决策工作,所有的管理者都要行使计划职能。正如哈罗德·孔茨所说,"计划是一座桥梁,它把我们所处的这岸和我们要去的对岸连接起来,以克服这一天堑"。

二、计划的任务

计划的任务,就是根据社会的需要以及自身能力,确定出组织在一定时期内的奋斗目标,通过计划的编制、执行和检查,合理组织安排各种经营管理活动,有效地利用组织的人力、物力、财力、信息等综合资源,优化资源配置,使组织取得最佳的经济效益和社会效益。

计划工作任务包括"5W1H",计划必须清楚地确定和描述这些内容:

What——做什么? 明确计划工作的具体任务和要求,明确每一时期的中心任务和工作重点。

Why——为什么做? 明确计划工作的宗旨、目标和战略,并论证可行性。

Who——谁去做? 规定由哪个主管部门负责。

Where——何地做? 规定计划实施的地点和场所。

When——何时做? 规定计划中各种工作开始和完成的进度。

How——怎么做? 制定实施计划的措施。

三、计划工作的特性

计划具有首位性、普遍性、目的性、实践性、明确性、效率性等基本特性。

(1) 首位性。计划是进行其他管理职能的基础或前提条件。计划在前,行动在后。组织的管理过程首先应当明确管理目标、筹划实现目标的方式和途径,而这些恰恰是计划工作的任务。

(2) 普遍性。实际的计划工作涉及组织中的每一位管理者及员工,一个组织的总目标确定之后,各级管理人员为了实现组织目标,使本层次的组织工作得以顺利进行,都需要制定相应的分目标及分计划。

(3)目的性。任何组织或个人制定的各种计划都是为了促使组织的总目标和一定时期的目标的实现。

(4)实践性。符合实际、易于操作、目标适宜,是衡量一个计划好坏的重要标准。

(5)明确性。计划应明确表达出组织的目标与任务,明确表达出实现目标所需要的资源以及所采取行动的程序、方法和手段,明确表达出各级管理人员在执行计划过程中的权力和职责。

(6)效率性。计划的效率性主要是指时间性和经济性两个方面。时间性是指任何计划都有计划期的限制,也有实施计划时机的选择。经济性是指组织计划应该是以最小的资源投入获得尽可能多的产出。

四、计划工作的意义

1. 计划可以预知将来的机会和威胁

计划是面向未来的,未来又是变化和难以确定的,而在做计划时,我们必须充分分析组织环境的变化规律和变化趋势,预知将来的机会和威胁,从而将不确定性降低到最低的程度,通过科学有效的计划,利用机会,躲避威胁。

2. 计划有利于组织目标的实现

计划为组织确定了明确具体的目标,选择了有利于实现组织目标的方案。这样,一方面可以使组织的高层主管从繁杂的日常性事务中解脱出来,另一方面组织的各级管理者都有了明确的目标责任。

3. 计划有利于合理配置资源

计划工作的重要任务就是使未来的组织活动均衡发展。计划可以使组织的有限资源得到更合理的配置。由于有了计划,组织中各成员的努力将合成一种组织效应,这将大大提高工作效率,从而带来经济效益和社会效益。

4. 计划有利于管理控制

计划是制定控制标准的主要依据,各种计划付诸实施以后,主管人员就可以根据目标对下级的工作进行检查和控制,使管理控制工作具体化。

五、计划的种类

管理实践活动的复杂性,决定了组织计划的多样性。我们可以按照不同的标准对计划进行分类,不同的分类方法有助于我们充分了解各种类型的计划。

(一) 按照计划的形式和层次分类

哈罗德·孔茨和海因·韦里克从抽象到具体把计划分为一个完整的层次体系,即宗旨、目标、战略、政策、策略、程序、规则、规划、预算[①],如图 5-1 所示。

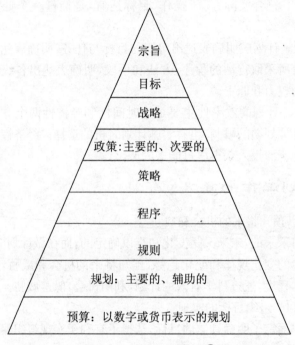

图 5-1　计划的层次体系[②]

(1) 宗旨。任何有意义的集体组织活动,都至少应该有一个目的或使命,即社会对该组织的基本要求——宗旨。宗旨是为了说明组织存在的根本价值和意义,也是不同组织相互区别的根本标志。

(2) 目标。宗旨是组织价值的高度抽象,组织的运行还需要一定时空范围内的具体目标。目标是组织活动所要达到的结果,它是在组织的目的或使命指引下确立的,是目的的具体化和数量化。

(3) 战略。战略是为实现组织目标所确定的发展方向、行动方针、行为原则、

---

① 【美】哈罗德·孔茨,海因·韦里克. 管理学[M]. 第 9 版. 郝国华,等译. 北京:经济科学出版社,1993:70.

② 杨文士,焦叔斌,张雁,李晓光. 管理学原理[M]. 第 2 版. 北京:中国人民大学出版社,2004:63.

资源分配的总体谋划。战略是指导全局和长远发展的方针,对于组织的思想和行动起引导作用。

(4) 政策。政策是组织在决策或解决问题时用来指导和沟通思想与行动方针的规定或行为规范。组织的不同层次可以相应地制定不同层次的政策,用于指导和规范各个职能部门的工作。

(5) 策略。策略是实现目标的具体谋略,是指管理者对未来行动的总体构想与实现目标的一整套具体谋略方案。

(6) 程序。程序是完成未来某项活动的方法和步骤,是将一系列行为按照某种顺序进行安排。程序是通过对大量日常工作过程及工作方法的总结、提炼而逐渐形成的,对组织的例行活动具有重要的指导作用。

(7) 规则。规则是一种最简单的计划,它是具体场合和具体情况下,允许或不允许采取某种特定行动的规定。

(8) 规划。规划是为了实施既定方针所必需的目标、政策、程序、规则、任务分配、执行步骤、使用的资源而制定的综合性计划。规划可大可小,不同级别的组织都可以有自己的规划。规划一般是粗线条的、纲要性的。

(9) 预算。预算是用数字表示预期结果的报告书,也可以称为"数字化"的规划。它是组织各类可支配资源的使用计划。

(二) 按照时间跨度分类

按时间的长短可以将计划分为 3 种,即长期计划、中期计划和短期计划。1 年以下可以完成的计划称为短期计划;1 年以上至 5 年可以完成的计划称为中期计划;5 年以上可以完成的计划称为长期计划。当然,这种划分不是绝对的,会因组织的规模和目标的特性而有所不同。长期计划描述了组织在较长时间(通常为 5 年以上)的发展方向和方针,规定了组织的各个部门在较长时间内从事某种活动应该达到的目标和要求,绘制了组织长期发展的蓝图。短期计划具体规定了自组织的各个部门在目前到未来的各个较短时期应该从事何种活动,为各组织成员在近期内的行动提供了依据。

(三) 按照企业职能分类

按照企业职能进行分类,可以将某个企业的经营计划分为销售计划、生产计划、供应计划、新产品开发计划、财务计划、人事计划、后勤保障计划等。这些职能计划通常是企业相应的职能部门编制和执行的计划。

(四) 按照指导程度分类

可以分为指导性计划和具体性计划。指导性计划一般只规定一些指导性的目标、方向、方针和政策等,并由高层决策部门制定。具体性计划具有非常明确的目标和措施,具有很强的可操作性,一般是由基层制定的。

(五) 按照管理活动重复出现的频率分类

管理活动分为两类:一类是例行活动,是经常重复出现的工作,这类活动的决策计划是经常重复的,而且具有一定的稳定结构,可以建立一定的工作程序,有些甚至可以编成计算程序。组织中的另一类管理活动属于例外活动,不重复出现,这些问题过去从未出现且没有固定的解决方法和程序,与此相应的计划被称为非程序性计划。

(六) 按照计划对组织整体活动的影响范围和程度分类

根据计划对组织整体活动的影响范围和影响程度的不同,计划制定者所处的管理层次的不同,可将计划分为战略计划和战术计划。战略计划是关于组织活动长远发展方向、基本目标的计划。它只规定总的发展方向、基本策略和具有指导性的政策、方针。战术计划是关于组织活动如何具体运作的计划。

第二节 计划工作的过程

计划工作是一个不断滚动、调整和实施的全过程,不是一次性完结的活动。计划工作包括计划的制定、执行和控制全过程。

一、计划的制定

制定一个完整的计划一般需要 8 个步骤:机会分析、确定目标、明确计划前提、提出可行方案、评价备选方案、选定方案、拟订支持计划、预算,如图 5-2 所示。

1. 机会分析

组织的计划工作是从分析组织面临的机会和挑战开始的,这需要组织的管理者认真分析组织拥有的资源、条件、面临的环境状况,预测其变化趋势,从中寻找发展机会。

2. 确定目标

管理者对组织面临的机会和挑战以及应对策略,通过预测和机会分析形成了初步判断,以此确定出组织的阶段目标和长远目标。

3. 明确计划前提

计划实施时的环境状态是计划前提。全面确切地掌握计划实施时的环境和资源,是计划成功实现的保证。为了实现组织目标,使所定计划切实可行,必须准确地预测出实施计划时的环境和资源状况。

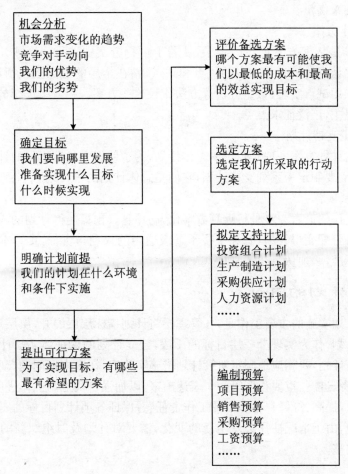

图 5-2 计划工作的步骤

4. 提出可行方案

围绕组织目标,要尽可能多地提出各种实施方案,充分发扬民主,吸收各级管理者、相关专家、专业技术人员、基层工作人员代表参与方案的制定,也可通过专门的咨询机构提出方案,做到群策群力、集思广益、大胆创新。多个方案的提出为选择最优方案或满意方案打下了基础。

5. 评价备选方案

当提出了各种实施方案后,必须对每一个方案的优缺点进行分析比较,即评价备选方案,这是选择方案的前提。评价方案的优劣取决评价方法和评价者的智慧水平。要从计划方案的客观性、合理性、可操作性、有效性、经济性、机动性、协调性等方面来衡量。

6. 选定方案

这一步是依据方案评价的结果，从若干可行方案中选择一个或几个优化方案。首先要认真比较各个方案的优点和缺点，站在全局的观点上权衡利弊，必要时还可以采用试点实验、数量分析等方法比较这些方案。在方案选择的过程中要充分发扬民主，广泛征求意见。

7. 拟定支持计划

选定的计划方案一般是组织的总体计划，为了使得它具有更强的针对性和可操作性，还需要制定一系列支持计划，它们是总体计划的子计划。

8. 编制预算

计划工作的最后一步是将计划数字化，即预算。预算使得计划的人、财、物等资源和任务分配变得容易，有利于授予下级适当的权利与责任，预算本身也是衡量绩效的标准，必须认真核定。

二、计划的执行

组织计划实施的主要工作是，各管理层将计划指标层层展开，层层落实；层层制定对策计划，作为实现上一层目标的手段，建立计划的保证体系。计划保证体系中的对策计划，要相应地制定对策计划措施实施表，在表中把问题、现状、目标、措施、责任者、进度、重要程度等一一表达出来，以加强自我控制工作进度，自我考核工作成果，提高各部门、各职工的工作责任感，保证各项计划目标的实现。计划执行过程中，由于情况往往会发生新的变化，需要对计划及时组织新的平衡或做出适当的调整。

三、计划的控制

为了保证计划的实施，还必须在计划执行过程中加强计划的控制。所谓计划的控制，就是按照预定的目标和标准来检查和控制计划的执行情况，及时发现偏差，迅速给予解决，以保证计划的顺利实现。计划控制的基本任务就是发现偏差和纠正偏差。计划控制包括事前控制和事后控制。事前控制是在具体的活动发生之前按标准实行控制，以预防偏离计划要求，保证计划的顺利执行。事后控制是在具体的活动发生之后，将实际执行情况与标准相比较，发现偏差，查明原因，采取措施加以处理，以保证计划按预定目标进行。计划能否得到有效的控制，一是要制定好各种标准，二是要建立健全信息反馈系统。

第三节 目 标 管 理

一、目标的概念和作用

目标是根据组织的使命提出的组织在一定时期内所要达到的预期成果,是一个组织在一定的时间内奋力争取达到的、所希望的未来状况。从管理学的角度看,组织目标具有独特的属性,通常称为 SMART 的特性,即目标一定要具体明确(specific),可以度量或测量(measurable),可以实现(achievable),目标之间相互关联(relevant),时间限定(timebond)。制定目标时,必须把握好目标的这些属性。

目标的作用可以概括为 4 个方面。

(一) 指明管理工作方向

从某种意义上说,管理是为了达到同一目标而协调集体所做努力的过程,如果不是为了达到一定的目标就无须管理,目标的作用首先在于为管理指明了方向。

(二) 激励作用

目标是一种激励组织成员的力量源泉。从组织成员个人的角度来看,目标的激励作用具体表现在两个方面:

(1) 个人只有明确了目标才能调动其潜在能力,尽力而为,创造出最佳成绩。

(2) 个人只有在达到了目标后,才会产生成就感和满意感。

(三) 凝聚作用

组织是一个社会协作系统,它必须对其成员有一种凝聚力。一盘散沙的组织是难以发挥作用的,是不能够长期存在的。组织凝聚力的大小受到多种因素影响,其中的一个因素就是组织目标。特别是当组织目标充分体现了组织成员的共同利益,并能够与组织成员的个人目标取得最大程度的和谐一致时,才能够极大地激发组织成员的工作热情、献身精神和创造力。而组织目标与个人目标之间潜在的冲突,则是削弱组织凝聚力的主要原因。

(四) 考核主管人员和员工绩效的客观标准

大量管理实践表明,以上级的主观印象和对下级主管人员的价值判断作为对主管人员绩效的考核依据是不客观、不科学的,不利于调动下级主管人员的积极性。正确的方法应当是根据明确的目标进行考核。

二、目标管理

(一)目标管理的概念和内涵

目标管理(management by objectives,缩写为 MBO)于 20 世纪 50 年代中期出现于美国,以科学管理和行为科学理论(特别是其中的参与管理)为基础,形成了一套管理制度。这种制度强调组织的成员参与目标的制定,通过"自我控制"实现目标。由于有明确的目标作为考核标准,因此对员工的评价和奖励更客观、更合理,可以激发员工为完成组织目标而努力工作。由于这种管理制度在美国应用得非常广泛,而且特别适用于对主管人员的管理,所以被称为"管理中的管理"。

1954 年,德鲁克在《管理的实践》一书中,首先提出了"目标管理和自我控制"的主张,它被认为是德鲁克所发明的最重要、最有影响的概念,并已成为当代管理学的重要组成部分。

德鲁克认为,并不是有了工作才有目标,而是相反,有了目标才能确定每个人的工作。所以"企业的使命和任务,必须转化为目标",倘若一个行业没有目标,这个行业的工作必然会被人忽视。管理者应该通过目标对下级进行管理,当组织高层管理者确定了组织目标以后,必须对其进行有效的分解,转变为各个部门以及每个人的分目标,管理者可以根据分目标的完成情况对下级进行考核、评价和奖惩。他还认为,目标管理的最大优点在于它能使人们用自我控制的管理来代替接收他人支配的管理,激发人们发挥最大的能力,把事情做好。

▌小案例▐

西点军校的目标管理法

西点军校被称誉为美国将帅的摇篮。自 1802 年建校以来,它为美国培养了大量的军政领导者,其中包括 2 位总统、4 个五星上将和 3700 多位将军。与此同时,它在商界的影响丝毫不逊色于它在军界的影响。根据美国商业年鉴统计,第二次世界大战以后,西点军校为世界 500 强企业培养出 1 000 多名董事长、2 000 多名副董事长、5 000 多名总经理、董事一级的领袖人物。在当被问起"在培养领导者方面谁做得最好"时,彼得·德鲁克和杰克·韦尔奇的回答都非哈佛商学院,而是西点军校。在众多的美国军事院校中,西点军校只是一所培养陆军初级军官的学校,它为什么能取得如此骄人的成绩?西点军校并非单纯培养普通的陆军军官,而以培养"有品德的领导人"为己任。因此,"有品德"也成为西点军校的毕业生最明显的标签。当你走进西点军校时,你就踏入了一个以"以领导为最高使命"的文化。它设计了一套成熟的领导力教程,致力于给学生提供正确的道德经验和训练,培养他们成为堂堂正正的人。

西点军校的做法印证了德鲁克的目标管理法的有效性。德鲁克说,"企业中的每一个成员都有不同的贡献,但所有的贡献都必须为着一个共同的目标。他们的努力都必须朝着同一方向,他们的贡献必须相互衔接而成为一个整体"。对西点军校而言,这一共同目标就是"责任、荣誉、国家"这一伟大的事业。西点教育学员心怀"大义",即着眼于最大多数人的最大利益,不仅使自己的言行有益于身边最亲近的人,而且要扩大关怀的范围,"要想到整个军队、社会、国家和全世界"。实现目标管理的途径就是自我控制,西点军校通过服从训练和道德修炼,出色地完成了学员的自我控制。

（资料来源:龙民.西点的目标管理法[J].21世纪商业评论,2007(5):144.）

目标管理的推崇者一般认为,目标管理的优点至少有以下 5 个方面:

1. 形成激励

当目标成为组织的每个层次、每个部门和每个成员自己未来时期内欲达成的一种结果,且实现的可能性相当大时,目标就成为组织成员们的内在激励。特别当这种结果实现时,组织还有相应的报酬时,目标的激励效用就更大。

2. 有效管理

目标管理方式的实施可以切实地提高组织管理的效率。因为目标管理是一种结果式管理,不仅仅是一种计划的活动式工作。这种管理迫使组织的每一层次、每个部门及每个成员首先考虑目标的实现,尽力完成目标。这些目标是组织总目标的分解,当组织的每个层次、每个部门及每个成员的目标完成时,也就是组织总目标的实现。

3. 明确任务

目标管理使组织各级主管及成员都明确组织的总目标、组织的结构体系。组织的分工与合作及各自的任务。这些方面职责的明确,使得主管人员也知道,为了完成目标,必须给予下级相应的权利,而不是大权独揽。另一方面,许多着手实施目标管理方式的公司或其他组织,通常在目标管理实施的过程中会发现组织体系存在的缺陷,从而帮助组织对自己的体系进行改造。

4. 自我管理

目标管理也是一种自我管理的方式,或者说是一种引导组织成员自我管理的方式。在实施目标管理的过程中,组织成员不再只是做工作,执行指示,等待指导和决策,组织成员此时已成为有明确规定目标的单位或个人。一方面,组织成员们已参与了目标的制订,并取得了组织的认可;另一方面,如何实现目标则是他们自己决定的事情。

5. 有效控制

目标管理方式本身也是一种控制的方式,即通过目标分解后的实现最终保证组织总目标实现的过程。目标管理并不是目标分解下去便无事可做,事实上组织高层在目标管理过程中要经常检查、对比目标,进行评比,看谁做得好,如果有偏差就及时纠正。从另一个方面来看,一个组织如果有一套明确的可考核的目标体系,那么其本身就是进行监督控制的最好依据。

综上所述,所谓目标管理就是让组织的主管人员和员工亲自参加目标的制定,在工作中实行"自我控制",并努力完成目标的一种管理制度或方法。

(二)目标管理的基本过程

由于各个组织活动的性质不同,目标管理的步骤可能不完全一样。一般来说,可以分为以下 4 个步骤。

1. 建立一套完整的目标体系

目标管理运用参与决策制定的目标代替强加的目标,这一思想也体现在建立一套完整的目标体系之中。这项工作总是由高层管理者确定初步目标开始,提出关于组织长远发展的看法,明确组织内部各部分的作用,发动全体成员讨论总目标,然后组织各部门和各层次分别提出自己的分目标。在讨论组织目标体系这个过程中,高层管理者可得到有关总目标和有关组织结构以及下属对总目标态度的许多有益启示,同时,可以审视并适当调整组织中的人事结构,这是落实目标体系的组织保证。在自上而下和自下而上之中,目标体系和组织结构逐步调整和配合,保证了目标管理的系统性和行为激励性。

2. 制定目标

目标管理中的目标应该是对期望成果的简要概括,并且是明确的可以衡量和评价的目标。例如,降低部门成本 3%;通过保证所有的电话维修在 1 小时内及时上门服务的承诺来提高服务质量。制定目标的工作如同所有其他计划工作一样,需要事先拟定和宣传前提条件,这是一个指导方针,如果指导方针不明确,就不可能希望下级主管人员会制定出合理的、与总目标一致的目标来。此外,制定目标应当采取协商的方式,应当鼓励下级主管人员根据基本方针拟定自己的目标,然后由上级批准,努力做到上下级共同选择目标,并对如何衡量绩效达成协议。

3. 组织实施

高层领导者根据分目标的要求,既要给下属一定的指导和监督,又要给下属相应的权限和工作条件,使下属能够独立自主地实现自己的目标。高层领导则应亲自去抓重点的综合性管理。完成目标主要靠执行者的自我控制,目标管理重视结果,强调自主、自治和自觉,以获得目标管理的效果。这并不是说上级在确定目标后就可以撒手不管,相反,由于形成了目标体系,一环失误就会牵动全局,因此上级在目标实施过程中的管理是不可缺少的。上级的管理主要表现在定期检查、指导、协助、提出问题、提供情报以及创造良好的工作环境等方面。当需要对分目标做调整时,则应通过上级领导,以便及时调整各相邻分目标的实施计划。

4. 绩效反馈和考核评价

目标管理对朝向目标的进步不断提供反馈,通过给个体提供持续的反馈,使他们能够控制和修正自己的行为。与此同时,在检查进度时管理人员给以阶段性评价,并给予相应的物质和精神鼓励,进一步激发下属的组织目标认同感和工作自豪感。还需要注意的是,我们一定要根据目标成果,而不是根据过程来进行评价,即考核评价依据只能是目标的实施结果,而不是努力程度。经过评价,使得目标管理进入下一轮循环过程。

第四节 战略性计划

"战略"一词源于希腊语 stategos,原意"将军",引申为智慧军队的艺术和科学。在现代社会和经济中,是指为了实现企业的使命和目标对所要采取的行动方针和资源使用方向的一种总体规划。战略性计划是指应用于整体组织的,为组织未来较长时间(通常为 5 年以上)设立总体目标和寻求组织在环境中的地位的计划。战略性计划的任务不在于看清企业目前是什么样子,而在于看清企业将来会变成什么样子。

战略性计划的第一项内容是远景和使命陈述;第二项内容是战略定位,即通过外部和内部环境的分析,确定企业在行业中的地位;第三项内容是战略选择,选择适合企业发展的战略。

一、远景和使命陈述

每个组织都有其独特存在的目的和理由,这一独特性应当反映在其远景和使命中。作为战略性计划的第一步,远景和使命为所有战略活动指明了方向,可以使组织保持清醒的头脑,避免短视行为。

远景和使命陈述回答的是,"我们想成为什么和我们的使命是什么?"。任何优秀的组织都有梦想,这个梦想就是对未来的憧憬以及如何实现这一憧憬。远景是对未来的憧憬,使命则表达了如何实现这一憧憬。

远景和使命陈述包括两个主要部分:

(1) 核心意识形态。

(2) 远大的远景。

核心意识形态由核心价值观和核心目标两部分构成,它给组织提供了长久存在的基础,是组织的精神。远大的远景由 10～30 年的宏伟、大胆冒险的目标和生动逼真的描述两部分构成。

(一) 核心价值观

价值观是指一个人对周围的客观事物的意义、重要性的总评价和总看法。对诸事物的看法和评价在心目中的主次、轻重的排列次序,就是价值观体系。价值观和价值观体系是决定行为的心理基础。核心价值观则是整个价值体系中最基础、最核心和最稳定的部分,是一个人、一个集团乃至一个国家长期秉承的一整套根本原则。

什么是企业核心价值观? 就是指企业在经营过程中坚持不懈,努力使全体员工都必须信奉的信条。良好的企业核心价值观不需要理性的或外在的理由,它们不随趋势和时尚的变化而变化,甚至也不随市场状况的变化而变化。下面举一些企业核心价值观的例子:

1. 松下电器

"十精神",即工业报国精神、实事求是精神、改革发展精神、友好合作精神、光明正大精神、团结一致精神、奋发向上精神、礼貌谦让精神、自觉守纪精神和服务奉献精神。

2. 汉高公司

我们开发更为优异的品牌和技术;

我们立志品质卓越;

我们力求创新;

我们拥护变革;

我们成功的秘诀在于我们的员工;

我们承诺维护投资者的利益;

我们致力于可持续发展和企业社会责任感;

我们公开和积极地沟通;

我们维护我们的传统,一家开放的家族式公司。

(二) 核心目标

核心目标是组织存在的理由和目的,不是具体的目标或公司战略。有效的核心目标反映了为公司工作的内在动力,它不仅描述公司的产出或目标顾客,而且表达了公司的灵魂。良好的核心目标对企业的指导和激励作用可以持续很多年,也许长达一个世纪,也许比一个世纪还持久。下面举一些企业核心目标陈述的例子:

1. 荷兰银行

透过长期的往来关系,为选定的客户提供投资理财方面的金融服务,进而使荷兰银行成为股东最乐意投资的标的及员工最佳的生涯发展场所。

2. 万科房产

建筑无限生活。

3. 迪斯尼公司

给千百万人带来欢乐。

(三) 10~30 年的宏伟、大胆冒险的目标

10~30 年的宏伟、大胆冒险的目标(10-to-30-year big,hairy,audacious goal,简写 BHAG),是目光远人的公司经常利用其作为促进进步的特别有效的手段。一个有效的 BHAG 具有强大的吸引力,人们会不由自主地被吸引,并全力以赴地为之奋斗。BHAG 的含意必须很明显、有强制性,且容易掌控。不管用的是何种词汇,领导者制定 BHAG 的目的应当是显而易见的。下面举一些企业 BHAG 所陈述的例子。

1. 沃尔玛公司

在 2000 年时成为拥有 1250 亿美元的公司(1990 年)。

2. 波音公司

在民用飞机领域中成为举足轻重的人物,并把世界带入喷气式时代(1950年)。

3. 菲利浦·莫里斯公司

击败 RJR,成为全球烟草公司排名第一(1950 年)。

4. 韦特金斯—强生公司

20 年后成为受人尊敬的程度与当今惠普公司相同(1996 年)。

(四) 生动逼真的描述

当我们确立了核心价值观、核心目标以及宏伟、大胆冒险的远大目标后,要想让这些产生激励、鼓舞作用,必须要用生动逼真的语言表达出来。

二、战略环境分析

战略环境分析是为完成企业使命服务的,并为战略选择提供有价值的参考。

战略环境分析主要包括外部一般环境分析、行业环境分析、竞争对手分析、企业自身分析和顾客(目标市场)分析等方面。

(一)外部一般环境

外部一般环境,是指给企业造成市场机会或威胁的主要社会因素,对所有企业都会产生影响。下面介绍的 PEST 分析法,从政治与法律因素(political and legal)、经济因素(economic)、社会文化因素(social and cultural)以及技术因素(technological)等方面对企业外部一般环境进行分析。

1. 政治与法律因素

包括一个国家的社会制度,执政党的性质,政府的方针、政策、法令等。不同的国家有着不同的社会性质,不同的社会制度对组织活动有着不同的限制和要求。即使社会制度不变的同一国家,在不同时期,政府的方针特点、政策倾向对组织活动的态度和影响也是不断变化的。

2. 经济因素

包括宏观经济和微观经济两个方面的内容。宏观经济环境主要是指一个国家的人口数量及其增长趋势,国民收入、国民生产总值及其变化情况以及通过这些指标能够反映的国民经济发展水平和发展速度。微观经济环境主要指企业所在地区或所服务地区的消费者的收入水平、消费偏好、储蓄情况、就业程度等因素。这些因素直接决定着企业目前及未来的市场大小。

3. 社会文化因素

包括一个国家或地区的居民教育程度和文化水平、宗教信仰、风俗习惯、审美观点、价值观念等。文化水平会影响居民的需求层次;宗教信仰和风俗习惯会禁止或抵制某些活动和行为;价值观念会影响居民对组织目标、组织活动以及组织存在本身的认可与否;审美观点会影响人们对组织活动内容、活动方式以及活动成果的态度。

4. 技术因素

技术环境分析要求考查与企业所处领域的活动直接相关的技术手段的发展变化,还应及时了解以下内容:

(1) 国家对科技开发的投资和支持重点。

(2) 该领域技术发展动态和研究开发费用总额。

(3) 技术转移和技术商品化的速度。

(4) 专利及其保护情况。

(二)行业环境

行业环境是对企业经营活动有直接影响的外部环境之一。根据美国学者迈克尔·波特的研究,行业环境研究主要包括行业竞争结构、行业内战略群分析等内容。迈克尔·波特认为,一个行业的竞争状态取决于 5 种基本竞争力,即行业内现有竞争对手、入侵者、替代品生产商、买方的议价能力和供应商的议价能力,如图 5-3 所示。5 种作用力汇集起来决定着该行业的最终利润潜力,并且最终利润潜力也会随着这种合力的变化而发生根本性的变化。一个公司的竞争战略目标在于使公司能在行业内进行恰当定位,以便最有效地抗击 5 种竞争作用力并影响它们朝着自己有利的方向变化。

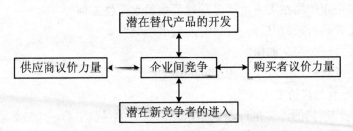

图 5-3 行业竞争结构 5 种力分析模型

1. 行业内现有竞争对手研究

行业内现有竞争对手研究主要包括对竞争对手基本情况的研究,以及主要竞争对手发展动向的研究等。

2. 入侵者研究

潜在竞争者进入行业,变成现实的竞争者。由于其新的业务能力和充裕的资源,将导致行业竞争更加激烈,其结果是产品价格可能被压低或从业者的经营成本上升,从而导致行业利润率下降。某一行业被入侵的威胁程度取决于行业进入障碍、行业产品价格水平、行业对入侵者的报复能力以及入侵者对报复的估计等因素。

3. 替代品生产商研究

产品的使用价值或功能相同,在使用过程中就可以相互替代,生产这些产品的企业间就可能形成竞争。替代品限定了行业内的厂商可能的最高价格,从而限制了一个行业的潜在收益。一旦替代品生产形成强大的经济规模,本行业将受到威胁。

替代品生产商研究内容主要包括判断哪些产品是替代品,以及判断哪些替代品可能对本企业经营构成威胁。

4. 买方的议价能力研究

消费者在两个方面影响着行业内企业的经营:一是买方对产品的总需求决定

着行业的市场潜力;二是不同买方的讨价还价能力会诱发企业之间的价格竞争,从而影响企业的获利能力。

影响买方议价能力的主要因素有:

(1) 买方是否大批量购买?

(2) 买方这一业务在其购买额中的比例大小如何?

(3) 产品是否具有价格合理的替代品?

(4) 买方承担的购买转移成本大小如何?

(5) 本企业产品在买方生产经营过程中的重要性如何?

(6) 买方是否采取"后向一体化"的发展战略?

(7) 买方行业获利如何?

(8) 买方对产品信息掌握的程度如何?

5. 供应商的议价能力研究

企业生产所需的许多生产要素是从外部获得的,提供这些生产要素的供应商也影响着企业的经营。供应商在两个方面影响着行业内企业的经营:一是供应商能否根据企业的需要按时、按质、按量地提供所需;二是供应商所提供生产要素的定价。

影响供应商议价能力的主要因素有:

(1) 供应商所处行业的集中化程度如何?

(2) 生产要素替代品行业的发展状况如何?

(3) 本行业是否是供应商行业的主要客户?

(4) 生产要素在该企业经营中的重要性如何?

(5) 生产要素的差别化程度如何?

(6) 供应商是否采取"前向一体化"的发展战略?

┃管理大师┃

西方管理学大师:迈克尔·波特

迈克尔·波特是当今享誉世界的、公认的研究竞争战略和竞争力问题的权威学者,哈佛商学院终身教授,许多一流美国企业和跨国公司的战略顾问。1947年出生于美国密歇根州安阿伯,于普林斯顿大学获得航天和机械工程学位,哈佛大学获得MBA(1971年)和博士学位(1973年)。迄今已经出版了17部著作,发表了70多篇文章。他的《竞争战略》、《竞争优势》和《国家竞争优势》等书,所提出的"3种一般性竞争战略"、"5种竞争力量模型"等理论观点,使他在学术界、企业界获得了极其崇高的地位。

（资料来源:吴健安,郭国庆,钟育赣.市场营销学[M].北京:高等教育出版社,2007:72.）

(三) 竞争对手

制定战略的实质,是为了获取相对于竞争对手持久的竞争优势。要达到这一目的,就必须对竞争对手进行分析。竞争对手分析主要包括 4 个方面:

1. 竞争对手的长期目标和战略分析

主要分析竞争对手的增长目标、产品结构、主要市场分布、市场地位和组织结构,以便从中掌握竞争对手的自我估价、战略方向、市场布局、竞争地位以及组织结构体现出的战略重点。

2. 技术经济实力和能力的分析

主要对竞争对手的产品质量、新产品和技术储备、设备先进程度、技术人员的素质和数量、销售队伍的素质和经验、销售组织与售后服务网、研究与技术开发投入比例等进行分析,以掌握竞争对手的产品技术水平、制造能力、研究开发能力、销售能力以及生产效率。

3. 经营状况和财务状况分析

主要是分析竞争对手的收益性、周转性、经营安全性、偿付能力、折旧率以及成长性,以掌握竞争对手的盈利能力、营运能力、资金结构以及固定资产更新改造能力。

4. 领导者和管理背景分析

主要分析竞争对手最高主管人员的素质和能力,管理阶层的素质和能力以及管理方式和竞争方式等。

(四) 企业自身

企业自身分析即企业内部环境分析,需要收集企业的管理、营销、财务、生产作业、研究与开发以及计算机信息系统运行等各方面的信息,从中分析企业的优势和劣势。

企业的核心能力是竞争对手无法迅速模仿的能力,是企业获得竞争优势的关键。核心能力表现在:① 具有建立电子商务网络和系统的技能;② 迅速把新产品投入市场的能力;③ 更好的售后服务能力;④ 生产制造高质量产品的技能;⑤ 开发产品特性方面的创新能力;⑥ 对市场变化作出快速反应;⑦ 准确迅速满足顾客订单的系统;⑧ 整合各种技术,创造新产品的技能等。

1985年,迈克尔·波特在其所著《竞争优势》一书中提出价值链这一经济名词。价值链是企业为客户、股东、企业职员等利益集团创造价值所进行的一系列经济活动的总称。价值链作为一种对企业竞争优势进行强有力的战略分析的框架,多年来被财务分析、成本管理、市场营销等专门领域所广泛融入和吸收并不断发展创新。

价值活动是组成企业价值链的各个部分活动,它们是企业创造对顾客有价值产品的基础。这些活动分为两类,一类是基本活动,另一类是辅助活动,如图5-4所示。

基 础 设 施					
人力资源管理					利润
技术与开发					
采购					
内部后勤	生产经营	外部后勤	市场与销售	服务	利润

图 5-4　企业价值链构成

1. 基本活动

基本活动主要包括内部后勤、生产经营、外部后勤、市场与销售、服务等环节。在任何企业中,所有类型的基本活动都在一定程度上存在并对竞争优势发挥作用。但是,在特定的产业情况下,每一种类型对于竞争优势都可能是至关重要的。

2. 辅助活动

主要包括采购、技术与开发、人力资源管理和企业基础设施等环节。

(1) 采购。是指购置用于企业价值链的各种投入资源的活动。

(2) 技术与开发。是指与产品有关的改善产品和工艺的相关技术活动。

(3) 人力资源管理。是指对企业所需人员的招聘、雇佣、培训、报酬、开发、激励等活动的管理。

(4) 企业基础设施。企业基础设施由大量活动组成,包括总体管理、计划、财务、会计、法律、政府事务和质量管理。

企业价值链一方面创造顾客认为有价值的产品或劳务,另一方面也需要负担各项价值链中所产生的成本。企业经营的目标,在于尽量增加顾客对产品所愿意支付的价格与价值链中所耗成本间的差距,即利润最大化。因此,必须仔细分析企业价值链的构成,以此来分析企业的各项活动哪些是"增值"的,哪些不是"增值"的,并由此进一步提高企业的各项价值活动所创造的利润空间。

(五) 顾客(目标市场)

企业的产品是为顾客服务的,应在战略制订阶段就分析企业所服务的顾客及其需求。顾客研究的主要内容包括:总体市场分析、市场细分、市场选择和市场定位。

1. 总体市场分析

市场的主要特征可以用市场容量和市场交易便利程度两个指标来描述。市场容量决定企业发展的可能边界,市场交易便利程度反映市场交易的可实现程度。

2. 市场细分

市场细分又称为市场分割,是指企业根据顾客购买行为与购买习惯的差异性,将某一特定产品的整体市场分割为若干个消费者群体,以选择和确定目标市场的活动。市场细分是市场选择和市场定位的基础,有利于发现市场机会,有利于掌握目标市场的特点,有利于制定科学合理的市场营销组合策略,有利于提高企业竞争力。

3. 市场选择

选择目标市场的首要步骤,是评价各个细分市场,对各细分市场在市场规模增长率、市场结构吸引力和企业目标与资源等方面的情况进行详细评估。在综合比较分析的基础上,选出最优化的目标市场。选择目标市场有市场集中化、产品专业化、市场专业化、选择专业化和市场全面化5种可供参考的市场覆盖模式。

4. 市场定位

市场定位是指企业根据竞争者现有产品在市场上所处的位置,针对顾客对该类产品某些特征或属性的重视程度,为本企业产品塑造与众不同的、给人印象鲜明的形象,将这种形象生动地传递给顾客,从而使产品在市场上确定适当的位置。

企业要正确地确立自己的市场定位,就必须一方面了解竞争对手的产品具有何种特色,另一方面了解顾客对本企业产品的各种属性的重视程度,然后根据这两方面的分析,决定本企业产品的独特形象,从而达到"鹤立鸡群"的效果。

总之,战略分析就是要分析企业所面临的优势、劣势、机会、威胁,回避威胁,克服劣势,利用机会,发挥优势,为制定战略打下良好的基础。

三、战略选择

企业在进行远景和使命陈述以及战略分析的基础上,开始进行战略选择。企业可供选择的战略类型有许多,包括一体化战略、加强型战略、多元化战略、防御型战略等,每种战略又分成若干战略,并存在许多变种,如表 5-1 所示。

在竞争战略方面,迈克尔·波特提出了 3 种一般性竞争战略,分别是成本领先、差异化和集中化战略。

表 5-1 战略类型

战略	定义	举例
前向一体化	获得分销商或零售商的所有权或对其加强控制	制药企业收购药品销售公司
后向一体化	获得供方公司的所有权或对其加强控制	红塔集团收购和投资辅料生产企业
横向一体化	获得竞争者的所有权或对其加强控制	青岛啤酒兼并了几十家啤酒厂
市场渗透	通过更大的营销努力提高现有产品或服务的市场份额	哈药六厂加大广告投入
市场开发	将现有产品或服务打人新的地区市场	海尔冰箱进军海外市场
产品开发	通过改造现有产品或服务,或开发新产品或服务而增加销售	苹果公司开发出了运行速度为 500 M 的 G4 芯片
集中化多元经营	增加新的但与原业务相关的产品或服务	电信企业新增宽带业务
混合式多元经营	增加新的与原业务不相关的产品或服务	联想宣布进入办公房地产业
横向多元经营	为现有用户增加新的不相关的产品或服务	纽约扬基棒球队与新泽西网队篮球队合并
合资经营	两家或更多的发起公司为合作目的组成独立的企业	肯德基最初进入北京时与北京畜牧局和旅游局合资
收缩	通过减少成本与资产对企业进行重组,以扭转销售额和盈利的下降	
剥离	将分公司或组织的一部分售出	国内许多企业将非主营的三产卖掉,专注于主营业务
清算	为实现有形资产价值而将公司资产全部分块售出	

(资料来源:杨文士,焦叔斌,张雁,李晓光.管理学原理[M].第 2 版.北京:中国人民大学出版社,2004(2):87.)

（一）成本领先战略

所谓成本领先战略就是企业力争使总成本降到行业最低水平，以此作为战胜竞争对手的基本前提。按照这一基本方针，核心是争取最大的市场份额，使单位产品成本最低，从而以较低的价格赢得竞争优势。成本领先的优势有利于建立起行业壁垒，有利于企业采取灵活的定价策略，将竞争对手排挤出市场。为了成功地实施成本领先战略，所选择的市场必须对某类产品有稳定、持久和大量的需求，产品的设计要便于制造和生产，要广泛地推行标准化、通用化和系列化。

▌小案例▌

沃尔玛的成本领先战略

沃尔玛百货有限公司由美国零售业的传奇人物山姆·沃尔顿于 1962 年在阿肯色州成立，经过四十余年的发展，沃尔玛已成为美国最大的私人雇主和世界上最大的连锁零售商。至 2007 年，沃尔玛在全球有分店 6 796 家，在《财富》2003 年、2004 年评选的美国最受尊敬的企业中，沃尔玛连续两年排名第一，沃尔玛在全球多个国家被评为"最受赞赏的企业"和"最适合工作的企业"之一。沃尔玛何以从一家小型零售店，发展成为全球第一零售品牌？山姆·沃尔顿一语道破——我们为每一位顾客降低生活开支。我们要给世界一个机会，来看一看通过节约的方式改善所有人的生活是个什么样子。也就是说始终如一地坚持成本领先战略，是沃尔玛取胜的法宝。

沃尔玛贯彻节约开支的经营理念，在采购、存货、销售和运输等各个商品流通环节想尽一切办法降低成本，并能够在包含高科技的计算机网络方面和信息化管理方面不惜代价，投入重金打造其有助于降低整体物流成本的高科技信息处理系统。在节约开支的经营理念的指导之下，沃尔玛最终将流通成本降至行业最低，把商品价格保持在最低价格线上，成为零售行业的成本管理专家和成本领先战略的经营典范。

（资料来源：李晓丽.沃尔玛成本领先战略的实施对中国零售业的启示[J].商场现代化，2007(25):2.）

（二）差别化战略

所谓差别化战略就是使企业在行业中别具一格，具有独特性，并且利用有意识形成的差别化，建立起差别竞争优势，以形成对入侵者的行业壁垒，并利用差别化带来的较高的边际利润，补偿因追求差别化而增加的成本。

从卖方市场到买方市场的转变，使得那种以生产者为中心的企业营销体制和理念发生了根本性的变革。在各种利益的驱动下，企业把"顾客为上帝"的信条变成了消费者的实惠。差别化营销就是现代营销策略中最常用的一种。从某种意义上来说,创造顾客就是创造差异。有差异才能有市场,才能在强手如林的同行业竞争中立于不败之地。所谓差别化战略就是企业凭借自身的技术优势和管理优势,生产出在性能上、质量上优于市场上现有水平的产品,或是在销售方面,通过有特色的宣传活动、灵活的推销手段、周到的售后服务,在消费者心目中树立起不同一般的良好形象。差别化所追求的"差别"是产品的"不完全替代性",即在产品功能、质量、服务、营销等方面,本企业为顾客所提供的是部分对手不可替代的。

三兴集团的"特步"品牌进入国内市场时,市场竞争已经非常激烈,高端品牌有耐克、阿帝达斯、锐步等国际品牌,李宁、安踏属于第二集团的挑战者,低端有双星、回力等大众品牌。同时,在三、四线品牌阵营中,有数不清的区域品牌,争食残剩的利润空间。如何生存与进一步发展,问题摆在了特步的面前。经过详细的市场调研,特步最终定位于时尚运动品牌,顾客年龄区隔在13岁～25岁之间。该年龄段的顾客群体,又被称为"X一代",有强烈的叛逆、张扬、个性和时尚的倾向。这种定位成功实现,需要顾客感知特步品牌的差别化,否则,就会和国内众多二、三线的品牌一样,流于形式,掩耳盗铃。特步通过产品差别化、形象差别化、推广差别化三大策略的尽情演绎,从严重同质化的产品中脱颖而出、一炮走红。

(三) 重点集中战略

所谓重点集中战略就是把目标放在某个特定的、相对狭小的领域,在局部市场上争取成本领先或差别化,建立竞争优势。其前提是:企业业务的专一化能够以更高的效率、更好的效果为某一狭窄的战略对象服务,从而在某一方面或某一点上超过那些有较宽业务范围的竞争对手。这种战略的风险在于,一旦局部市场的需求变化,或强大的竞争者入侵,那么现有的企业就可能面临重大危机。

要实施重点集中战略,首先要对重点集中战略有着深刻的认识。面对消费者不断变化的需求,由于人、财、物等经营资源的限制,在通常情况下,任何一个企业都无法为市场内的所有顾客提供最佳的服务。这是因为顾客人数众多,分布广泛,而且每一顾客的购买要求差异很大。所以,企业要想取得竞争优势,就要识别自己能够提供有效服务的最具吸引力的目标市场,集中优势资源加以满足,而不是四面出击。

"重点集中"是一种战略智慧。兵法上就十分讲究集中自己的兵力,分散敌方的兵力。《孙子兵法·虚实篇》云:我专为一,敌分为十,是以十攻其一也,则我众敌寡,以众敌寡,则吾之所为战者约矣。浙江万向集团创业初期,鲁冠球在去北京进行市场调查的过程中了解到:国产汽车万向节已供过于求,而进口汽车的万向节尚无人生产,原因是进口汽车型号多、批量小、工艺复杂、利润不多,国家只得花大量外汇去进口。于是,鲁冠球作出了"别人下马我上马"的决策,果断地将已有

70万产值的其他产品停下来,集中力量生产市场紧缺的进口汽车万向节,搞专业化生产,并以此带动了大批量国产车万向节的销售,一举占领了市场,以产品专业化为基础扩大企业规模,从而使企业呈现出一发而不可收的良好态势。[①]

第五节　计　划　方　法

计划工作的方法很多,这里简要介绍三种常用的有效方法,滚动计划法、运筹学方法、和计划—规划—预算法。

一、滚动计划法

滚动计划法就是把整个计划期分成若干执行期,近期计划内容制订得详细具体,远期计划内容制订得粗略笼统,然后根据近期计划执行一定时期的实际情况和环境的变化,对以后各期计划的内容进行适当的修改和调整,并向前推进一个新的执行期。滚动计划的计划期可长可短,可用于 5 年以上的长期计划,按年滚动;也可用于年度计划,按季滚动或按月滚动。具体形式如图 5-5 所示。

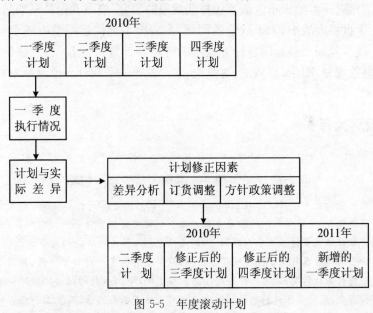

图 5-5　年度滚动计划

① 李智. 用集中化打造竞争优势[J]. 企业改革与管理,2005(7):72.

由于环境的不断变化,在计划的执行过程中现实情况和预想的情况往往会有较大的出入,这就需要定期对计划作出必要的修正。滚动计划法是一种定期修正未来计划的方法,其基本思想是:根据计划执行的情况和环境变化的情况定期调整未来的计划,并不断逐期向前推移,使短期计划和中期计划有机地结合起来。滚动计划法有以下优点:

(1) 适合于任何类型的计划。

(2) 缩短了计划的预计时间,提高了计划的准确性。

(3) 使短期计划和中期计划很好地结合在一起。

(4) 使计划更富有弹性,实现了组织和环境的动态协调。

二、运筹学方法

运筹学是一种分析的、实验的和定量的科学方法,用于研究在物质条件已定的情况下,为了达到一定的目的,如何统筹兼顾各个环节之间的关系,为选择一个最好的方案提供数量上的依据,以便做出最有效的合理安排,取得最好的效果。

运筹学起源于 20 世纪初叶的科学管理运动。像 F·W·泰罗和 F·B·吉尔布雷斯夫妇等人创建的时间和动作研究;甘特发明的甘特图;以及丹麦数学家厄兰 1917 年对哥本哈根市电话系统排队现象的研究,应当看做是早期的运筹学。

第二次世界大战中,为了战争的需要,发展出了现代运筹学中一个最成熟的学科——线性规划,随后,随着计算技术的进步和计算机的普及,非线性规划、动态规划、整数规划、图论、排队论、对策论、库存论等一系列分支也逐渐发展和完善起来。

▌管理大师▐

西方管理学大师——亨利·劳伦斯·甘特

亨利·劳伦斯·甘特(Gantt Henry L. 1861~1919),是泰罗创立和推广科学管理制度的亲密合作者,是科学管理运动的先驱者之一。甘特提出了任务和奖金制度,发明了甘特图。甘特非常重视工业中人的因素,因此他也是人际关系理论的先驱者之一。

甘特出名的原因就在于他发明了甘特图,最早他绘制了一种日平衡图,在第一次世界大战中发展为甘特图,即生产计划进度图。在图中,平面图的横轴按比例划分为小时数、天数、周数,先把工作计划的计划完成时间用横轴或横条画出,再把工作任务的实际完成情况用横线或横条画在完成情况线之下。甘特图有的按机器分,有的按工序分,有的还用作比较费用预算和实际支出。图表内用线条、数字、文字、代号等来标识所需要的时间、实际产量、计划开工和完成时间等不同内容。甘特用图表帮助管理进行计划和控制的做法是当时管理思想的一次革命,在世界各地被广泛应用,并在此基础上发展成为计划评审法、关键路线法等。

(资料来源:秋禾.11 天读懂管理史[M].北京:中国纺织出版社,2007:40.~41.)

在计划工作中运用运筹学的一般程序,包括如下步骤:

(1) 建立问题的数学模型。首先根据研究的目的对问题的范围进行界定,确定描述问题的主要变量和问题的约束条件,然后根据问题的性质确定使用哪一类运筹学方法,并按此方法将问题描述为数学模型。为使问题简化,突出主要的影响因素,需要做各种必要的假设。

(2) 规定一个目标函数,作为对各种可能的行动方案进行比较的尺度。

(3) 确定模型中各参量的具体数值。

(4)) 求解模型,找出使目标函数达到最大值(最小值)的最优解。

三、计划—规划—预算法

这是 20 世纪 60 年代中期,美国国防部在编制国防部预算时创造的方法。计划—规划—预算方法完全是从目标出发编制预算的。计划开始时,首先由最高主管部门提出组织的总目标和战略,并确定实现目标的项目;其次分别按每一个项目在实施时所需要的资源数量进行预算和规则,并排出项目的优先次序;然后,在编制预算时,是从目标出发按优先次序和项目的实际需要分配资源,最后,根据各部门在实施项目中的职责和承担的工作量将预算落实到部门。

思 考 与 练 习

1. 什么是计划工作? 计划工作在管理活动中具有什么样的地位?
2. 理解计划的类型及其作用。
3. 理解孔茨和韦里克的计划层次体系的基本内容。
4. 管理者在制定计划时需要进行哪些步骤?
5. 根据你对目标管理的理解,你认为目标管理有哪些优点和缺点?
6. 举例说明企业使命陈述的主要内容。
7. 战略环境分析的主要内容有哪些?

8. 企业在实施差异化战略时存在哪些优势和风险？

9. 什么是滚动计划法？它具有什么特点？

案例一

东方电力公司

玛格丽特·奎因是东方电力公司总经理,这家公司是美国东部的巨大电力公用事业之一。长期以来,这位总经理相信,有效地编制公司计划,对成功来说是绝对必要的。她花了十几年的时间,一直想办法让公司的计划方案编织起来,但是没有取得很多成效。在这段时间里,她先后连续指派了三位副总经理掌管编制计划,虽然每位副总经理似乎都努力工作,但是她注意到,个别部门头头继续自行其是。公司似乎在漂泊无定,部门头头的各自决策相互之间总是不一致,主管调整事务的高级管理人员老是催促州委员会准许把电费提高,但无很大进展,因为委员会觉得,费用虽然上涨,但是不合理。公共关系的领导不断地向公众呼吁,要理解电力公司公用事业问题,但是各社区的电力用户觉得,电业赚的钱够多了,因此,公司应该解决其自身的问题,而不应提高电费。负责电力供应的副总经理受到很多社区的压力,要他扩大电路,把所有输电线路埋入地下,避免出现不雅观的电线杆和线路,同时向顾客提供更好的服务。他觉得顾客是第一位的,而费用则是第二位的。

应奎因女士要求,一位咨询顾问来公司检查情况,他发现,公司并没有认真地把计划做好,副总经理——编制计划,而他的职员正在努力地进行研究和做预测,并把研究和预测情况提交给总经理。由于所有部门的头头把这些工作都看做是对他们日常业务没有重要性的文牍工作,因此,他们对此兴趣不大。

问题：

1. 如果你是顾问,你建议将采取什么步骤,使得公司有效地制定计划？

2. 关于将来的计划期限多长,你将给公司提出什么样的忠告？

3. 你将怎样向总经理提出建议使你推荐的事情付诸实施？

（资料来源：徐国良,王进. 企业管理案例精选精析［M］. 北京:经济管理出版社,2003:72～73.）

案例二

"洽洽"瓜子的差异化战略

对于一般商品来说,差异总是存在的,只是大小强弱之别而已。而差异化战略所追求的"差异"是产品的"不完全替代性",即在产品功能、质量、服务、营销等方面,本企业为顾客所提供的是部分对手不可替代的。"鹤立鸡群"应是差异化战略追求的最高目标。合肥华泰集团旗下的洽洽品牌正是遵循这条路线。

一、产品差异化

产品差异化是指某一企业生产的产品,在质量、性能上明显优于同类产品的生产厂家,从而形成独自的市场。对同一行业的竞争对手来说,产品的核心价值是基本相同的,所不同的是在性能和质量上,在满足顾客基本需要的情况下,为顾客提供独特的产品,是差异化战略追求的目标。而实现这一目标的根本在于不断创新。

洽洽的成功首先在于产品制造工艺的创新。当众多炒货企业还热衷于传统的炒制工艺时,洽洽却在默默地研究如何既能保持瓜子香脆的特性,又能使消费者吃了不上火乃至不脏手。这不单是一个技术上的创新,也是整个炒货行业在瓜子工艺上的一大突破,,同时更是广大香瓜子消费者的一大福音。

"洽洽"香瓜子在突破传统炒货工艺之后,又加入传统秘制配方,将葵花子与多种有益于人体健康的中草药,通过特殊调配后,经"煮"这一特别的工艺,就有了现在百吃不厌的"洽洽香瓜子"。"煮"瓜子是"洽洽"香瓜子生产工艺的突出特点,它不单突破了炒制瓜子多吃容易上火的弊端,而且营养、口味的配方调制,使得普通的香瓜子具有了入味、香酥、不脏手、不上火等诸多优点,消费者也在不知不觉跟着瓜子的独特口味吃上了瘾。

洽洽在原料选择上很注意下功夫。从创业之初,公司就作出了"舍产量,保质量,最大限度保障消费者利益"的决策。同时,投资1200万元进口一台国外先进的瓜子分选机,并且组织近1000名熟练工人,对生产原料进行二次手工精选。但是,瓜子霉变很难从外表分选出来。洽洽拿出所有能做到的方案,只能将霉变瓜子率从最初的3.5%降到2%。为此,洽洽组建了葵花子农业公司,专门为农户提供优质葵花子杂交品种,保证"洽洽"瓜子原料是最优的。目前,"洽洽"瓜子的霉变率始终保持在1%以下。

在推出煮制瓜子不久,洽洽又推出了颇有艺术情调的纸袋包装,从而成为国内首家采用纸袋包装的炒货企业。由于其纸袋包装的设计带有浓郁的传统色彩,中式竖形信封的设计、民俗色彩强烈的手写体文字,再配上一段"洽洽"诞生的传奇故事,整个产品体现出简洁、醒目、典雅的文化风格,与休闲食品的特性完美融合。同时纸包装也符合了时尚和环保的要求,将现代流行新趋势与传统文化进行完美的结合,从而抓住了消费者的心。为了进一步增强恰恰瓜子的文化品位和休闲乐趣,"洽洽"还专门精心设计了图文并茂、印刷精美的金陵十二钗、唐诗宋词和幽默快乐的文化卡片,这些卡片既可欣赏也可作为艺术收藏,致使一个小小的瓜子产品由于这些小小的艺术点缀,增加了浓厚的文化内涵,在满足消费者口中需求的同时,也满足了消费者文化上的需求。很多消费者因为收集成套卡片的愿望而刺激了其重复购买的欲望,还有很多消费者专门来函来电索要这种成套的卡片,并不惜出钱购买,甚至有些本地的消费者,亲自跑到公司来索要。

二、形象差异化

形象差异化即企业实施品牌战略和 CI 战略而产生的差异。企业通过强烈的品牌意识、成功的 CI 战略,借助媒体的宣传,使企业在消费者心目中树立起优异的形象,从而对该企业的产品发生偏好,一旦需要,就会毫不犹豫地选择这一企业的产品。品牌定位,塑造快乐的品牌。在缺乏品位的瓜子行业,洽洽率先对品牌形象进行了一次大的整合,确立了"洽洽——快乐"的品牌定位,从而使洽洽旗帜鲜明地与其他瓜子品牌区别开来。

"因为快乐所以流行"这句话初看显得有悖常理,但对于洽洽而言,快乐是人生的一大理由。一个人呱呱落地后,性别的取向就决定了他的人生道路,品牌定位也是一样的道理。洽洽的拥有者深知这一品牌理论,所以当"洽洽"还在孕育之中,就给它设定了"快乐"这一性别或曰品牌印迹,从此,洽洽就是快乐,快乐就吃洽洽,也就成为洽洽的基本属性,与洽洽紧密相连,难以分离。有了快乐的品牌定位,洽洽的广告策略就有了强烈的针对性:在最恰当的时间,选择最恰当的媒体,让最合适的目标消费者收看!

2001年,洽洽花重金买下著名电视娱乐节目《欢乐总动员》半年的广告时间,原因就在于该节目有超过4亿的观众,而且大多是青少年,正是洽洽的目标消费群体;同时,欢乐总动员的欢乐概念与洽洽的快乐品牌内涵,相得益彰,互相辉映。这一举动再次使洽洽的快乐内涵与目标人群进行了恰到好处的沟通,从而获得了很好的市场效果。

在洽洽的快乐文化中,快乐是一种愉悦、健康、温情的现代生活方式,它与瓜子这一产品的食用场合、食用感觉等进行了完美的融合,洽洽的快乐,既是对大众生活的一种超然,又是具体生活中的一种和谐。在文化卡片里,洽洽将快乐这一独特的品牌内涵融入其中,"金陵十二钗"的精致,"胖仔物语"的人生哲学,朱德庸的啼笑寓画,一张张卡片承载了洽洽的快乐文化和洽洽对快乐的美好想象,洽洽品牌正是在人们的欢声笑语中迅速成长的。

三、传播差异化

19世纪美国零售巨头翰·纳梅克曾经有一句名言:"我明知广告费有一半被浪费了,但是我不知道是哪一半。"道出了品牌、产品传播过程中的悲哀与无奈,而洽洽在推广差异化方面做到了与品牌个性相符的特立独行风格。

在洽洽创立之初,国内已经有了傻子瓜子、姚生记瓜子等很多炒货品牌。合肥华泰集团董事长陈先保认为,要让品牌一炮走红,首先需要给自己的瓜子起个响亮的名字。据说,有一天晚上,他像往常一样外出散步,突然,一阵快节奏的音乐打断了他的思绪。原来,路旁的空场上一群人正在跳恰恰舞。动感的节奏、奔放的舞姿,给了陈先保强烈的刺激。一个时尚的品牌猛然浮现在他脑海里——洽洽。陈先保选择"水"字边的"洽洽"自有他的目的。因为他已经设计了一个改炒为煮的生产思路。这个想法是陈先保吃出来的。有一次,他买了一个小品牌的瓜子,发现这种瓜子的皮非常白,嗑起来不脏手,而且瓜子仁还特别入味。陈先保仔细研究分析后认为,这种瓜子应该是先浸泡去粗皮,同时通过浸泡将咸味"喂"进去,然后再进行炒制。那么,如果直接煮制瓜子,岂不是又干净又入味?煮的瓜子当然需要用"水"字边的"洽洽"。好的品牌命名,应易读、易记,品牌名称只有易读、易记,才能高效地发挥它的识别功能和传播功能。如何使品牌名称易读、易记呢?简洁、独特、新颖是最基本的要求,洽洽的命名就体现了这些原则。

在传播媒介上,"洽洽"大胆选择了电视传播策略。1999 年,"洽洽"瓜子面世后,很快得到消费者的青睐,产品供不应求。当年,"洽洽"瓜子的销售额达到近 3 000 万元。由于这笔广告投入需要 400 万元,"洽洽"瓜子的利润远远支付不起这笔投入。同时,产品本身已经供不应求了,似乎完全没有必要打广告。但是,陈先保在一片反对声中坚持了自己的决定,借钱揿敲了中央电视台的广告。2000 年,"洽洽"瓜子的销售收入突破 1 亿元;2001 年,销售额更是达到了 4 亿元。这种小产品用大媒体进行传播的策略,符合目标沟通对象的媒介习惯及产品的特性。瓜子这种产品,目标顾客分布广泛,又被称为电视食品,很适合在电视媒体上传播。

(改编自:朱清.洽洽瓜子的差异化策略[J].企业改革与管理,2007(2):34~35.)

问题:

1. 你认为一个公司在选择战略前,应该做哪些方面的分析和研究?
2. "洽洽"瓜子的差异化战略是如何实施的?你从中能够得到何种启示?

第六章　　组　　　织

1. 掌握组织的含义。
2. 理解组织的不同类型。
3. 正确理解组织结构设计的影响因素。
4. 全面掌握不同组织结构的特点。
5. 了解虚拟组织在当今市场中的正确作用。
6. 掌握管理幅度和管理层级以及它们之间的关系。
7. 全面理解组织文化的内涵。
8. 正确把握组织变革的趋势。

第一节　　组　织　概　述

　　人的身体是由数以亿计的细胞组合而成的组织,细胞组成各项系统及器官,如循环系统、呼吸系统、消化系统、神经系统及五官等功能器官;透过系统及器官的分工合作,使身体四肢,可以相当灵活地运作。企业是由个人所组合而成的组织,要维持企业顺利地运转,基本上是靠分工及合作;一个企业如能像一个人身体组织般的灵活运转,是企业组织在分工及合作上的最高境界。

　　一个企业在计划完成,确定目标以后,为达到企业目标而把各项活动分类,将相近的专业人员编在相同部门单位,如生产、销售、人事、研发、财务等部门以完成各项活动;并设立经理人,负责与其他单位协调,执行各项行动,以实现企业目标——这就是企业组织的由来。

一、组织的含义

从系统学的角度来看,只要存在两个基本要素(如:夸克、原子、生物、人、企业、国家等),并且这两个要素之间有着某种联系(如:物质交换、能量交换、信息交换等),那就意味着一种系统关系。组织(organization)实际上就可以认为是一个系统(system)。严格地说,组织是由两个以上的人在一起为实现某个共同目标而协同行动的集合体。

组织的含义可以从静态与动态两方面来理解。静态方面,指组织结构,即反映人、职位、任务以及它们之间的特定关系的网络,也就是组织的框架体系。动态方面,指维护与变革组织结构,以完成组织目标的过程。企业必须根据组织的目标,建立组织结构,并不断地调整组织结构以适应环境的变化。

对于一个组织而言,最为重要的,一是构成组织的基本要素,二是这些要素之间的联结纽带,而这些要素和联结纽带的组合必然表现为某种特定的形态,这种形态就是组织结构。

现代组织管理理论鼻祖巴纳德(Barnard)1948 年曾给组织下了一个定义,他认为,组织是对两个以上的人的活动或力量有意识地加以协调的系统。

这里顺便说一下组织与制度(institution)的区别,以帮助大家加深对组织的理解。制度是用来规制诸行为主体间关系的一组规则,而组织则是在一定制度约束下的行为主体或行为主体的有序集合。毫无疑问,制度构架对组织安排有着重要影响,如果没有制度,各行为主体的集合就可能是杂乱无章的一盘散沙,从而就形不成组织。制度与组织的联系非常密切,任何组织都是有制度的组织,任何制度都是组织中的制度。

二、组织的类型

要进一步理解组织结构对组织行为的影响,还应当了解组织的两种分类办法。这两种分类方法是:一是按照组织建立的正规化程度不同,分为正式组织和非正式组织两种类型;二是按照组织的灵活性和适应性程度不同,分为机械式(官僚式)组织和有机式(灵活性)组织两种类型。

(一)正式组织和非正式组织

1. 正式组织

正式组织(formal organization)是指依照有关管理部门的决定、命令、指示,为完成特定的任务而建立的组织。前面所介绍组织设计要素和组织结构形式都是相对正式组织设计而言的。

正式组织的特点是：正式组织有明确的职权划分和等级结构，往往是经过深思熟虑、反复决策而建立的组织。

正式组织的优点是：等级结构明确，决策程序化，目标性强；缺点是：筹建成本往往较高，适应能力变化较差。

2. 非正式组织

非正式组织（informal organization）是指依据个人的兴趣和爱好等自发建立的组织。该类组织往往没有明确的等级结构。也没有明确的职权划分。比如经常在一起打球的几位员工，关系非常好，可以被看作是一个非正式组织。

非正式组织的优点是：成员自主意识强，沟通良好，使员工在其中得到满足感。非正式组织的缺点是：可能传播流言蜚语，鼓励消极态度和容易形成角色冲突等。因此说，非正式组织有积极的因素，也有消极的因素，关键在于强化对非正式组织的引导和管理。

正式组织和非正式组织的主要区别如表 6-1 所示。

表 6-1　正式组织与非正式组织的对比

比较项目	正式组织	非正式组织
存在形态	正式（官方）	非正式（民间）
形成机制	正规组建	自发形成
运作基础	制度与规范	共同兴趣与情感上的一致
领导权力来源	由管理当局授予	由群体授予
组织结构	相对稳定	不稳定
目标	利润或者服务社会	成员满意
影响力的基础	职位	个性
控制机制	解雇或者降级的威胁	物质或社会方面的制裁
沟通	正式渠道	小道消息

（二）机械式组织和有机式组织

按照组织的内部灵活性和外部适应性不同，可以将组织分为机械式组织和有机式组织两种类型。

1. 机械式组织

机械式组织（mechanistic organization）是指设有严格的等级层次、决策高度程序化、权力高度集中化和操作高度标准化的组织。这样一种组织，又被称为官僚行政组织（bureaucracy）。这样一种组织有太多的清规戒律，缺少必要的灵活性和适应性，容易呈现出"僵化"的态势。

机械式组织的主要优点在于，通过标准化运作往往能够提高工作效率。通过标准化，可以使员工做到按规定办事，从而可以减少由于过多的请示等待而带来的时间拖延；同时，在标准化模式下，机械式组织可以做到高度正规化经营，权力集中，统一指挥，使组织保持稳定性和可预见性。

机械式组织的主要缺点是，过于非人格化。机械式组织结构的设置正像组装一台机器一样，把规则、条例等作为润滑剂，而将人性和人的判断降低到最低限度；以提高生产率为唯一的目标，把人看作生产线上的一个"螺丝钉"，这就是所谓的"非人格化"。机械式组织的另一个重要缺陷就是其"僵化性"。由于僵化的存在，压抑了创新。

2. 有机式组织

有机式组织（organic organization）是指一种相对分散、分权化的、具有灵活性和适应性的组织。这种组织又被称为灵活性组织或者适应性组织。

有机式组织的优点是：以人为本，灵活应变。缺点是：稳定性和可预见性较差。

如果把机械式组织和有机式组织的分类同具体的组织结构形式相联系，一般说来，直线职能型、事业部型的组织结构往往倾向于机械式，而矩阵型、网络型倾向于有机式。

需要强调的是，在实际生活中，组织是多种多样的。机械式组织和有机式组织仅仅是组织的两种类型，两个极端。在这两种类型的组织中间还有多种具体的组织结构形式。一个组织是采用机械式组织结构，还是采用有机式组织结构，或者二者兼有之，要根据组织的内部条件和外部环境的不同进行权变设计。也就是说，机械式组织和有机式组织并没有优劣之分，在不同情况下应采用不同的组织形式，目的是使组织在发展过程中效率更高。

第二节　组织结构设计

不同的组织，在社会经济中的地位和角色不同，他们的组织结构是有区别的。什么样的组织结构才是最好的，才是最适合组织发展的，才能使组织达到最大效益，才能使各部门之间的沟通畅通无阻，这需要结合各方面情况认真地设计。

一、组织结构的影响因素

组织结构(organization structure)是指各种职位之间、各个职员之间网络关系的模型及安排体系,是组织机构的横向分工关系及纵向隶属关系的总称。正如一部汽车和一座楼房一样,都有其自身的结构。

一般来说,所有的组织都必须为实现其预定的目标而开展各种活动,于是,诸如机构设置、部门划分方面的一些规则便在这些活动中被开发出来,并被反映到组织机构上。由于规则可以以不同的方式进行安排,相应地各类组织便有了不同的组织结构。20 世纪的绝大多数组织结构都可以用金字塔的形式来表示,如图6-1 所示。

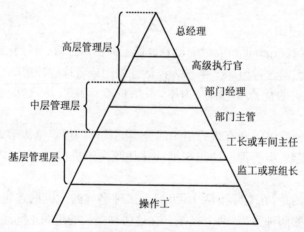

图 6-1　金字塔型的组织结构示意图

从图 6-1 中可以看出,组织结构是由垂直和平行两维构成的;同时还表明,大量工人位于底层,他们负责制造产品和提供服务等工作。组织的任务是,明确部门和人员之间的关系,激励和控制雇员,以便协调一致地实现组织目标。

图 6-1 中连续的 6 个级别中每一个级别均代表一个管理层次(a layer of management)。在图 6-1 的左边,被分为三级管理层次:高层管理层、中层管理层和基层管理层。在该图的右边,我们列出了常用的管理职位头衔。这些层次表示了管理者所处的不同地位。尽管绝大多数企业意识到了组织结构的存在,但并没有意识到组织结构设计的目标,这也是很多企业效益低下的一个缘由。

那么组织结构一般受哪些因素影响呢? 一般认为,组织结构设计的影响因素大致有以下一些:

1. 环境的影响

任何组织都存在于一定的环境之中。环境包括一般环境和特定环境两部分。一般环境是指对组织管理目标产生间接影响的因素,诸如经济、政治、社会文化以及技术等环境,它们的变化,组织结构也要与之相适应。比如说,以前我国实行的是计划经济体制,现在实行的是市场经济体制,企业本来是在国家的怀抱中过日子,现在要自己去市场上找饭吃。以前的组织结构肯定要变革了,不适应了。这些条件的变化最终会影响到组织。特定环境包括对组织管理目标产生直接影响的因素,诸如政府、顾客、竞争对手、供应商等具体环境。它们的变化,组织结构更要迅速与之相适应。这类影响一般体现在三个方面:

一是环境对组织结构的影响。我们知道,组织始终是社会大系统中的一个子系统。计划经济体制环境下,企业的任务在于利用国家供给的各种生产要素制造产品,要素的配置和产品的去向都是按照国家规定的的渠道流进流出,这就决定了企业的机构设置主要围绕生产过程进行就行了。而市场经济体制环境下,企业面临的是商品竞争的经营环境,生产要素供给和产品的流出由市场决定,这时,企业的组织结构按以市场为导向的思路来调整,并设置相应的管理机构。

二是环境对组织关系的影响。环境对组织关系的影响主要是对组织各部门关系的影响。比如,在技术与市场相对稳定的环境中,管理主要是提高生产率,因而形成了以生产管理为中心的组织结构体系。在多元化的市场竞争与开放化的环境中,这时,在企业设置的各管理部门中,经营决策部门和市场营销部门必然成为协调和联系各部门的纽带。

三是环境对组织变革的影响。稳定环境中的管理,要求设计出"机械式"的组织结构,强调职责界限明确;多变的环境则要求采用"有机式"的组织管理结构,强调横向沟通和统一协调。

2. 战略的影响

组织结构必须服从于战略。美国管理学家钱德勒曾对美国 100 家大公司进行了战略—结构关系的考察和分析。他系统研究了杜邦、通用汽车、新泽西标准石油等大公司 50 年的发展情况,最终得出了"公司的战略变化导致了组织结构改变"的结论。一般来说,企业在起步时,组织结构很简单,组织面临的重要战略是如何扩大规模。当组织随着向各地区开拓业务,为了把分布在不同地区的业务单元有机地结合起来,这就要求建立一种新的组织结构来适应变化的新形势。

显然,对一个公司来说,不同的战略决定了不同的组织结构和权力体系。一般来说,战略选择在两个层次上影响组织结构。

其一,不同的战略决定了不同的业务模式,从而必然影响管理结构的改变。

其二,战略重点的改变会引起组织工作重点的转移,与之相适应各管理部门的设置和权力分配结构必将产生变化。

3. 技术的影响

任何组织都需要采用一定的技术和具有一定技术水平的设施或手段进行管理,从事业务活动,将投入转换为产出。20世纪60年代,英国学者伍德沃德对英国100家小型企业进行了技术与组织结构关系的调查,结果表明:技术类型与相应的企业结构之间存在着明显的相关性;组织绩效与技术和结构之间的适应度密切相关。

从技术复杂性看,其复杂程度的提高使得组织管理的纵向层次增加;一般来说,随着技术复杂程度的提高,企业组织结构复杂程度也相应提高。管理层级数、管理人员同一般人员的比例以及高层管理者的控制幅度也随之提高。

从效能角度看,技术水平的提高使组织管理效率提高。事实表明,成功的组织都是那些根据技术的要求合理安排组织结构的。一个公司技术水平的提高意味着管理结构的简化和管理效率的上升。

4. 组织规模与生命周期的影响

一般来说,规模是影响组织结构的一个重要因素。除人员规模外,组织的资产规模、经营规模、效益规模也是决定组织结构的重要因素。比方说,适用于在国内某个区域市场上生产和销售产品的企业组织结构形态,不一定适用于在国际上从事经营活动的大型跨国公司的活动。这就是说,资产、经营与效益规模不同的组织具有不同的组织结构。一般来说,规模较小的组织结构相对简单,规模较大的组织结构相对复杂。

从组织发展的全景图来看,组织的演化成长呈现出明显的生命周期特征,组织结构、内部控制系统以及管理目标在各个不同阶段都可能是不同的。

美国学者托马斯·凯伦提出了组织规模发展的五阶段结构理论,他在长期研究的基础上提出组织在发展过程中要经历创立、职能发展、分权、参谋激增和再集权阶段;在不同的发展阶段,要求有与之相适应的组织结构形态。

(1) 创业阶段。创业阶段的决策和日常管理往往由最高管理者直接作出,在组织结构上要求简单、精练,以求快速准确地把命令下达。

(2) 职能发展阶段。随着组织活动的开展和专门化管理职能的形成,要求以最高决策者、管理者为中心设置体系化的职能管理部门,以提高组织运行的效率。

(3) 分权阶段。随着组织规模的扩大,组织成员的工作日趋复杂,为了有效地解决日益增多的管理问题,需要采用分权的方法来对付职能结构引发的诸多矛盾。

（4）参谋激增阶段。为了适应愈来愈大的规模管理需要，为了保证决策的科学性和有效性，各层次管理部门往往增设了一些参谋岗位，以此形成对组织决策的支撑。

（5）再集权阶段。分权与参谋激增虽然解决了组织发展中的专业化、知识化管理问题，但也随之出现了管理分散的问题。促使组织的决策权力再一次集中，当然是另一层面的集中，它体现了以分权、权力知识化为基础的新的集中决策权的管理结构形态。

二、组织的结构类型

在企业发展的历史长河中，企业组织结构出现过多种不同的形态，企业组织结构理论告诉我们，由于产业部门的不同，企业组织结构的类型也不相同，并且随着企业制度的变迁和规模的扩展，在不断发生变化。总的说来，这是一个由低到高、由简单到复杂的过程。

（一）直线制

最初的企业规模小，而且经营的业务单纯，多半只经营一种产品和服务，因此组织结构大多为简单的形式，即直线制。它是一种简单的集权式组织结构形式，又称军队式结构。内部的指挥系统按垂直系统建立。没有专门的职能机构，自上而下形同直线，如图6-2所示。这是企业最初采用的典型的组织结构。

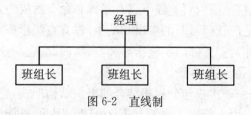

图6-2 直线制

直线制结构的优点是：结构简单，指挥系统清晰、统一，命令容易执行，责权关系明确，信息沟通迅速，解决问题及时，管理效率比较高。其缺点在于：横向联合少，内部协调较慢，缺乏专业化的管理分工，经营管理事务依赖于少数几个人。这就在客观上要求企业领导人必须是经营管理全才。尤其是企业规模扩大化时，管理工作量就会超过个人能力所能承受的限度，不利于集中精力研究企业管理的重大问题。因此，直线制只适用于那些规模较小或业务活动简单而且业务又稳定的企业。

（二）现代企业组织结构

现代企业，一般进行多品种经营，由于规模相对较大，人员多，结构稍显复杂，而且因企业类型的不同而呈多样化的发展。

1. 直线职能制

这是一种以直线结构为基础,在厂长(经理)领导下设置相应的职能部门,实行厂长(经理)统一指挥与职能部门参谋、指导相结合的组织结构,如图 6-3 所示。它是在直线制的基础上发展而来的,称为直线职能制。

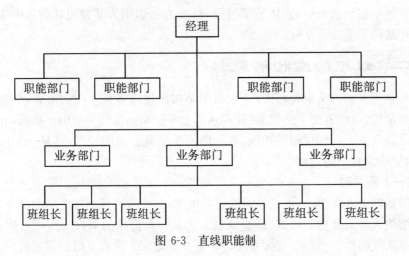

图 6-3 直线职能制

直线职能制的特点是:厂长(经理)对业务和职能部门均实行垂直领导,各级直线管理人员在职权范围内对直线下属有指挥和命令的权力,并对此承担全部责任;职能管理部门是厂长(经理)的参谋和助手,没有直线指挥权,其职责是向上级提供信息和建议,并对业务部门实施指导和监督,因此,它与业务部门的关系只能是一种指导关系,不能发号施令。

直线职能制是一种集权与分权相结合的组织结构形式,它在保留直线制统一指挥优点的基础上,引入管理工作的专业化分工。因此,既能保证统一指挥,又可以发挥职能管理部门的参谋指导作用,弥补企业高层领导在专业管理知识和能力方面的不足,协助领导人员决策。所以,它是一种有助于提高管理效率的组织结构形式,在现代企业中适用范围比较广泛。

这种组织结构形式不足的一面是,随着企业规模的进一步扩大,企业的职能部门也将随之增多,于是各部门之间的横向联系和协作将变得更加复杂和困难。加上各业务和职能部门都要向厂长请示汇报,使其往往无暇顾及企业面临的重大问题。当设立企业管理委员会、完善协调制度等改良措施都不足以解决这些些问题时,企业组织结构改革就会倾向于更多的分权。

2. 事业部制

这种组织结构叫事业部制。也称分权制结构,如图 6-4 所示。是一种在直线职能制基础上演变而成的现代企业组织结构形式。它遵循"集中决策,分散经营"的总原则,实行集中决策指导下的分散经营,按产品、地区和顾客等标志将企业划分为若干相对独立的经营单位,分别组成事业部。各事业部都在经营管理方面拥有较大的自主权,实行独立核算、自负盈亏,并可根据经营需要设置相应的职能部门。总公司则主要负责研究和制定重大方针、政策,并通过利润指标对事业部实施控制。

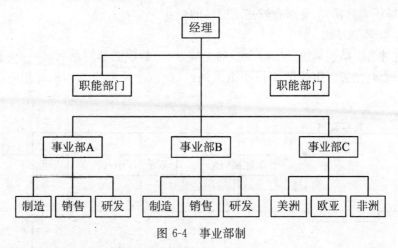

图 6-4 事业部制

这种组织结构的主要优点是:

(1) 这种组织结构的各个分部负责日常经营决策,而企业总部负责战略决策。有利于形成决策的专业化与分工。有利于大幅度提高决策效率和经营效率。

(2) 这种组织结构中的各个部门是独立的利润单位,有利于提高决策层确定利润增长点,并有效地安排企业资金配置。

(3)这种组织结构的各个分部具有相对独立性和可比性,有利于总部对分部经理进行绩效评价,总部能够通过奖酬制度、升迁制度和行政权力,更有效地激励和控制分部经理,从而提高其管理效率。

(4)这种组织结构里,多样化经营产生了范围经济(economy of scope)和合成效应(synergy effect)。前者意味着各项事业可以非排他性的利用某些共同资源(如固定资产、核心技术、生产管理技巧、商誉、信息与人力资本资源等)而带来的单位成本降低,后者则是指不同产品之间的技术互补性所带来的"聚合"效应。

（5）这种组织结构下的多样化经营有利于企业拓展自己的成长空间，并分散总体经营风险。由于这种组织结构具有上述诸多优势，它比 U 型组织结构更适合于从事多样化经营的大型企业。因此，这一组织结构形式被管理学家威廉姆森称为是"20 世纪最伟大的组织变革"。

这种组织结构也存在许多弊端：它容易造成组织机构重叠、管理人员膨胀现象；由于各事业部独立性强，考虑问题时容易忽视企业整体利益。如果公司在经营战略或其他方面缺乏有效控制，可能导致组织结构过度的分散化。

因此，相对而言，这种组织结构更适合于那些经营规模大、生产经营业务多样化、市场环境差异大、要求有较强适应性的企业。

3. 矩阵制结构

这种组织结构是由纵横两个系列组成，一个是职能部门系列，另一个是为完成某一临时任务而组建的项目小组系列，纵横两个系列交叉即构成矩阵。如图6-5所示。

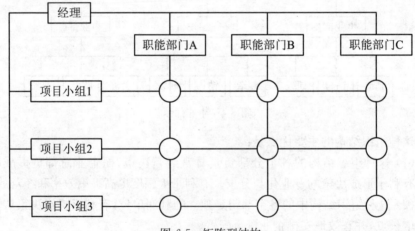

图 6-5　矩阵型结构

矩阵制组织结构的最大特点在于其具有双重命令系统，小组成员既服从小组负责人的指挥，又受原所在部门的领导，这就突破了一个职工只受一个直接上级领导的传统管理原则。因此，矩阵制结构具有以下四个方面的优点：

（1）将企业横向联系和纵向联系较好地结合了起来，有利于加强各职能部门之间的协作和配合，及时沟通情况、解决问题。

（2）这种组织结构能在不增加机构和人员编制的前提下，将不同部门的专业人员集中在一起，提高人力资源效率。

（3）这种组织结构能较好地解决组织结构相对稳定和管理任务多变之间的矛盾，使一些临时性的、跨部门任务的执行变得不再困难。

（4）这种组织结构为企业综合管理和专业管理的结合提供了适宜的组织结构形式。

但是，矩阵制结构的组织关系比较复杂，一旦小组与部门发生矛盾，小组成员的工作就会因为双重领导而左右为难，使工作难以顺利开展。

（三）新型企业组织结构

当今世界，由于知识经济迅速发展，新的企业组织和企业间的组织形式在不断变化，新事物、新问题不断涌现，企业不能墨守成规，用老一套的管理架构来处理新问题。必须不断更新组织形式，新型的企业组织结构也在不断涌现。

1. 团队组织结构

团队是对工作活动进行组织的一种非常普通的手段，过去它在基层管理的工作设计中广泛使用。当管理层把团队这一组织结构运用到一个企业组织的中上层，成为该组织的中心协调手段时，这个组织实行的就是团队组织结构（the team structure）。

团队组织结构把横亘在一个组织的上层和基层之间的各个职能部门进行分解和弱化，把决策权分散到工作小组的层次上，从而形成一个中间层细小的组织结构。

这种组织结构里的组织成员，既是专家，又是通才。在团队组织结构中，由于中高层管理人员队伍的缩小，一线工作人员的纵向提升机会减少了，而横向流动却变得更加频繁。通过横向流动，可以使一线工作人员从事报酬更高的工作，减少长期从事一项工作人员的单调感和枯燥感，从而为他们失去纵向提升机会提供一种补偿。频繁的横向流动，使一线工作人员的技能多样化，使其具有多方面的知识结构，不仅是一个领域的专家，还是多个领域的专家，即变专才为通才。

在一些小一点的公司中，团队组织结构可以覆盖整个组织。例如，一个 30 人左右的营销公司，就可完全按照团队的形式组织起来，这些团队对大部分业务问题和客户服务问题承担完全责任。

2. 网络型组织结构

网络型组织结构（the network organization）是一个由若干相互独立的组织成员构成、成员不断变动的组织结构。在传统组织结构下通常由一些部门完成的工作任务，如产品设计、制造、人力资源管理、培训、会计、数据处理、包装、仓储和交货等。在网络型组织结构下，这些工作都可以通过对外承包而交给其他公司去完成。网络型组织结构的主体由两部分构成：一部分是中心层；另一部分是外围层。中心层由单个企业家或企业家群体组成,直接管理一个规模较小、支付报酬较低的办事人员队伍,从而使办事人员队伍保持着高度的流动性和最大限度的精干性。外围层则由若干独立的公司组成,这些独立的公司与中心层是一种合同关系,而合同关系又经常变更,呈现出极大的不稳定性。中心层与外围层之间通过电话、传真机、计算机网络、昼夜交货服务等电子商务手段进行联系业务,由律师来进行契约协调。

这种组织结构的主要特征是,组织自身的规模较小,但掌握着产品研发、市场开发和技术创新等核心优势,通过合同转包等形式运作,从而增强了企业的灵活性和柔性。

网络型组织结构的基本结构如图 6-6 所示。

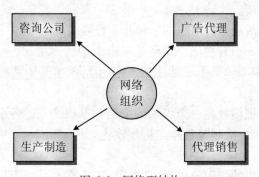

图 6-6　网络型结构

网络结构是能够实现超常规发展的一种组织模式。像耐克(Nike)和戴尔(Dell)计算机是世界著名的实现了快速发展的公司,这些公司的组织结构就是网络型的。例如,戴尔计算机公司没有生产工厂,只是从别的公司买来零件进行组装,但却在创造戴尔计算机品牌和开发市场上取得了巨大的成就,进而赢得了市场优势,实现了超常规发展。

网络结构设计的基本思想是"借力、双赢和共生"。另外,要充分理解两句话,一是"可以租赁,何必拥有",二是"不在所有,重在所用"。这样两句话提示出了网络组织的基本思想。一个组织不可能拥有所需要的全部资源,也没有必要把自已建成一个大而全、包袱重的组织。在当前社会化大生产条件下,应当充分利用社会化分工协作的优势,扬长避短,优势互补,只有这样才能适应千变万化的市场形势。

网络型组织结构与一般通行的企业组织结构相比,其特点是组织结构上的松散性。这种公司打破了传统公司组织结构的层次和界限,它由一些独立的企业在自愿的基础上,为了一定的战略目标而组建的松散企业联盟形式。公司只关心成员企业与联盟战略目标有关的经营问题,对成员企业的其他经营问题则不介入。因此,这便于企业节约资源,重点发展中心活动。

　　该类组织结构有一定的适用范围,就实践情况来看,主要适用于服装、玩具等领域的企业。尤其是市场环境变化较大的情况下,更倾向于采用这样一种结构。

第三节　组织的职权关系与部门划分

　　在组织内部,职权的设置和部门的划分是非常重要的,它直接影响到一个组织的正常运行,有的企业经常出现人浮于事,有的管理者大事小事一把抓,结果组织效益还不如人意。这都说明职权关系的确定和部门的划分是十分重要的、不可小视的。

一、组织的职权关系

　　在组织设计中,我们一定要弄清楚职权关系。组织设计的任务就是设计清晰的组织结构,规划和设计组织中各部门的职能和职权,确定组织中职能职权、参谋职权、直线职权的活动范围并编制职务说明书。图 6-7 是一个典型的组织系统示意图。图中的方框表示各种管理职务或相应的部门,箭线表示不同职权的指向。

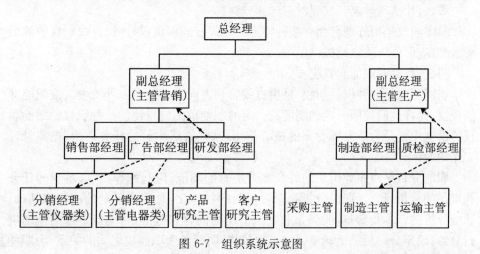

图 6-7　组织系统示意图

通过直线将各方框进行连接,虽然没有显示出各种职权与职责的具体内容以及哪一个阶段哪一个部门最为重要,但是该示意图清晰地描述了组织内正式职位系统的决策层级和联系网络,同时也标明了各种管理职务或各个部门在组织结构中的地位以及他们之间的相互关系。比如,主管营销的副总经理必须服从总经理的指示,并向总经理汇报工作情况,同时,他又直接领导着销售部经理、广告部经理以及研发部经理。

在图 6-7 中,我们还可以看出,组织的活动可以分解为横向和纵向两种结构形式。组织纵向结构设计的结果是决策的层级化,即确定了由上到下的指挥链以及链上每一级的权责关系,显然,这种关系具有明确的方向性和连续性;组织横向结构设计的结果是组织的部门化,即确定了每一部门的基本职能,每一位主管的控制幅度,部门划分的标准以及各部门之间的工作关系。

职务说明书要求能简单而明确地指出:该管理职务的工作内容、职责与权力,该职务在组织中与其他职务之间的区别与联系,职务人员具备的专业背景、知识结构、工作经验、管理能力等基本条件。

那么,什么叫直线职权呢?

直线职权是指管理者直接领导下属工作的职权。这种职权由组织的顶端开始,延伸向下至最底层形成所谓的指挥链。在这条指挥链上,拥有直线职权的管理者有权领导和指挥其下属工作。当组织规模逐渐增大且日渐复杂时,直线主管发现他们在时间、技术知识、精力、能力和资源等各个方面都不足以圆满完成任务,这时必须创造出参谋职权,以支持和弥补直线主管在能力方面的缺陷和障碍。

那么,什么叫参谋职权呢?

参谋职权是指管理者拥有某种特定的建议权或审核权,评价直线职权的的活动情况,进而提出建议或提供服务。

那么,什么叫职能职权呢?

职能职权是一种权益职权,是由直线管理者向自己辖属以外的个人或职能部门授权,允许他们按照一定的制度在一定的职能范围内行使的某种职权。职能职权的设立主要是为了发挥专家的核心作用,减轻直线主管的任务负荷,提高管理工作的效率。

职能分析是对企业组织的各个部分应有的功能、应起的作用、应承担的任务和责任的分析研究。职能分析是企业部门的具体化,是职位界定的前提和基础。职能分析的基本步骤是:明确企业组织活动的内容和范围;对确定下来的活动进行分解;确定分解后的活动单元的承担单位;明确各个职能块之间的关系;为职能块确定适当的名称。

职位、职权和职责是三个相互联系的概念,从一定意义上讲,组织结构设计就是要明确不同人员的地位和责权,以理顺有关部门之间的关系。

职位是指某人在组织层次中所处的位置。一般说来,组织层次分为高、中、基三层,相应地,职位也将分为高级职位、中级职位和低级职位三个层次。

职权是指由一定的正式程序所赋予的某个职位的权力,是指导或者指挥其他人的权力。职权的重要特点是,在其位,有其权。

职责是指在组织结构处于某一职位的某人因完成某一任务、职能或者接受委派而被赋予的责任。职责与职位紧密联系,位于不同职位的人所担负的职责是不同的。

在组织内部,权责必须一致,职责必须分明。有职权而无职责必然会导致职权的滥用,而有职责无职权也必然会导致执行者无所适从。

组织系统图是自上而下绘制的。在创构组织时,可以根据组织的宗旨、任务目标以及组织内外环境的变化,自上而下地确定组织运行所需要的部门、职位及相应的权责。另外,组织设计也可以根据组织内部的资源条件,在组织目标层层分解的基础上从基层开始自下而上地进行。

二、组织的部门划分

组织协调的有效方法就是组织的部门化,即按照职能相似性、任务活动相似性或关系紧密性的原则把组织中的专业技能人员分类集合在各个部门内,然后配以专职的管理人员来协调领导,统一指挥。

根据每位职务人员所从事的工作性质以及职务间的区别和联系,按照组织职能相似、活动相似或关系紧密的原则,将各个职务人员聚集在"部门"这一基本管理单位内。由于组织活动的特点、环境和条件不同,划分部门所依据的标准也是不一样的。对同一组织来说,在不同时期不同的战略目标指导下,划分部门的标准可以根据需要进行动态调整。

部门化可以依据多种不同的标准,例如,业务的职能、所提供的产品或服务、目标顾客、地区、流程等进行选择安排。不同时期、不同环境条件下,组织所依据的标准可以是不同的,但这种选择安排应当遵循部门化的一些原则,并以组织目标为基准。

(一) 组织部门化的基本原则

一个企业要想有效、合理地集合组织资源,安排好组织内全部的业务活动,必须提供一些基本的指导原则,使组织部门化能够具备科学性和可操作性。

1. 因事设职和用人所长相结合

为了保证组织目标的实现,必须将组织活动落实到每一个具体的部门和岗位上去,确保"事事有人做"。另外,组织中的每一项活动终归要由人去完成,组织部门设计就必须考虑人员的配置情况,使得"人尽其能"、"人尽其用"。特别是组织需要根据外部环境的变化,进一步调整和再设计组织部门结构时,必须贯彻因事设职和用人所长的原则,使企业资源得到有效的整合和优化。

2. 分工与协作相结合

分工与协作是社会化大生产的必然结果,古典的管理理论强调分工是效率的基础。在组织部门设计中,必须要对每一个部门、每一个岗位进行必要的工作分析和关系分析,并按照分工与协作的要求进行业务活动的组合。

3. 精简高效

世界上任何一个部门或单位的设计者所追求的理想效果就是精简高效。我们要把它作为一项基本的原则贯穿在部门设计的每一个阶段,按照这一原则,部门设计应当体现局部利益服从组织整体利益的思想,并将单个部门的效率目标与组织整体效率目标有机地结合起来。

(二) 组织部门化的几种形式

一般来说,组织部门化有多种不同的划分方式,依据不同的标准,可以划分成不同的部门化形式,关健是如何才能更好地便于管理,更好地产生效益。

1. 职能部门化

这是一种基本的组织形式。它是按照组织内各种不同的职能部门来设置管理部门。例如,一般公司设有生产部门、营销部门、财务部门、人事部门、研发部门等。

它的长处是能够突出各项业务活动,符合专业化分工的要求;强化了监管,避免了重叠,有利于更好地加强管理。

它不足的一面是助长了部门主义风气,不利于横向协调沟通;不利于多面手人才的成长。

2. 产品或服务部门化

随着企业的不断成长,企业不断增加生产线和扩大生产规模,这时就有必要以业务活动的结果为标准来重新划分管理部门。

它的长处是能确保各部门专注于某种产品的经营,提高专业化经营的效率水平;有助于推动各部门的竞争。

它不足的一面是各个部门同样存在本位主义倾向,势必会影响到企业总目标的实现;另外,各专业生产部门中不可避免地会出现某些职能部门的重复而另外增加了管理费用,不利于降低成本。

3. 地域部门化

随着企业经济活动的范围的不断拓展,跨地域或者跨国经营的现象越来越普遍,在这个时候,企业就要根据地域的不同来设置管理部门,为了更好地、有针对性地根据各地的具体情况来组织业务活动的发展。

它的长处是不仅可以使地区管理者针对本地特点采取灵活的经营手段,而且还可以充分利用当地的资源进行生产经营活动,减少了经营风险。

它不足的一面不仅是由于地理位置较远的总公司难以控制,而且还可能出现机构重叠而导致管理成本过高。

4. 顾客部门化

这是一种根据目标顾客的不同利益需求来划分组织的业务活动。在企业竞争趋于激烈的时候,企业应当尽力满足不同顾客的需求,顾客部门化顺应了这种要求。

它的长处是能满足不同顾客的需求,能获得顾客的有效意见反馈,有利于企业紧跟市场,不断创造顾客的需求,赢得长远的竞争优势。

它不足的一面是不容易妥善处理与顾客沟通过程中出现的矛盾;企业要时时跟踪市场信息,会使企业成本增加。

5. 流程部门化

这是一种按照工作或业务流程来组织企业业务活动的。当然,不是所有的企业都可以有效地利用这种形式。人员、材料、设备等资源比较集中或业务流程连续是实现流程部门化的基础。

它的长处是能够充分发挥集中资源的优势,易于协调管理;还在组织内部形成良好的相互学习的氛围,产生明显的学习效应。有利于学习资源共享。

它不足的一面是会导致部门间的利益冲突,协作松散;对全方位人才的培养不利。

我们要创造性的开展管理工作,不要拘泥于上面介绍的几种形式,伴随着企业和市场的变化,更新更好的形式将不断涌现。

(三) 管理层次与幅度

在组织部门化设计中,我们经常会遇到如何确定层级数目的问题,不可避免地会涉及层级设计问题。

在职能与职务设计以及部门划分的基础上,必须根据组织内外能够获取的现有人力资源情况,对初步设计的职能和职务进行调整和平衡,同时要根据每项工作的性质和内容确定管理层级并规定相应的职责、权限,通过规范化的制度安排使各个职能部门和各项职务形成一个严密、有序的活动网络。

一个单位和部门管理效率和工作效率如何,很大程度上取决于层级数目的确定。这里必然会涉及管理幅度问题。

所谓管理幅度,也称组织幅度,是指组织中上级主管能够直接有效地指挥和领导下属的数量。这些下属的任务是分担上级主管的管理工作,并将组织任务进行层层分解,然后付诸实施。显然,组织幅度应该是有限的,因为一定幅度的下属数量固然能够减少上级必须直接从事的业务工作量,但同时也增加了上级协调这些人之间关系的工作量。

一般来说,每一个正常的组织结构都存在组织任务的递减性,从最高层的领导到最低层的具体工作人员之间就形成了一定的层次,这种层次又被称为组织层级。组织层级受到组织规模和组织幅度的影响,它与组织规模呈正比,组织规模越大,包括的人员就越多,组织工作也就越复杂。则管理层级也就越多。在组织规模已确定的情况下,组织层级与组织幅度呈反比。即上级直接管辖的下属越多,组织层级就越少。反之就越多。

组织层级与组织幅度的反比关系决定了不同的企业有不同的管理层级以及不同的管理幅度。大千世界,不同的组织效率也不一样,就是相同类型的企业,组织效率也有差距。

那么,组织中一般最佳管理幅度是多少呢?

我们来看看历史名人或管理大师认为合理的控制幅度该是多少:

拿破仑认为理想控制幅度为5人;

克劳塞维兹认为控制幅度上限以10人为限;

格雷克纳斯认为没有主管能直接监督超过6个部属的工作;

乌瑞克认为5~6人为适当的控制幅度。

从以上可以看出,组织中,以5~10人为理想的控制幅度。但也不是绝对的,伴随着信息技术的飞速发展,现代组织中的管理幅度也有变化。

另外,有效的管理幅度受到诸多因素的影响,主要有:管理者和被管理者的工作能力、工作内容、工作条件与工作环境等。上面列举的远不是影响管理幅度的全部因素。但对有限的几个因素的考察已足以表明,必须根据组织自身的特点来确定适当的管理幅度,从而决定管理层次。

第四节　组织文化

20世纪80年代以后,从美国、日本等国家的企业界开始信奉组织文化,特别是企业规模大到一定程度以后,单靠几条规章制度是很难管理到位。而现代社会,企业之间的竞争又如此之激烈,除了完成工作以外,凝聚人心,建立组织共同愿景是管理者重中之重的工作。

一、组织文化的概念和特征

单就文化本身来看,一般而言,文化有广义和狭义两种,广义的文化是指人类社会在历史实践过程中所创造的物质财富和精神财富的总和。狭义的文化是指社会的意识形态,以及与之相适应的礼仪制度、组织机构、行为方式等方面。本节专谈组织文化。

(一) 组织文化的概念

在现代社会,可以说,组织文化代表组织的人格。它是由管理组织的领导者,所主导而产生的;可以说,个人由性格支配命运,企业是由企业文化支配命运。

一般来说,不同的企业都有不同的氛围,你生活在其中就能感受得到,或如一般人所称的"气候",我们常听到有人用不同的话来描述天气:"这儿真凉爽!"或者说"这里真热!"组织文化所产生的感觉也同样可以用类似的叙述来表达。组织文化看不见也摸不着,却人人感受得到。

不同的企业文化,员工所体验的感受有很大不同,工作的努力程度也就不同,企业的效率肯定也不同。

组织文化的影响力非常大,影响具有普遍性,组织文化会影响员工的生产力、管理者决策能力、工作满足程度和员工的流动性。对于任何一种组织来说,由于每个组织都有自已特殊的环境条件和历史传统。也就形成自已的独特的哲学信仰、意识形态、价值取向和行为方式,于是每种组织也都形成了自已的特定的组织文化。

就组织特定的内涵而言,组织是按照一定的目的和形式而建构起来的社会集合体,为了满足自身运作的要求,必须要有共同的目标、共同的理想、共同的追求、共同的行为准则以及与此相适应的机构和制度,否则组织就会是一盘散沙。而组织文化的任务就是努力创造这些共同的价值观念体系和共同的行为准则。

从这个意义上说,组织文化的概念可以这样给出,组织文化是组织在长期的实践活动中所形成的并且为组织成员普遍认可和遵循的具有本组织特色的价值观念、团体意识、工作作风、行为规范和思维方式的总和。

(二) 组织文化的主要特征

综观各组织的组织文化,就组织文化的总体来分析,组织文化具有以下几个主要特征:

1. 超个体的独特性

一般来说,每个组织的组织文化都不一样,这是由不同的国家和民族、不同区域、不同时代背景以及不同的行业特点所形成的。如美国的组织文化强调能力主义、个人奋斗和不断进取;日本文化深受儒家文化的影响,强调团队合作、家族精神。它以超越某些个体的内涵而独树一帜。

2. 超时空的稳定性

组织文化是组织在长期的发展中逐渐积累而成的,不是一天两天形成的,具有较强的稳定性,不会因组织结构的改变、战略的转移或产品与服务的调整而随时变化。一个组织中,精神文化又比物质文化具有更多的稳定性。

3. 超时代的继承性

每一个组织都是在特定的文化背景下形成的,必然会接受和继承这个国家和民族的文化传统和价值体系。也正是这种继承性使得组织文化能够更加适应时代的要求,并且形成历史性与时代性相统一的组织文化。

◤ 知识链接 ◥

各地文化差异

世界许多地方都盛行放风筝,但风俗各异。如东南亚放风筝是为了消遣和运动;新西兰毛利人放风筝表示处于和平状态,如果风筝失落,便是凶兆,必须费尽力气寻回;韩国人则将所有烦恼写在纸条上并系在风筝上,风筝一升空就把线剪断,烦恼便随风筝而逝。

(资料来源:林永顺.企业管理学[M].北京:经济管理出版社,2002.)

二、组织文化的结构与内容

构建组织文化,必须充分认清和理解组织文化的结构,结合自身优势,努力打造独特的组织文化。

(一)组织文化的结构

一般认为,组织文化有 3 个层次结构,即显现层、制度层和核心层 3 层。

1. 显现层

它又称物质层,是指凝聚着组织文化抽象内容的物质体的外在显现,它既包括了组织整个物质的和精神的活动过程、组织行为、组织体产出等外在表现形式,也包括了组织实体性的文化设备、设施等,如带有本组织色彩的工作环境、作业方式、图书馆、俱乐部、厂服、厂旗、厂歌等。

2. 制度层

是指体现某个具体组织的文化特色的各种规章制度、道德规范和员工行为准则的总和。也包括组织体内的分工协作关系的组织结构。它是组织文化核心层与显现层的中间层,是由虚体文化向实体文化转化的中介。

3. 核心层

这是指组织文化的核心和主体,是组织文化最精隋的部分,是广大员工共同而潜在的意识形态,包括管理哲学、敬业精神、人本主义的价值观念、道德观念等。这部分内容是别的企业没法模仿的,是学不去、偷不走的。

(二) 组织文化的核心内容

1. 组织的价值观

一般来说,组织的价值观就是组织内部管理层和全体员工对该组织的生产、经营、服务等活动以及指导这些活动的一般看法或基本观点。它包括组织存在的意义和目的、组织中各项规章制度的必要性与作用、组织中各层次和各部门的各种不同岗位上的人们的行为与组织利益之间的关系等。

2. 组织精神

组织精神是指组织经过共同努力奋斗和长期培养所逐步形成的,认识和看待事物的共同心理趋势、价值取向和主导意识。组织精神是一个组织的精神支柱,是组织文化的核心。它反映了组织成员对组织的特征、形象、地位等的理解和认同,它引导组织的行为方向。

3. 伦理规范

伦理规范是指从道德意义上考虑的,由社会向人们提出并应当遵守的行为准则,它通过社会公众影响来规范人们的行为。组织文化内容结构中的伦理规范既体现自下而上环境中社会文化的一般性要求,又体现着本组织内各项管理的特殊需求,它规范着组织的若干行为。

三、组织文化的塑造

(一) 组织文化塑造的主要步骤

1. 需要

当组织领导人警觉到公司的绩效表现比不上其他企业,已渐渐失去竞争优势,如效率差、顾客抱怨多、创新速度慢时,则公司是到需要进行改革的时候了。

2. 解冻

敢于大胆拓展现有价值观,淘汰落后的思想观念。时刻唤起广大员工的危机意识。

3. 改革

用新的价值观教育广大职工,要求改革过去陈旧的想法和行动,进而改变现有企业文化。

4. 再冻结

在经过长时间反复凝练的过程中,定型为新的价值模式,形成新的企业文化。

（二）塑造企业文化的途径

1. 认真界定企业目标

管理者要理清企业的经营理念和信条,重新审视并确定企业使命及企业目标。

2. 认真审视企业现存的规章制度

它必须能协助企业,助企业腾飞,而不是阻碍企业所要落实的价值体系,这些规章制度要能使员工养成符合企业文化的行为习惯,不符合此要求则修正或取消,符合者则切实执行。

3. 认真审视由上至下的领导风格

它集结了身教与言教的功能,透过一层层及一个个的主管与干部,将所要求的文化价值透过教育,传承给组织里的每一位员工。

4. 全面打造价值体系

通过各种文化教育传播的媒介,不断地告知广大员工新价值体系的真正内容,并表扬符合该价值的行为。

5. 重视各种教育培训

管理者要把握时代脉搏,开展全方位的、多形式的教育培训,不断培育以符合新的组织文化的观念及行为。

第五节　组织变革与发展

这个世界唯一不变的就是变化。运动和变化是自然界和人类社会存在的基本属性,是不以人的主观意志为转移的客观规律。面对变化着的环境,各类组织的管理理念、工作方式、结构体系、人员配备与组织文化等也随之而变化。变化着的环境给各类组织提供了一个自然竞争和生存发展的新空间,如何适应社会变革带来的发展机遇,进行组织体制、体系和管理的主动变革与创新,是我们必须时刻关注的事。

一、组织变革动因

一般来说,组织变革是组织内、外部因素综合作用的结果。其一,环境的变化对组织的生存与发展,既是一种压力,也是组织寻求新的发展机会和发展空间的动力;其二,组织内部成员对新目标的追求和要求改变现状的愿望,促使组织在改革中发展。其结果是导致新的组织模式的产生和新的制度的发展。

组织变革是一种客观存在的事实,作为组织管理者,只有从不断变革出发,有意识地利用有利的条件和时机,才可能保持组织的青春活力。

(一)推动组织变革的动力

组织变革的动力是多方面的。推动组织变革的内、外部动力主要包括以下几个方面:

1. 生产力的发展

生产力,特别是科学技术的迅速发展,决定了社会生产组织方式与管理的新模式。以科学技术进步为标志的技术革命在推动社会经济与文明发展的同时,也创造了新的生产组织方式和流程,这一进步直接作用于社会各类组织,推动着组织的变革。当前,高新技术产业的飞速发展,对各类组织提出了新的挑战,产生了组织变革的强大推动力。

2. 社会形态的变化

一定的社会形态对应着一定的社会发展阶段,它体现了由生产力和生产关系决定的政治形态、经济形态、资源配置形态和社会意识形态,决定了社会体制与各种基本的社会关系的变化。社会形态由社会发展的内部机制决定,社会形态的变革反过来作用于社会组织,由此决定组织形态和管理模式的变化。

3. 资源环境的变化

自然和社会资源是组织赖以生存和发展的基础,组织活动的目的就在于在开发、利用各种资源的基础上,创造物质财富与知识财富,从而实现资源的增值。由于资源环境处于不断变化之中,作为组织活动基础的物资、能源和信息资源的关联作用,决定了组织结构和运行机制的新模式。

4. 社会需求的变化

无论是何种组织,它的存在和发展从根本上取决于社会的需求。从发展观点看,人的社会需求永远不会停留在一个静止的水平上,相反,随着物质文明和精神文明程度的提高,人们必然产生新的需求和需求激励下的新的目标。这一总体目标的综合作用,便是社会组织变革新的推动力。

5. 组织构成要素的变化

随着组织不断的发展,构成组织的基本要素总是处于不断变化之中。随着组织规模的扩大,组织人员、资产、投入、目标、技术和其他要素及其要素之间关系必然发生变化。组织要素变化的结果促使组织不断调整结构,以适应变化着的组织活动环境。

6. 组织内部变革的动力

组织内部变革的动力来自组织自身的成长。战略的改变、组织成员对未来组织发展的期望以及组织管理层对新目标的追求,其结果是促使组织改变现有结构和运行模式,创造新的有利于组织发展的运行机制。

(二) 组织变革的阻力

组织在变革中,也会遇到很多阻力。组织变革中的阻力有外部的作用,但主要是内部的作用。主要包括以下几个方面:

1. 外部环境的不确定性

由于组织活动对社会的依赖性和社会环境的复杂性,使得变化着的环境具有不确定性,特别是区域性的政治经济环境,一定时期的变化往往难以准确地把握,往往不以人的意志为转移的。在这种情况下进行组织结构与经营战略的变革,具有客观上的风险性。

2. 组织实力与条件的限制

组织变革是要付出代价的,许多情况下它不可能一次变革成功,而要经过多次试验才能获得理想的结果。这对于本身实力不足、条件较差的组织来说,无疑是一种挑战,使得管理者难以作出改革的决策。在组织变革中应从多方面着手,将改革与建设结合起来,以便在增强实力、创造条件中获得改革的成功。

3. 组织成员的个人利益维护

组织变革从全局上有利于组织发展和整体目标的实现,但在局部上有可能损害一部分组织成员的个人利益,而受到他们的反对。例如,组织结构变革导致的岗位合并,很可能形成岗位竞争的压力,使部分成员面临岗位选择的困境,从而形成组织成员心理、行为上的阻力。

4. 来自管理层的阻力

在组织变革过程中,组织管理者必然要承担变革失败的压力,必然要采用各种方法解决变革中的困难,必然要付出艰辛的努力。如果管理者的指导思想是保守、求稳、维持现状,那么他就不可能积极投入改革。

5. 来自组织运行的习惯作用

在客观物质世界,任何运动着的或相对静止的物体都有惯性,其结果为保持原有的状态不变。社会中的组织活动也是如此,组织运行的惯性是客观存在的,它体现在组织作为整体对其结构、目标体系和运行机制的自然维持。

二、组织变革的内容

(一)组织要素重组的变革

众所周知,知识生产力的作用不断改变着社会整体的面貌,其作用在组织结构上的反映便是"要素"重组。这种重组不是要素的简单变化,而是以"知识"要素为中心的组织要素的创造性组合。对于企业来说,知识资本作为企业的一种生产要素的重要性已超过物质资本,成为一种决定企业发展的基本要素。例如,美国微软公司,1997 年的有形资产为 143 亿美元,无形资产(知识资产)的评估价值竟高达 1 600 多亿美元。这一状况决定了创新的基本组织形式。

(二)组织管理任务的变革

传统的组织管理是一种相对正规化的管理,具有相对固定的程序化的内容和计划、指挥、协调、控制与决策环节,在管理中突出以人为本,组织管理的创新则是创造一种指向未来的动态管理模式,实现以人为中心的各种要素管理的有机结合,同时,现代管理还十分注重流程,由此构成以流程为主导的模式。这种管理,旨在强化管理的控制功能和管理人员的服务功能,以利于在复杂多变的环境中不断创新组织机制,达到组织的持续发展目标。

(三)组织功能的变革

在组织变革中,功能的变化是一个重要方面。例如,工业化初期的企业,其功能主要限于商品的生产与交换,随着社会的变迁和环境的变化,企业组织的功能已扩展到物质商品生产、流通、服务以及知识、文化的创造和相应社会责任的承担方面。在管理上,现代条件下的企业,要求具备以学习为基础的自我适应组织功能和将流程管理与结构管理结合的集中控制功能。

(四)组织制度的变革

组织的各方面变革必须以制度变革作为基本保证,制度变革的主要内容包括组织体制、组织机构条例、组织运行规则、组织管理章程等方面的系统变化。现代组织制度的创造性变革还在于层次管理与流程管理的规范和组织、知识产权与其他权益的制度化维护、国家创新制度与组织创新的协调等方面的变化。组织制度的变革既是其他方面创新的结果,又是推动组织综合创新的基本保证。

三、组织创新模式的选择

创新是当今社会的主旋律。不创新组织就没有出路。20 世纪 80 年代以来,在全球化、知识化和信息化背景下,社会组织呈现出多元化的发展趋势,传统的层级制组织形式正受多方面冲击,形成了非层级制的发展潮流。在各类组织的探索中,企业组织的变革尤为引人注目。因此,我们以分析企业创新为主,研究现代条件下可供借鉴的一些新的组织结构与管理模式。

(一) 扁平化组织

以韦伯的官僚行政组织体系理论为基础,在工业化时代建立和发展起来的金字塔式的层级组织,依靠高层主管的权力自上而下垂直指挥运作,在员工知识素质有限和以生产为中心的管理中组织带来了成功。但是,时至今日,庞大的组织管理机构和繁杂的层次,不仅使组织难以面对迅速变化着的外部环境,而且限制了组织内部成员创造能力的发挥,不利于以"知识"为核心的组织发展,由此提出了压缩层级、扩大管理幅度和实现组织结构上的扁平化问题。

实现扁平化变革以后的组织,其运行效率与效益得以大幅度提升。以通用电气公司家用电器事业部为例,创新后的管理体制由一位总经理负责领导几位生产线经理,每个生产线经理直接面对一百名工人,中间再也不存在段长、班组长,也没有副职,这一做法为员工的主动发展提供了良好的条件,同时也有利于企业上层的科学决策。

组织结构扁平化需要两个最基本的条件。其一,对管理信息的传递、处理必须敏捷、集中,保证基层人员与高层人员的直接沟通;其二,组织成员的工作能力、知识水平和主动精神符合独立工作的要求。由此可见,"扁平化"是组织综合改革的结果。

(二)柔性化组织

一般来说,组织结构柔性化的目的是使一个组织的资源得到充分利用,增强组织对环境变化的适应力,它表现为集权和分权的统一,稳定与变革的统一。组织柔性化对于企业来说,也是为了适应生产柔性化的需要。在组织生产中,企业需要根据客户需求适时组织生产,实现范围经济,淡化产品生命周期。转而重视过程周期,这就要求进行柔性资源的组织,实现组织的柔性经营管理。

这一体制要求最高层确定整个组织的战略发展方向,明确规定上、下层之间的权限关系;对于中、下层管理部门和一线业务人员,应授予处理柔性事件的基本权力。集权与分权的统一通过直接和间接的信息沟通进行,以此为基础调整组织的权限结构。

组织结构上柔性化还表现为结构的稳定性和变革性的统一,这一目标的实现意味着组织应具有双重结构。一方面,为完成组织的一些经常性的任务,需要建立相对稳定的组织结构;另一方面,为了完成各种机动性的柔性任务,需要建立诸如项目小组、团队等方面的可变结构。这两部分结构成了柔性组织的基本结构。把握柔性组织结构的内涵是我们能否正确把握组织结构创新的关健。

柔性化组织中权力分配和临时团队的活动是重要的。在柔性组织内部,临时团队以柔性生产任务为中心组建,是一种随任务而变的可变结构。在环境激烈变化的现代社会,这种组织更能长远生存和发展。更能与时俱进。

总之,如何不断创新组织模式,以适应不断变化的经济环境、市场环境、资源环境,是我们每个管理者时时刻刻都要思考的问题,切不可掉以轻心。

思 考 与 练 习

1. 什么是组织?组织有哪些不同类型?
2. 组织结构设计的影响因素有哪些?
3. 谈谈直线职能制组织结构的优缺点。
4. 什么是网络型组织结构?它的现实意义如何?
5. 谈谈管理幅度与管理层级的关系。
6. 谈谈你对组织文化的理解。
7. 谈谈你对组织变革与发展的认识。

【案例】

组织重要还是人重要?

有一天,东方公司的主管向张先生说了这么一段话:光明公司因工作需要借用东方公司的机器,不久,光明公司的职工就到东方公司的工厂工作,但是光明公司的工人并没有按照东方公司的工作规则来操作机器,而且他们的操作方式很容易造成意外事故。于是东方公司的主管就出面提醒光明公司的员工,应小心操作机器;这位主管认为虽然不是自己的部属,但若不事先防范,等到发生意外就太迟了。但是事后,这件事传到光明公司主管的耳朵里,他勃然大怒,认为其他单位的主管不应该干预他所领导的下属的行为。但东方公司主管认为,这件事实在是太紧迫了,若先去通知光明公司的主管,再回来警告员工,可能意外就已经发生了。想不到这样一个良好的愿望,却遭致对方主管的误解。这样的问题,该如何解决呢?那天,张先生的在日记中写下了以下一段话:根据东方公司主管的申述,我们可以知道类似的很多事情,而且都未公开,但一直在组织内部酝酿着,成了当事人的烦恼。这种问题若不加以解决,可能使得部门与部门之间、单位与单位之间发生矛盾,进而使得当事者心灰意冷。这种情形,管理者应当如何来对待呢?

在科长会议上,大家为管理组织不合理或是职务权限应如何划分等问题而争论不休,并且每次开会,都重复着相同的论点,却没有触到真正的核心问题。

这位东方公司主管的申述,就是权限问题的一个例子。

在过去,若发生这种问题,最高层的管理者就会将各单位主管的监督范围及权限划分清楚,凡不属于自己的员工或自己管辖范围的事情,便不得干涉,这是一种最简单的处理方式。但是当问题如此解决之后,同该事件有关的主管常会觉得似乎缺少了什么,而这个缺少的"什么",就是问题的重点所在。

有人认为组织重要,有人认为人更重要。双方就在此问题上争论不休,互不相让。一旦发生了问题,就拿人际关系这种美丽的词语来搪塞,或是从科学管理的理论中寻求结论。人们常把组织、人际关系和科学管理混在一起,其实许多问题的发生,并不是靠理论便能解决的。

因为这些问题已被大家视为理所当然,被漠视,所以一旦事情闹大,就容易使科学管理与人际关系产生重大的冲突。

所以,针对东方公司主管的申述,我们应寻求具体的解决方案,而不是将之视为一个表面问题,而忽视了它的内在危机。

(资料来源:褚福灵.管理通论[M].北京:经济科学出版社,2004.)

问题:

(1) 对于不属于自己下属的员工或自己管辖范围的事情,管理人员是否应当干预?

(2) 如果你是东方公司的主管,是否会提醒光明公司的员工按照规程操作机器,以免发生意外事故? 为什么?

第七章　人力资源管理

学习目标

1. 理解人力资源与人力资源管理的内涵。
2. 熟悉人力资源管理六大职能。
3. 掌握人力资源规划的含义与程序。
4. 了解员工招聘的方法与程序。
5. 认识员工培训的必要性与内容。

如前所述,组织设计为组织系统的运行提供了基本的运行框架。为了保证组织各项任务的顺利完成并使系统能够正常地运行,组织还必须按照组织设计的基本要求为系统配置合适的人力资源,并对组织的人力资源进行有效的管理。

第一节　人力资源管理概述

世间一切事物中,人是第一个可宝贵的。

——毛泽东

企业或事业唯一的真正资源是人。

——汤姆·彼得斯

管理就是充分开发人力资源以做好工作。

——彼得·德鲁克

一、人力资源的内涵

目前,人力资源已经成为企业乃至整个国家的第一资源。为什么这样认为呢? 社会实践已经证明,科学技术是第一生产力,而科学技术的主体是人。人力是一种资源,并且是所有资源中最重要和最宝贵的资源。所以,世界各国普遍意识到人力资源是组织中的第一资源,是管理的核心,是竞争力的标志。

但是,在现实中,由于很多企业对人力资源的基本问题没有认识透彻,使得其在人力资源管理中出现诸多问题,因而,我们有必要认清人力资源。

(一) 人力资源及其相关概念

人力资源属于资源的范畴,是资源的一种具体形式。资源是人类生存的物质基础。资源是形成财富的来源,也是为了创造物质财富而投入生产过程的一切要素。法国经济学家萨伊认为,土地、劳动、资本是构成资源的三要素;著名的经济学家熊彼特认为,除了土地、劳动、资本这三种要素之外,还应该加上企业家精神;随着社会的发展,信息技术的应用越来越广泛,作用也越来越大,现在很多经济学家认为生产要素中还应该再加上信息;目前,伴随着知识经济的兴起,知识在价值创造中的作用日益重要,因而有些学者认为应当把知识作为一种生产要素单独加以看待。可以看出,具备劳动能力的人力资源都是财富创造中一项不可或缺的重要资源。

人力资源最一般的含义是:智力正常的人都是人力资源。这是从原始潜在和最广义的意义上使用人力资源。

我们目前理解的人力资源概念,是由管理大师德鲁克于 1954 年在《管理实践》中首先正式提出并加以明确界定的。认为人力资源是一种特殊的资源,它必须通过有效的激励机制才能开发利用,并为企业带来可观的经济价值。

20 世纪 60 年代以来,随着舒尔茨提出人力资本理论,人力资源的概念更加深入人心,对人力资源的研究也越来越多。到目前为止,对于人力资源的含义,学者们给出了多种不同的解释。

较多学者认为人力资源,是指能够推动社会和经济发展的,能为社会创造物质财富和精神财富的体力劳动者和脑力劳动者的总称。

伊凡·柏格(Ivan Berg)认为,人力资源是人类可用于生产产品或提供各种服务的活力、技能和知识。

内贝尔·埃利斯(Nabil Elias)认为,人力资源是企业内部成员及外部的人即总经理、雇员及顾客等可提供潜在服务及有利于企业预期经营的总和。

雷西斯·列科(Rensis Lakere)认为,人力资源是企业人力结构的生产力和顾客商誉的价值。

我国学者认为人力资源是活的资源;是创造利润的主要来源,是一种战略性资源;是可以无限开发的资源。

这里,我们对人力资源的概念作以下理解:所谓人力资源,是指能够推动社会和经济发展的,能为社会创造物质财富和精神财富的体力劳动者和脑力劳动者的总称。人力资源包含了数量和质量两个概念,不仅要求具有劳动能力,同时还要求具有健康的、创造性的劳动,能推动社会的发展和人类的进步。

在掌握人力资源概念的同时,我们有必要理解人力资源与人口资源、劳动力资源、人才资源以及天才资源之间的区别。

人口资源是一个国家或地区具有的人口数量,其主要表明数量概念,是一个最基本的底数。

劳动力资源是一个国家或地区具有的劳动力人口的总称,是人口资源中拥有劳动能力的那一部分人,通常是18岁至60岁的人口群体。

人才资源是一个国家或地区具有较强的战略能力、管理能力、研究能力、创造能力或专门技术能力的人口总称,是优质的人力资源。其主要突出质量概念,表明一个国家或地区所拥有的人才质量。

天才资源是指在某一领域具有特殊才华的人口群体。

在正常状态下,这5种资源间的关系可以用一个正三角形来描绘,具体参见图7-1。

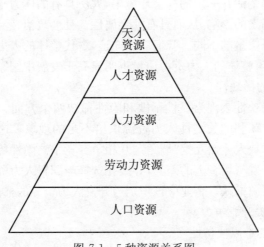

图 7-1　5 种资源关系图

(二)人力资源的特性

人力资源与其他资源相比,有其独特和鲜明的特性。这里的人力资源特性,是指人力资源所具有的特殊性质,是其他资源所不具备的特殊素质,是人力资源科学性、实践性的表现。

1. 人力资源的能动性

人力资源是体力与智力的结合，是劳动者所具有的能力，而人总是有目的、有计划地在使用自己的体力与智力，即人力资源具有主观能动性，具有不断开发的潜力。在价值创造过程中，人力资源总是处于主动地位，是劳动过程中最积极、最活跃的因素。

2. 人力资源的时效性

人力资源是以人为载体，表现为人的体力与智力，因此它与人的生命周期是紧密相连的。人的生命周期一般可以分为发育成长期、成年期和老年期三大阶段。在人的发育成长期，体力与智力尚处于不断积累的过程中，还不能用来进行价值创造，因此不能称之为人力资源。当人进入成年期，体力与智力的发展都达到了可以从事劳动的程度，可以创造财富，因而形成了现实的人力资源。当人进入老年期，其体力与智力不断衰退，也就不能再称之为人力资源了。我们必须在人的成年时期对其进行开发和利用，否则就会浪费宝贵的人力资源。所以，我们认为人力资源具有时效性，应该避免人力资源的荒废和退化。

3. 人力资源的社会性

由于每个人都生活在一定的社会环境中，人所具有的体力与智力不可避免地受到时代和社会因素的影响，从而具有社会属性。社会政治、经济和文化的不同，必然导致人力资源质量的不同。我们应该知道，古代整体的人力资源质量就远远低于现代，发达国家整体的人力资源质量也明显高于发展中国家。

4. 人力资源的稀缺性

人力资源的稀缺性表现为显性稀缺和隐性稀缺两个方面。显性稀缺是市场上一些能影响企业盈利的关键性人力资源供给不足的现象。这种状况常常会导致企业间为猎取稀缺人才而互挖"墙角"、互相争夺竞争。隐性稀缺是由于不同企业在人力资源的开发与培育上的差异，导致在选择与配置人力资源方面的相对差异而造成的人力资源稀缺。企业应该识别与开发人力资源的稀缺特性，从而获得自身的竞争优势，提升竞争力。

5. 人力资源的难以模仿性

人力资源的难以模仿性不仅来源于人力资源要素市场的不完善性，而且来源于企业独特的发展历史、文化氛围以及特异能力的积累。例如，美国杜邦公司的竞争对手难以引进杜邦卓有成效的安全教育体系，是因为"在这个制造炸药起家的公司里，安全生产意识早已深深铭刻在每位员工的心里了"。美国西南航空公司也正是靠构造自身独特的文化氛围和协作体系获得竞争优势，公司总裁认为其经营成就归功于"公司建立的一种难以模仿的文化氛围"。

6. 人力资源的增值性

对单个的人而言,人的体力不会因为使用而消失,只会因为使用而不断增强,当然这种增强是有限度的。同时,人的知识、经验和技能不会因为使用而消失,相反地,会因为使用而更具价值,也就是说,在一定范围内,人力资源是不断增值的,创造的价值会越来越多。例如,一名教师,通过连续不断的授课活动,会成长为更优秀的教师;一名飞机驾驶员通过长期的飞行,会成为更优秀的机师。

(三) 人力资源的作用

1. 人力资源是企业的首要资源

现代社会,企业是构成社会经济系统的细胞单元,是社会经济活动中最基本的经济单位之一,是价值创造最主要的组织形式。企业的出现,是生产力发展的结果,也促进了生产力的进一步发展。而企业要想正常运转,则必须投入各种资源,如土地、资金、技术、信息和人力等等,在这些资源中,人力资源是第一位的,是首要的资源。人力资源的存在和有效利用能够充分地激活其他物化资源,从而实现企业的目标。

著名的管理大师彼得·德鲁克曾经指出:"企业只有一项真正的资源:人"。汤姆·彼得斯也曾说过:"企业或事业唯一真正的资源是人。"小托马斯·沃特森强调:"你可以搬走我的机器,烧毁我的厂房,但只要留下我的员工,我就可以有再生的机会。"由此可知,人力资源是保证企业最终目标得以实现的最重要也是最有价值的资源。

2. 人力资源是经济发展的主要力量

人力资源不仅决定着财富的形成,更重要的是它是推动经济发展的主要力量。随着科学技术的不断发展,知识技能的不断提高,人力资源对价值创造的贡献力度越来越大,社会经济发展对人力资源的依赖程度也越来越大。

美国经济学家罗默和卢卡斯认为,现代以及将来经济持续、快速、健康增长的主要动力和源泉已不再是物质资源,而是知识、技术等人力资源。著名经济学家舒尔茨认为,人力资源既能提高物质资本,又能提高人力资本的生产率。

3. 人力资源是财富形成的关键因素

人力资源就是存在于人身上的社会财富的创造力,就是人类可用于生产产品或提供服务的体力、技能和知识。这些能力可以促进财富的创造,因而成为财富形成的来源。由于人力资源是一种"活"的资源,所以它可以实现价值转移,将其他资源间接转化成财富。没有人力资源的作用,各种资源都无法转变为各种形式的社会财富。另外,人力资源的使用量决定了社会财富的形成量,一般地,在其他因素同比例投入的前提下,人力资源的使用量越大,创造的财富就越多;反之,创造的财富就越少。

二、人力资源管理的概念与职能

在知识经济时代,以人为本的管理已经成为人们的共识,组织之间的竞争归根结底还是人才的竞争。如何吸引、用好、培育以及留住企业所需的人才,让人才在组织中发挥更大作用,已经成为各级管理者尤其是高层管理者十分关注的重要问题。在市场竞争空前激烈的前提下,组织在取得和维持竞争优势的过程中正面临着来自各方面的挑战,组织是否能够应对这些挑战,在很大程度上取决于其对人力资源的管理。人力资源管理日益成为组织所有管理领域的管理者的共同职责,人力资源管理在组织经营管理中也占据了越来越重要的地位。

(一)人力资源管理概念

在人力资源管理这一术语中,包含了两个重要概念:"人力资源"和"管理"。

其中"管理"是管理学中的一个基本概念,即设计并保持一种良好环境,使人在群体里高效率地完成既定目标的过程。这里强调了"设计并保持"这一行为和"高效率"、"目标"。

"人力资源"谈的是"人"的"事",它是把"人"看成是一种"资源"。所以,就存在"规划"、"甄选"、"开发"、"评估"、"激励"、"战略"等管理问题,而不同于传统的"人事"管理中主要是"管束"人们遵守"制度",并保管好"考勤"、"人事档案"、"工作纪录"等"事"。

人力资源管理这一概念,是在德鲁克1954年提出人力资源的概念之后逐步发展起来的。对于它的概念,不同的学者有不同的表述。

比尔和斯佩克特(1984)认为,人力资源管理包括影响到公司和员工之间关系的性质之所有管理决策和行为。

舒勒(1987)认为,人力资源管理是通过各种管理功能,促使人力资源的有效运用,以达成组织的目标。

舍曼(1992)认为,人力资源管理是负责组织人员的招聘、甄选、训练及报酬等功能的活动,以达成个人与组织的目标。

蒙迪和诺埃(1996)认为,人力资源管理是通过各种技术与方法,有效地运用人力资源来达成组织目标的活动。

余凯成(1997)认为,人力资源管理是那些专门的人力资源管理职能部门中的专门人员所做的工作。

这里,我们认为人力资源管理就是指各种社会组织对员工的招募、录取、培训、使用、升迁、调动直至退休的一系列管理活动的总称。人力资源管理就是要科学、合理地使用人才,充分发挥人才的作用,推动社会和组织的迅速发展。

在理解人力资源管理概念的同时,我们要认识到人力资源管理不等同于传统的人事管理,两者之间的区别见表7-1。

表 7-1 人力资源管理与人事管理的区别

人力资源管理	人事管理
以人为本	以事为主
视员工为第一资源	视员工为成本和负担
重开发	重管理
重视沟通、协调、理解	重视服从命令、听指挥
网络化、扁平化管理模式	金字塔式管理模式
战略性、整体性	战术性、分散性
报酬与业绩、能力相关度大	报酬与资历、级别相关度大
组织和员工利益的共同实现	组织短期目标的实现
全方位和多元化的职业发展	职业发展方向是纵向的

(二)人力资源管理职能

人力资源管理的目的,是通过人与事的最优配置,从而实现企业经营绩效的提升。所谓的人与事的优化配置,就是我们通常所说的"事得其人、人尽其才、才有其用"。简单而言,就是企业内部每一个工作任务都应有合适的人来完成,每一个员工都应积极发挥自己的工作能力,使得每一种工作努力都能取得理想的效益。在这个复杂的管理系统中,需要一系列的管理业务活动作为支撑,这些活动就是人力资源管理的职能。通常来说,人力资源管理职能包括六大方面。

1. 人力资源规划

人力资源规划是充分利用企业人力资源的一项重要措施,是对于人力资源管理工作的整体计划,是人力资源管理工作的第一步。当然,人力资源规划应该着眼于为未来的企业生产经营活动预先准备人力资源,应该成为企业人力资源管理各项工作的依据。企业变动的经营环境和发展战略离不开人力资源规划,通过人力资源规划,可以明确企业需要什么样的人力资源、取得人力资源的途径以及资源优化配置等问题,从而促进人才合理流动、优化人员结构,为企业在市场竞争中充分发挥人才优势提供基础和保障。

2. 职务分析与招聘选拔

职务分析即工作分析,是全面了解一项职务的管理活动,是对该项职务的工作内容和职务规范的描述和研究过程,也是开展人力资源管理工作的基础。其目的是把企业生产经营活动落实到具体的岗位上,制定相应的职务责任、权力、待遇以及人员任职资格,可以理解为是制定职务说明和职务规范的系统过程。一般而言,可以从6个方面收集信息:工作内容是什么(what);责任者是谁(who);工作岗位及其工作环境条件等(where);工作时间规定(when);怎样操作(how)及操作工具是什么;为什么要这样做(why),等等。

组织通过招聘,可以寻找合适的人员,并把这些人员吸引到组织中,从而保证组织人力资源的满足,有力地弥补了人员短缺带来的不足。组织通过筛选、面试、心理和能力测试、诊断性面试等环节,选拔出最适合组织需要的人员,从而填充到组织的工作岗位上。

3. 员工培训与人力资源开发

知识经济的到来,组织对员工的素质要求日益提高,诸多组织试图通过培训达到提高员工素质要求的目的,以实现"人尽其才,才尽其能"。员工培训可以理解为人力资源开发的中心环节,是组织实施的有计划的、连续的、系统的学习行为或过程,以改变受训员工的知识、技能、态度、思维、观念、心理,从而实现组织发展与员工个人发展的和谐统一,最终实现组织与员工发展的双赢。

人力资源开发是国家或地区、企业、家庭、个人的正规国民教育、在职学历教育、职业技能培训以及人的使用和启智等一系列活动。其目的在于培养各类人才、开发员工潜能和提升人的质量,从而最终提高组织人力资源的素质和能力,帮助员工进行职业生涯设计与管理。人力资源开发主要依靠家庭教育、学校教育、社会教育和自我教育,要求整个社会和全体人员的共同参与。

4. 绩效管理

绩效管理是企业管理的主线,企业所有管理工作最终都是为了提高绩效。在人力资源管理过程中,绩效管理特别注重对工作结果的比较与评价。一般来说,绩效管理是一种过程管理,首先从制定绩效计划开始,然后在达成目标共识的基础上,进一步实施绩效计划,接着开展绩效考核,对员工绩效进行评估,最后按照绩效评价结果,对员工进行绩效激励和绩效反馈,不断调动员工积极性,从而不断改进绩效,最终体现绩效管理的目的。

5. 薪酬管理

在人力资源管理过程中,根据员工为组织所做的贡献,为员工提供直接或间接的货币收入,包括基本工资、奖金、津贴、福利等,这就形成了薪酬体系。其中直接货币收入构成薪酬的主系统,用以维持员工最基本的生活需求;间接货币收入构成薪酬的辅系统,用以保障和提高员工基本需求之外的更健康、更安全和更有质量的生活需要。

员工作为组织的人力资源，通过劳动取得薪酬，这样才能维持自身的衣食住行等基本需要，从而保证自身劳动力的生产，体现出薪酬管理的保障功能。同时，在薪酬管理中，为了调动员工积极性，还要注意体现薪酬管理的激励功能，避免薪酬的不合理和不公平分配。

6. 劳动关系

劳动关系是劳动者与劳动力使用者在实现劳动的过程中所结成的一种社会经济利益关系。广义上，劳动关系的内涵非常宽泛，它包括一切劳动者在社会劳动时形成的所有劳动方面的关系。在这里，我们从人力资源管理角度谈论的劳动关系，仅指员工与组织之间在劳动过程中发生的关系，是员工与组织之间基于有偿劳动所形成的权利义务关系。这种关系具有相对稳定性并受到法律的保护。

在现代管理活动中，人力资源管理的职能进一步延伸到劳动法规、员工合同以及跨文化管理等领域。在这些领域中，我们应该避免劳动关系中的劳动争议，诸如劳动报酬方面引起的劳动争议、人员流动引起的劳动争议、劳动保护方面引起的争议、劳动合同方面引起的争议以及劳动保险方面引起的劳动争议等等。只有妥善处理好劳动争议，才能建立稳定的劳动关系和和谐的员工管理。

第二节　人力资源规划

组织应该保证自身发展与人力资源的动态匹配，并结合组织战略进行科学合理的人力资源规划。人力资源规划是组织人力资源管理的重头戏，是组织开展人力资源管理工作的依据，有效的人力资源规划可以充分协调人力资源管理职能间的关系。

一、人力资源规划的含义

为了实现组织目标，组织必须拥有与自身发展相适应的员工，这必然要求人力资源管理部门密切关注自身的人力资源供求状况，寻找和实施有效的人力资源管理对策，在此基础上形成了人力资源规划。人力资源规划是在了解组织内部人力资源的结构和分布、余缺状况的基础上进行的一项工作，它是人力资源管理各项职能工作的基础和依据。那么，我们该给人力资源规划做出一个什么样的定义呢？一般来说，人力资源规划就是为实现组织目标而对人力资源利用方式所作的系统策划与统筹安排，目的在于保证人力资源供求状况与生产经营需要相吻合。

简单而言,人力资源规划就是充分利用组织人力资源的一项举措,是为了保证组织人员需求总量与人员拥有总量之间在组织未来发展中的动态匹配。

我国学者赵曙明将人力资源规划的概念总结如下:

(1)人力资源规划就是分析企业在环境变化中的人力资源需求状况,并制定必要的政策和措施来满足这些要求。

(2)人力资源规划就是要在企业和员工的目标达到最大一致的情况下,使得人力资源的供给和需求达到最佳平衡。

(3)人力资源规划就是要确保企业在需要的时间和需要的岗位上获得各种需要的人才(包括数量和质量两个指标),人力资源战略与规划就是要使企业和个人都得到长期的利益。

(4)人力资源规划就是预测企业未来的任务和环境对企业的要求,以及为了完成这些任务和满足这些要求而设计的提供人力资源的过程。

总的来说,人力资源规划要以组织的人力资源战略目标为基础,人力资源规划随着人力资源战略目标的变化而改变。

二、人力资源规划的目标

在知识经济时代,组织面临的环境是日益复杂和纷繁变化的,在这种快节奏下,组织人力资源的变化也呈加速化趋势,人力资源规划的重要作用日益明显。组织竞争日趋激烈,对于人力资源需求与供给的预测更难以把握。在这种情况下,组织管理活动离不开人力资源规划,它可以增强组织适应环境的能力,确保组织发展过程中对人力资源的需求。人力资源规划的目标可以概括为三个方面:

(1)预测人力资源的短缺或过剩。人力资源规划重在实现人力资源的动态平衡,不仅要合理调整和安排组织的人力资源,还要科学预测人力资源的短缺或过剩。

(2)服务于组织人力资源管理各项职能工作。人力资源规划能够前瞻性地考虑到组织的招聘、培训和员工开发等环节,可以指导职务分析、人员配置、教育培训、薪资分配、职业发展等具体管理活动,保证充分实现人力资源的获取、保留、发展和协调。

(3)促进人力资源管理活动的有序化。组织人力资源管理活动是一项复杂的管理工作,从确定人员需求、配置人员到人员培训开发诸多环节,都少不了人力资源规划。试想一下,如果缺少了人力资源规划,那么组织的人力资源管理活动必将出现一片混乱,严重地阻碍了组织的良性发展。

三、人力资源规划的步骤

为了保证人力资源管理的有效开展,需要科学合理地开展人力资源规划工作。一般来说,人力资源规划应当遵循以下四大步骤,如图 7-2 所示。

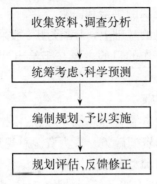

图 7-2　人力资源规划的步骤

(一)收集资料、调查分析

1. 了解企业人力资源现状

人力资源规划是为特定组织服务的,因而要想做好人力资源规划,第一步要全面了解组织的人力资源现状,不仅要了解组织当前情况,还要结合历史情况对未来形势予以合理认识。比如,组织现有的人力资源供需情况与利用情况、现有员工的基本情况、知识结构、兴趣爱好、能力发展、经验水平、绩效高低、人力资源政策等等。这些实质上是对组织现有人力资源的数量、质量、能力等方面的综合盘点。只有做好这些方面的资料收集工作,我们才能把握组织目前的人力资源基本状况。这样人力资源规划才有实际意义,才能为后续的人力资源规划环节做好铺垫。

2. 收集环境信息

环境信息包括两大部分,一部分是外部环境信息,另一部分是内部环境信息。组织是与环境息息相关的,任何组织要发展都是离不开环境这个大气候的,因而在组织人力资源规划时必须收集环境信息。例如,收集一些外部经营环境方面的信息,包括政治、经济、文化以及法律环境信息等。同时还应该收集内部环境信息,诸如企业的发展战略、经营规划、生产技术、产品结构以及企业的组织结构、企业文化、领导风格、管理政策等。我们可以形象地把环境信息比喻为组织人力资源规划的土壤,环境信息不断为人力资源规划输送空气和水分。

(二) 统筹考虑、科学预测

掌握大量有用信息之后，应当选择使用有效的预测方法，对组织未来某个时期的人力资源供给和需求进行科学预测。这一步骤是整个人力资源规划中最关键、最困难的一个步骤，是人力资源规划的重中之重。只有在统筹考虑的基础上，才能科学预测和把握人力资源的供给和需求。

在收集的人力资源信息的基础上，科学预测一般采用主观经验判断和各种统计方法及预测模型。预测工作的目的主要在于给出计划期各类人力资源规划的总量情况和余缺情况。

(三) 编制规划、予以实施

这个环节中要制定人力资源管理总规划，然后依据总规划分解制定各项具体的业务计划以及相应的人力资源政策。人力资源总规划，是对计划期内人力资源管理总目标、总政策、总步骤和总预算的统筹安排。各项业务计划，涉及人力资源管理工作的各个领域，包括员工职务管理计划、人员调配计划、职业开发计划、工作考评计划以及员工激励计划等。这些业务计划相互补充、相互关联、相互支持、相互衔接，构成人力资源规划体系。编制规划阶段是人力资源规划中比较具体细致的一个步骤。

编制好人力资源规划之后，就可以进行有效实施。实施目的在于使组织人力资源的总规划和业务计划与企业的其他计划相互协调。

(四) 规划评估、反馈修正

组织不能只注重人力资源规划的制定与实施过程，更应重视人力资源规划的评估工作。人力资源规划的成功与否，最终要看规划的评估结果。如果忽视人力资源规划的评估，就不可能知道人力资源规划是否合理，也没办法发现人力资源规划的不足，也就难以有效地进行反馈修正。

对人力资源规划实施效果的评估是整个规划过程的最后一步。人力资源规划不是一成不变的，而是一个不断循环的系统。在人力资源规划实施中，必须遵循随机而变的原则，不断地对规划中的缺陷进行修正。在人力资源规划评估中，必须遵循客观、公正、透明和准确的原则。规划评估结束后要进行及时反馈，以促进人力资源规划的良性发展。

四、人力资源规划的程序

人力资源规划是一项系统化的管理工程，为了实现人力资源规划的目标，人力资源规划必须依照一定的程序进行。

（一）把握组织发展战略和经营环境

组织的发展战略和经营环境是人力资源规划的前提和依据。组织制定人力资源规划，必须结合自身发展战略，组织发展战略是个总指导方针，是关系到组织未来命运的中枢，对组织来说是起到里程碑的作用，人力资源规划不可能脱离组织发展战略而存在，否则人力资源规划就会失去其战略性和前瞻性。人力资源规划与企业的经营环境是紧密相连的，随着知识经济时代的到来，企业面临的经营环境却越来越难以预测，既充满变数又商机无限。市场经济逐渐深入人心，人才的流动性不断加大，求得优秀的人力资源不易，留住更难。显而易见，人力资源的变化也更难以捉摸。今天的企业已经进入白热化竞争阶段，在这场角逐中，无可质疑，优秀的人力资源绝对是这场战争中致胜的关键。这就对企业人力资源管理中的人力资源规划提出了更高的挑战。人力资源规划应该依据经营环境，这样才能切实提高企业的应变能力，为企业在未来环境中的生存和发展奠定坚实的基础。

（二）认识组织现有人力资源状况

为了有效实现组织战略，首先要认识组织现有人力资源状况，并立足于开发现有的人力资源。人力资源主管要对本组织各类人力数量、分布、利用及潜力状况、流动比率进行统计。其次，要确认组织内部全体员工的合格性，对合格员工进一步提拔和重用，对不合格员工进行培训和调整，也就是要努力地对现有员工做到人尽其才、才尽其用。再者，在清查内部员工后，针对人员短缺的职位，就可以开展内部填充和外部招聘，从而保证人力资源的供需平衡。

（三）预测人力资源的全部需要

对人力资源进行规划，必须掌握未来情况，而未来总有很大的不确定性，因此，人力资源主管只能通过预测对未来做出一个尽可能贴近的描述。在人力资源规划中，最为关键的是人力资源需求预测和人力资源供给预测，它们是制定各种战略、计划、方案的基础，在人力资源规划中占据核心地位。一般认为，人力资源需求与人力资源供给缺一不可，两者共同影响组织决策，没有需求则无所谓供给；没有供给则需求将毫无意义。组织应当根据发展战略确定未来人力资源需求，再推测未来可能拥有的人力资源状况，最后据此做出人力资源规划。

可以认为，人力资源的需要量是产量、销售量、税收等的函数，但对不同的企业，每一因素的影响并不相同，比如改善技术、改进工作方式和改进管理等因素都将提高效率。对此，预测者必须有清醒的认识。在预测过程中，选择好做预测的人员是非常重要的，因为预测的准确与否是和预测者及他的管理判断能力密切相关的。

（四）确定招聘的人力需要

预测人力资源的全部需要和组织现有人力资源之间的差异就是招聘的人力需要。当组织收集资料,知道人力资源出现短缺的情况时,组织就必须开展人力资源的招聘工作。组织根据人力资源规划和工作分析的要求,应该寻找和吸引那些既有能力又有兴趣的人员到本组织任职,并从中选出适宜人员予以录用。组织可以先在组织内部实行公开招聘,也可以在组织外部进行招聘。

（五）评估人力资源规划实施效果

对人力资源规划应该进行成本—效益分析,要研究人力资源规划是否给组织真正带来了效益,组织是否成为人力资源规划的直接收益者。通常,人力资源规划实施以后,要将实施结果与计划进行比较,参考我国学者夏兆敢的研究结果,主要包括以下内容:

（1）实际人力资源招聘数量与预测的人力资源的"净需求"进行比较。

（2）劳动生产率的实际水平与预测水平的比较。

（3）实际的和预测的人员流动率的比较。

（4）实施人力资源规划的实际结果与预期目标进行比较。

（5）人力费用的实际成本与人力费用进行比较。

（6）行动方案的实际成本与预算的比较。

（7）人力资源规划的成本与收益进行比较。

第三节　员工招聘

　　企业即人。企业的兴衰,关键在人,企业能否发展,在很大程度上取决于是否具备一支高素质的员工队伍。

——松下幸之助

员工招聘是人力资源管理的重要环节。人力资源管理的一项重要职能就是要为企业获取合格的人力资源,尤其是在人才竞争日益激烈的今天,能否吸引并选拔到优秀的人才已经成为组织生存和发展的关键之关键,这就迫切要求组织必须开展员工招聘工作。

一、员工招聘的含义

员工招聘是组织获取合格人才的基本渠道,是组织为了生存和发展的需要,根据组织人力资源规划和职务分析的数量与质量要求,通过信息发布和科学甄选，获得本组织所需合格人才，并安排他们到组织所需岗位上工作的过程。

员工招聘是在组织总体发展战略规划的指导下，制定相应的职位空缺计划，并决定如何寻找合适的人员来填补这些职位空缺的过程，它的实质就是让潜在的合格人员对本组织的相关职位产生兴趣并且前来应聘这些职位。

由此可以认为，员工招聘的目的在于吸引人员，保证人力资源的获取。具体来说，良好的招聘活动必须达到以下基本目标：

（1）恰当的时间。就是要在适当的时间完成招聘工作，及时补充组织所需的人员，这是对招聘活动最基本的要求。

（2）恰当的来源。就是要通过适当的渠道来寻求目标人员，不同的职位对人员的要求是不同的，因此要针对那些与空缺职位匹配程度较高的目标群体进行招聘。

（3）恰当的成本。就是要以最低的成本来完成招聘工作，当然这是以保证招聘质量作为前提条件的，在同样的招聘质量下，应当选择那些费用最少的方法。

（4）恰当的人选。就是要把最合适的人员吸引过来参加组织的应聘，这包括数量和质量两个方面的要求。

（5）恰当的范围。就是要在恰当的空间范围内进行招聘活动，这一空间范围只要能够吸引到足够数量的合格人员即可。

（6）恰当的信息。就是在招聘之前要把空缺职位的工作职责内容、任职资格要求，以及组织的相关情况做出全面而准确的描述，使应聘者能够充分了解有关信息，以便对自己的应聘活动做出判断。

二、员工招聘的原则

（一）能岗匹配原则

组织在招聘员工时最重要的一个原则就是坚持能岗匹配原则，也就是要尽可能使员工的能力与岗位要求的能力达成匹配，并且这种匹配包含着"恰好"的意思。组织招聘和录用的黄金法则是匹配原则，录用的人是不是最好的并不重要，最重要的是最匹配。

每个人能力的大小是有差异的，不同能力的员工应承担不同的责任和胜任不同的岗位。每个员工有不同的专业和专长，相应地也应该遵循恰好的匹配原则。

（二）公开公平原则

员工招聘前组织应该采取公开的途径向组织内外公开招聘的条件、种类、数量、职位等，尽可能地使符合应聘条件的人获得更多的招聘信息，从而为组织获取到优秀的人员做好准备。另外，招聘员工时还应该遵循公平公正原则，降低员工招聘工作中的主观随意性和选人片面性。

优秀的组织在员工招聘时都极力坚持公开公平原则。招聘员工时采取统一标准,在选人方面避免无标准可循的现象。招聘的全过程中从应聘者投档、资格审定、笔试、面试、体检等等,每一个环节都选派专业人员严格程序,规范操作,择优录取。为了达到招聘过程中公平竞争的目的,必须公开、公平地筛选、考核和评价应聘者。

(三) 人才适用原则

组织在员工招聘时,应该坚持"人尽其才"、"人事相宜"原则。招聘过程中要量才录用,力求避免"大材小用"、"小材大用"现象。员工招聘要遵循职位的要求,如果应聘人员的条件远远超过职位的要求,那么其在今后的工作中可能就没有发挥自身的舞台,个人的才华无法施展,积极性会受到打击,从而造成工作的不稳定性提高。如果应聘人员的条件远远低于职位的要求,那么可能造成人心涣散,组织的凝聚力和竞争力都会受到影响。

人力资源部门在招聘工作中应该清醒地认识到招聘的员工不一定是去挑选最优秀的,而应该去挑选最适合组织的员工。

(四) 综合考察原则

员工招聘是一项全面性、系统性的工作,因而要求采取综合考察原则。员工招聘实质上是一个预测活动,是通过面试和各种测试来预测候选人在未来工作中的工作绩效和工作表现。对应聘者的任职资格、应聘条件以及与所任职位的匹配等方面都要进行全面的考察,不能只对其中的某一突出方面简单地做出录用或淘汰的直观判断。

招聘中坚持综合考察原则,可以有效地避免以偏概全现象,也能够保证招聘工作的准确性,提高人力资源管理工作的效率。

三、员工招聘的意义

组织之间的竞争最终是人才的竞争,组织战略发展的各个阶段都必须要有合格的人才作为支撑,因而组织人力资源管理部门必须慎重对待员工招聘这一重要且复杂的工作。

员工招聘工作是组织补充人员的基本途径,关系到组织人力资源管理工作的效率,影响到组织的未来发展,具体来说,员工招聘的意义主要表现在以下一些方面。

(一) 员工招聘工作关系到组织的生存和发展

在激烈竞争的社会中,如果没有高素质的员工队伍,组织将会面临被逐出市场的风险,员工招聘工作则可以不断提升组织整体素质和为组织补充"新鲜血液"。组织的生存和发展与员工的素质紧密相关,而员工素质的高低与员工招聘工作是密不可分的。

(二)员工招聘工作关系到组织人力资源的质量

优秀的人力资源对组织的重要性是十分明显的,人才是组织核心竞争力的源泉,而招聘是组织吸纳优秀人才的主要渠道,也是组织整个人力资源管理开发的基础工作。员工招聘影响到组织人力资源的质量,组织只有招聘到合适的员工,才能保证组织正常发展。

(三)员工招聘工作关系到组织的社会形象

员工招聘是组织对外宣传和树立良好社会形象的一个重要渠道,也是组织向外部宣传自身的一个过程。在招聘中,组织会向社会发布自身的组织概况、发展战略、方针政策、组织文化及产品销售等信息,这样便于社会了解组织,为营造良好的外部环境打下形象基础。

(四)员工招聘工作关系到组织文化的塑造

招聘工作不仅使组织得到了人员,同时,通过宣传组织文化也为人员的稳定打下了基础。招聘时应加强和应聘者之间的交流与沟通,保证组织选出和组织价值观、组织文化相吻合的员工。这样有利于减少因人员流动过于频繁而带来的损失,并增进组织内的良好气氛,包括增强组织的凝聚力、提高员工士气、增加员工对组织的忠诚度等。

四、招聘工作的方式

一般地,组织可以通过两种招聘方式来填充组织的空缺岗位,即外部招聘和内部招聘,见图 7-3。

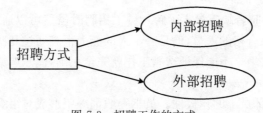

图 7-3　招聘工作的方式

(一)外部招聘

外部招聘是依据组织制定的标准和程序从组织外部选拔符合空缺职位要求的员工的方式。简单地说,外部招聘就是从组织外部获得员工。

1. 外部招聘的条件

(1) 组织的产品、技术更新换代快,来不及培养内部员工。

(2) 组织内部员工数量明显不足,需要尽快补充。

(3) 组织内部出现职位空缺但内部没有合适的员工胜任。

(4) 组织面临组织变革和组织创新。

(5) 组织需要建立自己的人才库。

2. 外部招聘的优势

(1) 能够为组织带来外部竞争优势。外部竞争优势可以保障那些应聘人员进到组织后,可以没有顾虑地去认真工作,没有历史包袱,组织员工只知道目前的工作能力和实质。同时,外部招聘有更多的候选人可供选择,能够从外部招聘到德才兼备的能人,最终保证组织具备明显的外部竞争优势。

(2) 能够为组织带来新鲜空气。外部招聘的员工可以为组织带来不同的价值观,可以为组织带来更多的新观点和新思路,可以为组织带来新的管理方法与经验。由于组织外部的人员呈多样化特征,因而他们可以为组织提供创新性的新见解。由于没有束缚在本组织内部,因而他们能够为组织不断输送新鲜血液。

(3) 能够缓解内部紧张关系。组织内部的每个员工都希望得到晋升的机会,这样组织中一旦出现空缺职位时,就会引起内部员工关系紧张,甚至互相攻击诋毁等。如果员工发现与自己处于同一层次且能力相当的同事得到提升时,心里就会产生不满情绪,从而造成工作任务和组织目标不能顺利完成。外部招聘能使这些员工得到心理上的一些平衡,能够缓解组织内部员工之间的紧张关系。

3. 外部招聘的劣势

(1) 外聘者不能胜任组织工作。外部招聘人员对组织会在一定程度上缺乏了解,一般不熟悉组织内部复杂的情况,往往会出现"水土不服"现象,使得他们很难进入工作角色,进而不能胜任组织工作。

(2) 组织对外聘者缺乏深入了解。员工招聘时虽然可以通过一些测试、面试及笔试的方法选取合格的人员,但是一个人的能力很难通过几次短暂的接触就能确认出其真正的水平。不能保证选聘工作就完全正确,偶尔选错人也会对组织造成一定的危害。

(3) 打击了内部员工的积极性。员工一般都渴望形成对组织的忠诚感和归属感,大部分员工都希望能够在组织中不断得到晋升和提拔,都希望展现自己的能力。如果组织进行外部招聘,就会挫伤内部员工的积极性,削弱内部员工的士气。

4. 外部招聘的途径

外部招聘一般可以通过利用广告招聘、就业中介机构招聘、人才招聘会、校园招聘、猎头公司招聘、网络招聘等途径来获取人才。

（1）广告招聘。广告招聘是通过广播、电视、报纸、杂志等新闻媒体向社会各界传播招聘信息，吸引社会上的人才前来应聘，最后选拔出能够胜任该岗位的人员。

（2）就业中介机构招聘。就业中介机构是近几年来随着市场经济体制逐步完善而发展起来的，它作为职业供需双方的中介，承担着双重角色。组织可以利用就业中介机构提供的信息和条件进行面对面的评价和录用，大大地提高了招聘工作的效率。

（3）人才招聘会。人才招聘会是一种比较传统，也是现代社会一种很常用的招聘途径。人才招聘会就是应聘者和用人单位沟通的一所桥梁，通过这种途径，实现了人才和用人单位的双向选择，有效地体现了招聘的公开、公平和公正原则。

（4）校园招聘。现代很多组织逐渐倾向于校园招聘，力求在大学校园和各类职业院校中寻求适合的人才。在校园招聘中，很多用人单位可以通过举办大型专场招聘会的途径进行招聘，比如，可以在校园网站上、校园广播、公告栏等公布招聘的详细信息。

（5）猎头公司招聘。猎头公司是为组织寻找高级人才的服务机构，其一般都拥有自己的人才数据库，他们详细掌握招聘和求职的信息资料，熟悉各类组织对紧缺人才和特殊人才的需求情况，通常认为，通过猎头公司进行招聘的成功率较高。

（6）网络招聘。随着网络的普及和计算机技术的发展，越来越多的现代组织欣然接受了网络招聘这一途径。网络提供的信息更全面更广泛，通过这种途径传递的信息既快捷又准确，而且支付的招聘费用也较为低廉。

（二）内部招聘

内部招聘实质上是组织内部的人员调整。简单地说，内部招聘就是从组织内部现有的员工中选拔合适的人员来补充职位。

1. 内部招聘的条件

（1）组织内部人员有数量和质量两个方面的保证。首先，组织内部应有足够数量的人力资源储备，这样，一旦发生岗位空缺，才能有足够的人员迅速补充。其次，组织内部人员质量上也应合格，员工应该具备一定的能力，以确保能够胜任该空缺岗位。

（2）组织内部有完善的选拔制度。组织应该有公平、公正的内部选拔制度，力求在制度的约束下选拔出优秀的员工，不断激发内部员工的工作热情。

2. 内部招聘的优势

(1) 内部招聘能够节省时间和成本。内部招聘的对象是组织内部的现有员工,管理者对员工能够深入了解,对应聘员工的工作风格、工作绩效了如指掌,从而组织可以节省招聘宣传时间、人员筛选时间和岗前培训时间等。相应地,组织也可以节省招聘广告宣传成本、招聘中介机构代理费、人员筛选成本和岗前培训成本等。

(2) 内部招聘能够激发员工积极性。内部招聘给组织现有员工带来更大的发展机会和晋升空间,使员工工作的积极性和主动性大大提高,对整个组织员工起到了很好的激励作用。

(3) 内部招聘能够降低招聘风险。由于内部招聘是从组织内部选拔人员,组织人力资源管理部门对内部员工都有很大程度的了解,因而可以保证内部选拔的员工相对更加可靠,使得招聘风险也大大降低。

3. 内部招聘的劣势

(1) 容易造成组织内部"近亲繁殖"现象。内部选拔过程中,由于某些管理者自身素质不高,他们会提拔和自己有关系的员工,最终不利于组织的内部竞争和长期发展。

(2) 容易产生组织内部"群体思维"现象。内部招聘的员工一般都认同组织的价值观念和行为规范,很难有创新思维,很多时候都倾向于"长官意志"定"群体思维"。

(3) 容易形成组织内部的混乱局面。内部招聘的结果是有员工成功也有员工落选,淘汰的员工难免产生不满的情绪,容易和竞聘成功者产生矛盾,从而内部员工之间出现不团结的局面。

4. 内部招聘的途径

内部招聘一般可以通过利用内部晋升、推荐选拔、竞争考试、人员调动等途径来获取人才。

(1) 内部晋升。内部晋升是从组织内部提拔员工补充到更高层级的空缺职位上的方法,是组织内部招聘的主要方法,能够激发组织内部员工的士气,提高组织的工作效率。

(2) 推荐选拔。通过在组织各部门发布空缺职位的招聘信息,先由各主管人员推荐符合条件的员工作为候选人,再综合各候选人的综合考评,最后选拔出该职位的最佳人选。

(3) 竞争考试。在组织内部岗位出现空缺时,利用组织内部媒体公布招聘信息,吸引现有员工前来应聘,并通过考试制度决定是否录用。这种方法极大地体现了内部招聘的公开、公平和公正性。

(4) 人员调动。人员调动包括人员调换和工作轮换。人员调换是将组织内部同一层级员工互相调换，为员工提供组织内多种相关工作的机会，更好地提高工作效率。工作轮换有利于员工扩展自己的知识面，通过尝试不同的工作得到更多的实际经验，也可以减少员工因长期从事某项工作而带来的枯燥感，避免因重复劳动引起的生产率降低。

五、招聘工作的程序

规范化的招聘过程，可以促进整个招聘工作有序运行、节约招聘费用、提高招聘工作的效果。因而，为了保证招聘工作的科学性和规范性，员工招聘工作应该按照下列程序进行，见图 7-4。

(一) 确定职位空缺

确定职位空缺、提出招聘需求是组织人力资源管理部门开展整个招聘活动的起点和基础。只有知道组织中的哪些职位空缺后，才能够为招聘活动有序进行做好准备。确定职位空缺要以人力资源规划为基础，通过人力资源规划，组织能够明确哪些职位空缺，需要什么类型的人员等。

(二) 制定招聘计划

制定招聘计划是组织招聘的行动指南，成功的招聘离不开招聘计划。制定招聘计划应囊括招聘的时间、招聘的范围、招聘的预算以及招聘的规模等主要内容。为了保证组织空缺职位的及时补充，在招聘计划的制定中，就要合理地确定好组织的招聘时间。对于理性的组织来说，在招聘计划中，应该明确招聘的范围，招聘范围应当适度，不要过于追求范围广，那样会带来招聘成本的增加；也不要过于在很小的范围内去获取人员，那样选择面过窄，很难招聘到优秀的人才。在招聘计划中，还要对招聘的预算做出正确的估计，合理的预算能够提高组织招聘的有效性。

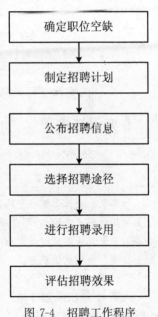

图 7-4 招聘工作程序

(三) 公布招聘信息

招聘计划制定后，组织就应该及时公布招聘信息，可以积极利用报纸、电视、杂志、广播、新闻发布会和网站等渠道。力求做到让更多的人员知道招聘信息，从而吸引他们前来应聘，达到优秀人才为我所用的目的。

（四）选择招聘途径

一般而言，招聘途径有两种：外部招聘和内部招聘。对于组织来说，两种招聘途径各有利弊，前面已经介绍过各自的优势和劣势，这里我们不再赘述了。需要强调的是，组织往往需要综合考虑两种途径的利弊再做出决策。

（五）进行招聘录用

前面四个环节结束后，就可以实施招聘活动并决定是否录用。通常，在确定的招聘时间和招聘地点中，选择录用符合组织要求的人员，同时筛选淘汰那些不合格的人员。

（六）评估招聘效果

招聘工作的最后一个程序就是对招聘效果给予评估，及时总结经验，发现招聘过程中的问题，对招聘计划以及招聘效果进行优化。

第四节　员工培训与开发

摩托罗拉公司的培训理念：培训是投资不是成本！

知识链接

木桶原理

如果把企业管理水平比作由长短不同挡板组成的木桶，把企业的生产率或者经营业绩比作桶里装的水，那么决定生产率或绩效水平的不是这只桶上最长的那块板。充分利用资源提高管理效率的最佳方法是加长那块短板。而针对短板的培训往往可以大大提高企业的总体实力。

人类社会在经过了农业社会、工业社会后，现在正迈向知识经济社会。随着科学技术，特别是以计算机、通信为主要标志的信息技术的迅速发展，信息社会已经呈现在我们眼前，而知识也成了这个社会的核心，成为社会进步的核心力量。知识需要不断更新，因此持续学习成为在知识社会生存和发展之道。想在瞬息万变的市场中立于不败之地，组织就必须比竞争对手学得更快，需要对其员工不断进行再投资，即进行持续的员工培训与发展，以提升组织的竞争能力。

员工培训是组织生存发展的需要，是提高管理效能的重要手段，是成为吸引、留住人才的关键，有利于营造组织文化。

一、员工培训的含义

员工培训的含义有很多种：培训是企业有计划地实施有助于员工学习与工作相关能力的活动；培训是培训者作为控制者教别人用正确的方法做事，培训者是教练，训练有知识和技能的员工；培训是企业现实中不足的补缺；培训是针对未来发展需要的未雨绸缪；培训是通过教学或实验等方法，使员工在知识、技术和工作态度方面有所改进，目的在于达到组织的工作要求，等等。

那么，到底什么是员工培训呢？我们认为，员工培训的含义一般可以有两个层面的解释。广义上讲，员工培训是人力资源开发的中心环节；狭义上讲，员工培训是组织对员工有计划和有针对性的教育与训练，目的在于提高员工队伍的素质，促进组织的持续性发展。

从员工培训的含义中，我们可以看出，员工培训的最终目标是实现组织与员工发展的双赢。通过对员工的培训，促进员工全面发展，进而给整个组织带来无穷无尽的活力。

二、员工培训的必要性

知识链接

艾宾浩斯遗忘曲线

德国著名心理学家艾宾浩斯认为记忆的保持在时间上是不同的(见表7-2)，有短时记忆和长时记忆两种。据此，艾宾浩斯提出了一条提示遗忘规律的曲线——艾宾浩斯遗忘曲线，如图7-5所示。这条曲线告诉人们学习过程中，遗忘速度在最初很快，然后减慢，到了相当长的时期后，几乎不会再遗忘，即遗忘遵循"先快后慢"的原则。如果培训者能够抓住遗忘的规律进行培训工作，将得到事半功倍的效果。

表 7-2 记忆的保持时间

时间间隔	记忆量
刚刚记忆完毕	100％
20分钟之后	58.25％
1小时之后	44.2％

时间间隔	记忆量
8~9 个小时后	35.8%
1 天后	33.7%
2 天后	27.8%
6 天后	25.4%
1 个月后	21.1%

(续)表 7-2

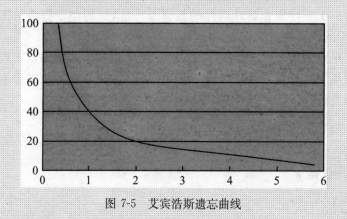

图 7-5　艾宾浩斯遗忘曲线

(资料来源:汪群. 培训管理[M]. 上海:上海交通大学出版社,2006.)

一般来说,员工培训的必要性表现在以下几个方面:

(一) 员工培训是时代发展的需要

人类社会在经历了农业社会、工业社会后,现在是知识经济社会,知识正成为促进社会进步的核心力量。知识是需要不断更新的,企业要想在瞬息万变的市场中基业长青,同样离不开知识的更新,也就是说要持续学习,要对其员工不断地进行再投资,即进行持续的员工培训。

(二) 员工培训是企业生存发展的需要

著名企业都十分重视员工培训,并且把培训看作是提高企业管理效能的重要手段。事实上,很多企业的中高层人才和优秀员工都是通过企业培训培养出来的。例如,上海贝尔鼓励员工接受继续教育,并积极为员工承担学习费用,各种各样的培训项目,不仅提高了公司对各类专业人士的吸引力,也极大地提高了在职员工的工作满意度和对公司的忠诚度。公司成立的上海贝尔大学,堪称是公司培训员工方面的点睛之笔。再如,惠普公司允许员工脱产攻读更高学位,学费100%报销,同时还主办时间管理、公众演讲等多种专业进修课程。博格说:"我们通过拓宽员工的基本技能,使他们更有服务价值。有些人具有很高的技术水平,但需要提高公众演讲能力。他们在这里能学到这些。也许有些人来到我们公司时并无大学文凭,但他们可以去读一个,这样就更具竞争实力了。我们愿意资助他们的教育(费用)。"

(三)员工培训是员工个人成长的需要

员工培训可以使员工及时了解工作环境,能够引导他们尽快进入工作状态,帮助员工更好地实现自我成长。同时,员工培训能够让员工接受并认同企业文化,从而激发更大的工作积极性,促进员工更快地实现自我发展。通过培训,每个员工从心理上都深刻地认识到,如果不想被社会淘汰,如果还想有更好的发展,那么就要抓住每一个培训的机会,通过学习,使自己更具有竞争力。

▌管理聚焦▐

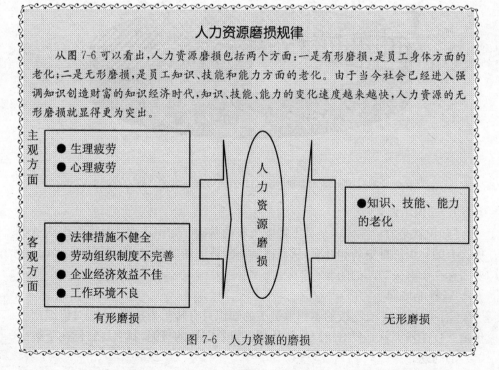

图7-6 人力资源的磨损

对于有形磨损,企业可以通过养老保险、医疗保险、工伤保险、失业保险等社会保障体系给予相应的补偿;但对于无形磨损,企业则必须不断更新其人力资源,对员工进行再教育和培训开发,进而更新员工的知识储备。

(资料来源:汪群编.培训管理[M].上海:上海交通大学出版社,2006.)

三、员工培训的内容

员工培训的内容指的是组织要对员工培训什么? 概括地说,员工培训的内容包括 6 个部分,即知识培训、技能培训,态度培训,思维培训,观念培训和心理培训。其中,知识培训、技能培训和态度培训是传统的培训内容,在外部环境不断变化的情况下,现代组织的发展离不开创新和变革,从而思维培训、观念培训和心理培训成为新的培训内容。

我们可以用一个"员工培训蛋糕"的图形来描述员工培训的内容,如图 7-7 所示。

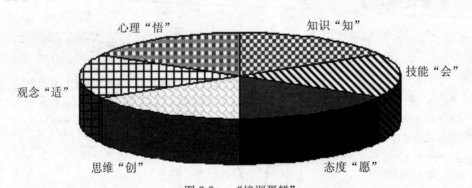

图 7-7   "培训蛋糕"

(资料来源:汪群.培训管理[M].上海:上海交通大学出版社,2006.)

1. 知识培训

"知识就是力量",知识是员工持续发展的基础。知识培训就是要对组织员工所拥有的知识进行更新和补充,从而使其不断适应新的工作,达到新的水平,其主要目标在于解决"知"的问题。

2. 技能培训

"有了技能,才有吃饭的本领",员工的知识只有转化为技能,才能对组织产生价值。技能培训就是要对组织员工传授工作所需要的技能,其主要目标在于解决"会"的问题。

3. 态度培训

"态度决定行为",管理者在员工培训的时候,不能忽视对员工态度的培训。态度培训就是要通过培训,帮助员工树立积极、乐观的态度,其主要目标在于解决"愿"的问题。

4. 思维培训

现代社会唯一不变的就是变化,创新成为组织生存和发展的重要内容。思维培训就是要对员工加强创新思维的训练和创新意识的培养,其主要目标在于解决"创"的问题。

5. 观念培训

现代组织应引导员工不断适应社会环境的急剧变化,不断改变员工与外界环境不相适应的那些陈旧观念,其主要目标在于解决"适"的问题。

6. 心理培训

现代社会,竞争激烈,容易造成员工工作节奏加快、工作压力加重、心理紧张等不良心理状态,心理培训变得尤为重要。心理培训就是通过对员工进行心理教育疏导,增强其意志力、自信力和自控能力,主要目标是解决"悟"的问题。

四、员工培训的误区

组织虽然认识到员工培训的必要性,但仍有一些组织对员工培训存在着两种极端的认识,走入了员工培训的两大误区,即:"员工培训万能论"和"员工培训无用论",见图 7-8。

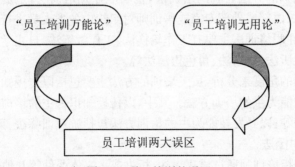

图 7-8　员工培训的误区

(一)"员工培训万能论"

一些组织认识到员工培训的重要性后,就把员工培训当作可以"包治百病"的"灵丹妙药",盲目地认为员工培训就是万能的,片面地认为组织中的一切问题都可通过员工培训来解决。

员工培训固然重要,但组织也应考虑到自身的人力、财力、物力、时间等成本,在员工培训项目实施前应有科学的系统设计。组织中的很多问题有的可通过员工培训解决,但有些不是员工培训就可以处理的,应该具体问题具体分析。对那些可以通过员工培训解决的问题,组织还应"对症下药",确立合适的培训方案。

(二)"员工培训无用论"

一些组织认为员工培训需要投入大量的人力、财力和物力,认为培训只会增加组织的管理成本,并且培训对组织的效果并非能立竿见影,往往一味地认为员工培训对组织来说就是浪费金钱。另外有一些管理者错误地认为培训是为他人做嫁衣,得不偿失,因而不培训。

员工培训的确是需要花费组织一定的财力,但凡有头脑的组织是不会在这些成本上进行银根紧缩的。一旦员工因为缺乏培训,就会导致其工作不熟练,无法完成工作任务,反而会给组织带来更大的损失,这样反而会直接增加组织成本,迫使组织付出更多的财力来收拾残局。应该明白,员工培训对员工本人和组织来说都是受益的,培训支付的成本会给组织带来更多回报的。

五、员工培训的方法

员工培训的方法有很多种。从员工学习方式的角度来分析,员工培训的方法主要包括在职培训法和脱产培训法。在职培训法,也叫在岗培训法,是为了使员工具备有效完成工作任务所必需的知识、技能和态度,在不离开工作岗位的情况下对员工进行培训的方法。脱产培训法,也叫职业外培训法,是员工离开工作和工作现场,由组织内部或外部专家或培训师对组织内各类人员进行集中培训的方法。具体来说,在职培训法主要有工作轮换法、工作教练法、自主学习法等。脱产培训法主要有视听法、研讨法、角色扮演法等。

从培训内容的角度来分析,员工培训的方法主要包括以传授知识为主的培训方法和以开发技能为主的培训方法。其中,以传授知识为主的培训方法包括课堂教授法和视听法等;以开发技能为主的培训方法包括游戏训练法、案例分析法等。

(一)课堂讲授法

课堂教授法指培训师通过语言表达,板书或多媒体课件等其他辅助性教学工具等系统地、全面地向培训对象传授知识、观念或技能等,其最适合于以简单地获取知识为目标的培训。课堂讲授法有利于培训对象系统地接受新知识,培训师容易掌握和控制学习的进度,可以同时对许多培训对象进行培训。在采用该方法进行培训的时候,应该增加培训对象之间的讨论与交流,以取得良好的讲授效果。

（二）研讨法

研讨法指由培训师有效地组织培训对象以团队的方法对工作和学习中的问题进行研讨并得出结论的方法，目的在于提高培训对象的知识和能力，其适合于领导艺术、战略决策、商务谈判技能等内容的培训。研讨法有利于激发培训对象的学习兴趣和能力开发，有效地帮助培训对象在研讨过程中取长补短，促进了知识和经验的交流。在研讨过程中，培训师应该保持冷静和公平的心态，尽量避免产生矛盾。

（三）视听法

视听法指利用幻灯、电影、录像、录音、电脑等视听教材进行培训的方法，通常被作为是课堂讲授法的一种辅助教学手段，目的在于提高培训对象的沟通技能、面谈技能、客户服务技能等。随着现代科技的迅速发展，视听法在员工培训中正发挥者越来越重要的作用，逐步独立成为一种有效的培训方法。该方法运用视觉和听觉的感知方式，直观鲜明，生动形象，容易给培训对象留下深刻印象，极大地提高了培训效果。在采用该方法进行培训的时候，应该避免培训成本过高给组织带来的财务支出。

（四）游戏训练法

游戏训练法是一种高度结构化的活动方式，由两个或两个以上的培训对象在一定规则的约束下相互竞争达到目的的培训方法，适合于组织中高层管理者的沟通能力、指挥能力、组织能力、决策能力、团队意识等方面的培训。由于游戏本身的趣味性，使得该方法容易提高培训对象的兴趣和参与意识，有利于改善人际关系，但在该方法使用前需要花时间去安排整个游戏的内容与步骤。

（五）工作教练法

工作教练法是师傅对徒弟进行现场指导的一种培训方法，先让徒弟在工作中跟着师傅学习，等徒弟基本掌握了主要技能后，让他们自己操作，直到完全掌握为止。该方法容易培养培训师与培训对象的良好关系，有利于工作的有效开展。使用这种培训方法进行员工培训时，要尽可能地去挑选那些具有较强沟通能力、监督指导能力和胸怀宽广的教练，要让他们全身心地投入到培训工作中。

（六）案例分析法

案例分析法是通过给培训对象一定的案例资料，由其进行分析并提出解决办法的一种培训方法，适合于提高培训对象的分析问题和解决问题的能力，该方法的关键在于选择合适的案例。案例分析法提供了一个系统的思考模式，有利于培训对象参与解决组织实际问题的能力的提升。

（七）角色扮演法

角色扮演法是由培训师在培训中设定一个最接近现场情况的环境，然后指定培训对象扮演某种角色,通过角色的训练来理解角色的内容,最终提高他们解决问题的能力。培训对象是这种方法的中心,他们的主动性是该方法成功的关键所在。

(八) 自主学习法

自主学习法也叫自我指导学习法,由组织创造有利于学习的环境,培训对象根据自身需要,设定学习目标、选择学习方法和评价学习结果。这种方法是知识经济时代对每个员工提出的新要求,人人都应该有终身学习并且是自主学习的意识。其最大的优点在于课程结构设置灵活,可以多视角地观察,增强了学习内容与工作岗位的关联性,提高了培训的有效性。

思 考 与 练 习

1. 何谓人力资源? 人力资源有哪些特点?

2. 人力资源管理与传统的人事管理有哪些区别?

3. 阐述人力资源管理的基本职能。

4. 什么是人力资源规划? 它包括哪些内容?

5. 人力资源规划有什么作用? 人力资源规划的程序是什么?

6. 比较内部招聘渠道和外部招聘渠道的优缺点。

7. 简要说明招聘的基本流程。

8. 员工培训包括哪些内容?

▌案例分析▐

案例一:百事招聘——过五关,斩六将

2006 年,百事国际集团计划在全国招聘本科毕业生 100～150 名。

百事有一个专门的招聘评估中心。首先百事招聘团队在各大城市都会作宣讲,这个宣讲是开放式的。百事对毕业生的生源和专业没有特别的要求。宣讲会结束后,毕业生可以通过网络给百事投递简历。

百事招聘团队会利用 QQ 群等载体,发布一些话题,请应聘者共同参与。这个环节,主要是观察应聘者对工作的看法。之后有一个电话访谈,进行第一回合的筛选。

随后进入第二个回合——能力测验。这个回合的主要内容为测试应聘者的理解能力、对信息的敏感程度和反应能力。

第三个回合是小组讨论。百事会给每个小组一个话题，考察在分秒必争的情况下，各位应聘者如何表现。在这个环节中会体现出应聘者的基本性格。讨论之后，每个应聘者会被要求提交文章，考察其书面文字表达能力、逻辑思维方式。在这个回合中"生存下来"的幸运者，才会进入最后一个回合——面试阶段。

过五关，斩六将，虽然进入百事要经过一轮又一轮的筛选，但只要是对百事这个企业有认同的应聘者，都会对整个过程充满兴趣，即便再辛苦，也会有耐心和热情。百事希望通过一个周到的测试系统，让双方都有充分的选择权利，最终找到最合适的对象。

问题：

通过该案例，你如何看待百事公司的员工招聘？

案例二：松下公司的自我开发训练

有人说，松下电器之所以能屹立世界企业之巅达半个世纪之久，得益于它对员工的教育培训。松下电器公司除了在职教育培训员工外，更为经常的是让其自我开发训练。松下的自我开发训练有3种，即以个性基础的无意识自我开发，比如以父母师长为榜样的自我开发；为了解自己缺点、弥补不足方面进行有意识的自我开发；为了完成较高层次的目标、自行选定必要的开发课题的、依据目标的自我开发。松下公司在员工的这些计划中总结了一套可行的自我开发方法予以推广，这些方法是：以研究的态度进行工作；依据经验的自我启发方法；参观、调查、利用企业组织环境的方法；利用企业制度的方法；利用企业人事环境的方法；利用公司各种机构的方法。在松下公司中，自我开发会得到上司的指导和关心。公司中的管理人员会努力做到除了日常业务之外，偶尔也和员工一起讨论一般的社会问题，对于员工的任何意见，做到不生气，一直说到他们完全明白为止，有过错就督促他们改进。管理人员还会时常关心员工的进步情况，不与工作脱节，在工作中彻底信赖员工的能力，但决不妥协。松下公司还实行一些相关的制度来保证员工的自我开发。例如，公司实施的轮读制。每月两次，在研究室内召开"杂志会"。管理人员会将每天发生的事情，迅速传达给员工。公司内部要求设定互相交换意见的地方。

公司要求管理人员能够做到大规模的权限委让，时常与员工讨论试验结果，并指示工作重点。同时，还要把自己读过的书介绍给员工，介绍适当的文献和专门书籍；给员工适当的刺激；把全部精力集中在目前的工作上，指出员工日常工作的缺点，使其设法改善；为培养基础能力，鼓励员工读夜间短期大学。

问题：

该案例中，松下公司是如何对员工进行培训的？

第八章　领　　导

学习目标

1. 认知领导的含义并了解领导与管理的联系和区别。
2. 掌握领导的作用和领导的影响力构成因素。
3. 理解传统特质理论与现代特质理论的区别。
4. 理解行为理论中的领导风格理论、支持关系理论、四分图理论以及管理方格理论。
5. 理解权变理论中领导的费德勒模型、领导生命周期理论和路径—目标理论。
6. 知晓管理中的主要领导艺术：处事的方法与艺术、待人的方法与艺术和管理时间的方法与艺术。

最完善的组织也不能自动地保证组织中的人们有效地工作,人有思想、感情,使组织中人们的工作积极性都得到最充分的发挥,是组织中领导者的使命。如果说管理是为了实现组织目标而进行的有目的的组织协调、控制活动,那么领导就是这种活动的基本组织者。组织工作为管理奠定了制度基础,组织的实际运作则通过领导展开。有了领导,组织才能作为能动的主体去完成自己的目标。

第一节　领　导　概　述

领导是管理活动的重要方面,管理过程学派认为:领导职能是管理职能的基本组成部分,它侧重于对组织中人的行为施加影响,发挥领导者对下属的指挥、协调、激励和沟通作用,以便更加有效地完成组织的目标与任务。领导工作具有人与人互动的性质,领导者正是通过他与被领导者的双向互动过程,促使组织成员更有效地实现组织的目标。

一、领导与管理

（一）领导的含义

什么是领导？对于这样一个众所周知的词语，学者们从不同角度研究或关注领导的不同侧面，给出了许多不同的解释。例如：

领导就是影响力。

领导就是影响一个群体实现目标的能力。

领导就是影响员工，要他们好好工作，努力完成组织目标的一个过程。

领导就是一个过程和一种特质。作为一个过程，领导即是非强制性的影响；作为一种特质，领导即是人们成功地利用影响力所具有的一系列特征。

……

把上面各种表述归纳起来，对领导的含义可进行如下的表述：领导是在一定的社会组织或群体内，为实现组织预定目标，运用其法定权力和自身影响力影响被领导者的行为，并将其导向组织目标的过程。这一表述主要包括下列三层含义：

（1）领导必须有领导者与被领导者，否则就不成其为领导。

（2）领导者拥有影响被领导者的能力或力量。这些能力或力量包括由组织赋予领导者的职位与权力，也包括领导者个人所具有的品德、才能、知识和感情等非权力的影响力。

（3）领导的目的是通过被领导者达到组织的目标。概括地讲，领导是指挥、引导和影响被领导者实现某种特定目标而努力的各种活动过程。

从理论上，我们可以把领导看成一个动态过程，即由领导者、被领导者和所处管理情境等三个因素所组成的复合函数，用公式表示为：

$$领导效能 = f(领导者，被领导者，管理情境)$$

显然，领导效能与领导者所处的具体管理情境、领导者特征和被领导者特征有关。需要根据具体情况来确定有效的领导风格。

此外，领导与领导者是两个不同的概念。领导是由领导者、被领导者、领导行为、组织目标、行为结果等共同构成的内容体系；领导者则是领导行为主体，是领导的基本要素和领导活动的能动主体。尽管汉语表达中人们常常把"领导"作为名词使用，表示领导者，但学习和研究领导理论则必须将两者作明确的区分。

（二）领导与管理

领导不同于管理，两者既有联系又有区别。在生产力十分落后的情况下，领导和管理是"合二为一"的。管理工作的独立是社会分工的结果,领导从管理工作中独立出来,也同样是社会分工的结果。只有在生产力发展到一定水平,社会活动日趋复杂的情况下,领导才有可能从管理中分化出来。领导与管理是人们通常容易混淆的概念。事实上,领导职能与管理职能、领导者与管理者是既相互联系,又相互区别的,主要表现在:

(1) 领导职能是管理职能的一部分,可以说管理职能的范围要大于领导职能。

(2) 领导和管理活动的特点和着重点有所不同。领导活动是与人的因素密切关联的,侧重于对人的指挥和激励,更强调领导者的影响力、艺术性和非程序化管理,而管理活动更强调管理者的职责以及管理工作的科学性和规范性。

(3) 如果把组织中的工作人员划分为管理人员和作业人员,则从理论上分析,所有的管理者都应该是领导者。因为不管他们处在什么层次,都或多或少地肩负着指挥他人完成组织目标的任务,因此都应成为拥有管理权力并能影响或促使组织成员努力实现既定目标的人。但是,现实中的管理者并不都能使自己成为这样的领导者,尽管他们表面上都处于领导的职位。这类管理者也许会在计划、组织和控制等职能方面做得非常出色,但只要不能有效地发挥对他人的领导作用,不能既居领导之"职"同时亦行领导之"能",那么他就不可能是名副其实的领导者。

另一方面,一个人可能是领导者,却并非是管理者。这是因为除正式组织外,社会上还存在着各种各样的非正式组织。作为非正式组织的领袖,他们并没有正式的职位和权力,也没有义务确立完善的计划、组织和控制职能,但是他们却能对其成员施加影响,起到激励和引导的作用,因此他们也被称为领导者。

二、领导的作用

领导意味着组织成员的追随与服从。正是来自其下属和组织其他成员的追随与服从,才使领导者在组织中的地位得以确立,并使领导的过程成为可能。而下属和组织的其他成员追随和服从某些领导者的原因,就在于这些被他们所信任的领导人能够满足他们的愿望和需求。正是在充满艺术性的领导过程之中,领导者巧妙地将组织成员个人愿望和需求的满足与组织目标的实现结合了起来。当然,要实现这种结合,领导的过程就不可避免地要与沟通、激励等发生关系,这也揭示了领导工作实际上包含了其他与人的因素相关的活动内容,如激励、沟通、营造组织气氛和建设组织文化等内容。

领导活动对组织绩效具有决定性的影响。领导的这种决定性作用具体体现在以下三个方面：

1. 指挥作用

为保证企业活动的协调和统一，领导者需根据环境条件的变化以及员工的要求或期望，制定具体政策，指明活动的方向，制定为实现企业目标所必需的各种措施和方法。一方面，领导者必须具有广博的知识、深邃的思维、敏捷的反应、良好的判断力，有能力指明企业的战略方向和需达到的目标；另一方面，领导者还必须是个行动者，能率领员工为企业的目标而努力。领导者只有站在群众的前面，用自己的行动带领人们为实现组织的目标而努力，才能真正起到指挥的作用。

2. 协调作用

组织的目标是通过许多人的集体活动来实现的。即使组织制定了明确的战略目标，但由于组织中的成员对目标的理解、对技术的掌握和对客观情况的认识因他们个人知识、能力、信念等方面的差异而不同，人们在思想认识上发生分歧、在行动上出现偏离目标的现象都是不可避免的，因此需要领导者来协调人们的关系和活动，使组织成员步调一致地朝着共同的目标前进。具体而言，领导者需协调以下方面的内容：

（1）思想协调。组织内的每个人由于理论与思想素质不同，其工作责任心和积极性也不尽相同；另外，个人因素的不同使每个人的道德水平、心理气质也使其工作方法和工作作风也不尽相同，从而对工作的认识、看问题的角度、处事的风格可能存在差异。此外，受外部环境的影响，员工的思想上也会有分歧，因此，领导者将思想协调放在首位。

（2）目标协调。领导者必须不断地协调企业长远利益与短期利益，调整内部各种关系，使之与企业的战略协同一致。

（3）权力协调。为完成工作目标或任务，领导者必须授权，所以也须协调好权力与责任的关系。一方面要运用自己的权力对下属进行指挥、命令；另一方面要对下属权力的运用进行监督检查。

（4）利益协调。企业中员工因价值观、自身素质等不同，往往存在对待利益问题的偏差，领导者应从员工的实际出发，在思想协调的基础上，依据现行政策及员工的贡献或绩效，予以利益上的协调。

（5）信息协调。领导者必须注意信息的沟通，否则，就会指挥不灵、耳目闭塞，所以领导者在上下级之间、下级相互之间要加强信息沟通与协调。此外，领导者还必须代表企业，与企业的相关利益者协调好各种关系。总之，领导者需要协调组织内部各成员之间和组织之间的相互关系，以保持组织内部和组织之间的和谐，完成组织的目标。

3. 激励作用

任何组织都由具有不同需求、欲望和态度的个人所组成,组织成员的个人目标与组织目标不可能完全一致。领导活动的目的就在于把个人目标与组织目标结合起来,引导组织成员满腔热情地为实现组织目标做出贡献。领导工作的作用在很大程度上表现为努力创造条件满足组织成员的各种需要、激励员工以调动其积极性,使组织中的每个成员自觉地融入组织的目标体系中去,为实现共同的目标而努力工作。反之,如果领导不具备激励、鼓舞的能力,那么即便组织内拥有再多的优秀人才,也很难发挥其整体作用。

由以上作用可以总结出,领导者是组织的核心人物,是组织目标的指路人和裁定者。对内协调各种利益关系,激励组织成员的工作热情;对外代表组织的统一与团结,是组织的象征。

▌小案例▐

韦尔奇:全世界企业家学习的典范

1960 年 10 月,当拥有三个学位的韦尔奇携妻子驾驶着一辆破旧的大众汽车来到通用电气属下的塑料公司时,迎接他的只是一个地位卑微、薪金微薄的机械师职位。

低水平的工作待遇对韦尔奇来说不是问题,但公司的官僚习气盛行使韦尔奇郁郁不得志,产生了离开公司的念头。但事情突然出现了戏剧性的变化,在他的告别会上,通用电气公司总部的一名年轻主管鲁本·盖特夫在听了韦尔奇对新塑料产品生产的分析之后,立即发现了这个不可或缺的人才。为了挽留韦尔奇,盖特夫不仅许诺给他原先薪金 3 倍的报酬,更重要的是为韦尔奇清除一切官僚主义困扰,对其委以重任。

在机遇面前,韦尔奇选择留下。他不断超越自我,事业发展蒸蒸日上,终于在 1981 年达到顶峰,成为了通用电气公司第八任董事长兼首席执行官。

在成为通用的最高主管之后,韦尔奇以其非凡的才能,将通用电气公司市场价值从 1981 年的 120 亿美元剧增至今天的 2800 亿美元。

(资料来源:中青在线网 http://www.cyol.net/gb/rencai/2001—10/15/content_313457.htm)

三、领导的影响力

领导是领导者向下属施加影响的行为,领导的实质在于影响。影响力由法定权力和自身影响力两个方面构成。领导者对个人和组织的影响力来自两方面:一是职位权力(又称为制度权力)影响力,二是自身影响力。

（一）职位权力

职位权力是组织赋予领导者的岗位权力,它以服从为前提,具有明显的强制性。职位权力随职务的授予而开始,以职务的免除而终止。它既受法律、规章制度的保护,又受法律、规章制度的制约,在领导者的权利构成中居主导地位,是领导者开展领导活动的前提和基础。组织机构的性质不同,组织层次不同,职位权力的构成因素也不同。一般而言,职位权力包括下述几个方面:

（1）决策权。从某种意义上说,领导过程就是制定决策和实施决策的过程,决策正确与否是领导者成功的关键因素之一。

（2）组织权。所谓组织权,就是领导者在其领导活动中,根据事业或工作的需要,对机构设置、权力分配、岗位分工和人员使用等作出安排的权力。

（3）指挥权。指挥权就是有关领导者,向其下属部门或个人下达命令或指示等,为实现决策、规划中规定的目标和任务而进行各项活动的权力。

（4）人事权。所谓人事权,是指领导者在有关工作人员的挑选录用、培养、调配、任免等事宜的决定权。

（5）奖惩权。奖惩权是领导者根据下属的功过表现进行奖励或惩罚的权力。

影响职位权力影响力的主要因素主要有:

（1）传统的观念。传统观念认为,领导者不同于普通人,或者有权,或者有才干,由此产生了对领导者的服从感,从而增强了领导者言行的影响力。

（2）职位因素。领导者的职位越高,权力越大,下属对他的敬畏感越强,领导者的影响力也越大。

（3）资历因素。一般而言,人们对资历较深的领导者,心目中比较尊敬,因此其言行也容易在人们的心灵中占据一定的位置。

（二）自身影响力

领导者对被领导者的另一种作用力量为自身的影响力,即领导者以自身的威信影响或改变被领导者的心理和行为的力量。与强制性的法定权不同,自身影响力不具有法定性质,而是由领导者个人的品质、道德、学识、才能等方面的修养在被领导者心目中形成的形象与地位决定的。它取决于领导者本人的素质和修养,无法由组织"赋予"。构成领导者影响力的因素,包括下述几方面:

（1）品德。领导者应廉洁奉公,不以权谋私;作风正派,行为端正;以身作则,平易近人;诚实坦率,言而有信。

（2）学识。领导者必须有广博的知识。一个知识贫乏、事事外行的领导者是不会有威信的。

（3）能力。领导者不仅要具有渊博的知识,还要有较强的工作能力。主要包括:较强的分析判断能力,准确的决策能力,有效的组织控制能力,良好的协调沟通能力,知人善任的用人能力,不断进取的创新能力。

(4)情感。良好的人际关系是形成领导者影响力的基础条件,而情感交流是通往良好人际关系的桥梁。领导者只有具备了情感,"以情感人",才能博得下属的敬重。"将心比心"就是这个道理。

领导者的自身影响力不能由组织赋予,只能靠领导者高超的领导艺术、卓越的领导成就、务实的工作作风、宽大的胸怀、广博的知识等自身的素养和努力来取得。

▌小案例▌

鹦鹉的标价

一个人去买鹦鹉,看到一只鹦鹉前标着:此鹦鹉会两门语言,售价二百元。另一只鹦鹉前则标着:此鹦鹉会四门语言,售价四百元。该买哪只呢?两只都毛色光鲜,非常灵活可爱。这人转啊转,拿不定主意。突然他发现一只老掉了牙的鹦鹉,毛色暗淡散乱,标价八百元。这人赶紧将老板叫来:这只鹦鹉是不是会说八门语言?店主说:不。这人奇怪了:那为什么又老又丑,又没有能力,会值这个数呢?店主回答:因为另外两只鹦鹉叫这只鹦鹉为老板。

管理启示:一般来说,当管理者从低级转向高级时,分析、思考和判断的能力变得越来越重要,而技术能力则相反。真正的领导人,不一定自己有多少具体的技能,只要懂信任,懂放权,懂珍惜,就能团结比自己更强的力量,从而提升自己的身价。相反许多具体技能非常强的人却因为过于追求完美主义,事必躬亲,认为什么人都不如自己,最后只能做最好的财务人员、技术能手,成不了优秀的领导人。

(资料来源:http://info.txooo.com/Manage/2-1321/1269631.htm)

第二节 领 导 理 论

领导理论是研究领导本质及其行为规律的科学。在管理学领域中,现有的领导理论大致归纳为三种比较典型的理论,即特质理论、行为理论和权变理论。

一、特质理论

领导特质理论(Trait Theory)是研究有效领导的个人特征和品质,寻求最合适的领导者特质。根据这些品质和特征的来源不同,可分为传统领导特质理论和现代领导特质理论。

(一) 传统特质理论

传统领导特质理论认为,领导者的品质基本上是天生的,与后天的培养、训练和实践无关。基于这样的认识,从 20 世纪开始到 30 年代,许多心理学家对某些社会上公认的成功或不成功的领导者进行了研究、测定,试图归纳出成功的和不成功的领导者各自应具备哪些品质,以作为选择领导者的标准。

这一阶段的领导理论研究,侧重于研究领导人的性格、素质方面的特征。心理学家从人的个性心理特征出发,试图通过观察、调查等方法,找出领导人同被领导人在心理特征方面的区别。其主要目的是企图制定出一种有效领导者的标准,以此作为选拔领导人和预测其领导有效性的依据。他们的研究主要集中在三个方面:

(1) 身体特征,如领导人的身高、体重、体格健壮程度、容貌和仪表等。

(2) 个性特征,如领导人的魄力、自信心和感觉力等。

(3) 才智特征,如领导人的判断力、讲话才能和聪敏程度等。

(二) 现代特质理论

现代领导特质理论认为,成功领导者的许多品质和特征是后天的领导实践中逐步培养、锻炼出来的。基于这样的认识,20 世纪 70 年代以后,一些心理学家对领导者特质的研究又产生兴趣。他们认为,"天才论"的观点当然不对,但有效的领导者确实必须具备一定的品质。同时,领导者的品质不是生而有之,而是在实践中逐步形成和累积起来的,可以通过教育进行培训。此外,在实际工作中,选择领导者需要有明确的标准;培训和使用领导者要有明确的方向和内容;考核领导者也应有严格的指标。

(三) 对特质理论的评价

一般认为,有关领导特质的理论对领导及其有效性的解释是不完善的。这些理论受到了许多人的批评和质疑,因为各研究者所提出的领导特质包罗万象,说法不一,甚至互有矛盾,而且几乎每一种特质都有很多的例外,况且任何人都不可能具备所有这些特质。同时一些管理学家如美国的费德勒以其试验研究结果表明,领导者并不一定都具有比被领导者高明的特殊品质,实际上他们与被领导者在个人品质上并没有显著的差异。此外,特质理论并不能使人明确,一个领导者究竟应在多大程度上具备某种特质。虽然领导特质理论不能从根本上解决领导的有效性问题,但是这方面的研究却一直没有间断过,因为在一些成功的领导者身上,我们确实看到了其鲜明的个性特征,譬如一些学者研究发现,领导者有六项特质不同于非领导者,即进取心、领导愿望、正直与诚实、自信、智慧和工作相关知识,如表 8-1 所示。

表 8-1 区分领导者与非领导者的六项特质

1. 进取心	领导者表现出高努力水平,拥有较高的成就渴望,他们进取心强,精力充沛,对自己所从事的活动坚持不懈,并有高度的主动精神
2. 领导愿望	领导者有强烈的愿望去影响和领导别人,他们表现为乐于承担责任
3. 诚实与正直	领导者通过真诚与无欺以及言行高度一致而在他们与下属之间建立相互信赖的关系
4. 自信	下属觉得领导者从没缺乏过自信。领导者为了使下属相信他的目标和决策的正确性,必须表现出高度的自信
5. 智慧	领导者需要具备足够的智慧来收集、整理和解释大量信息;并能够确立目标、解决问题和作出正确的决策
6. 工作相关知识	有效的领导者对于公司、行业和技术事项拥有较高的知识水平。广博的知识能够使他们作出富有远见的决策,并能理解这种决策的意义

总而言之,领导特质理论的研究意义在于,它为组织提供了一些选拔领导者的依据,但同时特质理论也难以充分说明领导的有效性问题。

二、行为理论

如果说早期有关领导有效性的研究着重于领导者的个人特质方面,那么从 20 世纪 40 年代至 60 年代,随着行为科学的兴起,领导研究的重点开始从领导者应具备哪些特质转向领导者应当如何行为方面,形成了领导行为理论(Behavior Theory)。领导行为理论认为,领导是群体中的一种现象,所谓领导就是领导者推动和影响群体成员或下属,引导他们的行为按领导者预期的方向发展,为共同的目标而努力。因此,它必然涉及领导者与其下属成员之间的相互关系,这就要求人们不要仅仅考察领导者的个人特性,而必须着重考察领导者的行为对其下属成员的影响,找出领导行为中的哪些因素在影响着下属成员的行为和群体的工作成效。也就是说,领导的作用是通过领导者的特定行为表现出来的,因而应把研究的重点转到领导行为上来。

由此可见,与领导特质理论不同,领导行为理论试图用领导者做什么来解释领导现象和领导效能,并主张评判领导者好坏的标准应是其外在的领导行为,而不是其内在的素质条件。由于领导有效性取决于领导者所实际表现出的领导行为,那么人们就可以通过培训和学习而成为有效的领导者。

不同的人在领导行为的表现上会有很大的不同,所谓领导方式、风格或作风就是对不同类型领导行为形态的概括。领导风格的差异,不仅因为领导者的特质存在着不同,更由于他们对权力运用的方式及对任务和人员之间的关系有不同的理解、态度和实践。不同的领导人,以及同一个领导人在不同的时期和场合,都可能表现出不同的领导风格。

那么究竟具有哪些领导方式,哪一种的效果更好?从 20 世纪下半叶开始的领导行为研究,就着眼于对领导者领导被领导者的具体方式或风格进行分类和评判。但不同的研究者对领导行为有不同的分类角度,而且对哪一种领导方式更好也持有不同的主张,主要分为两大类:一是基于权力运用的领导方式分类,主要包括勒温的"三种领导风格理论"和利克特的"支持关系理论";二是基于态度和行为倾向的领导方式分类,主要包括"四分图理论"和"管理方格理论"。

(一) 领导风格理论

心理学家勒温(Kurt Lewin)在实验研究的基础上,以权力定位为基本变量,把领导者在领导过程中表现出来的极端的工作作风分为 3 类:

1. 独裁式领导——权力定位于领导者个人手中

独裁式的领导人实行独裁领导,把权力完全集中于自己手中。所有决策均由领导者做出,下级没有决策权,只能接受命令,领导者和下级也很少接触。

2. 民主式领导——权力定位于群体

民主作风的领导人实行参与领导,权力交给群体,他组织群体成员共同讨论工作计划和目标,鼓励他们积极表达自己的意见,民主领导,关心他人,尊重他人,把自己看作群体的一员。

3. 放任式领导——权力定位于每个员工手中

放任自流的领导人则实行无政府管理,把权力放手交给每个群体成员。他既不想评价或管理活动,也不关心群体成员的需要和态度,一切尽可能放任群体自理。

比较三种不同的领导作风对群体产生的影响,可以明显地看到,放任式领导作风工作效率最低。他所领导的群体在工作中只达到了社交的目标,而没有达到工作目标。独裁式的领导,虽然通过严格的管理,使群体达到了工作目标,但群体成员的消极态度和对抗情绪也在不断增长。而民主的领导作风工作效率最高,他所领导的群体不仅达到了工作目标,而且达到了社交目标。

(二) 支持关系理论

以伦西斯·利克特(Rensis Likert)为首的美国密执安大学社会调查研究中心,从 1947 年开始,通过对大量企业的调查访问和长期试验研究。根据他们的研究成果,归纳出以下四种类型的领导方式:

1. 专制—权威型

这种领导方式的特征是：权力集中于最上层，下属人员没有任何发言权。

2. 开明—权威型

这种领导方式的特点是：领导者仍然是专制的，但采取了家长制的恩赐式领导方式。权力控制在最上层，但也授予中下层部分权力。

3. 协商型

这种领导方式的特征是：上层领导者对下属人员有相当程度的信任，但重要问题的决定权仍掌握在自己手中。

4. 参与型

这种领导方式的特点是：在一切问题上，上级对下属人员都能完全信任，上下之间对工作问题可以自由地交换意见，上级都尽力听取和采纳下属人员的意见。

根据利克特的研究，生产率高的企业大都采取参与型的领导方式，生产率低的企业则大都采取专制—权威型的领导方式。因此，利克特主张，采取专制—权威型领导方式的企业应向参与型的领导方式转变。

利克特认为，在参与型领导中应体现三个基本概念：运用支持关系原则、集体决策和树立高标准的工作目标。他指出，领导者的职责在于建立整个组织的有效协作，因此必须重视组织成员之间的相互作用，要使每个成员都能在组织的人际关系中真实地感受到尊重和支持，上下级之间形成相互信任、相互支持的关系，真心实意地让员工参与决策，鼓励员工树立高标准的工作目标，并使组织目标与员工个人的需要、利益有机地结合起来，以充分调动他们的积极性、发挥他们的智慧和潜力，保证决策得到迅速的贯彻实施，共同努力实现组织的目标。因此，以利克特为首的"密执安研究"又称为"支持关系理论"。

(三) 四分图理论

1945 年美国俄亥俄州立大学的工商企业研究所在罗尔夫·M·斯托格弟 (Ralph M. Stogdill)和卡罗·H·沙特尔(Carroll L. Shartle)两教授的领导下，开创了领导行为的研究。他们通过搜集大量的下属对领导行为的描述个案，将上千种领导行为因素进行了归纳，试图找出领导的有效性与哪些行为因素有关。把研究的主要问题集中于领导者在领导下属为目标而奋斗时所表现的行为，提出了"结构维度—关怀维度"理论。

"结构维度"是指领导者更偏重于界定自己和下属的角色，建立旨在达到工作目标的结构。以工作为中心，领导者为了实现工作目标，既规定了他们自己的任务，也规定了下级的任务，包括进行组织设计、制订计划和程序、明确职责和关系、建立信息途径、确立工作目标等。高结构特点的领导者对下属工作业绩和具体工作完成时间、完成情况十分关注。

"关怀维度"则是指领导者注重同下属建立良好的关系，以人际关系为中心，包括建立互相信任的气氛、尊重下级的意见、注意下属的感情和问题等。高关怀特点的领导者对下属的健康、生活、情感、地位和满意度等问题十分关心。

研究认为，领导行为是这两种行为的具体组合，领导者的行为可以用两度空间的"四分图"来表示，如图 8-1 所示。

（1）高结构、低关怀——领导者以工作为重，他最关心的是岗位工作，例如计划作业、信息沟通等，为独裁式的领导。

（2）低结构、高关怀——不大关心工作进展，只关心员工间的人际关系，对处世方面多能保持一种互尊互信的气氛，他们关心和体恤下属，以鼓励下属完成工作。

（3）低结构、低关怀——既不关心工作也不关心人。

（4）高结构、高关怀——领导者对人对事并重，因此他会订立机制，使下属能参与事务，属于参与式领导风格。

该理论认为，一位两方面都高的领导人，其工作效率与领导有效性必然较高。

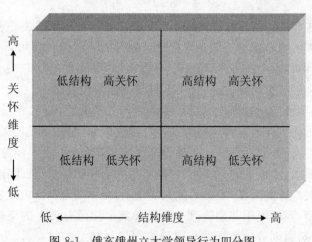

图 8-1　俄亥俄州立大学领导行为四分图

（四）管理方格理论

在俄亥俄州立大学提出的领导行为四分图的基础上，美国得克萨斯大学教授罗伯特·布莱克（Robert R. Blake）和简·穆顿（Jane S. Mouton）在 1964 年出版的《管理方格》一书中提出了管理方格理论。该理论用两种因素的不同程度组合来表示领导者的行为。两种因素程度即对生产的关心度和对人的关心度，将这两种因素用二维坐标来表示,就构成了管理方格图,如图 8-2 所示。

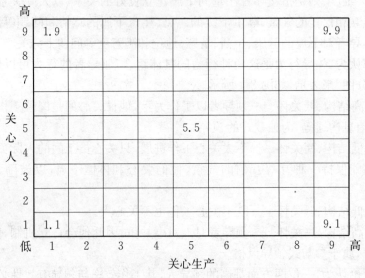

图 8-2　管理方格图

　　这是一张九等分的方格图,横坐标表示管理者对生产的关心程度,纵坐标表示管理者对人的关心程度。两条坐标轴各划分为从 1 到 9 的九个小格作为标尺。整个方格图共有 81 个小方格,每个小方格表示"关心生产"和"关心人"这两个基本倾向相结合的一个领导方式,其中五种类型最具代表性:

　　(1·1)型:贫乏型管理——对员工和生产几乎都不关心,他只以最小的努力来完成必须做的工作。这种管理方式将导致失败,这是很少见的极端情况。

　　(9·1)型:任务型管理——领导者基于自身的权威,集中注意于对生产和作业的效率的要求,注重计划、指导和控制员工的工作活动,以使工作效率达到最佳状态。但不关心人的因素,雇员对此只能服从,很少注意员工们的发展和士气。

　　(1·9)型:乡村俱乐部型管理——领导集中注意对员工的支持和体谅,注重员工的需要,努力创造一种舒适和睦的组织气氛和工作节奏,认为只要员工心情舒畅,生产就一定能好,但对规章制度、指挥监督和任务效率等很少关心。

　　(5·5)型:中庸型管理——领导者力图在工作和士气之间寻求一种平衡。一方面比较注意管理者在计划、指挥和控制上的职责,另一方面也比较重视对员工的引导鼓励,设法使他们的士气保持在必须的满意的水平上。但是,这种领导方式缺乏创新精神,只追求正常的效率和可以满意的士气。

　　(9·9)型:团队型管理——对员工、对生产都极为关心,努力使员工个人的需要和组织的目标最有效地结合起来,注意使员工了解组织的目标,关心工作的成果。建立"命运共同体"的关系,利害与共。因此,员工关系协调,士气旺盛,会进行自我控制,生产任务完成得极好。

布莱克和莫顿认为,(9·9)型的领导方式是最有效的领导方式。企业的领导者应该客观地分析企业内外的各种情况,分析自己的领导方式,将自己的领导方式转化为(9·9)型,以求得最高的效率。

20世纪60年代,管理者方格培训受到美国工商界的普遍推崇。但在后来,这一理论逐步受到批评,因为它仅仅讨论一种直观、且是最佳的领导方式。而且管理方格论并未对如何培养管理者提供答案,只是为领导方式的概念化提供了框架。另外,也没有实质性证据支持在所有情况下,(9·9)领导方式都是最有效的方式。例如,在不同的社会、经济、文化和政治背景下,管理者管理方式的优劣,并不是简单地通过中性或平衡的(9·9)分布能够陈述的。这说明,领导方式的行为理论并不是某种领导方式的最佳选择,领导方式的研究应是多角度的。

三、权变理论

从20世纪60年代后期,随着权变理论的出现,又产生了领导的权变理论或情境理论。该理论认为,并没有万能的、固定不变的有效领导类型,应当根据情境之不同而采取不同的领导方式,方为有效,它是在领导特质理论和行为理论的基础上发展起来的。根据权变理论,领导是在一定环境条件下通过与被领导者的交叉作用去实现其一特定目标的一种动态过程。领导的有效行为应随着被领导者的特点和环境的变化而变化。这里主要介绍三种权变理论:费德勒模型、领导生命周期理论和途径—目标理论。

(一)领导的权变模型

菲莱德·费德勒(Fred E. Fiedler)提出了著名的权变领导模型。他认为,最有效的领导方式取决于以下两个因素的有效结合:一是情景对领导者的影响程度,二是领导者的风格。他主张领导方式应融合于情景、主管、下属及工作性质等各个条件中,根据条件的变化而采取适当的作风。

费德勒提出了一种他称为"最不受欢迎的同事"的概念,主要用作衡量领导人员是属于"以任务为中心"或是"以人际关系为中心"。为此,他设计了一种"最难共事者问卷(Least Preferred Coworker Questionnaire,简称LPC)"来确定领导者的领导风格,问卷列出16对相反的形容词,以下是其中的例子:

开放 ························ 保守

有效率⋯⋯⋯⋯⋯⋯⋯没有效率

自信 ⋯⋯⋯⋯⋯⋯犹豫

若管理人员用正面的形容词来形容最不受欢迎的同事,他就属于"以人际关系为中心";若管理人员用负面的形容词来形容最不受欢迎的同事,便属于"以任务为中心"。

费德勒认为对领导效果起重大影响作用的环境因素有三条:

(1)上下级关系。即领导者同组织成员的相互关系。是指下属对其领导人的信任、喜爱、忠诚、愿意追随的程度,以及领导者对下属的吸引力。若对上述三者都是正面看法,即表示关系良好,反之则关系不佳。

(2)任务结构。指工作任务的明确程度。任务结构的明确程度越高,则领导者的影响力就越大。例如,如果实行目标管理,对下级的工作有明确的要求和规定,则领导者的影响力就大。

(3)职位权力。这是指与领导者职位相关联的正式职权以及领导者从上级和整个组织各个方面所取得的支持程度。这一职位权力是领导者对下属的实有权力所决定的,假如一位车间主任有权聘用或开除本车间的员工,则他在这个车间就比经理的地位权力还要大。因为经理一般并不直接聘用或开除一个车间工人。

由于上述三种情境都有"有利"和"不利"两种状态,所以,共可组成 8 种情境因素,如表 8-2 所示。

表 8-2 费德勒归纳的 8 种情境因素

情境	1	2	3	4	5	6	7	8
领导者与被领导者的关系	好	好	好	好	差	差	差	差
工作任务结构	明确		不明确		明确		不明确	
领导者所处职位的固有权力	强	弱	强	弱	强	弱	强	弱

情境 1 的三个条件齐备,是最有利的情境;适合采用"以任务为中心"的领导方式。

情境 2、3 的三个条件基本齐备,也属于有利情境;适合采用"以任务为中心"的领导方式。

情境 8 的三个条件都不具备,是最不利的情境;适合采用"以任务为中心"的领导方式。

其余 4 种属于中间状态,适合采用"以人为中心"的领导方式。

费德勒模式表明,不存在单一的最佳领导方式,而是在一定的情境下某种领导方式可能起到最好的效果。同时,也不能只根据领导者以前的领导工作成绩来预测他现在能否领导得好,还应了解他以前工作类型同现在的工作类型是否相同。

(二) 领导生命周期理论

这一理论是由美国管理学者保罗·赫塞(Paul Hersey)和肯尼斯·布兰查德(Kenneth Blanchard)提出的。这是一个重视下属的权变理论,认为成功的领导者要根据下属的成熟度选择合适的领导方式。这一理论把下属的成熟度作为关键的权变因素,认为依据下属的成熟度水平选择正确的领导方式,决定着领导者的成功。

赫塞和布兰查德把成熟度定义为:个体对自己的直接行为负责任的能力和意愿。它包括工作成熟度和心理成熟度。

工作成熟度是下属完成任务时具有的相关技能和技术知识水平。相对于一个人的知识和技能而言的,若一个人具有无须别人的指点就能完成其工作的知识、能力和经验,那么他的工作成熟度就高,反之则低。

心理成熟度是下属的自信心和自尊心。它则与做事的愿望或动机有关,如果一个人能自觉地去做,而无须外部激励,就认为他有较高的心理成熟度,反之则低。

下属的成熟度可分为四个等级:(如图 8-3 所示,M 表示成熟度)

M1(不成熟):下属既不能胜任又缺乏自信。

M2(初步成熟):下属有积极性但没有完成任务所需的技能。

M3(比较成熟):下属有完成任务的能力,但没有足够的动机。

M4(成熟):下属能够且愿意去做领导要他们做的事。

生命周期理论提出任务行为和关系行为两种领导维度,并且将每种维度进行了细化,从而组合成四种具体的领导方式:

(1) 指导型领导(高任务—低关系)。领导者定义角色,告诉下属应该做什么、怎样做以及何时何地去做。

(2) 推销型领导(高任务—高关系)。领导者同时提供指导行为与支持行为。

(3) 参与型领导(低任务—高关系)。领导者与下属共同决策,领导者的主要角色是提供便利条件和沟通。

(4) 授权型领导(低任务—低关系)。领导者提供不多的指导或支持。

图 8-3 概括了领导生命周期理论的各项要素。

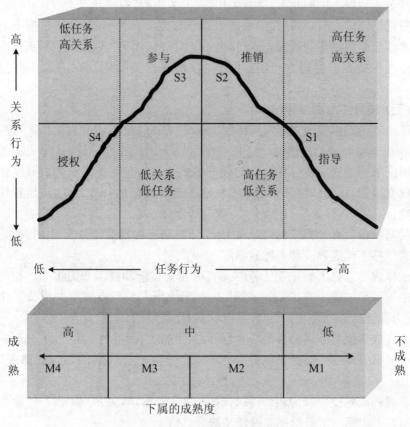

图 8-3　领导生命周期理论

图 8-3 中,S 代表四种领导方式,分别是授权、参与、推销和指导,它们依赖于下属的成熟度 M,M1 表示低成熟度,M4 代表高成熟度。

这样一来,赫塞和布兰查德就把领导方式和员工的行为关系通过成熟度联系起来,形成一种周期性的领导方式。当下属的成熟度水平不断提高时,领导者不但可以减少对活动的控制,而且还可以不断减少关系行为。如指导型领导方式 S1,是对低成熟度的下属而言的,表示下属需要得到明确而具体的指导。S2 方式表示领导者需要高任务—高关系行为。高任务行为能够弥补下属能力的欠缺,高关系行为则试图使下属在心理上领悟领导者的意图。S3 表示可以运用支持性、非指导性的参与风格有效激励下属。S4 是对高成熟度的下属而言的,表示下属既有意愿又有能力完成任务。

和费德勒的权变理论相比,领导方式生命周期理论更容易理解和直观。但它只针对了下属的特征,而没有包括领导行为的其他情景特征。因此,这种领导方式的情景理论算不上完善,但它对于深化领导者和下属之间的研究,具有重要的基础作用。

(三)路径—目标理论

路径 目标理论是由加拿大多伦多大学教授罗伯特·豪斯(Robert J. House)提出的一种领导权变模型。该理论是以期望理论和领导行为四分图理论为依据,主要探讨努力和绩效,以及绩效和目标之间的关系,目的在于使员工知道努力工作和出色表现与报酬之间有正面的关系。

路径—目标理论认为,领导者的工作是帮助下属达到他们的目标,并提供必要的指导和支持,以确保各自的目标与群体或组织的总体目标一致。"路径—目标"的概念来自于这样的观念,即有效领导者能够明确指明实现工作目标的方式来帮助下属,并为他们清除各种障碍和危险,从而使下属的相关工作容易进行。

根据路径—目标理论,领导者的行为被下属接受的程度,取决于下属是将这种行为视为获得当前满足的源泉,还是作为未来满足的手段。领导者行为的激励作用在于:第一,使下属的需要—满足取决于有效的工作绩效;第二,提供有效绩效所必须的辅导、指导、支持和奖励。

为考察这些陈述,豪斯确定了四种领导行为类型:

(1)指导型。领导者发布之时,明确告诉下属做什么、怎么做。决策完全由领导者作出,下属不参与。

(2)支持型。领导者考虑下属的需要,努力营造愉快的组织气氛,当下属受挫和不满意时,能够给予帮助,对其业绩产生很大的影响。

(3)参与型。领导者在决策时注意征求下属的意见,认真考虑和接受下属的建议,以此来激励下属,提高决策的接受度。

(4)成就导向型。领导者向下属提出挑战性的目标,希望下属最大限度地发挥潜力,并对下属能够达到目标表示出信心。

与费德勒的领导方式学说不同的是,豪斯认为领导者是灵活的,同一领导者可以根据不同的情景表现出任何一种领导风格。

路径—目标理论提出了两种情景变量,即下属的特点和环境因素。

(1)下属的特点。包括控制点、经验和知觉能力。控制点是指个体对环境变化影响自身行为的认识程度。

(2)环境因素。包括工作性质、任务结构、权力结构、工作群体的情况等。

路径—目标理论如图 8-4 所示。

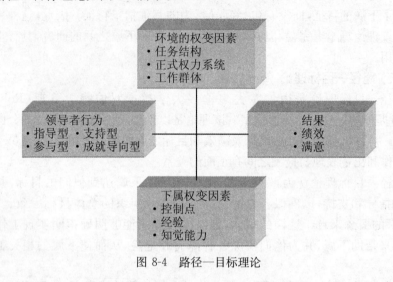

图 8-4　路径—目标理论

第三节　领导方法与艺术

领导的方法与艺术是领导者在领导活动中，为实现一定的组织目标所运用的各种手段、办法和程序的总和，也是领导者的领导思想方法和领导工作方法的具体运用，是领导者尽其职能的行为方式。领导者的工作效率及效果在一定程度上取决于其领导方法与艺术。领导的方法与艺术内容十分广泛，这里主要介绍常见的领导方法与艺术。

一、处事的方法与艺术

毫无疑问，作为一名企业领导者，任务很重，工作很忙。所以要做好领导工作，首先需要理清摆在自己面前千头万绪的事情，哪些是应该主要抓好的工作，哪些是要有一定时间保证的日常工作，既要能抓住关键，又要突出重点，收到事半功倍的效果，这就需要领导者有处事的方法与艺术。

(一)决策的方法与艺术

人们通常所说的决策，是指对事情拍板定案，而管理科学中的决策是指管理者为了达到一定的经营宗旨，实现一定的经营目标，从两个或两个以上的方案中选择一个最佳方案的过程。管理的关键在于经营，经营的核心在于决策。一旦决策失误,全盘皆输。

组织决策的内容极其广泛,但无论何种决策,都有一个科学与否的问题,而其中最重要的是对组织战略、非程序化、风险型、不确定型重大经营问题做出决策的艺术,即如何使所作决策能够保持组织外部环境、内部条件和经营目标三者的动态平衡。

1. 获取、加工和利用信息的艺术

组织进行决策,首先要知己知彼,做到心中有"底"。这就必须掌握决策所需的各种信息。决策的艺术性和各种决策方案的可行性,在很大程度上取决于信息是否及时、准确和完整。因此,是否善于获取、加工和利用信息,需要具有高超的艺术。

2. 对不同的决策问题采取不同决策方法的艺术

组织在经营活动中需要决策的问题很多,决策的内容又各不一样。因此,针对不同的决策问题采取不同的决策方法,本身就需要良好的艺术和技巧。程序性或者作业层、短期性的决策,由于经常反复的出现,决策条件一般容易掌握,决策程序也日益规范化。对于一些非程序性、风险型、确定型和非确定型决策而言,则决策难度增大,有可能需要采取计量的决策方法。而战略性的长期决策,一般宜采用集体决策的方法。因为这种决策关系到全局长远的发展,即组织发展的未来,应当发挥集体智慧,广泛听取各方意见,以防决策失误。无论采取什么样的决策方法,都要求决策者具有超前意识并善于听取不同意见。正如著名管理学家杜拉克说的:"决策的一条基本原则是在有不同意见的情况下作出决策。如果人人赞同,你就根本不用讲清楚决策的是什么,也许完全没必要作决策了。所以,要获取不同意见。"

3. 尽量实现经营决策的程序化

决策是按照事物发展的客观要求分阶段进行的,有科学的程序。国外有名的决策专家西蒙把决策的程序依次称为:

(1) 参谋活动,既确定决策目标。

(2) 设计活动,即寻找各种可能方案。

(3)选择活动,即从各种可能决策方案中进行优选。

(4)反馈活动,即执行方案,跟踪检查,以不断达到发现和补充新的方案修订目标或提出新的决策目标。

(二)合理授权

作为领导者,既要抓大事,又要安排好日常工作。因此,在实际工作中,应当正确处理好两者之间的关系。一方面,要克服"事必躬亲"和"大包大揽"的领导方式。在社会化大生产条件下，提高企业生产效益和经济效益，靠的是企业分工，严密的协作，领导不必要事事包办代替，否则，既破坏了分工协作关系，又使下级有职无权，失去实践和成长的机会，挫伤了员工的积极性。另一方面，要集中时间和精力抓好决定企业生死存亡的大事，科学合理地安排好日常工作，不忽视关键性日常的作业活动。这就要求领导者能够做到合理授权。

所谓授权（Delegation of authority），即指上级委派给下属一定的权力，使下属在一定的监督之下，有相当的自主权和行动权。授权者对于被授权者有指挥和监督之权，被授权者对授权者负有报告及完成任务的责任。授权实质上是将权力分派给其他人以完成特定活动的过程，它允许下属作出决策，也就是，将决策权力从组织中的一个层级移交至另一个层级。合理授权是领导者的一种重要领导方法，也是一项基本的组织管理原则。企业经营管理及其组织的发展，决定了企业高层领导的主要职能不是做事（如亲自编计划，亲自组织销售等），而是组织指挥或通过他人实现企业的战略目标。

1. 授权的作用

通过合理授权，领导者能获得很多益处：

（1）授权节约时间。即使领导者有较多时间去考虑和处理关系到企业全局的重大问题，发挥领导者应有的作用。

（2）有效授权会导致更好的决策。授权使下级和上级之间的沟通加深，决策速度就会更快。

（3）提高了下属的积极性、满意程度和技能。授权显示了对下属的信任，既激发下级的工作热情及创造性，增强其工作的责任心，同时也更充分发挥了下属的专长。

（4）可以使下属在工作中不断得到锻炼和发展，有利于干部的培养。

2. 授权的原则

要正确授权，必须遵循授权艺术的原则：

（1）有目的授权。授权要体现其目的性。授权以组织的目标为依据分派，分派职责和委任权力时都应围绕组织的目标来进行；授权本身要体现明确的目标，只有目标明确的授权，才能使下属明确自己所承担的责任，盲目授权必然带来混乱不清。

（2）因事设人，视能授权。被授权者或受权者的才能大小和知识水平高低、结构合理性是授与权力的依据。

（3）适度合理授权，即领导者并不把全部的权力下授，不把同一权力授予两个人，也不将不属于自己的权力下授。

(4)授权留责,即领导者在下授权力时并不下授责任;把握授权度,即领导者应把有规可循有惯例可凭借的工作授予下属去做,但无章可循的,下属非越权无法从事、决定的"最大例外"工作不能下授。

(5)逐级授权,即领导者应按组织的层次结构原则逐级进行,对其所属的直接下级授权。

(6)信任原则。授权必须基于领导者和部属之间的相互信任关系。

(7)加强授权后的监督。授权不是撒手不管,撒手不管的结果必然是导致局面失控,因此既要授权又要避免失控,既要调动部署的积极性和创造性,又要保持领导者对工作的有效控制,就成为授权工作中必须遵守的一条原则。

(8)有效授权的及时奖励。有效的奖励将会使授权本身产生推动的力量,使你的授权达到新的境界。

3. 授权的程序

领导者要使授权取得预期的效果,必须遵循科学的授权原则,而且还要掌握授权的基本程序:

(1)认真考虑工作的要求,包括完成工作所需要的资源、权力,达到的标准及完成日期。

(2)选择最适合人选授权,接受权力人的知识、能力和技术必须能胜任工作。

(3)确立目标,对职权和职责作出明确的规定。

(4)建立适当的控制体系。

(5)激励下属,对个人业绩、工作性质和组织性质不同的员工适当奖励。

(6)提供训练和支持从而在被授权的工作中帮助下属改进工作业绩,与被授权工作的下属一起评价工作的成果并及时反馈。授权是一种科学的领导方法,领导者必须从企业具体条件出发,灵活运用才行,不存在统一的标准化的模式。

▌小案例▐

"零"还是"圈"?

一位著名企业家在做报告。当听众咨询他最成功的做法时,他拿起粉笔在黑板上画了一个圈,只是并没有画圆满,留下一个缺口。他反问道:"这是什么?""零"、"圈"、"未完成的事业"、"成功",台下的听众七嘴八舌地答道。他对这些回答未置可否:"其实,这只是一个未画完整的句号。你们问我为什么会取得辉煌的业绩,道理很简单:我不会把事情做得很圆满,就像画个句号,一定要留个缺口,让我的下属去填满它。"

> 管理启示:事必躬亲,是对员工智慧的扼杀,往往事与愿违。长此以往,员工容易形成惰性,责任心大大降低,把责任全推给管理者。情况严重者,会导致员工产生腻烦心理,即便工作出现错误也不情愿向管理者提出。何况人无完人,个人的智慧毕竟是有限而且片面的。为员工画好蓝图,给员工留下空间,发挥他们的智慧,他们会画的更好。多让员工参与公司的决策事务,是对他们的肯定,也是满足员工自我价值实现的精神需要。赋予员工更多的责任和权利,他们会取得让你意想不到的成绩。
>
> (资料来源:赵明峰.留一个缺口给你的属下[J].信息导刊,2005(8).)

二、待人的方法与艺术

领导的对象就是人,没有人际之间的联系与信息的交流,就不可能有领导。领导者在实施指挥和协调的职能时,必须把自己的设想及决策等传递给被领导者,以影响被领导者的行为,同时还要不断激励下属为实现组织目标而不断努力,还要善于用人,让其在适当的职位上发挥有利的作用。因此,领导者必须掌握待人的方法与艺术。

(一)合理用人的艺术

员工是组织的主体,激发员工的积极性和创造性,充分发掘他们的潜在能力,是增强组织活力的源泉。通常组织在人的管理上,比较重视员工现实能力的激发,而疏于员工潜在能力的挖掘,影响组织人才优势的发挥。因此,能否激发和挖掘员工的潜在能力,是组织管理艺术的重要内容之一。它主要体现在如何用人、激励人和治理人的艺术方面。

1. 科学用人的艺术

领导者要科学的用人,需要先识人,即发现人所具有的潜在能力。欲要善任,先要知人。科学用人的艺术,主要表现在以下几个方面:

(1)知人善任的艺术。也就是用人用其德才,不受名望、年龄、资历、关系亲疏的局限。对于组织领导者来说,就是能容忍和使用反对过自己的人,有勇气选择名望和才学与自己相同甚至超过自己的人。同时要用人所长,避人所短。日本有名的企业家松下幸之助曾说:"绝不允许利用私人的感情或利害用人。"他主张,领导者"最好用七分的功夫去看人的长处,用三分功夫去看人的短处"。在提拔干部时,对方只要够60分就可以提拔,若要等到90分或100分时才提拔就会错过时机。他还主张重用那些能力强于自己的人。只有这样,才能打破组织内部干部与工人的界限,不求全责备,把有真才实学的员工及时提拔到适当的岗位上,以发挥他们的潜在才能。

（2）量才适用的艺术。要帮助员工找到自己最佳的工作位置。如果把不精通产品技术的人安排去搞新产品开发，让未掌握营销技巧、不善于从事公共关系的员工去做推销人员，这种岗位角色的错位，不仅对工作不利也浪费了人才。

（3）用人不疑的艺术。中国有句古语：疑人不用，用人不疑。对委以重任的员工，应当放手使用，合理授权，使他能够全面担负起责任。当他们有困难时，甚至遇到各种流言蜚语的时候，领导者要做到不偏听、不偏信，明辨真伪，给他们以必要的支持和帮助。

2. 有效激励人的艺术

激励是组织管理的一项重要职能，激励理论是现代管理理论的基础理论之一。行为科学家根据人的需要、动机和行为之间的关系，对激励的艺术和方法提出了许多见仁见智的主张。诸如，有的学者提出，一个人的工作业绩、能力和动机激发程度三者之间的关系是：

$$工作成绩＝能力×动机激发程度$$

公式说明，一个人工作成绩的大小，取决于他的能力和动机（与自身需要相关）的激发程度。能力越强，动机激发程度越高，工作成绩也就越大。

激励具有时限性，但何时进行激励却是一项艺术。领导者应善于把握激励时机：当下属工作单调乏味时、当下属缺乏自信时、当下属很想了解领导对自己工作的评价时、当下属工作受挫感到沮丧时、当下属犯错误有悔改之意时、当下属对某种需求有强烈愿望时，都应当把握时机进行适当的激励。

3. 适度治人的艺术

治人的艺术，从某种意义上说，也应当包括科学用人和有效激励人。除此之外，还包括批评人、指责人，帮助人克服错误行为，做好人的发动工作等。

表扬奖励员工是治人、管理人的艺术，而批评或指责人，也需要有良好的技巧。

（1）要弄清需要批评的原因。即掌握事情的真实情况，确保批评的准确性。

（2）要选择合适的批评时机。即批评一般应当及时，以免不良行为继续发展。有时先给予必要的提示，然后再视其改正情况正式进行批评，可能效果更好。

（3）要注意批评的场合。尽量避免当众批评，特别注意不要在被批评者的下级面前进行批评，以免影响他的威信以及对下属的管理。

（4）要讲求批评的态度。即批评者对人要真诚、公正、平等、理解，要帮助被批评者认识发生过失的主客观原因，并指出改正的方向。

（5）要正确运用批评的方式。例如，把点名批评与不点名批评相结合，把批评与奖励相结合等，都是十分重要的。

美国著名的管理学家李·亚科卡认为,企业的管理人员既是决策者,又是人的发动者。他说:"讲到使一个企业运转起来,发动人就是一切,你可能能干两个人的工作,但你不能变成两个人。与此相反的是,你要鼓励你下一级的人去干,由他再去鼓动其他的人去干。"

小案例

巧妙的批评

有位美国企业主叫查尔斯,有一天中午去他的钢铁厂,看到几个工人正在抽烟,而他们的头上正好有一块大招牌,上写"禁止吸烟"。查尔斯本来可能会怒气冲冲地指着牌子吼叫:"你们不识字吗? 那里写着什么?"但他没有那样做。

他朝那些人走去,递给每人一根雪茄,说:"各位,如果你们能到外面抽这些雪茄,我真是感激不尽。"他们立刻知道违反了一项制度,并且立即改正了错误。指出别人的错误,好比拔牙时先打一针麻醉剂一样。病人仍然要受拔牙之苦,但麻醉却能消除和减轻痛苦。要指出错误,先赞扬对方,并且也找出点自己的错,这样才不伤别人的自尊心。要爱护一个人,并使其改错,最主要的让人家保住面子。其实这也是领导艺术。

(资料来源:赵献伟.巧妙的批评[J].经营管理者,2005(1).)

(二) 正确处理人际关系的艺术

人际关系是人们在生产、工作和生活中所发生的各种相互交往和联系。组织的人际关系,主要表现在本组织内部员工与员工之间、员工与领导之间,以及管理部门群体之间、群体与个体之间的关系。

凡是有人进行生产和生活的地方,都存在着复杂的人际关系。组织实际上是由众多员工组成的集合体,必然会发生各种各样的人际关系。组织人际关系的好坏,直接关系到组织凝聚力的强弱和活力的大小。因此,讲究调适人际关系的艺术,是强化管理和激发员工积极性的一项必不可少的内容。经营成功是建立在员工相互信任和人际关系融洽和谐基础之上的。

1. 影响组织人际关系的因素

国内外许多心理学家对影响人际关系的因素做过不少调查研究,结合我国组织情况分析,影响人际关系亲疏程度的主要因素有四个方面:

(1) 员工空间距离的远近。人与人在工作的地理空间位置上越接近,彼此之间就越容易发生往来和了解,能知其所长,察其所短,相互补足。

(2) 员工彼此交往的频率。所谓交往频率,是指员工相互接触次数的多少。

交往的频率越高,越容易相互了解,关系越容易密切。

(3)员工观念态度的相似性。观念态度是指员工判断事物曲直、善恶、美丑的价值标准。如果员工观念态度基本趋同,具有共同的理念、价值观、思想感情,就容易相互理解,感情融洽,做到倾吐心声,交流思想,形成较为密切的关系。

(4)员工彼此需要的互补性。这是由于每个员工的需要不同,动机各异,性格有别所致。例如,有些性格内向的人,有时也愿意同性格外向的人合作共事,以补自己寡言少语和不善交往的不足。有些组织主张,在高层领导人员素质结构中既有多谋善断的,又有刻苦实干的;有开拓创新的,又有沉稳老练,能把握阵角的。这种不同知识层次、性格有别的人结合在一起,就可以相互取长补短,提高领导层的整体素质。当然,这种需要的互补性,并不是在任何情况下都能够实现的,有时也可能影响人际关系的协调。因此,这种互补作用的发挥,还同每个人的理想、态度、追求,以及员工之间工作性质、距离远近、交往频率等因素密切相关。

上述四个方面的因素,是影响组织一般人际关系亲密程度的普遍原因。除此之外,还有几个值得注意的方面:

(1)员工的权责是否对等。例如,企业改革是员工职责权限的再调整,彼此的权责范围会发生互相转换,也可能原来的领导者要被人所领导,从而发生心理上的不平衡,影响到与他人的关系。也有的企业在机构、制度的重建中,发生了责权畸重畸轻、有权无责、责大权小以及滥用权力或越权指挥等现象,正常的管理秩序一时被打乱,使人际关系受到影响。因此,分析把握企业改革过程中可能产生的影响人际关系的因素,对于改变管理的薄弱状况十分重要。

(2)员工收入分配是否公平。员工收入分配是否公平与其权责是否对等是密切联系的。在我国少数曾经实行承包经营责任制的企业里,由于未能处理好承包者与员工之间收入分配关系,使一些员工认为自己由企业的主人翁变成现在的雇佣者,现在是为厂长干活。这无形中拉开了领导同员工之间的距离,甚至还出现了关系较为紧张的情况。当然,收入方面的公平不是平均,是效率优先,兼顾公平。

(3)员工素质结构是否良好。企业的任何一个产品都是经过不同操作者共同完成的。上游车间要为下游车间、上道工序要为下道工序提供半成品或零部件,如果操作者素质不整齐,操作不按规定,经常出现废品、次品,就会因为生产中的问题直接影响到员工之间的关系。

(4)员工的性格、品德、气质各异,这也是影响人际关系的重要方面。有的员工谦虚、随和、果断、有思想,就会受到其他员工尊敬,易于与人搞好关系。有的员工自负、狂妄、多疑、嫉妒、容易冲动,对工作不负责任,其他员工就会避而远之,保持距离,人际关系肯定较为紧张。因此,有的领导者说,个人的偏见、庸俗、贪权等意识和行为,是损害人际关系的腐蚀剂;而理解、宽容、关心、信任等是优化人际关系的润滑剂。

2. 调适人际关系的艺术应当多样化

基于人际关系的复杂性和微妙性,其调适的方法也应当是多种多样的,没有一套能适用于不同素质的员工和不同环境的通用方法,应当随机制宜,随人而异。

从组织管理的角度分析,调适人际关系的艺术,主要有以下几个方面:

(1)经营目标调适法。每个员工都是为了实现具体的目标而到组织的,如何用组织发展的总目标把所有员工组织起来,是一种很重要的技巧。目标既是员工共同奋斗的方向,也是有效协调人际关系的出发点。

(2)制度规则调适法。中国有句古话,没有规矩不成方圆。建立健全组织内部各种技术标准、流程和经营管理制度,使领导和员工、员工和员工之间都能依照规章制度进行自我约束、自我调整,减少员工之间的摩擦和冲突。

(3)心理冲突调适法。尽管目标、制度对调适员工之间的关系有重要的作用,但员工之间的心理冲突对人际关系的影响往往是看不见、摸不着的,潜在性强,又不易很快消除,因此,必须注意员工心理的调适艺术。

(4)正确利用隐性组织的润滑作用。在组织中,员工因为理念、爱好、情趣、态度等等的趋同,或者因为是老上下级、老同学、老乡亲、老朋友,往往容易形成某些没有明确组织目标的隐性组织,即非正式组织。在这些隐性组织中,员工之间倾吐衷肠,交流看法,不受约束,具有一定的吸引力和凝聚力。尤其是在正式组织目标不集中,机构庞大,人心涣散,效益不好的格局下,隐性组织往往会成为员工聚集的场所。隐性组织在疏通人际关系,贯彻组织目标等方面,有可利用之处。

(5)随机处事技巧法。有人说,作为一个组织管理者,要有随机处事的技巧。处理事情既积极又稳妥,有利于正确调适领导者与员工、管理者与员工之间的关系。

① 转移法。当领导者面对一个非处理不可的事情时,不去直接处理,而是先搁一搁,去处理其他问题。从表面看,这种方法似乎有悖常情,不可思议,其实这并非是真的不管,而是通过处理其他事情去寻找撞击力,使问题得以解决。

② 不为法。不为法与转移法不同。转移法可以说是"明不管暗管",而不为法则是真正的不管,世上有许多事,不去管它,它会自生自灭;反之,越去管它,反而会变得越麻烦。比如日常工作和生活中,常会有一些捕风捉影的流言,你若介意,则麻烦缠身;若以"身正不怕影子斜"的坦然心理去面对,时间和事实就会证明一切。

③换位法。凡正面难以处理的问题,领导者不妨灵活适时地运用"逆向思维"来个"换位"思考,换个角度看问题,也许就能找到一条解决问题的捷径。在处理一些事情时,领导者应设身处地考虑是否理解了别人,尊重了别人,否则,有时事情是处理不好,也处理不了的。

④缓冲法。缓冲法也称弹性法。领导者要向铁匠打铁一样,善于掌握火候,当钢铁没有烧到一定程度时,是不能锻打的。许多事情急切地去处理会适得其反,收不到好的效果。因此,领导者应学会以柔克刚,以静制动,先"降温",然后再去疏导处理,效果会更好。

⑤糊涂法。领导者在处理事情时,有时表现得糊涂一点,也是必要的。"大事精明,小事糊涂",实际上是领导者意志坚定性和原则性的深层体现。

⑥模糊法。现实生活中,许多问题的界限是不清晰的,甚至很模糊。你越精明,处理越难,而模糊一点,反而易于处理,甚至会产生意想不到的好效果。

三、管理时间的方法与艺术

任何工作都需要耗费一定的时间。时间不同于财物,是个常数,无论时间需要量多大,供给绝对不可能增加。"时间就是金钱"、"时间就是生命"、"一寸光阴一寸金",这都说明时间的可贵。尤其对企业的领导者而言,更应该珍惜自己的时间,做时间的主人,有效地利用时间提高工作效率。首先要科学组织管理工作,合理地分层授权,把大量的工作授予下属完成,以摆脱烦琐的事务的纠缠,挤出或腾出时间来干好"本职"工作。下面介绍几种主要的方法与艺术:

(一)时间管理记录统计法

时间管理记录统计法,就是领导者把自己的时间消费如实记录下来,经过分析,从中找出浪费时间的因素,从而制订消除这些因素的措施。这种方法是前苏联昆虫学家柳比歇夫56年如一日对个人时间进行变量管理而形成的。其步骤包括:

(1)记录。运用各种各样的耗时记录卡、工作记实表,真实准确地记录时间耗费情况。

(2)统计。每填写一个时间区段(一周或一天)后,对时间耗费情况进行统计分类,计算出所用时间的多少。

(3)分析。对照工作效果,找出浪费时间的因素:哪些事是根本不该做的;哪些事是应让下属做的;哪些事属于时间安排不合理的;哪些事属于工作方式不当的,等等。

(4)反馈。根据分析结果制订消除浪费时间因素的计划,并反馈于下一时段。

（二）A、B、C 时间管理方法

所谓 A、B、C 时间管理方法，就是要把自己有限的时间科学地用在支配自己所领导的那个系统的关键工作上，以求获得最大的效果。领导者所拥有的时间与其要做的工作相比，实在太少，故这种方法对领导者来说尤为重要，其具体做法是：

（1）分类。把今天的工作分为 A、B、C 三类。A 类是重要的事，当天必须办的；B 类次之；C 类则可以放一放。

（2）实施。严格按照 A、B、C 顺序进行。集中精力把 A 类工作做完后，再去处理 B 类工作，C 类工作则可交给下属去办或托办。把时间和精力用在重大工作上，这样就突出了关键性的工作。但也不能排除一些"例外"情况，如有人专门来联系属于 C 类的事，那么，就可能把这件事提到 A 类事的时间去办。

（3）检查。每隔一至两周，检查一下自己工作的记录，发现问题及时解决。

（三）集中使用时间

领导者的工作很多，把时间集中放在主要的工作上，也是领导者时间管理有效的途径。首先，要善于把自己能控制的零碎时间汇集成整段时间。在处理任何工作之时都要用三个标准进行检验：能否取消？ 能否与另一工作合并？ 能否用简便的东西代替。这样可节省时间与精力，无形之中可提高效率。其次，在"生物钟"最佳时间集中做最重要的事。也就是在精力最充沛的时间内做最重要的工作，而那些不太重要的工作则可放在精力较差的时段中去完成。此外，领导者还须掌握组织会议的方法与艺术。会议是领导者传达政策、沟通思想、互通信息、征求意见、讨论解决问题，下达行动计划的重要手段。因此，会议对企业领导者来讲是不可少的，关键是要端正会风，提高会议的有效性，明确会议的要领，并计算会议成本，这也是提高领导工作效率的一个重要方面。

思 考 与 练 习

1. 什么是领导？ 它与管理有什么异同？

2. 什么是管理方格论？ 请将它的领导观与美国俄亥俄州立大学、密歇根大学的领导观进行比较。

3. 你是否认为大多数领导者在实践中，都运用权变观点来提高领导有效性？

4. 常见的主要领导方法与艺术有哪些？ 试述其各自的主要内容。

5. 如何理解"领导要做领导的事"？ 结合现实谈谈自己的认识。

案例分析

案例一:杰克·韦尔奇:做个领导者而非管理者

领导,就是影响他人的一种过程,是个体引导群体活动达到共同目的的一种行为。它在企业中处于核心位置,是生产力的中心环节。领导者是否卓越,将直接决定企业的成败。在现实生活中,企业的决策者却往往将"管理"与"领导"混为一体,从而忽略了领导过程应该产生的巨大能量。

韦尔奇说:"我不喜欢管理所具有的特征:控制、压抑人们,使他们处于黑暗中,将他们的时间浪费在琐事和汇报。管理者紧盯住他们,无法使他们产生自信。"

杰克·韦尔奇所说到的领导者,完全是领导,而不是管理。在他看来,"管理"这个词让人想起的全是传统意义上的意思,如"控制人,窒息人,使人处于黑暗中。"

杰克·韦尔奇特别强调"管理者"与"领导者"之间的区别。他说:"领导人,像罗斯福、丘吉尔和里根等人,他们有办法激励一些有才干的人,使他们把事情做得更好;而管理者呢,总是在复杂事务的细节上打转,这些人往往把'进行管理'与'把事业弄得复杂'视为同一。他们往往试图去控制和压抑,把大量的时间和精力浪费在琐碎的细节上。"这不仅是一种简单的概念区别。

杰克·韦尔奇刚上任的时候,通用电气公司具有正式"经理"头衔的人就多达25000多人,与美国其他大公司里的"管理者"一样,他们精通"数字",可以编辑出各种各样精美的图形、表格......等等,对产品、服务或顾客却知之甚少,甚至漠不关心。他们扩大了本身的职权,对所属的各企业却一无所知,对员工的激励和恐惧也全无了解。在这种辖区内负责企业营运的管理人员知道,本身的业绩要按照财务标准来衡量,而非按是否提高了技术水准、制造出质量最优异的产品,或是顾客的满意度。

杰克·韦尔奇很早就欣赏彼得·德鲁克的管理理念,在管理方面的论述和实践,他与彼得·德鲁克的理论十分契合。在杰克·韦尔奇看来,彼得·德鲁克是世界上少有的"天才管理思想大师",德鲁克也认为:杰克·韦尔奇就是他看好的那种"未来的经营者"的典型。

德鲁克写道:"我们要迈入第三个阶段了......将用这种指挥及控制的手段,来区分事业部门的组织,转变为以信息为基础的组织,这是一种知识型专家所构成的组织。""这种组织的特征是让信息能在组织内以最快、最有效率的方式流通,以达到决策阶段。"

德鲁克指出,第三阶段的产业组织类似一个交响乐团,各种乐器的专家集合在一起,一位指挥统筹引导。这是我们未来对管理组织的挑战。

事实上,那个时候的韦尔奇已经把通用电气组织向上述的"第三阶段"调整。他拆除部分通用电气指挥及控制系统,废除一些"部"及"处"的组织,这被称之为减少管理层级行动。这就使与德鲁克所说的"以信息为基础的组织"不谋而合。韦尔奇希望组织里的经理人都是充满自信、有专业能力、有决策能力的人。也就是德鲁克所说的"知识专家"。

就在许多商业领导人针对领导艺术这一话题夸夸其谈的时候，韦尔奇已经在亲身实践了。他为通用电气创造了一个愿景：世界上最具竞争力的企业，再花20年时间激发企业将这一愿景变为现实。他拥有巨大的能量，点燃激情，取得成功。同时，他积极寻找拥有这些素质的领导者。

韦尔奇说："这就是领导艺术的精髓。吸纳每一个人，欢迎来自四面八方的伟大构想；因为商业的精髓完全在于从每个人那里得到伟大的构想，所以注意不要放过每一个人。很有可能你的团队中最沉默的那个人就有着最好的构想。"

把重心由管理转移到领导，这种方法常常会引起人们的疑虑，认为这样会导致失控，让企业陷入困境。对此，韦尔奇充满自信，他说："人们常常问我：'难道你不怕失控吗？你将无法衡量事情的好坏！'我想，对于这样的环境，我们不可能失去控制的。100多年来，通用电气已经具有了许多衡量事物的准则，这些准则早已融入了我们每个人的血液。你说我们会失控吗？"

"要领导，而不要管理"，这个观念在国外许多大企业中已经传播开来。企业的决策者逐渐明白，真正的领导者不会让自己忙得不可开交，因为他懂得把事情交给其他的人去做。正如韦尔奇所说："我对如何制作出一台好的电视节目一窍不通，对于制造飞机引擎也仅是略知一二……不过，我知道谁会是称职的老板，这就足够了。"

在"以人为本"的知识经济时代，领导者表现出来的热情、激情以及灵感，对员工更具激励和鼓舞作用。而"领导者"绝对与"管理者"不同，只有做好领导者，才能引导员工朝着自己的愿景努力。

（资料来源：http://management.mainone.com/ceo/2006—11/66502_1.htm）

问题：

根据案例，分析领导者为什么不同于管理者？

案例二：贾厂长的无奈

江南某机械厂是一家拥有职工2000多人，年产值约5000万元的中型企业。厂长贾明虽然年过50，但办事仍风风火火。可不，贾厂长每天都要处理厂里大大小小的事情几十件，从厂里的高层决策、人事安排，到职工的生活起居，可以说无事不包，人们每天都可以看到贾厂长骑着他那辆破旧自行车穿梭于厂里厂外。正因为这样，贾厂长在厂里的威信也很高，大家有事都找他，他也是有求必应。不过，贾厂长的生活也的确过得很累，有人劝他少管些职工鸡毛蒜皮的事，可他怎么说？他说："我作为一厂之主，职工的事就是我自己的事，我怎能坐视不管呢！"贾厂长这么说也是这么做的。为了把这个厂办好,提高厂里的生产经营效益,改善职工的生活,贾厂长一心扑在事业上。每天从两眼一睁忙到熄灯,根本没有节假日,妻子患病他没时间照顾,孩子开家长会他没有时间出席,他把全部的时间和心血都花在了厂子里。正因为贾厂长这种勤勤恳恳、兢兢业业的奉献精神,他多次被市委市政府评为市先进工作者,市晚报还专门对他的事迹进行了报道。

在厂里,贾厂长事必躬亲,大事小事都要过问,能亲自办的事决不交给他人办,可办可不办的事情也一定是自己去办,交给下属的一些工作,总担心下面完成不好,常常要插手过问,有时弄得下面的领导不知如何是好,心里憋气。但大家都了解贾厂长的性格,并为他的好意所动,不便直说。有一次,厂里小王夫妇闹别扭,让工会领导去处理一下,工会领导在了解情况后,作双方的思想工作,事情很快就解决了。可贾厂长开完会后又跑来了解情况,结果本来平息了的风波又闹起来了。像这样的例子在厂里时有发生。

虽然贾厂长的事业心让人敬佩,可贾厂长的苦劳并没有得到上天的赏赐。随着市场环境的变化,厂里的经营状况每况愈下,成本费用急剧上升,效益不断下滑,急得贾厂长常常难以入眠。不久,贾厂长决定在全厂推行成本管理,厉行节约,他自己以身作则,率先垂范。但职工并不认真执行,浪费的照样浪费,考核成了一种毫无实际意义的表面形式。贾厂长常常感慨职工没有长远眼光,却总也拿不出有力的监管措施,就这样,厂里的日子一天天难过起来。最后,在有关部门的撮合下,厂里决定和一家外国公司合作,由外方提供一流的先进设备,厂里负责生产。当时,这种设备在国际上处于先进水平,国内一流,如果合作成功,厂里不仅能够摆脱困境,而且可能使厂里的生产、技术和管理都跃上一个新台阶,因此大家都对此充满信心。经多方努力,合作的各项准备工作都已基本就绪,就等双方领导举行签字仪式。

仪式举行的前一天,厂里一个单身职工生病住院,贾厂长很可怜他,亲自到医院陪他。第二天,几乎一夜没合眼的贾厂长又到工厂察看生产进度,秘书几次提醒他晚上有重要会议,劝他休息一下,他执意不肯,下午,贾厂长在车间听取职工反映情况时病倒了。晚上,贾厂长带病出席签字仪式,厂里的其他许多领导也参加了,但贾厂长最终没能支撑下去,中途不得不被送进医院。外方领导在了解事情的经过后,一方面为贾厂长的敬业精神所感动,同时也对贾厂长的能力表示怀疑,决定推迟合作事宜。贾厂长出院后,职工们都对他另眼相看,他在厂里的威信也因此大为下降。对此,贾厂长有苦难言,满脸的无奈。

(资料来源:余敬.管理学案例[M].北京:中国地质大学出版社,2000.)

问题:

1. 贾厂长是个好人,但你认为贾厂长是一名优秀的领导么?

2. 内陆银行总裁大卫·拜伦一直坚守这样一句格言:一是绝不让自己超量工作,二是授权他人然后就完全忘掉这回事。你认为这句格言对贾厂长有何启示?

3. 你认为一名高层管理者的主要工作是什么?

第九章　激　　励

　　你可以买到一个人的时间,你可以雇一个人到固定的工作岗位,你可以买到按时或按日计算的技术操作,但你买不到热情,你买不到创造性,你买不到全身心的投入,你不得不设法争取这些。

　　　　　　　　　　　　　　　　　　　　——弗朗西斯(C. Francis)

　　组织或企业是由人组成的群体。企业最大的原动力来自员工。无论企业的潜力多么大,实力多么强,决定企业成败的关键在于员工积极性的发挥。管理者的任务之一就是激励员工团结合作并努力奉献,完成企业的目标,不论管理者自己多么优秀,个人有多么能干,如果他不能成功地促进全体员工的共同努力与合作,就难以提高组织的整体绩效。从这个角度来说,管理中的领导职能是通过对人的激励实现的。学者们已提出了许多理论,管理者在实践中也积累了很丰富的经验,本章我们将介绍与讨论几种主要的激励理论及其在实践中的运用。

第一节　激励概述

激励是心理学的一个术语,也是一种复杂的现象,它涉及对人的行为动因的分析,而动因又是看不见的、无法测量的。激励用于管理中,是指激发员工的行为动机,也就是说,用各种有效的方法去调动员工的积极性和创造性,改变员工的活动方式,使员工奋发努力完成组织的任务与目标。要了解怎样激励员工,首先应掌握激励的含义、激励的过程与激励模式以及激励的作用等有关激励的基本问题。

一、激励的概念

激励一词来源于古代拉丁语"movere",该词的本义是"使移动"。在管理学中,激励是指激发、鼓励、调动人的热情和积极性。从诱因和强化的观点看,激励是将外部适当的刺激转化为内部心理的动力,从而增强或减弱人的意志和行为。从心理学角度看,激励是指人的动机系统被激发后,处于一种活跃的状态,对行为有着强大的内驱力,促使人们为期望和目标而努力。美国管理学家贝雷尔森(Berelson)和斯坦尼尔(Steiner)指出,"一切内心要争取的条件、希望、愿望、动力等都构成了对人的激励,它是人类活动的一种内心状态。"所以激励也是一种精神力量或状态,它对人的行为产生激发、推动、加强的作用,并且指导和引导行为指向目标。

下面我们列举一些对于激励所下的定义。

定义一:兹德克(Zedeck)和布拉德(Blood)认为,激励是朝着某个特定目标行动的倾向。

定义二:艾金森(Atchinson)认为,激励就是直接影响方向、活力和行为持久性。

定义三:盖乐曼(Gellerman)认为,激励就是引导人们的行动目标,并强化这种行动。

定义四:沙托(Shartle)认为,激励是一种能够被感知的驱动力和紧张状态,促使人们为了完成目标而采取行动。

定义五:沃鲁姆(Vroom)认为,激励就是对个人及组织的行为进行控制的过程。

定义六:罗宾斯(Robbins)认为,激励是一种意愿,是个体为了满足自身的某些需要,通过高水平的努力,来实现组织目标的意愿。

综上所述,我们把激励定义为:激励是指激发和强化人对自身内在需要的意识,并推动和鼓励人为了满足这些需要而采取行动,支持和帮助他们为实现目标而不断努力,进而组织目标实现的过程。该定义包括了激励的三个关键因素:需要、努力和组织目标。

从激励的定义看出,激励是一个适用于各种动机、欲望、需要、希望以及其他相类似的力量的一个通用术语。因而,激励的对象主要是人,或者准确地说,是组织范围中的员工或领导对象。

二、激励过程与激励模式

激励,在管理学的一般教科书中,通常是和动机连在一起的。一般而言,动机是指诱发、活跃、推动并指导和引导行为指向一定目标的心理过程。

心理学家一般认为,人的一切行为都是由动机支配的,动机是由需要引起的,行为的方向是寻求目标、满足需要。动机的根源是人内心的紧张感,这种紧张感是因人的一种或多项需求没有得到满足而引起的。动机驱使人们向满足需求的目标前进,以消除或减轻内心的紧张感。

激励过程就是一个由需要开始,到需要得到满足为止的连锁反应。当人产生需要而未得到满足时,会产生一种紧张不安的心理状态,在遇到能够满足需要的目标时,这种紧张不安的心理就转化为动机,并在动机的驱动下向目标努力,目标达到后,需要得到满足,紧张不安的心理状态就会消除。随后,又会产生新的需要,引起新的动机和行为。这就是激励过程。可见,激励实质上是以未满足的需要为基础,利用各种目标激发产生动机,驱使和诱导行为,促使实现目标,提高需要满足程度的连续心理和行为过程。整个过程如图 9-1 所示。

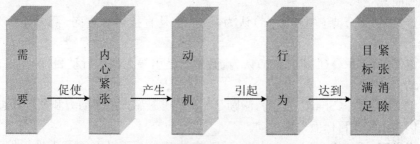

图 9-1 行为的基本心理过程示意图

人们满足需要的目标,并非每次都能实现。在需要没有得到满足、目标没有实现的情况下,人会产生挫折感。所谓挫折,是指人们在通向目标的道路上所遇到的障碍。对挫折的反应是因人而异的。根据心理学家的研究,当一个人遇到挫折时,他可能会采取一种积极适应的态度,也可能会采取一种消极防范的态度。一般来讲,最常见的防范态度有:撤退、攻击、取代、补偿、抑制、退化、投射、文饰、反向、表同、固执等。总之,人们在遇到挫折时,心理上和生理上的紧张状态是不能持续下去的,自身会采取某种防范措施,以缓解或减轻这种紧张状态。

上述激励过程也可以归结成图 9-2 所示的激励模式。

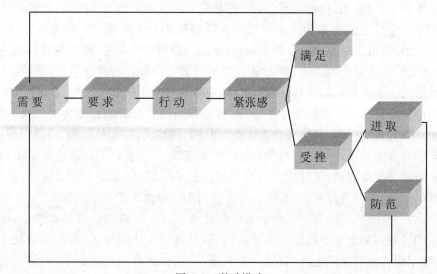

图 9-2 激励模式

三、激励的作用

激励的最终目的,就是要正确地诱导员工的工作动机,调动他们的工作积极性和创造性,使他们在实现组织目标的同时实现自身的需要,增加其满意程度,以使他们的积极性和创造性继续保持和发扬下去。在企业中,激励具有特殊的作用,表现在以下几方面:

首先,激励是调动员工的积极性的主要途径。激励就是通过激发员工个人或团队潜在的能力以达到预定的企业的目的而采用的一系列活动。员工进入企业,经过合理配置,并对他们进行培训等都很必要,但是,如果企业忽视了采用有效的手段对员工进行激励,那么,员工还不能成为企业业绩的优秀创造者。从激励的性质来看,人们的行为是可以用不同方式来调整的,如强制方式、督促方式等,而激励则是其中的一种,其特点在于从影响和改变人们的动机入手。由于动机的改变而导致行为的改变,这是人们自觉自愿的行为改变,这是激励方式与其他行为调整方式的区别,也是其优越性所在。企业员工只有自觉地接受了某一目标,才能具有高度的责任感和积极性,才能坚持不懈地为此而努力。如果没有工作自觉性,仅凭外力进行强制和监督,很难达到这种效果,显然,激励是调动员工积极性的主要途径。

其次,激励使员工的个人目标与组织目标相统一。组织的特点之一就是把不同的人统一在共同的目标之下,并使之为实现该目标而努力。因此,企业的力量有赖于企业员工的凝聚力。如何形成这种凝聚力? 激励则是一种基本的方式。通过激励,使员工理解和接受组织目标,认同与追求组织目标,使组织目标成为员工的信念,从而转化为动机,推动员工为此而努力。有效的激励所激发的员工积极性有助于企业目标的实现。管理在某种程度上说就是为推动和引导个人实现组织的共同目标。在实际工作中,可理解为如何使管理者的意图为员工所认同,成为员工的自觉行为,且这种行为不是暂时的、偶然的,而是长期的、持之以恒的,是能够克服困难坚持下去的行为过程。管理者的一项重要工作就是为员工设计出一条既对企业有利,又适应其自身发展的模式。因此,激励工作是管理者一项经常的任务,能否进行有效的激励,是衡量组织管理水平的重要指标。

其三,有效的激励有利于吸引并保留优秀人才。在激烈的市场竞争中,任何企业的发展都基于企业稳定的人才队伍,以及优秀人才的加入,管理者应精于激励,善于用有效的激励手段,营造一种和谐、信任和融洽的企业氛围,为员工的发展创造机会,以吸引并保留企业优秀的人才。

在现代企业中,人力资源的作用越来越明显,人的主观能动性越来越重要,管理者也就必须越来越善于把员工纳入企业整体之中,使其具有工作的自觉性和主动性,因此,激励工作也越来越显示出了其特殊的作用,越来越受到重视。

第二节 激励理论

自20世纪20年代以来,国外许多管理学家、心理学家和社会学家从不同的角度对怎样激励人的问题进行了研究,并提出了相应的激励理论。通常我们把这些激励理论分为三大类,即内容型激励理论、过程型激励理论和行为改造型激励理论。

一、内容型激励理论

需要和动机是推动人们行为的原因。内容型激励理论则是着重研究需要的内容和结构及其如何推动人们行为的理论。其中有代表性的理论有：需要层次理论、双因素理论和成就需要理论等。这类激励理论，根据对人性的理解，着重突出激励对象的未满足需要类型，有两种思路。一种是从社会文化的系统出发，对人的需要进行分类，通过提供一种未满足需要的框架，寻求管理对象的激励效率，称之为需要层次论；另一种是从组织范围角度出发，把人的需要具体化为员工切实关心的问题，称之为双因素理论。这两种激励理论形成于 20 世纪 50 年代。后期还有与强调需要相关的成就需要理论。

（一）需要层次理论

这一理论是由美国社会心理学家亚伯拉罕·马斯洛(Abraham Maslow)提出来的，因而也称为马斯洛需要层次论(Hierarchy of Needs Theory)。

需要层次论主要试图回答这样的问题：决定人的行为的尚未得到满足的需要是些什么内容？早在 20 世纪 30 年代著名的霍桑试验中，梅奥等研究人员就以工厂为研究对象，希望找出提高工人劳动生产率的手段，研究除泰罗从前倡议的经济利益刺激外，是否还有其他激励内容。结果发现，工人劳动积极性的提高在很大程度上取决于他们所处的环境，既有车间又有工厂外的社会环境。为此，梅奥认为工人在劳动过程中被激励的前提，是作为"社会人"的人格状态而存在的人，而不仅仅是简单的"经济动物"。

马斯洛在这种意义上深化了包括霍桑试验在内的其他关于激励对象的行为科学研究，通过对需要的分类，找出对人进行激励的途径，即激励可以看成是对具体的社会系统中未满足的需要进行刺激的行为过程。

马斯洛的需要层次论有两个基本出发点。一个基本论点是人是有需要的动物，其需要取决于它已经得到了什么，还缺少什么，只有尚未满足的需要能够影响行为。换言之，已经得到满足的需要不再起激励作用。另一个基本论点是人的需要都有层次，某一层需要得到满足后，另一层需要才出现。

在这两个论点的基础上，马斯洛认为，在特定的时刻，人的一切需要如果都未能得到满足，那么满足最主要的需要就比满足其他需要更迫切。只有前面的需要得到充分的满足后，后面的需要才显示出其激励作用。

为此，马斯洛把人类的需要归为五大类，并按照需要的重要性及其先后顺序排列成人的需要层次图，如图 9-3 所示。

从图 9-3 可以看出：

第一层次的需要是生理需要。这是维持人类自身生命的基本需要,如食物、水、衣着、住所和睡眠。马斯洛认为,在这些需要还没有达到足以维持生命之前,其他的需要都不能起到激励人的作用。

图 9-3 需要层次理论

第二层次的需要是安全的需要。这是有关人类避免危险的需要。如生活要得到基本保障,避免人身伤害,不会失业,生病和年老时有所依靠等等。

第三层次的需要是友爱和归属的需要。当生理及安全需要得到相当的满足后,友爱和归属方面的需要便占据主要地位。因为人是感情动物,愿意与别人交往,希望与同事保持良好的关系,希望得到别人的友爱,以使自己在感情上有所寄托和归属。总之,人们希望归属于一个团体以得到关心、爱护、支持、友谊和忠诚,并为达到这个目的而积极努力。虽然友爱和归属的需要比前两种需要更难满足,但对大多数人来说,这确是一种更为强烈的需要。

第四层次的需要是尊重的需要。根据马斯洛的理论,人们一旦满足了归属的需要,就会产生尊重的需要,即自尊和受到别人的尊重。自尊意味着"在现实环境中希望有实力、有成就、能胜任和有信心,以及要求独立和自由";受人尊重是指"要求有名誉或威望,并把它看成别人对自己的尊重、赏识、关心、重视或高度评价"。"自尊需要的满足使人产生一种自信的感情,觉得自己在这个世界上有价值、有实力、有能力、有用处。而这些需要一旦受挫,就会使人产生自卑感、软弱感、无能感。"

第五层次的需要是自我实现的需要。马斯洛认为,在他的需要层次理论中,这是最高层次的需要。它具体是指一个人需要从事自己最适宜的工作,发挥最大的潜力,成就自己所希望实现的目标等等。如科学家、艺术家等往往把自己的工作当作是一种创造性的劳动,竭尽全力去做好它,并使自己从中得到满足。

马斯洛认为,一般的人都是按照这个层次从低级到高级,一层一层地去追求并使自己的需要得到满足的。不同层次的需要不可能在同一层次内同时发挥激励作用,在某一特定的时期内,总有某一层次的需要在起着主导的激励作用。人类首先是追求最基本的生理上的吃、穿、住等方面的需要。处于这一级需要的人们,基本的吃、穿、住就成为激励他们的最主要的因素。一旦这一层次的需要得到满足,那么这一层次的需要就不再是人们工作的主要动力和激励因素,人们就会追求更高一层次的需要。这时,如果管理者能够根据各自的需要层次,善于抓住有利时机,用人们正在追求的那级层次的需要来激励他们的话,将会取得极好的激励效果。

马斯洛的理论特别得到了实践中的管理者的普遍认可,这主要归功于该理论简单明了、易于理解、具有内在的逻辑性。但是,正是由于这种简捷性,也提出了一些问题,如这样的分类方法是否科学等。其中,一个突出的问题,就是这种需要层次是绝对的高低还是相对的高低?马斯洛理论在逻辑上对此没有回答。

实际上,人的需要是极其复杂的,每一个人都会同时存在着好几种不同的需要,不过有的已被明确认识到,有的还存在于潜意识之中,需要一定的外部条件来激活。同时,人类需要的等级层次也并非严格统一,尤其是心理需要的优先顺序,受到价值观念、文化修养、传统习惯的影响,有着明显的个体差异。管理者只有善于洞察每个人不同的迫切需要才能有的放矢地采取措施,达到激励的目的。由此可见,事实上,高低的需要被满足,是一种相对的过程。我国管理学者从这一问题出发,对马斯洛的需要本身进行了讨论,认为人类需要实际上具有多样性、层次性、潜在性和可变性等特征。

(1)需要的多样性,是指一个人在不同时期可有多种不同的需要,即使在同一时期,也可存在着好几种程度不同、作用不同的需要。

(2)需要的层次性,应是相对排列,而不是绝对由低到高排列的,需要的层次应该由其迫切性来决定。对于不同的人在不同时期,感受到最强烈的需要类型是不一样的。因此,有多少种类型的需要,就有多少种层次不同的需要结构。

(3)需要的潜在性,是决定需要是否迫切的原因之一。人的一生中可能存在多种需要,而且许多是以潜在的形式存在的。只是到了一定时刻,由于客观环境和主观条件发生了变化,人们才发现,才感觉到这些需要。

(4)需要的可变性,是指需要的迫切性以及由此决定的需要的层次结构是可以改变的。

因此，只有在认识到了需要的类型及其特征的基础上，企业的领导者才能根据不同员工的不同需要进行相应的有效激励。马斯洛的需要层次论为企业激励员工提供了一个参照样本。

(二) 双因素理论

双因素理论(Two Factor Theory)又叫激励保健理论(Motivator－Hygiene Theory)，是美国的行为科学家弗雷德里克·赫茨伯格(Fredrick Herzberg)提出来的，也叫"双因素激励理论"。双因素激励理论是他最主要的成就，在工作丰富化方面，他也进行了开创性的研究。

20世纪5O年代末期，赫茨伯格和他的助手们在美国匹兹堡地区对200名工程师、会计师进行了调查访问。访问主要围绕两个问题：在工作中，哪些事项是让他们感到满意的，并估计这种积极情绪持续多长时间；又有哪些事项是让他们感到不满意的，并估计这种消极情绪持续多长时间。赫茨伯格以对这些问题的回答为材料，着手去研究哪些事情使人们在工作中快乐和满足，哪些事情造成不愉快和不满足。结果他发现，使职工感到满意的都是属于工作本身或工作内容方面的；使职工感到不满的，都是属于工作环境或工作关系方面的。他把前者叫做激励因素，后者叫做保健因素。这两类因素与员工对工作的满意程度之间的关系如图9-4所示。

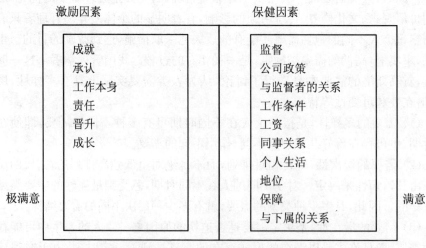

图 9-4　赫兹伯格双因素激励理论

保健因素的满足对职工产生的效果类似于卫生保健对身体健康所起的作用。

保健从人的环境中消除有害于健康的事物,它不能直接提高健康水平,但有预防疾病的效果;它不是治疗性的,而是预防性的。保健因素包括公司政策、管理措施、监督、人际关系、物质工作条件、工资、福利等。当这些因素恶化到人们认为可以接受的水平以下时,就会产生对工作的不满意。但是,当人们认为这些因素很好时,它只是消除了不满意,并不会导致积极的态度,这就形成了某种既不是满意、又不是不满意的中性状态。

那些能带来积极态度、满意和激励作用的因素就叫做"激励因素",这是那些能满足个人自我实现需要的因素,包括:成就、赏识、挑战性的工作、增加的工作责任,以及成长和发展的机会。如果这些因素具备了,就能对人们产生更大的激励。从这个意义出发,赫茨伯格认为传统的激励假设,如工资刺激、人际关系的改善、提供良好的工作条件等,都不会产生更大的激励;它们能消除不满意,防止产生问题,但这些传统的"激励因素"即使达到最佳程度,也不会产生积极的激励。按照赫茨伯格的意见,管理当局应该认识到保健因素是必需的,不过它一旦使不满意中和以后,就不能产生更积极的效果。只有"激励因素"才能使人们有更好的工作成绩。

赫茨伯格及其同事以后又对各种专业性和非专业性的工业组织进行了多次调查,他们发现,由于调查对象和条件的不同,各种因素的归属有些差别,但总的来看,激励因素基本上都是属于工作本身或工作内容的,保健因素基本都是属于工作环境和工作关系的。但是,赫茨伯格注意到,激励因素和保健因素都有若干重叠现象,如赏识属于激励因素,基本上起积极作用;但当没有受到赏识时,又可能起消极作用,这时又表现为保健因素。工资是保健因素,但有时也能产生使职工满意的结果。

赫兹伯格双因素激励理论的重要意义,在于它把传统的满意—不满意(认为满意的对立面是不满意)的观点进行了拆解,认为传统的观点中存在双重的连续体:满意的对立面是没有满意,而不是不满意;同样,不满意的对立面是没有不满意,而不是满意。这种理论对企业管理的基本启示是:要调动和维持员工的积极性,首先要注意保健因素,以防止不满情绪的产生。但更重要的是要利用激励因素去激发员工的工作热情,努力工作,创造奋发向上的局面,因为只有激励因素才会增加员工的工作满意感。

赫茨伯格的双因素激励理论与马斯洛的需要层次理论有相似之处。赫茨伯格提出的保健因素相当于马斯洛提出的生理需要、安全需要、感情需要等较低级的需要;激励因素则相当于马斯洛需要层次理论中受人尊敬的需要、自我实现的需要等较高级的需要。当然,他们的具体分析和解释是不同的。赫茨伯格与马斯洛的理论比较如图 9-5 所示。

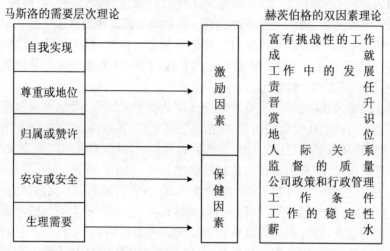

图 9-5 马斯洛需要层次理论与赫茨伯格双因素理论对比

但是,双因素激励理论促使企业管理人员注意工作内容方面因素的重要性,特别是它们同工作丰富化和工作满足的关系,因此是有积极意义的。赫茨伯格告诉我们,满足各种需要所引起的激励深度和效果是不一样的。物质需求的满足是必要的,没有它会导致不满,但是即使获得满足,它的作用往往也是很有限的、不能持久的。要调动人的积极性,不仅要注意物质利益和工作条件等外部因素,更重要的是要注意工作的安排,量才录用,各得其所,注意对人进行精神鼓励,给予表扬和认可,注意给人以成长、发展、晋升的机会。随着温饱问题的解决,这种内在激励的重要性越来越明显。

不过,正如马斯洛的需要层次论在讨论激励的内容时有固有的缺陷一样,赫兹伯格的双因素理论也有欠完善之处,这两种理论都没有把"个人需要的满足"同"组织目标的达到"这两点联系起来。有些西方行为科学家对赫茨伯格的双因素激励理论提出质疑,例如,指出在研究方法及研究方法的可靠性方面,讨论的是员工满意度与劳动生产率之间存在的一定关系,但他所用的研究方法只考察了满意度,并没有涉及劳动生产率。

(三)成就需要激励理论

自 20 世纪 50 年代以来,美国哈佛大学心理学家戴维·麦克莱兰(David Ma-clelland)对成就需要这一因素做了大量的调查研究,提出了"成就需要激励理论"。他主要研究生理需要得到基本满足以后,人还有哪些需要。麦克莱兰认为,

人们在生理需要得到满足以后,还有三种基本的激励需要,即:

(1) 对权力的需要。具有较高权力欲的人对施加影响和控制表现出极大的关心。这样的人一般寻求领导者的地位,健谈,好争辩,直率,头脑冷静,善于提出要求,喜欢讲演,爱教训人。

(2) 对社交的需要。喜欢社交的人通常能从人际交往中得到快乐和满足,并总是设法避免因被某个团体拒之门外所带来的痛苦。作为个人,他往往喜欢保持一种融洽的社会关系,享受亲密无间和相互谅解的乐趣,随时准备安慰和帮助危难中的伙伴,并喜欢与他人保持友善的关系。

(3) 对成就的需要。有成就需要的人对工作的胜任和成功有强烈的要求,同时也非常担心失败。他们乐于接受挑战,往往为自己树立有一定难度但又不是高不可攀的目标。对风险他们采取现实主义的态度,不怕承担个人责任;对他们正在进行的工作情况,希望得到明确而又迅速的反馈。他们一般喜欢表现自己。

麦克莱兰的研究表明,对主管人员来说,成就需要比较强烈。因此,这一理论常常应用于主管人员的激励。他还认为,成就需要可以通过培养来提高。他指出,一个组织的成败,与其所具有高成就需要的人数有关。

总的来说,激励的内容理论突出了人们根本上的心理需要,并认为正是这些需要,激励人们采取行动。需要层次论、双因素理论和成就需要理论,都有助于管理人员理解是什么在激励人们。所以,管理人员可以设计工作去满足需要,并付诸适当的工作行为。

二、过程型激励理论

激励的过程理论试图说明员工面对激励措施,如何选择行为方式去满足他们的需要,以及确定其行为方式的选择是否成功。它主要包括弗鲁姆的期望理论、波特—劳勒激励模式和亚当斯的公平理论。

(一) 期望理论

目前,弗鲁姆提出的期望理论得到了人们的广泛接受。这一理论主要由美国心理学家 V·弗鲁姆(Victor Vroom)在 20 世纪 60 年代中期提出并形成。期望理论认为,只有当人们预期到某一行为能给个人带来有吸引力的结果时,个人才会采取特定的行动。它对于组织通常出现的这样一种情况给予了解释,即面对同一种需要以及满足同一种需要的活动,为什么不同的组织成员会有不同的反应:有的人情绪高昂,而另一些人却无动于衷呢? 有效的激励取决于个体对完成工作任务以及接受预期奖赏的能力的期望。

根据这一理论的研究,员工对待工作的态度依赖于对下列三种联系的判断:

（1）努力—绩效的联系。员工感觉到通过一定程度的努力而达到工作绩效的可能性。如需要付出多大努力才能达到某一绩效水平？我是否真能达到这一绩效水平？概率有多大？

（2）绩效—奖赏的联系。员工对于达到一定工作绩效后即可获得理想的奖赏结果的信任程度。如当我达到这一绩效水平后，会得到什么奖赏？

（3）奖赏—个人目标的联系。如果工作完成，员工所获得的潜在结果或奖赏对他的重要性程度。如这一奖赏能否满足个人的目标？吸引力有多大？

在这三种关系的基础上，员工在工作中的积极性或努力程度（激励力）是效价和期望值的乘积，即

$$M = V \times E$$

式中，M 表示激励力，V 表示效价，E 表示期望值。

所谓期望值是指人们对自己能够顺利完成某项工作可能性的估计，即对工作目标能够实现概率的估计；效价，是指一个人对这项工作及其结果（可实现的目标）能够给自己带来满足程度的评价，即对工作目标有用性（价值）的评价。

效价和期望值的不同结合，会产生不同的激发力量，一般存在以下几种情况：

$$E 高 \times V 高 = M 高$$
$$E 中 \times V 中 = M 中$$
$$E 低 \times V 低 = M 低$$
$$E 高 \times V 低 = M 低$$
$$E 低 \times V 高 = M 低$$

这表明，组织管理要收到预期的激励效果，要以激励手段的效价（能给激励对象带来的满足）和激励对象获得这种满足的期望值都足够高为前提。只要效价和期望值中有一项的值较低，都难以使激励对象在工作岗位上表现出足够的积极性。

期望理论的基础是自我利益，它认为每一员工都在寻求获得最大的自我满足。期望理论的核心是双向期望，管理者期望员工的行为，员工期望管理者的奖赏。期望理论的假说是管理者知道什么对员工最有吸引力。期望理论的员工判断依据是员工个人的知觉，而与实际情况关系不大。不管实际情况如何，只要员工以自己的知觉确认自己经过努力工作就能达到所要求的绩效，达到绩效后就能得到具有吸引力的奖赏，他就会努力工作。

因此，期望理论的关键是，正确识别个人目标和判断三种联系，即努力与绩效的联系、绩效与奖励的联系、奖励与个人目标的联系。

激励过程的期望理论对管理者的启示是，管理人员的责任是帮助员工满足需要，同时实现组织目标。管理者必须尽力发现员工在技能和能力方面与工作需求

之间的对称性。为了提高激励,管理者可以明确员工个体的需要,界定组织提供的结果,并确保每个员工有能力和条件(时间和设备)得到这些结果。企业管理实践中不时有公司在组织内部设置提高员工积极性的激励性条款或措施。如为员工提供担任多种任务角色的机会,激发他们完成工作和提高所得的主观能动性。通常,要达到使工作的分配出现所希望的激励效果,根据期望理论,应使工作的能力要求略高于执行者的实际能力,即执行者的实际能力略低于(既不太低、又不太高)工作的要求。

(二)波特—劳勒模式

美国心理学家、管理学家波特(Lyman W. poter)和劳勒(Edward Laculer)在期望理论基础上引申出了一个实际上更为完善的激励模式,并把它主要用于对管理者的研究,如图9-6所示。

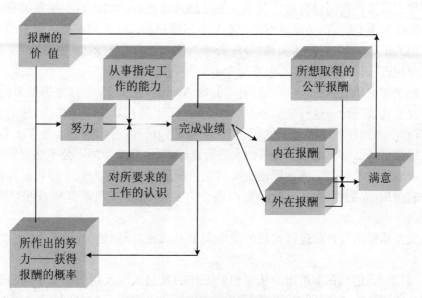

图 9-6 波特和劳勒的激励模式

正如图9-6所示,努力的程度(即激励的强度和发挥出来的能力)取决于报酬的价值,加上他个人认为需作出的努力和获得报酬的概率。但需作出的努力和实际得到报酬的可能性要受实际工作成绩的影响。很明显,如果人们知道他们能做某件工作或者已经做过这样的工作,他们就能更好地评价所需做出的努力,并更好地知道得到报酬的可能性。

一项工作中的实际成绩(所做的工作或实现的目标)主要取决于所作的努力。

不过,它在很大程度上也受一个人做该项工作的能力(知识和技能)和他对所做工作的理解力(对目标、所需进行的活动和有关任务的其他内容的理解程度)的影响。而工作成绩又可以带来内在报酬(例如,一种成就感或自我实现感)和外在报酬(例如,工作条件和身份地位)。而这些又和个人对公平的报酬的理解糅合在一起,从而给人以满足。但工作成绩的大小又会影响到个人想取得的公平报酬。

从波特—劳勒的激励模式中可以看到,激励不是一种简单的因果关系。领导者应该仔细评价他的报酬结构,并通过周密的规划、目标管理以及由良好的组织结构所明确规定的职位和责任,将努力—业绩—报酬—满足这一连锁关系,融入整个管理系统中去。

(三)公平理论

公平是保持一个社会稳定的重要因素。在组织中员工经常把自己的劳动报酬与他们认为花费同样努力的其他人的报酬进行比较。如果员工所得的报酬与努力的比率不平衡,就会出现不满和不公平感等现象。唯有当雇员认为他们的报酬与他人平等时,他们才认为是"分配公平",因而工作更有积极性。这似乎又证明了中国古代哲人提出的"不患寡而患不均"的思想。

公平理论是美国心理学家亚当斯(J. S. Adams)在 1965 年首先提出来的,也称为社会比较理论。这种理论的基础在于,员工不是在真空中工作的,他们总是在进行比较,比较的结果对于他们在工作中的努力程度有影响。大量事实表明,员工经常将自己的付出和所得与他人进行比较,而由此产生的不公平感将影响到他们以后付出的努力。这种理论主要讨论报酬的公平性对人们工作积极性的影响。它指出,人们将通过横向和纵向两个方面的比较来判断其所获报酬的公平性。

员工选择的与自己进行比较的参照类型有三种,分别是"其他人"、"制度"和"自我"。

"其他人"包括在本组织中从事相似工作的其他人以及别的组织中与自己能力相当的同类人,包括朋友、同事、学生甚至自己的配偶等。"制度"是指组织中的工资政策与程序以及这种制度的运作。"自我"是指自己在工作中付出与所得的比率。

对某项工作的付出(inputs),包括教育、经验、努力水平和能力。通过工作获得的所得或报酬(outcomes),包括工资、表彰、信念和升职等。亚当斯提出"贡献率"的公式,描述员工在横向和纵向两方面对所获报酬的比较以及对工作态度的影响。

$$O_p/I_p = O_x/I_x$$

式中,O_p 为自己对所获报酬的感觉,O_x 为自己对他人所获报酬的感觉,I_p 为自己对付出的感觉,I_x 为自己对他人的付出的感觉。

所谓横向比较,就是将"自我"与"他人"相比较来判断自己所获报酬的公平性,从而对此作出相对应的反应。

如果这个等式成立,那么进行比较的员工觉得报酬是公平的,他可能会为此而保持工作的积极性和努力程度。如果该等式不成立,就有两种情况发生。一是 $O_p/I_p > O_x/I_x$,则说明此员工得到了过高的报酬或付出的努力较少。在这种情况下,一般来说,他不会要求减少报酬,而有可能会自觉地增加自我的付出。但过一段时间他就会因重新过高估计自己的付出而对高报酬心安理得,于是其产出又会回到原先的水平。如果 $O_p/I_p < O_x/I_x$ 则说明员工对组织的激励措施感到不公平。此时他可能会采取以下 6 种选择中的一种:

(1) 改变自己的投入,如工作不再像过去那么努力,责任心也会削弱。

(2) 改变自己的产出,如实行计件工资的员工通过增加产量降低质量来增加自己的工资,或有意识推诿责任。

(3) 改变自我认知,如我现在才发现我做工作的认真程度和质量要比其他同事高很多,但所得报酬却是相同的。

(4) 改变对他人的看法,如上司朝令夕改,工作能力甚至还不如我,很难令人满意。

(5) 选择另一个不同的参照对象,如我虽然没有在外企的朋友挣得多,但比其他朋友的状况好得多,再说公司还有福利,马上又要上市,前景应该是不错的。

(6) 离开工作场所,如辞职。

除了进行横向比较,还存在着在纵向上把自己目前的与过去的进行比较。结果仍然有三种情况。如以 O_{pp} 代表自己目前所获报酬,O_{pl} 代表自己过去所获报酬,I_{pp} 代表目前的投入量,I_{pl} 代表自己过去的投入量,则:

(1) $O_{pp}/I_{pp} = O_{pl}/I_{pl}$,此员工认为激励措施基本公平,积极性和努力程度可能会保持不变。

(2) $O_{pp}/I_{pp} > O_{pl}/I_{pl}$,一般来讲他不会觉得所获报酬过高,因为他可能会认为自己的能力和经验有了进一步的提高,其工作积极性不会因此而提高多少。

(3) $O_{pp}/I_{pp} < O_{pl}/I_{pl}$ 此时他觉得很不公平,工作积极性会下降,除非管理者给他增加报酬。

上述分析表明,公平理论认为组织中员工不仅关心从自己的工作努力中所得的绝对报酬,而且还关心自己的报酬与他人报酬之间的关系。他们对自己的付出与所得和别人的付出与所得之间的关系进行比较,作出判断。如果发现这种比率和其他人相比不平衡,就会感到紧张,这样的心理是进一步驱使员工追求公平和平等的动机基础。

虽然大多数公平理论的研究重点集中在工资报酬上,但员工也会从组织的其他报酬分配上寻求公平,如高职位、经常出国、进修机会、配备的专车和宽敞气派的办公室等。值得指出的是,员工的某些不公平感可以忍耐于一时,但是时间长了,一桩明显的小事也会引起强烈的反应。例如,一个工人因受到了批评而很生气,并且决定辞去这个工作,其中真正的原因并不是他受了批评,而是由于同别人相比,长期以来给他个人的报酬很不公平。

公平理论对企业管理的启示是非常重要的,它告诉管理人员,工作任务以及公司的管理制度都有可能产生某种关于公平性的影响作用。而这种作用对仅仅起维持组织稳定性的管理人员来说,是不容易觉察到的。员工对工资提出增加的要求,说明组织对他至少还有一定的吸引力,但当员工的离职率普遍上升时,说明企业组织已经对员工产生了强烈的不公平感,这需要引起管理人员高度重视,因为它意味着除了组织的激励措施不当以外,更重要的是,企业的现行管理制度有缺陷。

公平理论的不足之处,在于员工本身对公平的判断是极其主观的。这种行为对管理者施加了比较大的压力。因为人们总是倾向于过高估计自我的付出,而过低估计自己所得到的报酬,而对他人的估计则刚好相反。因此管理者在应用该理论时,应当注意实际工作绩效与报酬之间的合理性,并注意留心对组织的知识吸收和积累有特别贡献的个别员工的心理平衡。

三、行为改造理论

行为改造理论主要研究如何改造和修正人的行为,变消极为积极的一种理论。该理论认为,当行为的结果有利于个人时,行为会重复出现;反之,行为则会削弱或消退。这种理论主要有强化理论和归因理论等等。

(一)强化理论

所谓强化是指通过不断改变环境的刺激因素来达到增强、减弱或消除某种行为的过程。强化理论是行为改造理论之一,它是由美国心理学家斯金纳(Burrhus Frederic Skinner)提出来的。主管人员可以采用 4 种强化类型来改变下属的行为:

1. 积极强化

在积极行为发生以后,管理者立即用物质的或精神的鼓励来肯定这种行为。在这种刺激作用下,个体感到对自己有利,从而增加以后的行为反应的频率,这叫积极强化。通常积极强化的因素有奖酬,如表扬,赞赏,增加工资、奖金及奖品,分配有意义的工作等等。

2. 消极强化

又称逃避性学习。一个特定的能够避免产生个人所不希望的刺激的强化,称为消极强化。如员工努力工作是为了避免不希望得到的结果,如不挨上级的批评,这就是消极强化。

3. 惩罚

在消极行为发生之后,管理者采取适当的惩罚措施,以减少或消除这种行为,就叫做惩罚。

4. 自然消退

当管理者不希望看到的某种行为发生后,管理者视而不见,听而不闻,既不进行积极强化,也不给当事者以惩罚。那么,员工可能会感到自己的行为得不到承认,慢慢地这个行为也就消失了。

管理者可以根据下属的行为情况不同而采用不同的强化方式,它主要分为连续的和间歇的两种。连续强化是指对每次发生的行为都进行强化。间歇强化是指非连续的强化,它不是对每次发生的行为都进行强化。间歇强化有 4 种形式,即:固定间隔,可变间隔,固定比率,可变比率。如图 9-7 所示。

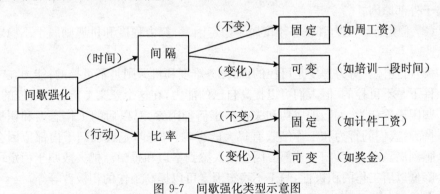

图 9-7　间歇强化类型示意图

管理者在应用强化手段改造下属行为时应遵循以下几条原则:

(1) 要设立一个目标体系。管理者应把总目标分解成为目标和分阶段目标,每完成一个分目标和分阶段目标都及时给予强化,以便增强下属信心,逐步实现总目标。

(2) 要及时反馈和及时强化。管理者要使下属尽快知道自己的行为结果并及时强化,使下属得到及时的鼓励和鞭策。

（3）要使奖酬成为真正的强化因素。奖酬是否成为强化因素要看行为发生次数的增减。为此，管理者应重视物质奖励和精神奖励相结合；奖励不宜过于频繁；奖励的方式要新颖多样。

（4）要多用不定期奖励。定期奖励成了人们预料中的事，会降低强化作用；不定期奖励的非预料和间歇的强化效果更好。

（5）奖惩结合、以奖为主。

（6）因人制宜采用不同的强化模式。

（二）归因理论

归因理论最初是在研究社会知觉的实验中提出来的，但以后随着归因问题研究的不断深入，它逐渐被应用到管理领域中。

目前，在管理领域归因理论主要研究两个方面的问题：一是对引发人们某一行为的因素作分析，看其应归结为内部原因还是外部原因；二是研究人们获得成功或遭受失败的归因倾向。

心理学家威纳（B·Weiner）认为，人们把自己的成功和失败主要归结为四个方面的因素：即努力程度、能力、任务难度和机遇。这四个方面的因素可以按三个方面来划分：

（1）内部原因和外部原因。努力程度和能力属于内部原因；而任务难度和机遇属于外部原因。

（2）稳定性。能力和任务难度属于稳定因素；努力程度和机遇则属于不稳定因素。

（3）可控性。努力程度是可控的；而任务难度和机遇则是不可控的；能力在一定条件下是不可控的，但人们可以提高自己的能力，在这个意义上能力是可控的。

归因理论认为，人们把成功和失败归于何种因素，对以后的工作态度和积极性，进而对人们的行为和工作绩效有很大的影响。例如，把成功归于内部原因会使人感到满意和自豪，归于外部原因会使人感到幸运和感激。把失败归于稳定因素会降低以后工作的积极性，归于不稳定因素可以提高工作的积极性等等。

总之，利用归因理论可以很好地了解下属的归因倾向，以便正确地指导和训练员工的归因倾向，调动和提高下属的积极性。

第三节　激励原则与方法

激励理论与研究结果也为管理者提供了若干激励员工的方法。员工激励的内容与形式是依情况的变化而变化的。不同的工作性质、不同的员工素质、不同的企业状况,需要不同的激励方式。虽然激励是如此的复杂且因人而异,也不存在唯一的最佳方案,不过还是可以找到一些基本的激励原则和方法。

一、激励的基本原则

根据员工的需要进行激励时,不同的企业结合自身的实际采用不同的方法,但必须遵循以下的基本原则。

(一)个人、组织目标相结合原则

目标是员工产生动力的源泉。管理者要善于为每一个员工设置适当的目标。目标越能体现企业组织、个人的共同利益,其越能激励员工,实现目标的可能性越大。那么,应如何将员工个人目标与企业的目标结合起来呢? 一是把企业目标转化为员工个人目标,明确企业目标的实现将给员工带来的好处,使员工自觉地从关心自身利益变为关心企业的利益,从而提高影响个人激励水平的效价;二是善于把企业、个人目标展现在员工眼前,不断增强员工实现目标的自信心,提高员工实现目标的期望值;三是制定具有一定挑战性的目标,对员工起到激励的作用。

(二)按需激励的原则

需要层次理论告诉我们,需要的满足根据一个人在组织中所做的工作、年龄、企业的规模以及员工的文化背景等因素的不同而有所差异。因此,管理者在激励员工时,应针对不同的对象与其不同的需要进行激励。研究表明:一线的管理人员在安全、社交、尊重和自我实现方面比科室管理人员感到更大的满足,双方在尊重和自我实现需求上差距最大;年青(25 岁或以上下)员工在尊重和自我实现需要方面比年龄大的员工(36 岁或以上)更强烈;低层次的管理部门与小企业的管理人员比大企业工作的管理人员更易得到满足。管理者应根据企业的性质及员工的特点激励员工。

小案例

提拔错了吗?

朱彬是一家房地产公司负责销售的副总经理,他把公司里最好的推销员李兰提拔起来当销售部经理。李兰在这个职位上干得并不怎么样,她的下属说她待人不耐烦,几乎得不到她的指点与磋商。李兰也不满意这项工作,当推销员时,她做成一笔买卖就可立刻拿到奖金,可当了经理后,她干得是好是坏取决于下属们的工作,她的奖金也要到年终才能定下来。她拥有一幢价格昂贵的市区住房,开着"奥迪"车,全部收入都用在生活开销上。李兰现在和过去判若两人,朱彬被搞糊涂了。

一位管理咨询专家被请来研究这一情况,他的结论是,对李兰来说,销售部经理一职不是她所希望的,她不会卖力工作以企求成功。

(资料来源:http://www.cenet.org.cn/article.asp? articleid=24941)

(三) 物质激励与精神激励相结合原则

在人的需要层次中,生理需要和安全需要一般是物质需要,通过物质资源可以满足,而社交需要、尊重需要、成就需要则不能仅仅依靠物质资源来满足,而是包含着更深层次的精神需要内容。没有物质需要的满足作为基础,精神需要就无从说起,但有了物质需要的满足,精神需要却不一定能实现。不仅如此,有时精神需要的满足是以放弃某些物质需要为条件的。例如,当员工为了得到了同事的友谊和尊重而自愿为自己的同事做贡献的,如果对这些员工的贡献给予金钱奖励,效果可能是负面的,会伤害到这些员工的自尊心,使他们失去继续做贡献的动机,因此,必须正确处理好物质鼓励与精神鼓励的关系,有效地激励员工。

▌小案例▐

IBM 公司:非同一般的激励

美国的 IBM 公司是世界上最大的计算机制造公司,该公司为了激励科技人员的创新欲望,促进创新成功的进程,在公司内部采取了一系列的别出心裁的激励创新人员的制度。该制度规定:对有创新成功经历者,不仅授予"IBM 会员资格",而且对获有这种资格的人,还给予提供 5 年的时间和必要的物质支持,从而使其有足够的时间和资金进行创新活动。

它使创新者获取了实物形式的自主权,这种自主权主要表现在:

(1) 有选择自己所追求的设想的权利。一个人如果没有充分的时间和资金去追求自己的设想,他就不能自由地选择怎样行动,必须等待公司批准。

(2) 有犯错误的权利。没有自己的资金,一个人就要为自己的错误向别人负责,有了自己的资金,他就只须向自己负责。

(3) 有把由成功带来的财富向未来投资的权利。

(4) 有通过自己的勤奋获得利益的权利。

IBM 公司采用这种奖励一举数得。它既使创新者追求成功的心理得到满足,同时又是一种经济奖励,它还可以以此留住人才,并促使他们为公司的投资能得到偿还而更加努力地去进行新的创新。

（资料来源：http://www.chinahrd.net/zhi_sk/jt_page.asp？articleid＝113207）

（四）正激励与负激励相结合原则

根据强化理论，对表现好、工作有成绩的员工应该给予表扬和奖励，如表扬、加工资、发奖金、晋升等物质上的与精神上的奖励，以鼓励员工保持与发扬其积极性、创造性，但对于员工有些不理想的或不好的行为则应以批评、惩罚等形式以防止或避免。因此在员工的激励中，一定遵循正激励与负激励相结合的原则。而且大量的科学研究明确地指出：正激励对员工起到的激励作用好，而负激励则往往带来员工的不满、反抗，正激励的效果比负激励的效果要好，因此，管理者还应尽量减少或避免采用负激励的手段。

小案例

大棒的"威力"

拿破仑一次打猎的时候，看到一个落水男孩，一边拼命挣扎，一边高呼救命。这河面并不宽，拿破仑不但没有跳水救人，反而端起猎枪，对准落水者，大声喊到：你若不自己爬上来，我就把你打死在水中。那男孩见求救无用，反而增添了一层危险，便更加拼命地奋力自救，终于游上岸。

管理启示：对待自觉性比较差的员工，一味地为他创造良好的软环境、去帮助他，并不一定让他感受到"萝卜"的重要，有时还离不开"大棒"的威胁。偶尔利用你的权威对他们进行威胁，会及时制止他们消极散漫的心态，激发他们发挥出自身的潜力。自觉性强的员工也有满足、停滞、消沉的时候，也有依赖性，适当的批评和惩罚能够帮助他们认清自我，重新激发新的工作斗志。

（资料来源：http://www.cn99.com/cgi－bin/getmsg/body？listname＝leadership_digest&id＝4）

（五）外在激励与内在激励相结合原则

根据前面的分析可知，管理者在激励员工应实行外在激励与内在激励相结合的原则。内在激励是员工从工作业绩中自身直接得到的，也是工作本身不可缺少的一部分。如员工从事一件有价值工作后的满足感而取得成就时的自豪感等。外在的激励是员工在工作环境中由他人给予的，对个人工作结果肯定。员工的内在的激励潜力要比外在激励大，因此，对员工激励更应强调内在的激励。

二、激励方法

在管理实践中,激励的手段主要有物质和精神激励两种。

小案例

"崇礼"与"重禄"

《太公兵法》云:"夫用兵之要,在崇礼而重禄。礼崇则智士至,禄重则义士轻死。故禄贤不爱财,赏功不逾时,则下力并而敌国削。夫用人之道,尊以爵,赡以财,则士自来。接以礼,励以义,则士死之。"

"夫主将之法,务揽英雄之心。"一个主管所承担的首要任务,就是培养忠诚而有胜任能力的员工。

"礼者士之所归,赏者士之所死。礼赏不倦,则士争死。"当你懂得尊重人才,人才就会投奔你;当你舍得奖励人才,人才就会效忠你。

由此可见,激励是"古已有之,于今为烈"。作为公司或一个团队的管理者,你需要通过员工的进取去实现经营目标。然而,如果没有激励,员工的士气就无法振作,你的目标就会变得虚妄。因此,在一个以人为本的企业文化中,激励几乎无处不在,并且表现出各种赏心悦目的形式,令人热血沸腾。

(资料来源:http://www.gz007.net/ww/html/8348_2/)

(一)物质激励

常用的物质激励形式主要是工资、奖金和福利等。进入 20 世纪 90 年代以来,西方企业在多种激励理论的基础上,提出了一些形式新颖的激励计划,竭力改善企业员工的满意度和绩效,值得参考。这些计划主要包括绩效工资、分红、员工持股、总奖金、知识工资和灵活的工作日程等。

1. 绩效工资

企业突出绩效工资意味着员工是根据他的绩效贡献而得到奖励的,因此这种工资一般又称为奖励工资。它实际上是激励的期望理论和强化理论的逻辑结果,因为增加工资是和工作行为挂钩的。通用汽车公司就曾大力推行这种激励计划。公司管理层在取消员工的年度生活补贴后,建立了一种绩效工资制度,通过长工资刺激员工更好地完成工作任务。公司管理层分别对员工人数的上限 10%、上中部 25%、中部 55%和下限 10%强化工资差别。

2. 分红

分红是员工和管理人员在特定的单位中,当单位绩效打破预先确定的绩效目标时,接受奖金的一项激励计划。这些绩效目标可以是细化了的劳动生产率、成本、质量、顾客服务或者利润。和绩效工资不同的是,分红鼓励协调和团队工作,因为全体员工都对经营单位的利益在做贡献。绝大多数公司都采用了某种精确的指定绩效目标和奖金的核算方法。

3. 员工持股计划

员工持股计划(employee stock ownership plans,简称,ESOPs)给予员工部分企业的股权,允许他们分享改进的利润绩效。相对而言,员工持股计划在小企业的管理中比较流行,但也有像宝洁公司(P&G)这样的大企业在采用这种激励计划。员工持股计划实际上是公司以放弃股权的代价来提高生产率水平。绝大多数企业主管发现这种激励形式的效果很不错。员工持股计划使得员工们更加努力工作,因为他们是所有者,要分担企业的盈亏。但要使这种激励计划有效进行,管理人员必须向员工提供全面的公司财务资料,赋了他们参加主要决策的权力,以及给予他们包括选举董事会成员在内的投票权。

4. 总奖金

总奖金是以绩效为基础的一次性现金支付计划。单独的现金支付旨在提高激励的效价。这种计划在员工感到他们的奖金真正反映了公司的繁荣时才有效,不然,效果适得其反。

5. 知识工资

知识工资是指一个员工的工资随着他能够完成的任务的数量增加而增加。知识工资增加了公司的灵活性和效率,因为公司需要的做工作的人会越来越少。但要贯彻这项计划,公司必须有一套高度发达的员工评估程序,必须明确工作岗位,这样工资才可能随着新工作的增加而增加。

6. 灵活的工作日程

灵活的工作日程主要指取消对员工固定的 5 日上班每日工作 8 小时工作制的限制。修改的内容包括 4 日工作制、灵活的时间以及轮流工作。执行 4 日工作日就是工作 4 天,每天 10 小时,而不是 5 日工作制中的每天从上午 8 点到下午 5 点的 8 个小时。这一激励目的,是满足员工想得到更多闲暇时间的需要。灵活的时间就是让员工自己选择工作日程。轮流工作是让两个或两个以上的人共同从事某一项 40 小时工作周的工作。这一激励计划意味着公司同意使用兼职工,这很大程度是为了满足带小孩的母亲的需要,同时又滞除了员工因长期从事某种工作而导致的枯燥和单调。

上述这些激励计划,一个最明显的优势,是企业增强了对熟练员工的组织吸引力,最终有效降低了对这种员工的市场搜寻成本和培训成本。在 90 年代的企业经营中,员工的知识积累日益成为企业重要的竞争优势,对员工的管理要从知识管理的高度把握。

(二)精神激励

精神激励与物质激励往往是密不可分的,目前企业经常采用的精神激励方法主要有:

1. 成就激励

人对于成就的渴望是与生俱来的,每个人都希望能在自己的工作领域做出一番事业,施展自己的才能,体现自己的人生价值。这可以说是员工努力工作的最大动力。培养员工的成就感,首先也是最重要的一点,就是建立并增强员工的自信心。自信是成功的基础,一个人只有在自信的状态下,才能把自身的潜力尽可能多地挖掘出来,把自己的才能发挥得淋漓尽致。其次,要给员工充分的独立空间。过分的监督约束和被动服从,会使员工的想象力和创造性大打折扣。长此以往,将会不利于企业的长远发展。给员工一定的自由发展空问,让员工充分发挥自己的才能,有时会收到意想不到的效果。再次,要给员工以合理的晋升。成就激励最重要的表现就是合理晋升。当员工看到自己的工作能力与业绩能够得到肯定或回报时,其上气必定大受鼓舞,在日后的工作中会表现得更加出色。

2. 兴趣激励

兴趣对员工的工作态度、钻研程度、创造精神的影响很大,往往与求知、求美和自我实现密切相联,在企业管理中重视个人的兴趣因素会取得很好的激励效果。国内外都有一此企业允许甚至鼓励员工在企业内部"双向选择,合理流动",为员工找到自己最感兴趣的工作提供机会。因为兴趣可以导致致专注,甚至"人迷",而这正是获得突出成就的重要动力之一。吸收一些喜欢钻研操作技术、热心技术革新活动的员工到"技改小组"、"攻关小组"、"TQC 小组"中来,不仅可以使员工的兴趣爱好有了用武之地,而且还可以激发员工的参与感、归属感,增强员工的主人翁责任感。

3. 目标激励

目标是企业及其成员一切活动的总方向。企业目标有物质性的,如产量、品种、质量、利润等;也有精神性的,如企业信誉、形象、文化以及员工个人心理的满足等。

4. 情感激励

人是有思想、有感情的,感情因素对人的工作积极性有重大影响。在心情舒畅的状态下工作,思维就会敏捷,效率就会提高。情感激励靠的就是感情的力量,它体现的是人与人之间互相尊重、互相关心,体现的是一种良好的人际关系。情感激励可以从思想方面入手,以情理的疏导达到尊重和信任,从而实现在思想上的融通和对问题的共识。另一方面,情感激励还可以从精神上激发和激励人们去努力克服工作中碰到的曲折和困难,从而激起他们克服困难、勇于挑战的工作热情。管理者必须善于体察员工的感情变化,根据不同员工的性格特点,采取不同的感情交流方式和措施,让员工在亲密融洽的关系中高效率地工作。

5. 荣誉激励

荣誉是组织对个体或群体的崇高评价,是满足人们自尊需要,激发人们奋力进取的重要手段。荣誉既凝聚着企业员工的才能和水平,又体现着企业对这种能力和水平的认同。给工作能力强、素质高、表现突出的员工和群体授予荣誉称号、上光荣榜、公开表彰和适当晋升等,能激发员工的荣誉感、成就感和自豪感。荣誉激励的成本十分低廉,但效果却出奇的好。所以,企业管理者应该深入研究荣誉激励这一形式,有效地利用员工的荣誉需求,以达到更好的激励效果。

6. 榜样激励

人们常说,榜样的力量是无穷的。绝大多数员工都是力求上进而不甘落后的。如果有了榜样,员工就会学有方向,赶有目标,从榜样成功的事业中得到激励。榜样激励要求企业领导要以身作则,一个有威信的领导,不仅要以权管人,而且更要以德服人。这里所说的"德",更多的是威信中的"信"。从领导的层面上讲,"信"是榜样的内在气质。有了"信",员工才能实现从"服从"到"服气"的转化。当然,并非领导才能成为榜样。任何一个工作岗位都会产生"先进"。因此,榜样激励的另一条基本途径就是树立先进典型。以企业中"各条战线"的先进典型为榜样,就会激励每个岗位上的员工努力工作。

【小案例】

这就是榜样!

春秋时期,晋国有一名叫李离的狱官,他在审理一件案子时,由于听从了下属的一面之辞,致使一个人冤死。真相大白后,李离准备以死赎罪,晋文公说:"官有贵贱,罚有轻重,况且这件案子主要错在下面的办事人员,又不是你的罪过。"李离说:"我平常没有跟下面的人说我们一起来当这个官,拿的俸禄也没有与下面的人一起分享。现在犯了错误,如果将责任推到下面的办事人员身上,我又怎么做得出来"。他拒绝听从晋文公的劝说,伏剑而死。

管理启示:正人先正己,做事先做人。管理者要想管好下属必须以身作则。示范的力量是惊人的。不但要像先人李离那样勇于替下属承担责任，而且要事事为先、严格要求自己，做到"己所不欲，勿施于人"。一旦通过表率树立起在员工中的威望，将会上下同心，大大提高团队的整体战斗力。得人心者得天下，做下属敬佩的领导将使管理事半功倍。

（资料来源：http://www.ebusinessreview.cn/c/library_article-layoutId-22-id-3570.html)

7. 环境激励

据调查发现，如果一个组织中的员工缺乏良好的工作环境和心理氛围，人际关系紧张，就会使许多员工不安心工作，造成人心思离；相反，如果使企业成为一个人人相互尊重、关心和信任的工作场所，保持员工群体人际关系的融洽，就能激励每个员工在企业内安心工作，积极进取。

8. 惩罚激励

激励并不全是鼓励，它也包括惩罚激励措施。员工犯了错误后，必要的惩罚是应该的，甚至是必须的。但是管理者应该明白，惩罚的动机不是单纯为了惩罚而惩罚，而是尽可能地利用惩罚达到激励的目的。只要大胆创新思维，处罚完全可以变得和正面的表扬一样，成为激励人的另类手段，甚至可能比正面表扬奖励的效果还要好。变惩罚为鼓励，使员工能够怀着感激的心情接受惩罚，充分认识到自己的错误并迅速改正，这就是惩罚的艺术性，也是管理者实行精神激励的最高境界之一。一味地惩罚与一味地鼓励都是不可取的。企业管理者应巧妙地把二者结合起来，奖惩分明，灵活运用，这样方能达到有效激励的目的。

有效的精神激励像一只无形的手，能够引导员工发挥出巨大的潜在能量，对企业人力资源管理有着十分重要的影响力和促进作用。但各种激励手段都有其特定的局限性，企业管理者应当根据本企业的具体情况，选用合适的激励方式，以达到最佳的激励效果。

▌管理聚焦▐

激励员工的 21 点技巧

日本松下电器公司的创始人松下幸之助总结自己一生的经营实践，提出了激励员工的 21 点技巧。

1. 让每个人都了解自己的地位,不要忘记定期和他们讨论他们的工作表现;

2. 给予奖赏,但奖赏要与成就相当;

3. 如有某种改变,应事先通知,员工如能先接到通知,工作效率一定比较高;

4. 让员工参与同他们切身有关的计划和决策的研究;

5. 给予员工充分的信任,会赢得他们的忠诚和依赖;

6. 实地接触员工,了解他们的兴趣、习惯和敏感事物,对他们的认识就是你的资本;

7. 注意经常聆听下属的建议;

8. 如果发现有人举止反常,应该留心并追查;

9. 尽可能委婉地让大家清楚你的想法,因为没有人会喜欢被蒙在鼓里;

10. 向员工解释要做某事的目的,他们会把事情做得更好;

11. 万一你犯错误,要立刻承认,并表示歉意。如果你推卸责任、责怪旁人,别人一定会看不起你;

12. 告之员工他所担负职务的重要性,让他们有责任感;

13. 提出建议性的批评,批评要有理由,并帮助其找出改进的方法;

14. 在责备某人之前要先指出他的优点,表示你只是希望能够帮助他;

15. 以身作则,树立榜样;

16. 言行一致,不要让员工弄不清到底该做什么;

17. 把握住每一个机会向员工表明自己为他们骄傲,这样能够使他们发挥最大的潜力;

18. 假如有人发牢骚,要赶紧找出他的不满之处;

19. 尽最大可能安抚不满情绪,否则所有人都会受到波及;

20. 制订长期、短期目标,以便让人据此衡量自己的进步;

21. 维护员工应有的权利和责任。

(资料来源:http://www.eol.cn/ming_qi_yong_ren_4369/20060323/t20060323_28165.shtml)

思 考 与 练 习

1. 什么是激励? 为什么说激励对管理者具有十分重要的意义?

2. 激励的基本过程怎样? 试举例说明激励的循环过程?

3. 马斯洛需要层次理论的主要内容与观点是什么?

4. 为什么管理者需要随时了解和掌握员工的需求层次或结构?

5. 试区别保健因素和激励因素,这个区别重要吗?

6. 试简述马斯洛的需要层次论、赫兹伯格的"双因素理论"、麦格利兰的成就理论之间的区别及相似。

7. 写出期望理论的公式,并说明它在实践中有何意义。

8. 在你的生活或学习中是否有过不公平的感受? 是什么原因引起的? 后来是如何解决的?

9. 什么是正强化与负强化? 其运用方式有何区别? 你受到过惩罚吗? 你认为那是正确和必要的吗?

10. 管理者对于内部员工的激励可以从哪几个方面进行? 你认为其中最重要的是哪一方面? 为什么?

11. 在企业中,管理者应掌握哪些激励员工的原则与方法?

▌案例分析▌

案例一 花旗的激励机制

与众多著名 500 强巨头一样,花旗集团实行业绩管理和目标管理,而更倾向于采取开放性的考核管理。花旗对员工考核的依据就是员工对年初所制定的目标的实现情况。

■开放式考核

每年年初,员工都要设定自己的年度工作目标,年底对一年的工作进行评估。对员工业绩的考核实行“四方认可”制,即员工本人、员工的直接主管、员工主管的上级、人力资源部主管四方必须签字认可最终的考核报告,实行完全开放、透明的考核机制。首先员工对目标进行描述,并由上级进行审核,给出综合的评分,经员工与直接主管双方签字认可之后,再将考核报告呈交给直接主管的上级,签字认定后最后呈报给人力资源部签字并存档。

花旗对员工的考核和评定都是公开、透明的,四方签字认可确保了评定考核过程与结果的公正与客观性,有效避免了主观性所带来的不公平现象,保证了员工的利益。员工有权利查看自己的档案和了解相关考核记录,所有有关员工的考核和评价必须有员工本人的签字才能生效。

一般情况下,花旗集团员工的考核结果分为优异、称职、不称职三种情况。对员工的考核与评定将直接影响到花旗员工的加薪晋升机会,花旗将根据考核结果对员工采取赏罚分明的激励措施,为表现突出的优秀员工加薪、升职,给予他们更多的培训机会以及海外工作机会;同时,对于不称职的员工,公司也将给予必要的提醒,显然,他们得到诸如加薪、晋升、培训等的机会将大大少于优秀员工。

■花旗的激励手段

在对员工科学考核的基础上,花旗集团通过各种手段与方式对员工进行激励,肯定员工成绩,鞭策员工改善工作中的不足。作为全球最大的金融机构,花旗集团建立了完善、科学的激励体系,并随市场与公司的发展情况进行及时调整。

·红包

每年年底,根据员工的不同业绩表现,每一名员工都会得到花旗颁发的红包,奖励的金额不等,奖励员工一年的辛勤贡献。

·海外旅行

花旗银行中国区表现突出的员工,还将被奖励赴澳大利亚等海外旅游,并可以携带一名家属。这种激励方式不但对员工起到了有效的激励作用,增加了员工的忠诚度,更赢得了员工家属的理解和支持,让他们感到自己的亲人在一个人性化的氛围中工作,也增强了家属对员工的自豪感。

·期权

花旗银行有着完善的员工激励机制。花旗银行除了对工作业绩出色的员工给予奖励外,还给予他们花旗银行的期权,使银行利益与员工个人利益紧密联系在一起。

·职位晋升

激励还包括对员工职位的晋升。在花旗,鼓励员工承担更大的责任,让他们稳步成长为优秀的金融专业人才。每一次职位的晋升,每一次给员工设定更大的目标,每一次对员工的挑战,都激励着花旗员工奋勇向前,为给花旗创造更优秀的业绩,为实现自己的职业梦想而努力。

·培训

形形色色的培训机会当然也是花旗集团重要的激励手段。在花旗集团,表现突出的员工将得到更多的培训机会,将被派往马尼拉的花旗亚太区金融管理学院甚至美国总部进行培训,全面提高各种技能,锻炼领导力,开拓国际化视野,为担当更大责任做准备。

·精神与物质激励并重

在花旗集团对员工的激励手段中,许多时候物质与精神的奖励并重并结合在一起。例如,"花旗品质服务卓越奖"(Citigroup Quality Service Excellent),奖励那些在公司内部服务与外部服务方面都表现出高品质的员工;花旗每年都设有"最佳团队奖",奖励那些完成重大项目的团队,如完成某个项目,提高了工作效率等。一般表现突出的5%的员工才会得到这种奖励。在花旗中国,每年10月份进行评比,由人力资源部组织并参与,对候选人与团队进行评估与讨论,11月份公布评比结果。评选结束,花旗集团会为员工颁发有花旗全球总裁签名的奖状和奖杯,以及相应的物质奖励。

(资料来源:http://edu.sina.com.cn/l/2004-04-26/66371.html)

问题:

1. 在本案例中,所使用到的激励方法主要有哪些?

2. 结合案例,思考在实践中应如何运用激励的各种方法手段。

案例二　通用电气公司的情感管理

通用电器公司创建于1878年,公司总部设在美国康涅狄格州菲尔法德镇,在公司创业的100多年后,1991年销售额达到602.36亿美元,利润额为26.36亿美元,雇员284 000人。在世界500家最大的工业公司中排名第8位。通用电气的成就,与它采用的注重员工情感的人本管理方式是分不开的。

通用情感管理方式之所以获得成功,是因为通用电气成功地理解并实施了情感管理,揭示了情感管理的内涵。通用电器公司认为情感管理由以下几个要素构成,即"理解雇员心理"、"企业就是大家庭"、"公司内民主"、"员工第一"等。

一般公司按个人或部门业绩、个人专业能力等依据来实施管理者晋升和考核,可通用电气公司制订的经理晋升考试制度不同寻常。升级考试命题并不是来自经济学典籍,也不是来自那些晦涩难懂的经营理论专著,而是莎士比亚作品中的一部,试卷则是写一篇我们常说的"读后感"而已。

开始时许多人百思不解,甚至提出意见。后经专家一语破的,才恍然大悟:这是对企业高级管理人员的基本心理素质要求。试想连一部世人皆知的文学作品中的人物心理尚不得而知的人,又怎样去理解公司内部成千上万的雇员心理呢? 通用电器抓住了情感管理的要素,即经理人员理解雇员心理是情感管理的先决条件。

将企业培养为一个大家庭是一种"高感情"管理方式。通用电器作为高技术企业所面临的竞争激烈,风险大,更需要这种"高感情"管理。这是医治企业官僚主义顽症的"良药",也是减少内耗、理顺人际关系的"润滑剂"。通用电气公司总裁斯通就努力培养全体职工的"大家庭情感"的企业文化,公司领导和职工都要对该企业特有的文化身体力行,爱厂如家。从公司的最高领导到各级领导都实行"门户开放"政策,欢迎本厂职工随时进入他们的办公室反映情况,对于职工的来信来访都能负责地妥善处理,公司的最高首脑与全体职工每年至少举办一次生动活泼的"自由讨论"。通用公司像一个和谐、奋进的"大家庭",从上到下直呼其名,无尊卑之分,互相尊重,彼此依赖,人与人之间关系融洽、亲切。

至于公司内民主,不但利于企业部门及人员之间的关系融洽,而且有利于决策的科学性和提高生产率。公司为使民主典型地反映在公司人事管理上,近年来改变了以往的人事调配的做法(由企业单方面评价职工的表现、水平和能力,然后指定其工种岗位),而是反其道而行之,开创了由职工自行判断自己的品格和能力、选择自己希望工作的场所,尽其可能由其自己决定工作前途的"民主化"人事管理制度,称为"建言报告",引起管理界的瞩目。专家认为,"让棋子自己走"的这种"建言报告"式人事管理,比传统的人事管理更能收集到职工容易被埋没的意见和建议,更能发掘人才和对口用人,从而对公司发展和个人前途更加有利。

此外,通用公司还别出心裁地要求每位雇员写一份"施政报告",从1983年起每周三由基层员工轮流当一天"厂长"。"一日厂长"9点上班,先听取各部门主管汇报,对全公司营运有了全盘了解后,即陪同厂长巡视部门和车间。"一日厂长"的意见,都详细记载在《工作日记》上。各部门、车间的主管依据其意见,随时改进自己的工作,并在干部会上提出改进后的成果报告,获得认可后方能结案。各部门、车间或员工送来的报告,须以"一日厂长"签批后再呈报厂长。厂长在裁决公文时,"一日厂长"可申诉自己的意见供其参考。

这项管理制度实行以来,成效显著。第一年施行后,节约生成成本就达200万美元,并将节约额的提成部分作为员工们的奖金,全厂上下皆大欢喜。

所谓"员工第一",不但强调尊重员工,而且表现在企业发展中的作用优先性。1990年2月,通用公司的机械工程师伯涅特在领工资时,发现少了30美元,这是他一次加班应得的加班费。为此,他找到顶头上司,而上司却无能为力。于是他便给公司总裁斯通写信:"我们总是碰到令人头痛的报酬问题。这已使一大批优秀人才感到失望了。"斯通立即责成最高管理部门妥善处理此事。

三天之后,他们补发了伯涅特的工资,事情似乎可以结束了,但他们利用这件为职工补发工资的小事大做文章。第一是向伯涅特道歉;第二是在这件事情的带动下,了解那些"优秀人才"待遇较低的问题,调整了工资政策,提高了机械工程师的加班费;第三,向著名的《华尔街日报》披露这一事件的全过程,在美国企业界引起了不小轰动。事情虽小,却能反映出通用电气公司"员工第一"的管理思想。

"员工第一"思想在通用电气的日本公司——左光兴产公司表现更为明显。左光兴产实施该思想的要点包括"不开除员工"、"不设打卡机"、"不规定员工退休制度"等等。左光兴产公司规定:即使公司经营最困难的时候也绝不开除任何一个员工,公司要与员工共渡难关。左光兴产是一家经营石油的公司,二战后,日本作为战败国,其石油经营权受到限制,该公司在国内外的分公司被迫关闭。公司在经营十分困难的情况下,社长向各级主管下了一个严格的命令:绝不允许开除任何一个员工。公司到处找活干,从社长到每个员工同心协力拼命干,终于渡过了难关。

总而言之,因为通用电气理解了情感管理,实施了这一金牌原则,自然会取得成功。这并不令人费解。

(资料来源:http://www.eduzhai.net/lunwen/74/147/lunwen_98697.html)

问题:

1. 请运用管理学有关理论分析和评价通用电气公司的"情感管理"。

2. 你认为在我国企业能够推行情感管理吗?为什么?

第十章 沟 通

学习目标

1. 全面理解沟通的基本原理。
2. 掌握沟通的方式与各种技术。
3. 把握有效沟通的现实意义。
4. 理解企业内部冲突的原因。
5. 掌握企业内部冲突的管理。
6. 认知组织内外谈判的意义。
7. 掌握组织内外谈判的要领。
8. 学会创新谈判的具体方法。

在现实生活中,我们经常会发现人与人之间相互了解是多么重要,好朋友经常聊天,或者书信来往,或者打电话,或者互发短信。由于好朋友之间无话不谈,所以关系特别好,很少闹矛盾,即使有什么问题,也相互能凉解。为什么?就是因为他们之间信息畅通,互相什么都了解。不存在因为误解而吵架。而一个单位不同部门的员工之间,或者不同班的学生之间,或者长期很少了解的亲戚之间、或者同事之间、或者上下级之间闹矛盾的事,我们见得太多了。这里缺少的就是沟通,或者说他们之间信息短路。如果发生信息短路,后果是很可怕的,大到国家之间发生战争,小到同学之间不讲话,闹别扭。可见,沟通是多么重要。

第一节　沟通的基本原理

我们在企业运作过程中,要想实现组织目标,要想实现不同部门和岗位的协调,就必须做好沟通工作。有效的沟通是管理不可缺少的工具,一个组织缺少沟通,完成组织目标活动的所有努力都很难有效果。可以说,在企业中,沟通无处不在,无时不起作用,无时不感到它的重要性。

一、沟通的含义

一般来说,沟通是指以相互理解的方式从一方向另一方的信息传递。这里的关键词是"相互理解"。因为除非沟通双方对沟通的内容有一致的理解,否则根本谈不上沟通。很多组织内部的种种矛盾的出现,很多沟通之所以失败,就是因为传递者对沟通内容的理解不准确。如果管理层不能在沟通的全过程中使自己的意图被充分理解,组织的正常机能将会受到损害。好多工作也没办法执行,更谈不上组织目标的实现。

从当前的社会形势来看,人与人之间的沟通,非常重要。在现代社会,沟通不仅是人际交流的基础,而且是个人在社会成功的基本前提。从哲学的角度来看,人的本质就是社会关系的总和。一个人活在世上,不是生活在真空中,个人的事业成功在很大程度上受到社会环境的影响,只有在充分认识环境,依从环境特征的同时被特定环境所接受,个人才能充分施展自己的才华,实现自己的社会价值。与社会环境,特别是社会人文环境的相互接受在很大程度上取决于个人能否与环境或环境中的其他社会成员有效地沟通。美国著名的普林斯顿大学曾对 1 万份人事档案进行分析,发现"智慧"、"专业技术"和"知识"在个人的社会成功中能起多大作用呢? 答案是,只起 25% 的作用。影响个人成功的其余 75% 的因素是与良好的人际间的沟通有关。哈佛大学就业指导小组在 1995 年对 500 名被解雇者调查结果也表明,82% 的被调查对象失去工作岗位的主要原因是与个体间沟通不良有关,或者说他们的人际关系出了问题,进而危及到他们的工作岗位。

可见,一个人事业的成功有赖于有效的沟通,企业的成功更是如此。日本松下电器的创始人松下幸之助曾告诫世人,"伟大的事业需要一颗真诚的心与人沟通"。松下正是凭借真诚的心与卓越的沟通技艺和供应商、客户以及内部的员工建立了广泛的人际关系网络,赢得了企业内外的普遍信赖与尊重,从而引领松下电器成为世界一流企业。这一点是很能值得我们品味的。

二、沟通的功能

平时,我们在生活中总是感叹人与人之间相互理解的艰难。实际上,在组织中,在企业里,人际沟通面临多种问题和困难,我们经常会抱怨或者听到别人的这类抱怨:"这不是我的意思","你还是没有听懂我所说的",或者"看来你没有抓住要点"等。在我们进行各种信息传递时,经常都会出现一些障碍,以致引起对所传递信息意义的误解。但是,即使得到沟通对象的理解,我们也往往难以得到对方预期的反应或者是反馈行为。其原因在于,我们在沟通时实际上期望达到四个目标:一是信息被对方接收(倾听、阅读或者意识到);二是被对方理解(大脑解码);三是被对方接受(从内心);四是引起对方反响(改变行为或态度)。

如果我们未能实现以上任何一个目标,都意味着沟通的失败。结果经常引起这类不满或抱怨"你连这么简单的语言都听不懂吗?"

但是,什么是"简单的语言"? 实际上,语言不过是我们表达思想的一种代码,只有交流双方赋予这些代码相同的含义,人们才能理解这种代码。因此,作为一个有效的沟通过程将涉及代码和解码等问题。

一般来说,在群体或组织中,沟通有四种主要功能:控制、激励、情绪表达和获取信息。

1. 控制

在一个组织中,上级主管通过下达指令或者任务要求,可以控制员工的行为。比如,员工要按照工作说明书工作,要遵守公司的政策法规,遵守企业的规章制度,等等,通过沟通可以实现这种控制功能。另外,非正式沟通也控制着行为。比如,当工作群体中的某个人工作十分勤奋,违背了其他成员的意愿时,其他人就会通过非正式沟通的方式控制该成员的行为,使之步调一致。

2. 激励

在组织中,通过一些列的渠道和手段,与员工进行充分的沟通,可以激励员工的行为。比如,明确告诉员工做什么,如何来做,没有达到标准时如何处罚,应如何改进,圆满完成任务将予以怎样的奖励等,由此可以激励员工奋发进取的上进心和工作激情。

3. 情绪表达

在组织中,对很多企业员工来说,情绪的波动也影响工作,需要充分利用沟通机制来引导。工作群体是主要的社交场所,员工通过群体内的沟通可以表达自己的挫折感和满足感。因此,沟通提供了一处释放情感的情绪表达机制,并满足了员工的社交需要。

4. 获取信息

在组织中,通过必要的沟通,可以为个体或者群体的决策提供必要的信息,使决策者能够确定并评估各种备选方案,以提高决策的科学性。

三、沟通过程

沟通过程是指一个有效的沟通所涉及的环节步骤的总称。对于沟通过程的认识,也经历了一个由浅入深、由简单到复杂的过程。

在信息沟通过程中,往往会涉及三类人员,即编码者、译码者和解码者。例如,企业准备下发一项有关企业工资制度的改革方案。其中高层领导及其方案的起草班子是编码者,将工资改革思想以适当的形式(书面的、电子媒介的形式等)编制成方案,各有关部门的中层和基层领导是译码者,将工资改革的内容传达贯彻到有关部门和个人;涉及工资改革的部门和个人是解码者,因为最终的改革精神将由这些部门或者个人解读(理解)。

以上我们对沟通过程进行了大致的描述。在此基础上,沟通过程理论有了进一步的发展。下面讨论沟通过程理论的基本内容。

我们多数人对"传话"的游戏都很熟悉,即一个人把信息通过耳语传递给另一个人,另一个人再继续传递,如此相继进行下去。毫无疑问,当最后一个人把该信息人声说出来时,一般来说会和开始时的内容完全不同,有时使人啼笑皆非。"传话"游戏显示了沟通过程的极端复杂性,值得我们深思。

沟通过程理论认为,一个完整的沟通过程将涉及七个要素,包括:① 信息发送者(the sender);② 信息流(the message);③ 编码(encoding);④渠道(channel,又称为媒介 medium);⑤解码(decoding);⑥接受者(the receiver);⑦反馈(feedback)。并且,整个过程易受到噪音(noise)、过滤(perceptual filter)和背景(context)的影响。如图 10-1 所示。

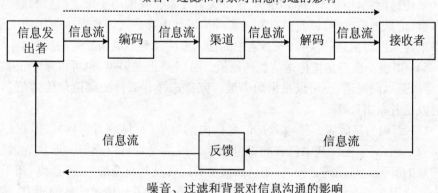

图 10-1 沟通过程示意图

既然是信息沟通过程,就必然有一个信息发送者,因此,信息发送者是沟通过程的起点,也称为信息源。

所发出的信息首先被转化为信号形式(编码),然后通过媒介物(渠道)传送至接受者,接收者通过解码理解信息,进而变成自己的行动。

接收者在解码和行动过程中可能会遇到一些问题,将这些问题反映给信息发送者就是反馈。

在整个信息沟通过程中,还将受到噪音、过滤和背景的影响。这样一种影响将伴随着沟通过程的始终。

(1)噪音。噪音是指信息传递过程中的干扰因素。典型的噪音包括难以辨认的字迹,电话中的静电干扰,接受者的疏忽大意,以及生产现场中设备的背景噪音等。噪音可能在沟通过程的任何环节上使信息失真。

(2)编码。编码是指将要传递的信息编成一定代码。要把信息传递给接收者,总要进行一定的编码(通过一定的代码来传递信息)。可能是口头语言编码,也可能是书面文字编码,还可能是电子媒体编码等。能否将信息准确地编码,将受到技能、态度、知识和社会文化等因素的影响。编码准确性高,才能将组织的指令正确地发送出去。

(3)信息与信息失真。信息是所要传递的思想、观点、看法、指令。信息的表现形式是指经过编码的物理产品。比如,我们说出的话、写出的内容、画出的图画、作出的手势等都是所要传递信息的表现形式。

信息失真(message distortion)是指信息在传递过程出现的同最初的信息含义偏离或者大相径庭的现象,也即信息的扭曲现象。在沟通过程中,使用不同的方式来传递信息,信息本身都可能会出现失真现象。我们用于传递信息的编码和信号群、信息内容本身,以及信息发送者对编码和内容的选择与安排所作的决策,都影响着人们对信息的理解,三者之中的任一方面都会造成信息的失真。

(4)渠道。渠道是指传送信息的通道。可以是正式渠道,也可以是非正式渠道;可以是纵向渠道,也可以是横向渠道。究竟选择什么样的渠道来传递信息由信息发送者做出选择。

(5)解码与接收者。接收者是信息指向的对象(个体或者群体)。但在信息被接收之前,必须先将其中包含的符号解译码成接受者可以理解的形式,这就是对信息的解码。与编码者相同,信息的接受者同样受到自身的技能、态度、知识和社会文化因素等方面的限制。一个人的知识水平影响着他传送信息的能力,同样影响着他的信息接受能力。另外,信息接受者的态度及其文化背景也会使所传递的信息失真。

(6)反馈。沟通过程的最后一环是反馈。反馈是指把信息返回给发送者,以便对信息是否被理解进行核实。反馈是影响沟通有效性的重要因素,只是单向传递而没有进行必要反馈的沟通往往是低效率的。组织的管理者要高度重视信息的反馈。

第二节　沟通的方式与技巧

组织在沟通过程中,沟通方式的选取非常重要。沟通方式选取得不适当,那么沟通效果就大打折扣,组织上层的指令就不能畅通无阻。这一点,组织的管理者必须牢记在心。要在实践中,不断探索最适用本组织的沟通方式。以下介绍几种不同的沟通方式和方法。

一、沟通的类型

不同的组织应根据本组织的具体情况,采用不同的沟通类型,也可采用不同类型的整合,关健是适用和畅通。

(一)纵向沟通和横向沟通

1. 纵向沟通

纵向沟通(vertical communication)又称为垂直沟通,是指沿着企业组织管理层次(指挥链)而进行的沟通,包括自上而下的沟通和由下而上的沟通两种情况。

(1)自上而下的沟通。自上而下的沟通(downward communication)是指在群体或组织中从一个水平向另一个更低水平所进行的沟通。向下沟通的典型情况是,信息(各种指令和任务要求等)从最高管理层开始下达,通过各个管理层次向下流动,终点是第一线生产工人和其他普通员工。

向下沟通的目的是把与组织目标和有关的信息传递给员工。组织的领导者给下属分配任务、布置工作、传达政策精神、指出需要注意的问题、提供工作绩效的反馈等,这些都是自上而下沟通的所需要的。

(2)自下而上的沟通。自下而上的沟通(upward communication)是在组织中将信息从低水平传向更高水平的沟通,是把在较低层次发生的有关信息及时提供给较高层次的管理者的一种沟通。比如下属向上级(管理层)呈送申请报告、汇报工作进度、并告知当前存在的问题等,都属于自下而上的沟通。通过自下而上的沟通,管理者可以了解下属的有关意见和建议,以便不断改进工作。也便于高层管理者及时了解下情,及时化解某些矛盾,保证组织安全运转。

2. 横向沟通

横向沟通(lateral communication)是指平行沟通和斜向沟通(交叉沟通)的总

称。平行沟通（horizontal communication）是指处于同一平行管理层次上的人员所进行的彼此交流和信息传递；斜向沟通（cross communication）是处于不同平行层次上的且没有直接隶属关系的人员之间的彼此交流。比如，营销部门经理同财务主管的沟通属于横向沟通。组织中的信息流向如图 10-2 所示。

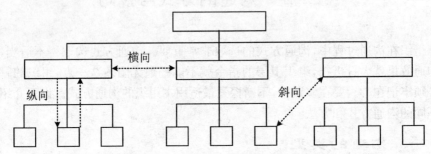

图 10-2 组织中的信息流向示意图

　　一般来说，即便是在组织中的垂直沟通十分有效的情况下，横向沟通也是必要的。因为在通常情况下横向沟通在节省时间和促进合作方面具有很大的优势。在某些情况下，这种横向沟通是上级正式规定的，但在多数情况下，是自发产生的，它是为了简化垂直方向的交流、加快工作速度。

　　从管理的角度来看，横向沟通有有利的一面，也有不利的一面。如果所有沟通都严格遵循正式的垂直结构则会阻碍信息的时效性和精确性，而横向沟通可以提高沟通的效率，并使员工之间建立起必要的联系，这是横向沟通的优越性所在。在一些情况下，横向沟通也会带来负面影响。比如，由于横向沟通的无序性使正式的垂直渠道受到破坏，组织的成员越过或避开他们的直接领导做一些事情等。在这种情况下，管理者应当及时进行协调，确保企业正常运转。

▌知识链接▌

人类文明史即是沟通史

　　文明三要素是思考、语言及文字。

　　思考是无声的语言；

　　语言是有声的文字；

　　文字则是纸上的语言或思考的记录。

　　此三要素是人与其他动物不同之处，而其主旨皆在沟通；可见人类进步的文明史，完全可以说是一部沟通史。

（二）正式沟通和非正式沟通

1. 正式沟通

正式沟通（formal communication）是指通过正式的组织结构所进行的沟通。如车间主任作为管理者与作为下属的员工之间的沟通，又如企业公关部经理代表企业向新闻媒体发布信息等。

有效的正式沟通系统是非常重要的。对于组织结构比较严密、管理层次少的组织，尤其是直线型的组织。但对于规模庞大的组织，这样一种正式沟通网络就可能出现模糊的现象。为提高正式沟通的有效性，建立正式沟通渠道时应当遵循以下一些规则：

（1）企业内部的权属关系要清晰。明确谁可以与谁正式接触，以避免在组织成员中形成不良关系。这涉及分工问题，关键要制定出相应的规则。例如，一个商店管埋人员是直接与米购部门的职员联系，还是必须通过他的经理？谁与主要的购买者接触？在什么情况下，这种直接接触是允许的？销售人员是直接与生产部门联系还是与销售部门联系等。

（2）指挥系统要畅通无阻。确定谁可以向谁下达指令。比如，一个信贷管理员是直接向销售人员下达关于客户账户方面的指令，还是只能通过销售部门下达？如果在这个组织中有了明确的规定，就会避免很多不必要的延误。

（3）正式沟通渠道多样化。组织中要采取灵活多样的沟通渠道，确保组织信息畅通无阻。正式沟通渠道的主要类型包括员工会议、布告栏、员工期刊和员工手册、工作例会等。

员工会议可以是管理层召开的向员工提供信息和进行讨论的会议，也可以是按规定召开的包括管理层成员和员工代表在内的咨询会议。

布告栏是一种简单明了的沟通渠道，其作用在于将有关信息公布于众。可以是宣布会议的举行，也可以是公布已经作出的决定等。布告应当简明扼要，同时使用适当的语言。

员工期刊是鼓励员工的集体感和上进精神的一种沟通渠道。通过公布组织已经取得的成就和将来的计划，可以使员工产生对组织的感情以及自豪感；通过宣布职务的晋升和生活福利方面的改善，可以对员工们产生正面的激励作用；通过发表文章、信件等可以反映员工的声音。

员工手册为不同职位的员工提供所有他们应当知道的方方面面的信息和规定。这些规定涉及雇用条件、工资、假期和福利等类似的事情。所有的员工，不论地位如何，都应当有一本手册。

工作例会是组织中必不可少的沟通形式。通过工作例会布置近期工作和任务,按排各种资源。

2. 非正式沟通

非正式沟通(informal communication)是指除了正式沟通渠道以外所进行的一切沟通。如组织中好朋友们之间传播关于即将裁员的小道消息,或公关部经理与报社记者的社交晚餐等。

中外管理学家一直提醒我们,不可忽视非正式沟通。任何管理人员,如果忽视了组织中的非正式沟通就会受到损失。在已经建立起稳定和有效的正式沟通渠道的地方,非正式沟通就不会明显存在,但当组织没有足够的正式渠道时,非正式沟通就很多。非正式沟通的渠道类型包括:

(1) 小道消息,它是秘密传递信息的途径,也是一个谣言和闲话的传播网。由于这种渠道基本上是口头传递,即使开始的信息是正确的,也会很快变得不真实了。同时,这种方式是心怀不满者传播谣言的便利手段。事实上,小道消息传播坏消息的时候多于好消息。一般情况下,很难查找消息的真实性,而谣言会对员工产生干扰。

小道消息的传播大致有以下四种形式:即单线传播、闲谈传播、随机传播和积聚传播。

在单线传播中,由 A 将信息转告 B,B 再转告给 C,一人传一人,依次传递,这种链条在传播信息时是最不准确的。在闲谈传播中,由一人把取得的信息告知所有其他成员。这种方式常用于传播令人很感兴趣但却与工作无关的信息。随机传播中信息拥有者在传递信息时并无选择性,他们随机地将信息告诉其他人,而得到信息的人又随机地告诉其他人。积聚传言链中,人物 A 将信息传递给经过选择的有限人员,其中的部分人员又将信息有选择地传递给其他人。

通过建立正式沟通渠道,并且通过这些渠道尽早发布消息来增强对管理层的信任。这样,人们就不会轻信谣言,从而维持管理层的权威。

有一种情况,小道消息对组织是有利的。当为了慎重起见,在正式公布一项决策前需要预知员工的反应时,可以通过小道消息泄露出去,以便从某种程度上了解员工的反应。

(2) 食堂的午餐。当一个组织提供用餐服务时,很多非正式沟通将在饭桌上进行。食堂的午餐是非正式沟通的地方,一个精明的管理者或者经理可以从中获得许多有关员工的想法、态度或者抱怨的信息。

(3) 社交场合。任何类型的社交都是非正式沟通的场所。在这种社交场合下。既可以进行内部沟通,也可以是外部沟通(与企业外部的业务单位等进行的沟通）。从高尔夫球场到晚宴邀请，从去舞场到进酒馆消闲，很多此类场合都是为收集信息而有意识组织的。但在很多情况下，信息的传递是无意识的。

▌知识链接▐

针对下列给定情境，考虑适当的沟通方式

背景资料：① 说明企业面临的严峻形势。② 考察中层管理者人选。③ 与海外分公司联络。④ 工资福利谈判。⑤ 与新闻界维持良好关系。⑥ 讨论基层质量问题。⑦ 下达生产计划。⑧ 新产品开发计划。

问题提示：

（1）召开员工会议，说明形势，剖析问题，指明方向，鼓舞士气，稳定人心，避免谣传与误解。

（2）人事部门有意透露小道消息，测试人选所在部门员工的反应。

（3）由指定联络部门收发电子邮件。

（4）董事会代表与工会代表会谈。

（5）公关部举办有高层管理者出席的社交会餐。

（6）质量圈成员例会。

（7）由生产部经理对各车间发布书面指令，车间主任再对各作业班组发布书面指令。

（8）由主管高级执行官召集研究与开发部、市场营销部、生产部、财务部、人事部代表等组成的新产品开发委员会会议。

（三）内部沟通和外部沟通

1. 内部沟通

内部沟通（internal communication）是指在企业组织体系框架之中进行的沟通，包括各种纵向的与横向的沟通网络以及正式的与非正式的沟通渠道。这种沟通的基本特征是，沟通是在企业内部进行的。有些信息外部人是看不到的。

2. 外部沟通

外部沟通（external communication）是指企业组织与企业的利益相关者之间的沟通，这种沟通发生于企业组织体系框架之外。比如企业与工会、员工协会、专业团体之间的沟通，企业与股东之间的沟通，企业与银行之间的沟通，企业与政府之间的沟通，企业与新闻媒体之间的沟通等。

一般来说，企业不是生活在真空中。企业或其他组织往往要与各方面的公众

发生各种形式、各种层次的关系,相应地要建立多种形式的合作与交往渠道,于是形成了外部沟通网络(渠道)。对企业而言,主要是由经营销售网、有关生产、科技、供应、资金和其他方面的协作网以及宣传媒介网等组成。

(四)单向沟通与双方沟通

在信息沟通过程中,按照信息发送者与信息接收者之间是否存在交互功能,可分为单向沟通和双向沟通。

1. 单向沟通

单向沟通(one-way communication)是指仅仅有信息发送者发出的信息流,而没有接收者的反馈信息流的单方面沟通,或者只有反馈信息流而没有发出者的回复信息流的单方面沟通;比如,高层只是下达指令,而不管下属对指令的意见如何,这种沟通被称为单向沟通。

2. 双向沟通

双向沟通(two-way communication)是指既有信息发送者的信息流,又有信息接收者的反馈信息流的双方交互式的沟通。相反,在征求下属意见的基础上下达指令或者下达指令后密切关注下属的意见和建议,这样一种沟通我们称为双向沟通。如图10-3所示。

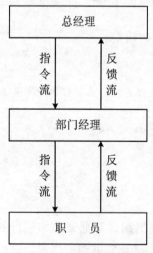

图10-3 双向沟通示意图

由图10-3可以看出,在纵向沟通中,既有指令流又有反馈流的沟通就是双向沟通;反之,仅仅有指令流而没有必要的反馈流,或者仅仅有反馈流而没有必要的指令流,我们都认为是单向沟通。

在传统管理的条件下,沟通往往是单向的,因为指令的下达是为了被执行,而不是解释什么。在当今时代,各级员工包括基层和中层管理人员都不再满足于盲目地接受上级的指令,他们认识到,许多管理决策和指令,会影响到他们的生活或者工作条件,因此,他们会要求在决策实施前了解决策的来龙去脉。于是,产生了被现代管理普遍接受的双向沟通渠道。这种沟通的特点是,既有自上而下的指令渠道,又有自下而上的反馈渠道。

这里要注意的是,接受双向沟通增加了中层管理人员的负担。中层管理人员除了要将上级指令以可以接受的方式向他们的员工的直接接触较少,员工同高层管理者之间能否有良好的关系,在很大程度上取决于中基层管理人员对上级的指令及员工意见的传递情况。

二、沟通的方式

沟通方式是指沟通双方在信息沟通过程中所采用的具体方式。沟通方法的分类同样有多种标准。按照沟通的具体方式不同分为：面对面沟通（包括面谈、会议和讲演）；电话沟通；电子邮件沟通；传真、信件、备忘录沟通；广告、公告和一般文件沟通等。

（一）影响沟通方法选择的因素

在一个组织中，在信息沟通过程中究竟选择什么样的方法，受到多种因素的影响。主要因素包括：个体性格特征；传递信息的丰富性；信息本身的性质。

1. 个体性格特征

众所周知，每个人性格都不一样。为什么人们会选择某种沟通方法而不选择其他类型方法，比如，采取打电话的方式而不进行面对面的交谈？主要是因为不同的人，他的性格特征所致。也就是说，有些人对某种沟通方式存在着焦虑。比如，某一下属想和他的上司沟通，既没有直接找上司面谈，也没有通过电话进行说明，而是非常正式地写了一份报告。而有的人可能直接去找上司面谈。这其中的主要原因就是不同的人所采用的沟通方法不同所致。

2. 传递信息的丰富性

一般来说，不同的沟通方法传递的信息不一样。沟通方法传递信息的丰富性是指各种沟通方法在传递信息方面的能力的大小。一些方法传递的信息比较丰富，这些方法在同一时间内能够处理多种信息；而且能够实现快速反馈；信息沟通双方能够直接接触。

从传递信息的丰富性上看，面对面交谈的得分最高，因为它在沟通过程中传递的信息量最大，也就是说，它提供了大量的信息线索（语言、体态、面部表情、手势、语调）、即时反馈（言语和非言语两种方式）和亲身的接触。而一些书面媒体，如公告和一般文件等，传递信息的丰富性程度相对来说较低。

3. 信息本身的性质

对渠道的选择还取决于所传递的信息本身的性质。常规信息通常是直来直去的，其模棱两可的程度最低。非常规信息较为复杂，有潜在的误解可能性。管理者可以采用丰富性程度低的渠道对常规信息进行有效沟通。面对非常规信息来说，在沟通中只有选择丰富性程度高的渠道才能有效。信息沟通方法选择的影响因素如表 10-1 所示。

表 10-1　信息沟通方法选择的影响因素

应选择的信息沟通方法	影 响 因 素	
	要求传递信息的丰富性程度	信息的常规与非常规性
面对面交谈	很丰富	非常规的
电话	丰富	部分属于非常规的
电子邮件	一般	一般
备忘录、信件	贫乏	部分属于常规的
广告、公告和一般文件	很贫乏	常规的

在管理实践活动中,许多高层管理者利用会议促进沟通,并常常走出自己的办公室通过随便走动的方式进行管理(这种方式叫走动式管理),这种变化绝非偶然。这些领导者之所以利用丰富性程度高的沟通方法,就是为了传递那些以模糊性为特点的信息。很多组织为了适应环境的变化,开展了一系列的非常规活动,诸如关闭设施,削减人员,重组机构,进行合并与兼并,以及加速引进新产品和新服务的步伐等。要加强这些非常规信息的沟通力度,就要求利用多种渠道传递大量模糊性高的信息。因此,采用丰富性程度高的方法进行沟通,已经是时代的要求。

(二) 沟通方法的类型

在组织中,沟通的方法有很多种,在现代社会可以说是无数种,因为新的沟通方法还在不断涌现。前面我们说过,沟通的方法包括面对面的沟通(面谈、会议和讲演等)、电话沟通、电子邮件沟通、信件(含传真)和备忘录沟通、广告和一般文件(包括公告)沟通等多种类型。以下重点讨论会议沟通、面谈沟通、讲演沟通等方法。

1. 会议沟通

在组织中,开会是最常见的事。会议沟通是指通过召开会议进行沟通的一种方式,是最常见的沟通方式之一。传达上级文件精神、总结交流经验、讨论经营策略等往往需要通过会议的形式进行沟通。

一般来说,会议可以定义为"两个或更多的人聚集在一起讨论共同关心的事务,以做出决策或颁布政策"。

这个定义概括了所有类型的会议:正式的、非正式的和法定的会议。它还解释了举行会议的主要目的,即讨论一件或多件事务,如果需要,还要做出采取有关行动的决策。它们的不同在于,所有的与会者具有同等的地位,还要形成集体决策或意见。

按照会议传递的信息的类型不同,会议分为以下几种类型:

(1) 通知型会议。这些会议的目的不是为了讨论问题并寻求解决的方案,而是将已做了的决定通知与会者。

召开这类会议是为了公布已做的决定并使之合法化,很有可能就问题展开讨论,解释所做出的决定,但不可能改变决定。

(2) 解说型会议。召开解说型会议的目的是解说公司的政策或战略。会议的主题可能是一个政策或策略,提议者的意图是影响与会者并使之接受公司这项建议,以免执行出偏差。

(3) 咨询型会议。召开这种会议不是为了通报已做出的决策,也不需要劝说与会者接受特定的观点,而是提出问题在会上讨论。与会者的经验和知识可以集中起来研讨某个问题,以便找出一个满意和一致赞同的解决方法。这类会议中一个好的主席是必不可少的,他可以使所有与会者都有机会发表意见,并且使之得到适当的重视,也可以防止会议被个别人所控制。

2. 面谈沟通

面谈是一种面对面的口头交流,它的目的是要在尽可能少的时间内发现尽可能多的相关信息。

在企业中,面谈被用于各种目的,包括招聘员工、倾听员工的牢骚等。即使是很小的干扰,都可能妨碍思路,中断交谈,从而影响面谈的效果。当要举行一系列面谈时,比如从许多应聘者中选拔工作人员时,应为之分配充分的时间,并当作一件重要的事情去做。

一般要注意以下几点:

(1) 在面谈前,物质上的安排也十分重要,必须使被面谈者感到舒适。房间要令人感到愉悦,光线适中。椅子是办公用的,但要舒服,最好对所有参加在谈的人员给予同样的待遇,决不能厚此薄彼,致使被面谈者感到处于相对不利的位置。

(2) 规范面谈者的行为。面谈者必须特别注意被面谈者的表情,并给他信心。面谈者的态度应当是善解人意、乐于助人的。最重要的是,面谈者不能专横,因为这样会使被面谈者产生担心或紧张的情绪。面谈者也不能滥用权力,问一些个人的或无关的问题。除非被面谈者思想非常平静放松,否则就会妨碍交流,使面谈不能成功。

(3) 确保信息交流顺畅。面谈的目的是获取和交换信息,要使信息交流顺畅,应当形成一种彼此信任、轻松友好的氛围。建立这样一种氛围的方法是,面谈者在面谈之初引入一个双方感兴趣的、没有争议的话题,从而在双方之间形成和睦的氛围,使得下面的对话容易进行,并且能减少被面谈者的紧张感。提问的问题应当在计划阶段确定;问题提出的方式由面谈过程中的气氛控制。

(4) 始终把握面谈的主题。面谈是一种思想交流活动。在面谈过程中,可能会出现讨论与面谈目标无关的有趣话题的倾向,对于这种情况必须严格制止。因此,在讨论的整个过程中,面谈者的头脑中必须保持清醒,不允许无关的话题闯入。如果经过仔细计划,这一点不难做到。然而,在进行无结构面谈(没有详细谈话提纲的面谈)的情况下,面谈可能会使谈话偏离面谈的要点,面谈者应当及时引导,以确保从被面谈者那里获得所需要的信息。

3. 讲演沟通

讲演沟通是指通过发表讲演进行沟通的一种方式。经理经常有必要面对众人发表讲演,有时是一大群人,有时是一小组人。为了使讲演能够获得预期的效果,应当遵循一定的准则,尤其是在大型集会上讲演时。这些准则包括:

(1) 把握讲演主题及相关知识。全面掌握讲演所涉及的知识是必不可少的,它能给讲演者以信心。如有必要,应对讲演主题进行研究以弥补讲演者知识上的不足。

(2) 做好回答各种问题的准备。既然是讲演,可能会有听众或小组提出问题,讲演者必须做好回答各种问题的准备。任何知识贫乏的表现都可能失去听众的信任。

(3) 把握好语言表达的尺度。假设面对的听众不是同事,他应事先明确讲演时将面对的是哪一类的群体。针对不同的群体讲不同的语言,对知识分子讲演所用的语言与在操作工人会议上的讲话语言是不同的。

(4) 运用讲稿,但最好不看。很少有讲演者能发表一流的讲话而不用讲稿的,如果你能做到,必然引起人们刮目相看。效果也不一般。注意做讲稿的方式。它们作为记忆的辅助手段,应使讲话按步骤、有逻辑性地进行,避免漏掉要点。

(5) 选择恰当的讲演方式。有以下几种具体方式可供讲演时选择:

一是逐字念讲稿。阅读讲稿的讲演方式对听众来说几乎总是乏味的,建议最好避免这种方式。

二是写完讲稿后背诵。这比念讲稿更糟糕,因为除了乏味之外,还有忘记部分内容的额外风险。

三是准备但不用讲稿的即席方法。在这里讲演者写下或者不写下完整的讲稿,实际讲演时,根据观众的兴趣进行适当调整。用这种方式做的讲演有可能生动、富有活力,比前两种方法更能保持观众的兴趣。

四是即兴讲话。讲演者讲演时不借助于任何讲稿,而且经常不作事先准备。

只有非常有经验的、有绝对把握控制主题的人才能成功地以这种方式做讲演。

（三）选择沟通方法应当遵循的原则

选择什么样的沟通方法，应当遵循一定的原则。主要原则包括：

1. 符合礼节要求

如何进行沟通同礼节要求有关。比如，下级向上级汇报情况，可以采用"报告"的沟通方法进行；如果是上级需要向下级传达文件和有关政策法规，通常可以用召开会议的方式进行沟通。

2. 提高沟通速度

所采用的沟通方法应当有利于提高沟通速度。如果某些事件比较紧急，需要迅速传达给有关人员，可采用电子媒体的沟通方法，比如发送电子邮件、召开电视会议等；反之，则可以采用沟通速度较慢的方法，比如通过邮寄的方式传达有关文件精神。

3. 简化沟通程序

总的看来，应当采用尽可能简化的程序来实现沟通。比如，能用电话沟通，就不召开会议；能用便条沟通的，就不下达正式文件等。

4. 利用组织渠道

为了确保信息沟通的及时性、准确性和权威性，应当尽可能利用正式组织（formal organization）的沟通渠道传递信息。比如，中央机密文件的逐级传达，即由中央级到省部级，再到司局级和县团级等。

5. 提高沟通的有效性

不论采用哪种沟通渠道，最终要以提高沟通的有效性为目标。比如，为了把企业的工资改革方案精神迅速传递给有关部门和员工，可以通过召开员工会议的方法来进行沟通；再比如，某个员工近期情绪低落，旷工严重，可以通过面谈的方法进行沟通等。沟通的效果要摆在第一位。

三、有效沟通

一个组织在沟通过程中，有时沟通效果存在不尽人意的情况。或者说组织内部还存在许多矛盾。这都说明在沟通的过程中，有许多外界干扰以及其他内部种种原因，信息沟通不畅，使得信息的传递不能发挥正常的作用。因此组织的沟通存在有效性问题。所谓有效沟通，简单地说就是传递和交流信息的可靠性和准确性高，内容和渠道都准确到位。

那么有哪些原因会引起组织沟通不畅？我们认为大概存在以下三个方面的原因：

(一) 个体因素

在生活中每个个体是不一样的,个体因素不一样主要是性格差异、家庭背景的差异,从而影响每个个体沟通技巧的差异。

除了人们接受能力有所差异外,许多人运用沟通的技巧也很不相同。有的人擅长口头表达,有的人擅长文字描述,有的人还利用形体语言,所有这些问题都妨碍进行有效的沟通。作为组织的高层管理者,一定要想方设法让组织内部信息畅通无阻,这样,组织内其他与组织正规信息有出入的消息,会自动熄火。

另外,每个个体的人际关系也直接影响沟通效果。沟通是发送者与接受者之间"给"与"受"的过程。信息传递不是单方面,而是双方面的事情,因此,沟通双方的诚意和相互信任至关重要。上下级间的猜疑只会增加抵触情绪,减少坦率交谈的机会,也就不可能进行有效的沟通。

信息来源的可靠性由下列四个因素所决定:① 诚实;② 能力;③ 热情;④ 客观。有时,信息来源可能并不同时具有这四个因素,但只要信息接受者认为发送者具有即可,可以说信息来源的可靠性实际上是由接受者主观决定的。可靠性较大的工作单位或部门相对能比较公开、准确和经常地进行沟通,它们的工作成就也相应地较为出色。

沟通的准确性与沟通双方间的相似性有着直接的关系。沟通双方特征的相似性影响了沟通的难易程度和坦率性。沟通一方如果认为对方与自己很相似,那么他将比较容易接受对方的意见,并且达成共识。相反,如果沟通一方视对方为异己,那么信息的传递将很难进行下去。

(二) 组织因素

组织因素包括组织结构、组织制度、组织领导人等多方面因素。组织结构因素包括地位差别、信息传递链、团体规模和空间约束等四个方面。

大量研究表明,地位的高低对沟通的方向和频率有很大的影响。地位悬殊越大,信息趋向于从地位高的流向地位低的。事实清楚地表明,地位是沟通中的一个重要障碍。地位差别越大,相互之间的沟通越少。

一种信息连续地从一个等级传到另一个等级时所发生的变化,称为信息链传递。信息链越长,信息传递越容易失真。

团体规模越大,人与人之间的沟通也相应变得较为困难。这可能部分地由于沟通渠道的增长大大超过人数的增长。

一般来说,企业中的员工只能在某一特定的地点进行操作。这种空间约束的影响往往在员工单独于某位置工作或在数台机器之间往返运动时尤为突出。空间约束不仅不利于员工之间的交流,而且也限制了他们的沟通。一般来说,两人之间的距离越短,他们交往的频率也越高。这涉及组织制度问题。

组织领导人性格特征、思想开放程度、管理手段的不同,他手下的组织信息传递渠道都不一样。从这一点看,为什么,有的人在某个公司工作心情舒畅;而在另一个公司工作心情不好的原因,这里抛弃收入多少不谈。

(三) 社会因素

社会因素也在很大程度上影响着组织沟通效果。其中有技术因素,也有经济因素,还有当时社会价值取向因素等。技术因素主要包括语言、非语言暗示、媒介的有效性和信息工具的飞速变化。经济因素主要涉及社会经济的水平,物价的波动,人们的收入水平等。社会价值取向主要涉及当时社会的价值观。

一般来说,大多数沟通的准确性依赖于沟通者赋予字和词的含义。由于语言只是个符号系统,本身没有任何意思,它仅仅是我们描述和表达个人观点的符号或标签。每个个体阅历不同,包含的信息量也不一样。语言的不准确性不仅表现为符号多样,它还能激发各种各样的感情,这些感情可能又会更进一步歪曲信息的含义。同样的字词对不同的团体来说,会导致完全不同的感情和不同的含义。

在组织中,管理人员十分关心各种沟通工具的效率。一般来说,书面和口头沟通各有所长。书面沟通常常用于传递篇幅较长、内容详细的信息。优点是:为读者提供以适合自己的速度、用自己的方式阅读材料的机会;易于远距离传递;易于储存,并在做决策时提取信息;因为经过多人审阅,所以比较准确。

口头沟通适合于需要翻译或精心编制才能使拥有不同观念和语言的人理解的信息。优点是:快速传递信息,并且希望立即得到反馈;传递敏感的或秘密的信息;适用于不适合用书面媒介传递的信息;传递感情和非语言暗示的信息。

对组织来说,选择何种沟通工具,在很大程度上取决于信息的种类和目的,还与外界环境和沟通双方有关。

当前,我们生活在一个信息爆炸的年代。企业主管人员面临着"信息过量"的问题。例如,管理人员只能利用他们所获得信息的 1/100 到 1/1000 进行决策。信息过量不仅使主管人员没有时间去处理,而且也使他们难于向同事提供有效的、必要的信息,沟通也随之变得困难重重。

另外,信息工具的飞速变化和更新,也会影响组织沟通效果。由于信息技术飞速发展,信息工具更新速度奇快,有的人已接受,已使用,而另外一些人可能还不接受,还没使用。或者说,由于技术原因不会操作,都会影响沟通的实效。

经济水平也会影响沟通的有效性,大到组织之间的沟通,在经济飞速发展的进程中,组织之间的沟通会日益频繁,原材料价格和产品价格,用工价格都会影响到组织之间的沟通效果。

价值观取向直接影响着人们对某些信息的接受,和对另一些信息的排除,从而导致组织内部沟通的不畅。进而影响生产和工作效率。

四、有效沟通的实现

在组织中,管理者要想方设法克服各种沟通障碍,实现管理的有效沟通。因而,无论是对组织中沟通还是组织间沟通,有效沟通的实现取决于对沟通技术的开发和改进。

一般来说,克服沟通中的障碍,实现有效沟通,要把握以下准则:

(1)把信息畅通当作头等大事。组织中的管理人员一般十分重视计划、组织、领导和控制,对市场开拓、财务管理都很重视。而对沟通常有疏忽,认为信息的上传下达有了组织系统就行了,对非正式沟通中的"小道消息"也不加以管理和引导,这是非常危险的。

(2)重视接收信息。组织中,对管理人员来说,接收信息,不是件容易的事。要较好地"听",也就是要积极倾听,倾听时要注意表现出全神贯注;该记的时候要记,这很重要,下属会觉得你很重视这件事,他会把很多重要的信息跟你讲。

(3)营造相互信任的环境。在组织中,高层管理人员不仅要获得下属的信任,而且要得到上级的信任,他们必须明白:信任不是人为的或从天上掉下来的,而是诚心诚意争取来的。平时要努力营造一个相互信任的好环境。

(4)优化信息传递链,拓宽沟通渠道。要想达到这一点,办法有很多,如减少组织机构重叠,在利用正式沟通渠道的同时,开辟高层管理人员至基层管理人员的非正式的沟通渠道,以便于信息的传递。开拓多维沟通渠道,让信息四通八达。

(5)不断增加临时沟通渠道。当企业发生重大问题,引起上下关注时,管理人员可以授命组成管理工作组。增加临时沟通渠道。该工作组利用一定的时间,调查企业的问题,并向最高主管部门汇报。最高管理层也要定期公布他们的报告,就某些重大问题或"热点"问题在全企业范围内进行沟通。

(6)加强平行沟通,促进横向交流。一般来说,组织内部的沟通都是以命令链的垂直沟通居多,部门之间、车间之间、工作小组之间的横向交流较少。而平行沟通却能加强横向的合作,且对组织间沟通尤为奏效。平行沟通畅通无阻,会减少组织的内耗,大幅度提高组织工作效率。

第三节　冲突管理与谈判

组织中,有效沟通是为了降低组织的管理成本,进而降低组织之间的交易成本。但是,由于组织之间以及组织中员工之间本质的区别,沟通并不会达到尽善尽美的效果,这样,组织摩擦和人员摩擦不可避免地发生,带来额外的管理组织成本。这种摩擦程度越大,组织的协调成本越高。这就是冲突的由来。

一、冲突的含义

一般来说,冲突是指个体或组织因为某种差异而引起的抵触、争执或争斗的对立状态。人与人之间由于利益、观点、掌握的信息或对事件的理解都可能存在差异,有差异就可能引起冲突。不管这种冲突是否真实存在,只要一方感觉到有差异就会发生冲突。平时生活中,夫妻吵架,学生打架,工人闹矛盾等,都属于这种。显然,沟通不足或没有沟通,是导致冲突的直接原因。

二、组织内的冲突

组织内部,发生冲突是常有的事。就是在组织各方面条件都还不错的情况下,部门之间,工人之间,领导之间,科室之间都经常发生冲突。何况在当前市场经济的条件下,改革开放不断深化,各种新旧思想、新旧观念、新旧手段的相互冲突,都会引起各种矛盾。

细细分析一下,组织内的冲突又集中在三个层面上。

(一) 人际之间

人与人之间,不管是领导之间,工人之间,都会出现各种各样的冲突。如前所述,由于他们的思想、观念、方法的矛盾而导致冲突,小到两人之间,大到波及全部门、全单位。

(二) 部门之间

在组织中,部门之间的冲突是最常见的。由于利益关系、责任关系等原因经常引起纷争,或者说是因为沟通不畅的原因,互相引起误解,从而引起猜测,引起矛盾。

(三) 新旧方法之间

在组织中,由于新旧方法、新旧技术、新旧手段等原因而引起的矛盾和冲突会非常普遍。现代技术突飞猛进,新技术不断涌现,由于旧思想、旧观念的阻碍,冲突会非常正常。

理顺组织冲突的几个层面,有利于我们对诊下药,做好组织内的沟通工作,有助于我们花很小的力气,做到有效的沟通,使组织各项工作能顺利完成。

三、组织内冲突的缘由

要进一步解决冲突问题,前提是了解出现差异的原因及其表现形式。

这些原因大体上可以归纳为三类。

(一) 个人成长环境的不同

实际上,由于文化和历史背景不同,个人成长环境是有区别的,不同的成长环境,造就不同的人。又如,一方水土养一方人。再加上沟通中出现语义困难、误解以及沟通过程中的噪音的干扰,都可能造成人们之间意见不一致。沟通不良是产生这种冲突的重要原因。

(二) 组织结构环境的不同

如果我们仔细观察管理中经常发生的冲突,你会发现绝大多数是由组织结构的差异引起的。分工造成了组织结构中垂直方向和水平方向各系统、各层次、各部门、各单位、各不同岗位的分化。组织愈庞大、愈复杂,则组织分工愈细密,分工愈细密,工作起来方便,但组织整合更加困难。由于信息不对称和利益不一致,再加上某些制度不一定充分公平,人们之间在计划目标、实施方法、绩效评估、资源分配、劳动报酬、奖惩等许多问题上都会产生不同看法,这种差异是由组织结构本身造成的。为了本单位的利益和荣誉,许多人都会理直气壮地与其他单位甚至上级组织发生冲突。不少管理者,甚至把挑起这种冲突看作是自己的职责,或作为建立自己威望的手段。几乎每位管理者都会经常面临着与同事或下属之间的冲突。可见做好沟通工作,营造好的环境是多么重要。

(三) 价值观的不同

正如前面所说,每个人的社会背景、教育程度、阅历、修养,塑造了每个人各不相同的性格、价值观和作风。尤其是价值观的不同,人们之间这种个体差异造成的合作和沟通的困难往往也容易导致某些冲突。有的明显是不正确的价值观,但他认准了这个理,你也没有办法,所谓"江山易改本性难易"说就是这个道理。从这个角度看,某些冲突的发生也不难理解。

这说明,事实上由于以上这些原因的客观存在,冲突也就不可避免地存在于一切组织中,从而,管理冲突的必要性就突出出来。作为管理者,这是管理好一个组织义无反顾的责任。

四、冲突的利与弊

那么,组织中的冲突既然不可避免,这些冲突对组织到底好不好呢?

我们来看看别人的观点。多年来,对组织冲突的看法,一般有如下三种观点:

第一种观点存在于19世纪末到20世纪40年代,认为组织应该避免冲突,冲突本身表明组织内部的机能失调。冲突对组织无任何益处,是有害的。这种观点一般被称为冲突的传统观点,即有害论。

第二种观点认为冲突是任何组织不可避免的产物,但它同时指出,冲突并不一定会导致对组织的危害,相反,冲突可能是有利于组织的积极动力。显然,这一观点认为冲突客观存在,主张接纳冲突,使冲突的存在合理化,努力化解冲突。并希望将冲突转化为有利于组织的程度。自20世纪40年代到70年代中期,这一观点在冲突理论中占主导地位。因为强调冲突的必然性,这种观点又被称为冲突的人际关系观点,即有益论。

第三种观点是当今的冲突管理观点,明确认为组织中有适度的冲突不仅可以成为组织中的积极动力,而且其中有些冲突对于组织或组织单元的有效运作是必要的。换言之,冲突是组织保持活力的一种有效手段。因而,这种观点鼓励管理者维持一种冲突的最低水平,以便使组织保持创新的激发状态。这种观点又被称为冲突的相互作用观点,即适度论。

一般来说,组织冲突有利的一面是,组织应保持适度的冲突,使组织养成批评与自我批评、不断创新、努力进取的风气,这样组织就会出现人心汇聚,奋发向上的局面,组织就有旺盛的生命力。在争执中前进,在争执中发展。20世纪90年代中期以来,全世界企业管理界掀起建立学习型组织(learning organization)的企业管理浪潮,这在很大程度上,是关于如何转化企业环境中激发的越来越多的冲突。要求组织开放和提高内外沟通效率,达到提高组织在市场中盈利水平的目的,并进一步提高组织的竞争力。组织冲突不可避免,死水一潭不利于组织的发展。我们坚持认为,适度的冲突有利于组织的发展,有利于组织的进步。

五、组织内冲突的化解

我们可以看到,组织内适度的冲突,对组织发展有很大的促进作用。但是,作为组织的管理者,不能任由冲突无休止的发生,而不加管理和引导。由此看来,冲突管理实际上包括两个方面。一是管理者要设法消除冲突产生的负面效应,或者说要努力避免消极的冲突。因为这些冲突阻碍了组织实现目标,属于功能失调的冲突,它们对组织具有破坏性作用。二是要求管理者激发冲突,引导冲突,利用冲

突对组织产生的正面效应,在冲突中发现问题,在冲突中解决问题。那么如何巧妙地化解冲突呢? 一般来说,把握以下几个准则:

(一) 高屋建瓴地看问题

组织的管理者可能面临许多冲突,有可能每天都有许多冲突在等着你去处理。其中,有些冲突非常琐碎,不值得花很多时间去处理;应当选择那些员工关心、影响面大、对推进工作、打开局面、增强凝聚力、建设组织文化有意义、有价值的事件,亲自抓,一抓到底。对冲突事必躬亲的管理者并不是真正的优秀管理者。要跳出冲突看冲突,要跳出问题看问题,才能看到问题的本质。

(二) 掌握决断技巧

不要马上作出决断,不要偏爱某一方。要让双方冷静下来,才能研究问题。要了解冲突双方的观点、差异、双方真正感兴趣的内容、代表人物的人格特点、价值观等。如何决断才对组织发展有利,如何决断对组织发展不利,要把握好分寸。

(三) 有调查才有发言权

管理者的决策是否有威信,取决于你对事物的来龙去脉非常了解,不仅了解公开的表层的冲突原因,还要深入了解深层的、没有说出来的原因。可能是多种原因交叉作用的结果,还要进一步分析各种原因作用的强度。充分占有材料,才能作出正确的判断。

(四) 针对不同情况采取不同的处理办法

在处理冲突时,有哪些好办法呢? 管理学家周三多认为,通常的处理办法有五种:回避、迁就、强制、妥协、合作。当冲突无关紧要时,或当冲突双方情绪极为激动,需要时间恢复平静时可采用回避策略;当维持和谐关系十分重要时,可采用迁就策略,用行政命令方式牺牲某一方的利益处理后,再慢慢做安抚工作;当冲突双方势均力敌、争执不下需要采取权宜之计时,只好双方都做出一些让步,实现妥协;当事件十分重大,双方不可能妥协时,经过开诚布公的谈判,走向对双方均有利的合作、或双赢的解决方式。

冲突管理艺术如图 10-4 所示。

六、组织内外的谈判

在组织中,管理者必须和组织内外的人员打交道。无论是处理内部人员之间或部门之间冲突,还是在社会经济的大潮中,与其他组织之间的合作都存在着谈判问题。一般来说,组织谈判可以分为组织内谈判和组织外谈判。

组织内谈判。在组织内,冲突管理时常可以有效地通过行政手段进行;管理者和对方进行谈判来调解问题。

图 10-4　冲突管理艺术

组织外谈判。这属于组织之间的冲突而引起的谈判,组织之间在新的经济形式下开展的旨在拓展未来商机的战略联盟,通常出现联盟各方协调上的困难,此时就需要进行谈判,联盟各方必须从包括协议、信任和互惠等多方面的视角,寻求解决组织间冲突的途径。谈判作为一种对目标实现的调剂手段,必然是冲突管理的重要内容。

(一) 谈判的含义

一般来说,谈判是两个以上的个体或组织为实现某种目标进行沟通并就有关条件达成协议的过程。这种目标可能是为了实现某种商品或服务的交易,也可能是为了实现某种战略或策略的合作;可能是为了弥合相互的分歧而走向联合,也可能是为了明确各自的权益而走向独立。市场经济本身就是一种契约经济,一切有目的的经济活动,一切有意义的经济关系都要通过谈判来建立。

其实,人生何处不谈判? 推销产品是谈判,生意往来是谈判,上街购物要谈判,连夫妻沟通也可以认为是关于家务事的谈判,只要想把自己的想法让别人接受,就需要谈判。所以谈判不只是老板或部门主管的专利,不论您现在是什么身份,时时刻刻都需要具备面对各种谈判的能力。那么,作为组织的管理者,掌握谈判技术是必备的技能。

(二) 谈判的种类

谈判绝对不是一场只有你输我赢的零和游戏,不是剑拔弩张完全对立的生死决斗。而是让您了解如何运用各种技巧,在双方意见交换中,各自达成自己的理想目标,进而更增加彼此长远的交情,真正达到双赢的最高境界。谈判就像下棋,不但要随机应变,还要算无遗策(即没有漏洞——编者注),唯有能够完全操控过程的人,才可以主导谈判的过程。

▌小案例▌

分 橙 子

　　有一个妈妈把一个橙子给了邻居的两个孩子。这两个孩子便讨论起来如何分这个橙子。两个人吵来吵去,最终达成了一致意见,由一个孩子负责切橙子,而另一个孩子选橙子。结果,这两个孩子按照商定的办法各自取得了一半橙子,高高兴兴地拿回家去了。

　　第一个孩子把半个橙子拿到家,把皮剥掉扔进了垃圾桶,把果肉放到果汁机上打果汁喝。另一个孩子回到家把果肉挖掉扔进了垃圾桶,把橙子皮留下来磨碎了,混在面粉里烤蛋糕吃。

　　思考:一个孩子扔掉果皮,一个孩子扔掉果肉,这是资源的极大浪费。如果他俩有过适当的沟通,就可以互通有无,调剂余缺,实现资源的优化配置,使双方各自的利益达到最大化,获得"双赢"的结果。由此可见,市场经济条件下,具备谈判技能是多么的重要。

（资料来源:林永顺.企业管理学[M].北京:经济管理出版社,2002.）

　　一般来说,谈判有两种基本类型,零和谈判和双赢谈判。

　　(1) 零和谈判就是有输有赢的谈判,一方所得就是另一方所失。零和谈判能够成功,在于双方的目标都有弹性并有目标重叠区存在,而这个目标重叠区就是谈判成功的基础。

　　(2) 双赢谈判就是谈判要找到一种对双方都有利的方案。努力使双方利益最大化。这种谈判要求,各自都比较开放和灵活,双方都对另一方有足够的了解和信任。在此基础上通过开诚布公的谈判,就可能找到双赢的方案,从而建立起牢固的、长期的合作关系。双赢谈判是当今商场上最时尚的谈判结果。其实,任何谈判,如果都去追求己方的利益最大化,是谈不成的,即使谈成了,以后的合作也充满变数,不利于组织长远发展和扩张。

(三) 谈判技巧

　　作为管理者,最好也是谈判高手。谈判中有很多重要的因素,不只是一个问题。所以,双赢的谈判艺术要求你像拼图一样把那些因素拼起来,让双方都感觉自己赢了。

　　原则一:眼光要开阔。

　　不要把谈判局限在一个问题上。尽管我们可以通过寻找在小问题上的共同点来解决僵局,促使谈判顺利进行,作为谈判者一定要眼观六路,耳听八方。从全局来考虑问题。

原则二:事先剖析对方。

我们都有一种倾向,认为对方是为要我们想要的东西而来的——对我们重要的,对他们也重要。这不一定。有时,销售人员容易落入的最大陷阱就是认为价格是谈判中压倒一切的首要问题。显然,还有其他因素对买主也很重要。你必须向他们保证你产品和服务的质量。他想知道你们是不是能给予管理上的监督,想知道你们在付款期限问题上的灵活性等。只有你在这些要求上让对方满意了,也只有这个时候,价格才成为一个决定因素。

只有你了解人们在谈判中并非想得到同样的东西的时候,才能有双赢谈判。高超的谈判不只是得到你想得到的东西,而且还要关心他人得到他想得到的东西。你同买主谈判的时候,最强烈的想法不应该是:"我从他们那里得到什么?"而是:"我怎么才能在不损害自己利益的同时送给他们一些东西?"你给他们想要的东西的时候,他们就会给你想得到的东西。

原则三:不要贪心。

在谈判中,不要贪心。不要企图卷走谈判桌上的最后一分钱。你可能觉得你胜利了,但是如果买主觉得你战胜了他,这对你有什么好处吗? 要知道别人不是小孩子,好被你蒙骗。

留在谈判桌上的最后一分钱捡起来是很昂贵的。所以,不要企图全都拿走,在谈判桌上留下一些东西,让对方觉得他也赢了。

原则四:给对方一些惊喜。

把另外一些东西放到谈判桌上。做一些额外的事情,你义务之外的事情。比如给买主一些附加的服务,给他们更多的关心,也许这对你是无关紧要的。结果你会发现这额外的没有经过谈判的恩惠比谈判中所谈的一切事项意义都更为重大。

思 考 与 练 习

1. 什么是沟通?
2. 正确理解沟通在现实生活中的重要意义。
3. 如何克服沟通中的障碍?
4. 组织内部冲突的原因有哪些?
5. 如何加强冲突管理?

6. 优秀的管理者如何正确处理冲突？

7. 组织之间谈判应把握哪些技巧？

案例

迪特尼公司的企业员工意见沟通制

迪特尼·包威斯公司是一家拥有12000余名员工的大公司，它早在20年前就认识到员工意见沟通的重要性，并且不断地加以实践。现在，公司的员工意见沟通系统已经相当成熟和完善。特别是在20世纪80年代，面临全球性的经济不景气，这一系统对提高公司劳动生产率发挥了巨大的作用。

公司的"员工意见沟通"系统是建立在这样一个基本原则之上的：个人或机构一旦购买了迪特尼公司的股票，他就有权知道公司的完整财务资料，并得到有关资料的定期报告。

本公司的员工，也有权知道并得到这些财务资料和一些更详尽的管理资料。迪特尼公司的员工意见沟通系统主要分为两个部分：一是每月举行的员工协调会议，二是每年举办的主管汇报及员工大会。

一、员工协调会议

早在20年前，迪特尼·包威斯公司就开始试行员工协调会议，员工协调会议是每月举行一次的公开讨论会。在会议中，管理人员和员工共聚一堂，商讨一些彼此关心的问题。无论在公司的总部、各部门、各基层组织都举行协调会议。这看起来有些像法院结构，从地方到中央，逐层反映上去，以公司总部的首席代表协会会议为最高机构。员工协调会议是标准的双向意见沟通系统。

在开会之前，员工可事先将建议或怨言反映给参加会议的员工代表，代表们将在协调会议上把意见转达给管理部门，管理部门也可以利用这个机会，同时将公司政策和计划讲解给代表们听，相互之间进行广泛的讨论。

在员工协调会议上都讨论些什么呢？这里摘录一些资料，可以看出大概的情形。

问：新上任人员如发现工作与本身志趣不合，该怎么办？

答：公司一定会尽全力重新安置该员工，使该员工能发挥最大作用。

问：公司新设置的自助餐厅的四周墙上一片空白，很不美观，可不可以搞一些装饰？

答：管理部门已拟好预算，准备布置这片空白。

问：公司在惯例是工作8年后才有3个星期的休假，管理部门能否放宽规定，将限期改为5年？

答：公司在福利工作方面作了很大的努力，诸如团体保险、员工保险、退休金福利计划、增产奖励计划、意见奖励计划和休假计划等。我们将继续秉承以往精神，考虑这一问题,并呈报上级,如果批准了,将在整个公司实行。

问:可否对刚病愈的员工行个方便,使他们在复原期内,担任一些较轻松的工作。

答:根据公司医生的建议,给予个别对待,只要这些员工经医生证明,每周工作不得超过30个小时,但最后的决定权在医师。

问:公司有时要求员工星期六加班,是不是强迫性的?如果某位员工不愿意在星期六加班,公司是否会算他旷工?

答:除非重新规定员工工作时间,否则,星期六加班是属于自愿的。在销售高峰期,如果大家都愿加班,而少数不愿加班,应仔细了解其原因,并尽量加以解决。

要将迪特尼12000多名职工的意见充分沟通,就必须将协调会议分成若干层次。实际上,公司内共有90多个这类组织。

如果有问题在基层协调会议上不能解决,将逐级反映上去,直到有满意的答复为止。事关公司的总政策,那一定要在首席代表会议上才能决定。总部高级管理人员认为意见可行,就立即采取行动,认为意见不可行,也得把不可行的理由向大家解释。员工协调会议的开会时间没有硬性规定,一般都是一周前在布告牌上通知。为保证员工意见能迅速逐级反映上去,基层员工协调会议应先开。

同时,迪特尼公司也鼓励员工参与另一种形式的意见沟通。

公司在各处安装了许多意见箱,员工可以随时将自己的问题或意见投到意见箱里。

为了配合这一计划实行,公司还特别制定了一项奖励规定,凡是员工意见经采纳后,产生了显著效果的,公司将给予优厚的奖励。令人欣慰的是,公司从这些意见箱里获得了许多宝贵的建议。

如果员工对这种间接的意见沟通方式不满意,还可以用更直接的方式来面对面和管理人员交换意见。

二、主管汇报

对员工来说,迪特尼公司主管汇报、员工大会的性质,与每年的股东财务报告、股东大会相类似。公司员工每人可以接到一份详细的公司年终报告。

这份主管汇报有20多页,包括公司发展情况、财务报表分析、员工福利改善、公司面临的挑战以及对协调会议所提出的主要问题的解答等。公司各部门接到主管汇报后,就开始召开员工大会。

三、员工大会

员工大会都是利用上班时间召开的,每次人数不超过250人,时间大约3小时,大多在规模比较大的部门里召开,由总公司委派代表主持会议,各部门负责人参加。会议先由主席报告公司的财务状况和员工的薪金、福利、分红等与员工有切身关系的问题,然后便开始问答式的讨论。

这里有关个人问题是禁止提出的。员工大会不同于员工协调会议,提出来的问题一定要具有一般性、客观性，只要不是个人问题，总公司代表一律尽可能予以迅速解答。员工大会比较欢迎预先提出问题的这种方式，因为这样可以事先充分准备，不过大会也接受临时性的提议。

下面列举一些讨论的资料：

问：本公司高级管理人员的收入太少了，公司是否准备采取措施加以调整？

答：选择比较对象很重要。如果选错了参考对象，就无法做出客观评价，与同行业比较起来，本公司高层管理人员的薪金和红利等收入并不少。

问：本公司在目前经济不景气时，有无解雇员工的计划？

答：在可预见的未来，公司并无这种计划。

问：现在将公司员工的退休基金投资在债券上是否太危险了？

答：近几年来债券一直是一种很好的投资，虽然现在比较不景气，但是，如果立即将这些债券脱手，将会造成很大损失，为了这些投资，公司专门委托了几位财务专家处理，他们的意见是值得我们考虑的。

迪特尼公司每年在总部要先后举行10余次的员工大会，在各部门要举行100多次员工大会。

那么，迪特尼公司员工意见沟通系统的效果究竟如何呢？

在20世纪80年代全球经济衰退中，迪特尼公司的生产率平均每年以10％以上的速度递增。公司员工的缺勤率低于3％，流动率低于12％，在同行业最低。

许多公司经常向迪特尼公司要一些有关意见沟通系统的资料，以作参考。

（资料来源：褚福灵. 管理通论[M]. 北京：经济科学出版社，2004.）

问题：

1. 迪特尼公司是怎样具体实施员工沟通制度的？

2. 仔细分析迪特尼公司的总体指导原则是什么？依据是什么？

3. 既然迪特尼公司的这种方法能取得如此效果，为什么至今采用这种方法的公司不多？

第十一章 控 制

学习目标

1. 理解控制的含义及其必要性。
2. 了解控制的类型。
3. 描述控制应该遵循的原则。
4. 掌握控制的过程及其基本内容。
5. 认知控制的方法及其应用。

在现代管理系统中,人、财、物等要素的组合关系是多种多样的,时空变化和环境的影响都很大,内部运行和结构变化也很大,加上组织关系错综复杂,随机因素很多,处在这样一个十分复杂的系统中,要想实现既定的目标,执行为此而拟定的计划,求得组织在竞争中的生存和发展,不进行控制工作是不可想象的。控制是管理工作的最重要职能之一,是为了保证计划与实际相适应的管理职能。建立有效的控制系统能够保证实现组织目标,控制系统越完善,组织目标就越容易实现。

第一节 控 制 概 述

控制工作是为了确保组织的目标以及为此而拟订的计划能够得以实现,各级主管人员根据事先确定的标准或因发展的需要而重新拟订的标准,对下级的工作衡量、测量和评价,并在出现偏差时进行纠正,以防止偏差继续发展或今后再度发生。因此,控制工作是每个主管人员的职能。

——亨利·法约尔

一、控制的含义及其必要性

(一) 控制的含义

"控制"一词最初来源于希腊语"掌舵术",意指领航者通过发号施令将偏离航线的船只拉回到正常的轨道上来。由此说明,维持朝向目的地的航向,或者说维持达成目标的正确行动路线,是控制概念的最核心含义。

控制,从其最传统的意义方面来说,就是"纠偏",即按照计划标准衡量所取得的成果,并纠正所发生的偏差,以确保计划目标的实现。从更为广义的角度来理解,控制工作实际上应包括纠正偏差和修改标准这两方面内容。这是因为积极、有效的控制工作,不能仅限于针对计划执行中的问题采取"纠偏"措施,它还应该能促使管理者在适当的时候对原定的控制标准和目标做适当的修改,以便把不符合客观需要的活动拉回到正确的轨道上来。

由此可知,所谓控制,是指组织在动态变化的环境中,为确保实现既定的目标,由管理人员对组织实际运行进行的检查、监督、纠偏并采取措施的管理活动。

(二) 控制的必要性

作为管理的一项重要职能,控制是所有的管理者都应当承担的职责,它是对是否符合预定的目标进行测定以确保组织目标实现的过程。有效的控制可以保证管理的各项活动按照既定的组织目标方向前进。控制系统越完善,管理者实现组织的目标就越容易。亨利·西斯克指出:"如果计划从来不需要修改,而且是在一个全能的领导人的指导之下,由一个完全均衡的组织完美无缺地来执行,那就没有控制的必要了。"但是,这种理想境界是不可能成为现代组织管理的现实的。不管计划制定得多么周密,由于存在着各种各样的原因,人们在执行计划的活动中总是不可避免地产生与计划脱节的现象。因而,控制也就十分必要。

1. 环境的变化

如果组织面对的是一个完全静态的环境,外界条件永不发生变化,那么管理人员就可以年复一年、日复一日地以相同的方式组织各项活动,因而不仅控制工作,甚至管理的计划职能都将成为完全多余的东西。而事实上,这种静态环境是完全不存在的,组织计划和目标在制定出来后总要经过一段时间的实施才能够实现。在这段实施过程中,组织的内外部环境每时每刻都发生着变化,如组织内部人员和结构的变化、政府可能出台新的政策和法规等,这些变化的内外环境不仅会妨碍计划的实施进程,甚至可能影响计划本身的科学性和现实性。这必然要求组织对原先制定的计划作相应的调整。因此,任何组织都需要构建有效的控制系统,帮助管理人员预测和把握内外环境的变化,并对这些变化带来的机会和威胁做出正确、有力的反应。

2. 管理权力的分散

当组织达到一定规模时，管理者就不可能直接地、面对面地组织和指挥全体员工的劳动。时间与精力的限制要求管理者委托一些助手代理部分管理事务。同样，这些助手也会再委托其他人帮助自己工作，这就是组织管理层级形成的原因。为了使助手们有效地完成受托的部分管理事务，高一级的管理者必然要授予他们相应的权限。所以，任何组织的管理权限都制度化或非制度化地分散在各个管理部门和层次。组织的分权程度越高，控制就越有必要，每个层次的管理者都必须定期和非定期地检查直接下属的工作，以保证授予他们的权力得到正确的利用，以及利用这些权力组织的业务活动符合计划与组织目标的要求。如果没有控制，没有为此而建立的相应控制系统，管理人员就不能检查下级的工作情况，即使出现权力不负责任的滥用，或活动不符合计划要求等其他情况，管理人员也无法发现，更无法采取及时的纠正措施。

3. 工作能力的差异

即使组织制定了全面完善的计划，组织所处的环境在一定时期内也相对稳定，对活动的控制也仍然是必要的。这是由不同组织成员的认识能力和工作能力的差异所造成的。完善计划的实现要求每个部门的工作严格按计划的要求来协调进行。然而由于组织成员是在不同的叫全进行工作的，他们的认识能力不同，对计划要求的理解可能发生差异。即使每个员工完全正确地理解计划的要求，但由于工作能力的差异，他们的实际工作结果也可能在质和量上与计划要求不符。某个环节可能产生偏离计划的现象，会对整个组织的活动造成冲击。虽然小的偏差和失误不会立即就给组织带来严重的损害，但是在组织运行一段时间后，随着小差错的积少成多和积累放大，最终就可能对计划目标的实现造成威胁，甚至给组织酿成灾难性的后果。因此，防微杜渐，及早地发现潜在的错误和问题并进行处理，就有助于确保组织按预定的轨迹运行下去。

因此，在管理实践中，人们都能够深切地体会到，没有控制就很难保证每个计划的顺利进行，而如果各个计划都不能顺利进行，组织的目标也就无法实现，因此，控制工作在管理活动中起着非常重要的作用。不仅任何组织、任何活动需要进行控制，而且控制工作也贯穿于管理活动的全过程。

二、控制的要素

控制的要素也就是要解决管理者要控制什么，或者说对什么进行控制。一般而言，控制主要涉及以下几个方面。

(一) 人员

控制本质上是由人来执行而且主要是对人的行为的一种控制。组织的各项活动是由人来执行的,管理者可以通过对人的控制和管理来实现组织的目标。在日常管理中,管理者的工作就是观察员工的工作并纠正出现的问题。同时,管理者还可以通过对员工进行系统化的评估来实现对人员进行控制。通过评估,对员工的工作进行鉴定,并借助相应的措施来规范员工的行为,使其符合组织的要求。

(二) 财务

为保证获取利润,维持组织的正常运作,管理者必须进行财务控制。管理者可以通过审核各期的财务报表来保证充足的现金流量和各项资产的有效利用。预算是最常见的财务控制衡量标准,也是一种有效的控制工具。

(三) 作业

作业是指从劳动力、资金、原材料等资源(输入)到最终产品和服务(输出)的转换过程。组织中的作业质量很大程度上决定了组织提供的产品和服务的质量,组织通过对作业过程的控制,来评价并提高作业的效率和效果,从而提高产品和服务质量。常见的作业控制包括生产控制、质量控制、原材料采购控制、库存控制等。

(四) 信息

随着人类进入信息社会,信息在组织运行中的地位越来越高,不准确、不完整、过多的或延误的信息都有可能影响组织任务的完成。管理者可通过利用先进的信息技术,建立组织的信息管理系统来全面、有效地管理信息、控制信息,使其能够及时地为管理者提供充分、可靠的信息。

(五) 绩效

组织绩效是反映组织运营情况和衡量管理效益以及组织目标实现程度的重要指标,它不仅为组织内部人员所关心,也为组织的其他利益相关者所关注。管理者可根据组织目标设置的标准与完成目标的实际情况来实现对组织绩效的控制,包括对生产率、产量、市场占有率、员工薪酬福利、组织的成长性等进行的评估和衡量。

由此可见,控制的对象覆盖组织活动的人、财、物、时间、信息等各个方面,通过对这些要素的控制,管理人员可以实现既定的管理目标,满足管理过程的各项要求。

三、控制的类型

控制活动可以从不同的角度进行分类,根据不同的划分标准,一般有以下一些类型：

(一) 从控制目的和对象的角度看

从控制目的和对象的角度,可以分为正馈控制与负馈控制。

1. 正馈控制

正馈控制是为了使控制标准发生变化,以便更好地符合内外现实环境条件的要求。其控制作用的发生主要体现在管理循环中的计划环节,说明这种控制的对象包括了控制标准本身;"正馈"意味着使控制标准和目标发生振荡。

2. 负馈控制

负馈控制是使执行结果符合控制标准的要求,为此需要将管理循环中的实施环节作为控制对象;"负馈"意味着使偏差得到缩小。

在控制实践中,正馈控制和负馈控制应该得到并重使用,以保持组织运行的稳定和平衡,并促进被控制系统适时地做出调整、适应和变化。

(二) 从控制力量的来源看

按控制力量的来源不同,可以分为外在控制与内在控制。

1. 外在控制

外在控制是指单位或个人的工作目标和标准的制定,以及为了保证目标和标准的顺利实现而开展的控制工作,是由其他的单位或个人来承担,自己只负责检测、发现问题和报告偏差。例如,上级主管的行政命令监督、组织程序规则的制约等,都是外在强加的控制。

2. 内在控制

内在控制不是"他人"控制(它既不是来自上级主管的"人治",也不是来自程序规则的"法治"),而是一种自动控制或自我控制(称之为自治)。自我控制的单位或个人,不仅能自己检测、发现问题,还能自己订立标准并采取行动纠正偏差。

(三) 从控制信息获取的时间看

按照控制信息获取的时间点不同,可以分为现场控制、前馈控制和反馈控制。

1. 现场控制

现场控制是指在某项经济活动或者工作过程中,管理者在现场对正在进行的活动或者行为给予指导、监督,以保证活动和行为按照规定的程序和要求进行而实施控制。简单地说,现场控制就是发生在活动进行之中的控制。在活动进行中予以控制,可以帮助管理者在发生重大损失之前及时纠正问题。直接观察是最为常见的现场控制。

2. 前馈控制

前馈控制是指通过情况观察、规律掌握、信息收集整理、趋势预测等活动,正确预计未来可能出现的问题,在其发生之前采取措施及时纠正,将可能发生的偏差消除在萌芽状态。俗话说,"治病不如防病,防病不如讲卫生",这就是强调前馈控制的重要性。

前馈控制是组织最渴望采取的控制类型,因为它能够避免预期出现的问题。因此采用前馈控制的关键是要在实际问题发生之前就采取管理行动,而不是当问题出现时再补救。

3. 反馈控制

最常见的控制类型就是反馈控制。反馈控制是管理人员分析以前工作的执行结果,将它与控制标准相比较,发现偏差所在并找出原因,拟订纠正措施以防止偏差发展或继续存在。控制作用发生在行动之后,如"亡羊补牢"就是一种最简单的反馈控制。又如,现代社会很多销售公司评估某种产品销售量的控制报告就是反馈控制的例子。

对于一个组织来说,前馈控制、现场控制和反馈控制都是十分有必要的,在不同时期、不同情况下可以有针对性的采用这三种控制。具体参考图 11-1。

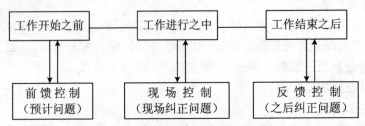

图 11-1 现场控制、前馈控制和反馈控制图

知识链接

选择控制的时期

控制的时期选择对组织目标的实现非常重要。恰当时期上的控制能提供关于质量、数量、期望是否被满足以及可能的解决方法或机会的信息。以下是关于如何选择控制时期的例子,请确定它们分别属于前馈控制、实时控制和反馈控制中哪一种?

1. 测试新车的马路;

2. 每日现金流报告;

3. 在装配最终产品前测试所购买的零部件;

4. 在执行特定职能前确保员工经历了相应的培训;

> 5. 生产过程中不断地检查原材料羊毛的质量；
>
> 6. 就职之前需提供医生的相关证明；
>
> 7. 控制一辆汽车或货车速度的调节器(通过控制燃料的流量来自动调整发动机速度的机械装置)；
>
> 8. 报告被送去给委托人之前的最后一次检查；
>
> 9. 员工移交工作之前检查已完成的工作以确保完成的质量；
>
> 10. 对药片进行抽样监测，确保它们包含正确的化学成分。
>
> (资料来源：凯瑟琳·巴特尔，等. 管理学［M］. 第 5 版. 南京：南京大学出版社，2009.)

(四) 从控制权限的集聚程度看

根据控制权限的集聚程度可以将控制分为集中控制、分层控制和分散控制。

1. 集中控制

集中控制就是在组织中建立一个相对稳定的控制中心，由控制中心对组织内外部的各种信息进行统一的加工处理，发现问题并提出解决问题的方案。

2. 分层控制

分层控制就是将管理组织分为不同的层级，各个层级在服从整体目标的基础上，相对独立地开展控制活动。

3. 分散控制

分散控制就是组织管理系统分为若干相对独立的子系统，每一个子系统独立地实施内部直接控制。

(五) 从问题的重要性和影响程度看

从问题的重要性和影响程度不同，可以分为任务控制、绩效控制和战略控制。

1. 任务控制

任务控制亦称运营控制、业务控制，主要是针对基层生产作业和其他业务活动而直接进行的控制。任务控制多是负馈控制，其目的是确保有关人员或机构按既定的质量、数量、期限和成本标准要求完成所承担的工作任务。

2. 绩效控制

绩效控制是利用组织各类运营数据来观测组织的经营活动状况，以此考评各责任单位的工作实绩，控制其行为。此种控制亦称为责任预算控制。

3. 战略控制

战略控制是对战略计划和目标实现程度的控制。战略控制中不仅要进行负馈控制，更常需要进行正馈控制。也就是说，在战略控制过程中常有可能引起原定战略方案的重大修改或重新制定。

(六) 从专业内容看

按专业内容,控制工作可以分为库存控制、进度控制、质量控制、预算控制、人事管理控制及内部和外部审计。

1. 库存控制

这主要是对量大面广的原材料、燃料、配件、在制品、半成品和产成品等存货数量的控制。

2. 进度控制

这是根据产品生产或项目建设的进度计划要求,对各阶段活动开始和结束的时间所进行的控制。

3. 质量控制

质量是由产品使用目的所提出的各项适用特性的总称。质量控制就是以这些技术依据为衡量标准来检验产品质量的。

4. 预算控制

预算是用财务数字或非财务数字来表示预期的结果,以此为标准控制执行工作中的偏差的一种计划和控制手段。企业中的预算包括销售预算、生产预算、费用预算、投资预算以及反映现金收支、资金融通、预计损益和资产负债情况的财务预算等内容。

5. 人事管理控制

诸多管理活动都是由人来进行的,因而管理者还必须注意对人事方面的管理进行控制。如搞好工作分析和人力资源规划等。

6. 内部和外部审计

审计是对组织中的经营活动和财务记录的准确性和有效性进行检查、监测和审核的一种反馈控制工具。按其开展的方式,审计又可分为外部审计和内部审计两种。

四、控制的原则

控制的目的是为了使组织的一切活动都按计划进行,有效地实现组织的目标。虽然不同的组织其目标和计划各不相同,所采用的控制系统也不一样,但是要实现有效的控制,则应该掌握以下原则。

(一) 控制应该同计划与组织相适应

控制系统和控制方法应当与计划和组织的特点相适应。控制要跟踪计划的执行情况,及时发现并纠正偏差,以实现组织目标。所以,控制系统的设置应依据计划而定,反映计划的要求,并和不同的业务活动相互适应,使不同的管理者知道有关他们所负责的计划的进展情况。

同样,控制应同职位相适应。主管制造部门的副总经理所要做的工作肯定不同于车间主任的工作。销售部门和财务部门的控制也各不相同,小企业需要的控制方法不同于大型企业的方法。主管人员必须始终意识到他们的计划和业务活动需要控制的关键因素,并使用适宜的控制技术和信息。控制工作考虑到各种计划的特点越多,就越能充分地发挥作用。

控制还应反映组织结构。组织结构表明了谁对计划的执行和产生脱离计划的偏差负责。因此,控制愈是仔细设计,反映出组织中职责所在,则愈能使主管人员纠正背离计划的偏差。例如,如果产品成本不能按制造部门加以累计,每个工厂厂长和车间主任不知道某项零部件或产品的成本,则当实际成本超出规定界限时,还不知是由哪一个主管负责。为解决这个问题,工业企业可以设置成本中心,提供适用于每个主管及其职责的数据资料,这说明成本数据同组织结构相联系的重要性。

(二) 控制应该突出重点

按照"次要的多数、关键的少数"原理,管理者不能也没有必要事无巨细地对组织活动的方方面面都进行控制,而是要针对重要的、关键的少数因素实施重点控制。

(三) 控制应该具有灵活性

控制具有灵活性是指控制系统具有适应变化的能力,也就是说控制工作即使在面临着计划发生了变动,出现了未预见到的情况或计划全盘错误的情况下,也应当能发挥它的作用。控制工作本是动态变化的,控制所依据的标准、衡量工作所用的方法等都可能随着情况变化而调整、变化。

(四) 控制应该具有及时性

一个完善的控制系统实施有效的控制,必须在一旦发生偏差时能够迅速发现,及时纠正,甚至在未出现偏差之前,就能预测偏差产生的原因,防患于未然。

控制的及时性可以使管理人员尽早发现预测误差的产生,及时纠正,从而使各方面的损失降到最低程度。

控制应能迅速反馈绩效,以便及时发现偏差,及时处理。同时,及时肯定员工的绩效,也有利于提高士气.便于沟通,可提高信息传递的速度,提供及时信息。

(五) 控制应该具有经济性

控制必须是经济的,即控制所支出的费用与控制的效率和效果相比应是合理的。当然,经济性是相对的,因为控制的效益随业务的重要性大小、业务规模的大小,在不进行控制的情况下可能发生的费用以及控制可能做出的贡献大小会有所不同。如果控制系统适合企业的业务和规模,那么它是合算的。如在大型组织中,往往由于计划范围广、计划的协调较困难、管理部门的信息沟通不易等,需要代价昂贵的控制系统,而大型组织也能负担这费用昂贵的控制系统,那么是适宜的。换句话说,如果控制技术和方法能够以最小的费用或其他代价来探查和阐明偏离计划的实际原因或潜在的原因,那么它就是有效的。

(六) 控制应该强调例外原则

管理者将控制工作的重点放在计划实施中出现的特别好或特别坏的"例外"情况上,可以使他们把有限的精力集中于真正需要引起注意和重视的问题方面。要针对关键控制点的例外情况着重控制。这是因为管理人员的时间和精力有限,实施控制不可能也不必要面面俱到,把注意力集中到重点和例外情况上,会大大提高控制的效率和效用。

关键控制点一般是最能反映各部门的目标和情况的标准,或是最容易出现偏差的部分,或是出现偏差对整体影响较大的部分,这都是关键的控制点。例如,电冰箱的温控器就是一个关键的控制点。实际与标准的偏差就是例外情况。在控制系统中,通常较小的例外由较低的管理层处理,而逐步加大的偏差则由较高的管理层来控制。当然,仅仅注重例外情况是不够的,有些例外情况是无关紧要的,而有些则不然,某些微小的偏差都会产生很大的影响。因此,在实际工作中,例外原则必须同控制关键点的原则相结合,不仅注重例外情况,还必须注意关键点上的例外情况。

▌知识链接▐

控制论的创立

1948 年,美籍俄裔数学家维纳(Norbert Wiener,1894～1964)发表《控制论:关于在动物和机器中的控制与通信的科学》一书,明确提出控制论的两个基本概念——信息和反馈,揭示了信息与控制规律。从此,控制论思想和方法渗透到了几乎所有的自然科学和社会科学领域,特别是在管理学领域得到了日益广泛和深入的研究。

(资料来源:谢勇,邹江.管理学[M].武汉:华中科技大学出版社,2008.)

第二节 控 制 过 程

如前所述,控制是根据计划的要求,设立衡量绩效的标准,然后把实际工作结果与预定的标准进行比较,以确定组织活动中出现的偏差及其严重程度,并在此基础上,有针对性地采取一定的纠偏措施,最终确保组织资源的合理配置和组织目标的圆满实现。通俗地说,控制就是在检查基础上进行的一项重要工作。检查的作用在于发现目标实施过程中存在的问题,找到目标偏差;而控制的作用在于通过反馈调节,采取控制手段,纠正目标偏差,使系统恢复到正常状态,以保证目标的实现。如图 11-2 所示。

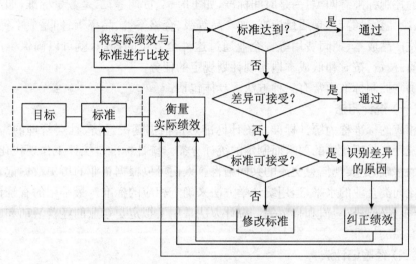

图 11-2　控制过程

（资料来源:谢勇,邹江.管理学[M].武汉:华中科技大学出版社,2008.）

由此可见,控制的过程一般包括三个主要步骤,建立控制标准、衡量标准的执行和纠正实际结果与目标的偏差。

一、建立明确的控制标准

控制工作的第一步就必须确立标准。控制标准是工作成果的规范,是计量实际或预期工作成果的尺度,是对工作成果进行计量的一些关键点。控制标准的订立对计划工作和控制工作实际起着承上启下或连接的作用。计划是控制的依据,但各种计划的详尽程度是各不一样的。有些计划已经制定了具体的、可考核的目标或指标,这些指标就可以直接作为控制的标准。但大多数的计划是相对比较抽象、概括的,这时需要将计划目标转换为更具体的、可测量和考核的标准,以便于对所要求的行为结果加以测评。任何一个组织,其针对某一工作的控制标准都应该有利于组织整体目标的实现。在此前提下,对每一件工作订立的控制标准都必须有明确的时间界限和具体内容要求,包括计划指标、各类定额和有关的技术标准和管理标准等。

常用的控制标准有多种类型。一般可供选择的标准有实物标准与价值标准;成本标准与收益标准;历史标准与计划标准;有形标准与无形标准;时间标准与质量标准等。以企业组织为例,其控制工作涵盖的范围很广泛,因此,为实行控制而制定的标准也就有多种层次和多个方面。如从最基层的工作任务控制角度来说,常用的控制标准有四类:一是时间标准,如工时、交货期等;二是数量标准,如产品产量、废品数量等;三是质量标准,如产品等级、合格率、次品率等;四是成本标准,如单位产品成本、期间费用等。企业通过这种全方位的控制,就可以确保生产过程按质、按量、按时和低成本地实现计划规定的任务。

确立控制标准通常有三种方法。具体包括:

(一) 统计方法

相应的标准称为统计标准。统计标准是指根据国民经济、社会管理的需要,按照统计工作现代化的要求而制定的统计分类。统计标准是统计工作现代化、科学化的基础,是实现信息交流的共同语言。人们可以根据企业的历史数据记录或是对比同类企业的水平,运用统计学方法来确定相应的标准。最常用的有统计平均值、极大(或极小)值和指数等。统计方法常用于拟定与企业的经营活动和经济效益有关的标准。

(二) 经验估计法

就是利用现有的情报和资料,根据有关人员的经验,结合本组织的特点,来确定相应的标准。经验估计法可以采用"自下而上"和"自上而下"两种方式。"自下而上"是由下级向上级提出要求和建议,得到上级的同意;"自上而下"的方式就是由组织领导部门先拟定出总体的标准建议,然后由各级部门自行确定具体对应的标准。它是由有经验的管理人员凭经验确定的,一般是作为统计方法和下面将要提到的工程方法的补充。

(三) 工程方法

相应的标准称为工程标准。它是以准确的技术参数和实测的数据为基础的,例如,确定机器的产出标准,就是根据设计的生产能力确定的。工程方法的重要应用是用来测量生产者个人或群体的产出定额标准。这种测量又称为时间研究和动作研究,它是由 F・W・泰罗首创的。经过几十年乃至上百年的实践和完善,形成今天所谓的"标准时间数据系统"(standard data system,缩写为 SDS)。这是一种计算机化的工时分析软件,使用者只要把一项作业所规定的加工方法分解成相应的动作元素,输入计算机,就可以立刻得出完成该项作业所需要的工时。

SDS的特殊之处在于,它可以在待定工时的作业进行之前,就将整个作业的工时预先确定下来。SDS的这一特点,决定了它可以用于成本预算、决定一个特定零部件是自制还是外购以及决定一项业务是否应当承揽等工作。

二、衡量标准的执行

"你衡量什么,你就会得到什么"

"你衡量什么,人们就会重视什么"

"我们可以无条件信任上帝,但其他人必须用数据说话"。

——戴明

制定控制标准目的是为了用它来衡量实际业绩,也就是把实际工作情况与标准进行比较,用远见的目光按照所制定的标准来计量实际成效,找出实际结果同衡量标准的偏差,并据此对实际工作业绩做出评估。并分析产生偏差的原因,以便找出消除偏差的措施。这一过程可以分为两个步骤:一是测定或预测实际工作成绩;二是进行实绩与标准的比较。其中掌握实绩也可以通过两种方式:一是测定已产生的工作结果,另一是预测即将产生的工作结果。无论哪种方式,都要求搜集到的信息能为控制工作所用。

衡量标准的执行情况可以用一些具体的方法,这些方法的选用正确与否,也直接关系到评估结论的正确性。在选用衡量绩效的方法时,要特别注意以下几点:

1. 加强调查研究

对工作业绩进行评定,首先要有足够的资料,用事实说话。

2. 采用具体问题具体分析的方法

为了能准确地认识事物的本质和规律性,必须对掌握的材料进行深入的分析研究。

3. 必须分清主次

这样可以既抓住重点,又防止在次要方面花费太多的精力。

有了标准以后,明确了衡量的手段和方法,落实了进行衡量的检查人员,便可进行对实际工作成效的衡量,获得信息。通过这一过程,一方面要求主管人员弄清组织目前的实际工作成效,是否与计划偏离;另一方面主管人员通过所获得的信息及时发现预期将要发生的偏差,在获取有关实际工作绩效方面的信息时,管理者需要全面考虑:

(1) 衡量的项目。衡量什么是衡量工作中最为重要的方向。管理者应该针对决定实际成效好坏的重要特征项目进行衡量。

（2）衡量的方法。管理者可通过如下四种方法来获得实际工作绩效方面的资料和信息：亲自观察法、利用报表和报告、抽样调查、召开会议。

（3）衡量的频率。管理者要考虑需间隔多长时间衡量一次工作绩效，是每时、每日、每周，还是每月、每季度或者每年？是定期的衡量，还是不定期的衡量？

（4）衡量的主体。衡量实际工作绩效的人是工作者本人，还是同一层级的其他人员，或是上级主管人员或职能部门的人？衡量实绩的主体不一样，控制工作类型也就形成差别。

▌分析案例▐

你洗手的频率是否达到了需要的标准？

对于减少因食物所引起的疾病，洗手是公认的最为有效的几种方法之一。不幸的是，食品服务行业的从业人员估计，人们洗手的频率只有需要的频率的一半左右，即使是在学校和医院也是如此。这种主观的估计和实际的数据非常接近。

于是，人们不断开发出各种洗手的模式，以便改善和更好地管理这项简单却十分重要的活动。其中一种模式是利用扫描技术来确定每个员工是否洗了手，这个系统甚至还规定了洗手过程中最短的擦洗时间。

分析：

1. 你是否认为对于食品安全控制领域来说，设定洗手的客观衡量指标是很重要的？或者你认为主观的自我报告（是的，我洗手了！）就足够了？

2. 衡量对于管理是必需的。然而，仅仅衡量本身也能显示出某个事物的重要性。你认为这对于洗手这个问题是否有效？如果不是，可以采取什么别的办法来增加洗手的频率？

3. 有什么办法能够让扫描技术不仅被用于记录，还能够奖励那些经常洗手的人？你是否认为对于一个食品安全控制系统来说，具备激励性也是十分重要的？

（资料来源：J. Mann, Handswashing:Technology Adds a Measure of Management [J]. Foodservice Equipment & Supplies，2003（56）：39.）

三、纠正实际结果同目标的偏差

这是控制职能的目的，也是控制工作的关键。首先需要找出产生差距的原因，然后再采取措施纠正偏差。

通常造成差距的原因是多方面的，既有客观环境方面的因素，也有人为主观方面的因素。而每一种可能的原因与假设都不容易通过简单的判断确定下来。所以对造成偏差的原因判断一定要准确,否则纠正措施就会是无的放矢,不可能奏效。

对偏差原因作了彻底的分析后,管理者就要确定该采取什么样的纠偏行动。针对已发现的偏差采取相应的措施,以防再发生类似的错误。如果是由于项目计划制定不合理引起的偏差,则修改项目计划,如果是由于执行不当引起项目偏差,则针对具体偏差采取恰当的纠正措施,如:增加人员,资源调配等.对于具体措施来说,通常有两种:一种称之为临时性应急措施,另一种称之为永久性的根治措施。对于那些迅速、直接地影响组织正常活动的急性问题,多数应立即采取补救措施。常见的方法有:

(1) 进一步明确职责或充分阐明完成任务的方法。

(2) 授予必要的权力或委派新人。

(3) 修改计划或目标。

(4) 增加人员,选择培训人员。

(5) 改善领导指导方法和手段,实现更有效的领导。

控制工作阶段不可没有计划、组织、领导、人力资源管理及创新等职能的配合,因此,纠正偏差又是控制职能与其他管理职能的结合。

以上三步是相互联系、相互制约的。没有标准就没有控制的依据;没有衡量成效、找出偏差,也就没有控制的对象;没有纠正偏差的措施,也就无法进行控制。

【小案例】

自 我 检 测

拉线工、电力工人等在工作中很容易发生事故,乔丹所在的工作团队要制定一个上限,作为事故发生次数的绩效标准。为了尽量减少每年发生的事故,乔丹所在的公司采取了一系列措施,这只是这一系列措施的第一步。

1. 上述案例属于控制过程的哪一步?

A. 衡量绩效　B. 设定标准　C. 采取纠正措施　D. 发现差距

2. 团队收集了拉线工提交的过去两年发生事故的次数,这些数据包括了各种类型的事故发生的原因和频率。收集完这些数据后,下一步应该做什么?

A. 监督　B. 发现差距　C. 配置资源　D. 采取纠正措施

(资料来源:路易斯·戈麦斯-梅西亚,戴维·鲍尔金,罗伯特·卡迪.管理学:人·绩效·变革[M].詹正茂,译.北京:人民邮电出版社,2009.)

第三节　控　制　方　法

掌握了控制的含义及其类型,熟悉了进行控制的过程及其内容,还必须掌握控制的一些具体方法,以求实现控制的管理职能,达到控制的最终目的。

一、传统控制方法

(一)视察

视察是一种最古老、最直接和最简单的控制方法,它的基本作用在于管理人员不凭借其他手段而直接通过在现场观察业务执行情况,以了解第一手的资料并采取纠正措施。作业层(基层)的主管人员通过视察,可以判断出数量、质量的完成情况以及设备运转情况和劳动纪律的执行情况等;职能部门的主管人员通过视察,可以了解到工艺文件是否得到了认真的贯彻,生产计划是否按预定进度执行,劳动保护等规章制度是否被严格遵守,以及生产过程中存在哪些偏差和隐患等;而上层主管人员通过视察,可以了解到组织方针、目标和政策是否深入人心,可以发现职能部门的情况报告是否属实及员工的合理化建议是否得到认真对待,还可以从与员工的交谈中了解他的情绪和士气等。所有这些,都是主管人员最需要了解和掌握的。

视察的优点不仅仅在于能掌握第一手信息,它还能够使得组织的管理者保持和不断更新自己对组织的感觉,使他们感觉到事情是否进展顺利以及组织这个系统是否运转得正常。视察还能够使得上层主管人员发现被埋没的人才,并从下属的建议中获得不少启发和灵感。此外,亲自视察还有一种激励下属的作用,它使得下属感到上级在关心着他们。所以,经常亲临现场视察,有利于创造一种良好的组织气氛。

当然,主管人员也必须注意视察可能带来的消极作用。例如,也存在这样的可能,即下属可能误解上司的视察,将其看作是对他们工作的一种不信任,或者是看作不能充分授权的一种表现。这是需要引起注意的。

尽管如此,亲临视察的显著好处仍使得一些优秀的管理者始终坚持这种做法。一方面即使是拥有计算机化的现代管理信息系统,计算机提供的实时信息,做出的各种分析,仍然代替不了主管人员的亲身感受和亲自了解;另一方面,管理的对象主要是人,是要激励人去实现组织目标,而人所需要的是通过面对面的交流所传达的关心、理解和信任。

（二）报告

报告是用来向负责实施计划的主管人员全面地、系统地阐述计划的进展情况、存在的问题及原因、已经采取了哪些措施、收到了什么效果、预计能出现的问题等情况的一种重要方式。控制报告的主要任务在于利用第二手资料对组织运行状况进行分析，衡量实际绩效并采取相应的纠偏措施。

对控制报告的基本要求是必须做到：适时；突出重点；指出例外情况；尽量简明扼要。因而报告方法的关键在于报告内容的真实性、准确性，报告形式的扼要性、可读性，以及报告时间的及时性。

通常，运用报告进行控制的效果，取决于主管人员对报告的要求。管理实践表明，大多数主管人员对下属应当向他报告什么，缺乏明确的要求。随着组织规模及其经营活动规模的日益扩大，管理也日益复杂，主管人员的精力和时间是有限的，从而，定期的情况报告也就越显得重要。

▌知识链接▐

美国通用电器公司的报告制度

美国通用电器公司为满足上级主管人员对掌握情况的需要，建立了一种行之有效的报告制度。报告主要包括以下八个方面的内容：

（1）客户的鉴定意见以及上次会议以来外部的新情况。这方面报告的作用在于使上级主管人员判断情况的复杂程度和严重程度，以便决定他是否要介入以及介入的程度。

（2）进度情况。这方面报告的内容是将工作的实际进度与计划进度进行比较，说明工作的进展情况。对于上层主管人员来说，他所关心的是处于关键线路上的关键工作的完成情况，因为关键工作若不能按时完成，那么整个工作就有可能误期。

（3）费用情况。报告的内容是说明费用开支的情况。同样，要说明费用情况，必须将其与费用开支计划进行比较，并回答实际的费用开支为什么超出了原定计划，以及按此趋势估算的总费用开支（超支）情况，以便上级主管人员采取措施。

（4）技术工作情况。技术工作情况是表明工作的质量和技术性能的完成情况和目前达到的水平。其中很重要的问题是说明设计更改情况，要说明设计更改的理由和方案，以及这是客户提出的要求还是我们自己做出的决定等。

以上关于进度、费用和技术性能的报告，从三个方面说明了计划执行情况。下面是要报告需要上层主管人员决策和采取行动的那些项目，分为当前的关键问题和预计的关键问题两项。

（1）当前的关键问题。报告者需要检查各方面的工作情况，并从所有存在的问题中挑出三个最为关键的问题。他不仅要提出问题所在,还须说明对个别计划的影响,列出准备采取的行动,指定解决问题的负责人,以及规定解决问题的期限,并说明最需要上级领导帮助解决的问题所在。

(2) 预计的关键问题。报告的内容是指出预计的关键问题。同样也需要仔细地说明问题,指出其影响,准备采取的行动,指定负责人和解决问题的期限。预计的关键问题对上层主管人员来说特别重要,这不仅是为他(们)制定长期决策时提供选择,也是因为他(们)往往认为下属容易陷入日常问题而对未来漠不关心。

(3) 其他情况。报告的内容是提供与计划有关的其他情况。例如,对组织及客户有特别重要意义的成就,上月份(或季、年)的工作绩效与下月份的主要任务等。

(4) 组织方面的情况。报告的内容是向上层领导提交名单,名单上的人可能会去找这位上层领导,这位领导也需要知道他们的姓名。同时还要审核整个计划的组织工作,包括内部的研制开发队伍以及其他的有关机构部门。

(资料来源:http://www.lantianyu.net/pdf11/ts056059_9.htm)

(三) 比率分析

对于组织经营活动中的各种不同度量之间的比率分析,是一项非常必要的控制技术或方法。"有比较才会有鉴别",也就是说,信息都是通过事物之间的差异传达的。

一般说来,仅从有关组织经营管理工作成效的绝对数量的度量中是很难得出正确结论的。例如,仅从一个企业年创利润 1000 万元这个数字上很难得出什么明确的概念,因为我们不知道这个企业的销售额是多少;不知道它的资金总额是多少;不知道它所处的行业的平均利润水平是多少;也不知道企业上年和历年实现的利润是多少;等等。所以,在我们做出有关一个组织经营活动是否有显著成效的结论之前,必须首先明确比较的标准。

企业经营活动分析中常用的比率可以分为两大类,即财务比率和经营比率。前者主要用于说明企业的财务状况;后者主要用于说明企业的经营活动状况。

1. 财务比率

企业的财务状况综合地反映着企业的生产经营情况。通过财务状况的分析可以迅速地、全面地了解一个企业资金来源和资金运营的情况:了解企业资金利用的效果以及企业的支付能力和清偿债务的能力。

2. 经营比率

前面已指出,财务比率是衡量一个企业生产经营情况和财务状况的综合性指标。除此以外,还有一些更直接的比率,可以用来进一步说明企业的经营情况。

这些比率称为经营比率,常用的有以下几种:

(1)市场占有率。又称市场份额,是指企业的主要产品在该种产品的市场销售总额中所占的比重。

(2)相对市场占有率。当缺乏总的市场规模的统计资料时,可以采用相对市场占有率作为衡量的指标。包括公司的销售量与该公司所在市场中占领先地位的最大的头三名竞争对手销售量总和的百分比以及与最大的公司销售量的百分比。

(3)投入—产出比率。用作控制度量的投入—产出比率是对投入利用效率的直接测量标准。其中一些比率采用的是实物计量单位。

二、预算控制

在控制中使用最广泛的一种控制方法就是预算控制。预算控制清楚地表明了计划与控制的紧密联系。预算是计划的数量表现。预算的编制是作为计划过程一部分开始的,而预算本身又是计划过程的终点,是一种转化为控制标准的计划。然而,在一些非营利的组织中,例如,政府部门,却普遍存在着计划与预算脱节的情况。在那里,二者是分别进行的而且往往互不通气。在许多组织中,预算编制工作往往被简化为 一种在此基础上的外推和追加的过程,而预算审批则更简单,甚至不加研究调查,以主观想象为根据地任意削减预算。从而使得预算完全失去了应有的控制作用,偏离了其基本目的。正是由于存在这种不正常的现象,促使一些新的预算方法发展起来,它们使预算这种传统的控制方法恢复了活力。

(一)预算的性质

预算就是用数字编制未来某一个时期的计划,也就是用财务数字(例如财务预算和投资预算)或非财务数字(例如生产预算)来表明预算结果。西方国家与我国习惯所用的"预算"概念,在含义上有所不同。在我国"预算"一般是指经法定程序批准的政府部门、事业单位和企业在一定时期的收支预计;而西方国家的预算概念则是指计划的数量说明,不仅仅是金额方面的反映。

(1)预算是一种计划,从而编制预算的工作是一种计划工作。

▌知识链接▐

预算的内容

预算内容可以简单地概括为三个方面:

> ·"多少"——为实现计划目标的各种管理工作的收入(或产出)与支出(或投入)各是多少。
>
> ·"为什么"——为什么必须收入(或产出)这么多数量,以及为什么需要支出(或投入)这么多数量。
>
> ·"何时"——什么时候实现收入(或产出)以及什么时候支出(或投入),必须使得收入与支出取得平衡。

(2) 预算是一种预测,它是对未来一段时期内的收支情况的预计。预算数字的方法可以采用统计方法、经验方法或工程方法。

(3) 预算主要是一种控制手段。编制预算实际上就是拟定标准(控制过程的第一步)。由于预算是以数量化的方式来表明管理工作的标准,从而本身就具有可考核性,因而有利于根据标准来评定工作成效,找出偏差(控制过程的第二步),并采取纠正措施,消除偏差(控制过程的第三步)。无疑,编制预算能使确定目标和拟定标准的计划工作得到改进。但是,预算最大的价值还在于它对改进协调和控制的贡献。同时,由于对预期结果的偏离将更容易被查明和评定,预算也为控制工作中的纠正措施奠定了基础。所以,预算可以导致出更好的计划和协调,并为控制提供基础,这正是编制预算的根本目的。

如果要使一项预算对任何一级的主管人员真正起到指导和约束作用,预算就必须反映该组织的机构状况。只有充分按照各部门业务工作的需要来制定、协调并完善计划,才有可能编制一个足以作为控制手段的分部门的预算。

把各种计划缩略为一些确切的数字,以便使主管人员清楚地看到哪些资金由谁来使用,将在哪些部门使用,并涉及哪些费用开支计划、收入计划和实物表示的投入量和产出量计划。主管人员明确了这些情况,就有可能授权给下属,以便使之在预算的限度内去实施计划。

(二) 预算的种类

预算在形式上是一整套预计的财务报表和其他附表。一般地,按照预算内容的不同,可以将预算分为经营预算、投资预算和财务预算三大类。

1. 经营预算

经营预算是指企业日常发生的各项基本活动的预算。它主要包括销售预算、生产预算、直接材料采购预算、直接人工预算、制造费用预算、单位生产成本预算、推销及管理费用预算等。其中最基本和最关键的是销售预算,它是对销售预测正式的、详细的说明。

2. 投资预算

投资预算是对企业的固定资产的购置扩建、改造、更新等,在可行性研究的基础上编制的预算。它具体反映在何时进行投资、投资多少、资金从何处取得、何时可获得收益、每年的现金流量为多少、需要多少时间回收全部投资等。由于投资的资金来源往往是企业的限定因素之一,而对厂房和设备等固定资产的投资又往往需要很长时间才能回收,因此,投资预算应当力求和企业的战略以及长期计划紧密联系在一起。

3. 财务预算

财务预算是指企业在计划期内反映的预计现金收支、经营成果和财务状况的预算。它主要包括"现金预算"、"预算收益表"和"预计资产负债表"。必须指出的是,前述的各种经营预算、投资预算中的资料,都可以折算成金额反映在财务预算内。这样,财务预算就成为各项经营业务和投资的整体计划,因而也称为"总预算"。

综上所述,预算实际上包括经营预算、投资预算和财务预算三大类,它是由各种不同的个别预算所组成的预算体系。

▎知识链接▎

预算的作用及其局限性

作用:

(1) 使企业在不同时期的活动效果和不同部门的经营绩效具有可比性。

(2) 预算的编制为企业的各项活动确立了财务标准。

(3) 通过为不同职能部门和职能活动编制预算,也为协调企业活动提供了依据。

(4) 数量形式的预算标准大大方便了控制过程中的绩效衡量工作。

局限性:

(1) 只能帮助企业控制那些可以用货币计量的活动,不能对那些不能计量的企业文化、企业形象的改善加以重视。

(2) 编制预算通常参照上期的预算项目和标准,从而会忽视本期活动的实际需要。

(3) 在企业的外部环境不断变化中,编制收入和支出的预算有点不合时宜。

(4) 对于项目预算和部门预算一般限制了费用的支出,使得主管在活动中精打细算,不可超支,因此不能做任何想做的事情。

(资料来源:周三多. 管理学[M]. 第2版. 北京:高等教育出版社,2005.)

三、生产控制

控制贯穿于生产系统运动的始终。生产系统凭借控制的功能,监督、制约和调整系统各环节的活动,使生产系统按计划运行,并不断地适应环境的变化,从而达到系统预定的目标。

(一) 生产控制的内容

生产系统运行控制的活动内容十分广泛,涉及生产过程中各种生产要素、各个生产环节及各项专业管理。其内容主要有:对制造系统硬件的控制(设备维修)、生产进度控制、库存控制、质量控制、成本控制等。

1. 生产进度控制

生产进度控制是对生产量和生产期限的控制,是生产控制的基本方面,主要目的在于保证完成生产进度计划所规定的生产量和交货期限。其他方面的控制水平,诸如库存控制、质量控制、设备维修等都对生产进度产生不同程度的影响。在某种程度上,生产系统运行过程的各个方面问题都会反映到生产作业进度上。因此,在实际运行管理过程中,企业的生产计划与控制部门通过对生产作业进度的控制,协调和沟通各专业管理部门(如产品设计、工艺设计、人事、维修、质量管理)和生产部门之间的工作,可以达到整个生产系统运行控制的协调、统一。

2. 对制造系统硬件控制

对制造系统硬件控制是对机器设备、生产设施等制造系统硬件的控制,主要目的在于尽量减少并及时排除物资系统的各种故障,使系统硬件的可靠性保持在一个相当高的水平。如果设备、生产设施不能保持良好的正常运转状态,就会妨碍生产任务的完成,造成停工损失,加大生产成本。因此,选择恰当的维修方式、加强日常设备维护保养、设计合理的维修程序是十分重要的。

3. 库存控制

库存控制是使各种生产库存物资的种类、数量、存储时间维持在必要的水平上,主要目的在于保障企业生产经营活动的正常进行,并通过规定合理的库存水平和采取有效的控制方式,使库存数量、成本和占用资金维持在最低限度。

4. 质量控制

质量控制主要目的是保证生产出符合质量标准要求的产品。由于产品质量的形成涉及生产的全过程,因此,质量控制是对生产政策、产品研制、物料采购、制造过程以及销售使用等产品形成全过程的控制。

5. 成本控制

成本控制同样涉及生产的全过程,包括生产过程前的控制和生产过程中的控制。生产过程前的成本控制，主要是在产品涉及和研制过程中，对产品的设计、工艺、工艺装备、材料选用等进行技术经济分析和价值分析，以及对各类消耗定额的审核，力求用最低的成本生产出符合质量要求的产品。生产过程中的成本控制，主要是对日常生产费用的控制，包括材料费、库存品占用费、人工费和各类间接费用等。从本质上说，成本控制是从价值量上对其他控制活动的综合反映。因此，成本控制，尤其是对生产过程中的成本控制，必须与其他各项控制活动结合进行。

（二）生产控制的方式

对生产活动实施控制，主要是运用控制论中的负反馈控制和前馈控制的预防性原理，两者的作用都是为了把系统输出量控制在预定的目标范围内。主要的生产控制方式有负反馈控制方式和前馈控制方式两种，这是根据生产管理的自身特点来定义控制方式的。

生产管理的发展历史上，控制方式有一个典型的演化过程，最初出现的是事后控制，而后是事中控制，再是事前控制。这是从时间维度定义管理活动的一种方法。事后与事中控制都是使用负反馈控制原理，事前控制使用的则是前馈控制原理。

企业在实际操作中，三种控制方式（事后控制、事中控制与事前控制）一般是结合起来使用的。事后控制是最基本的最普遍的一种方式，但效果不如事中和事前控制好。在可能的场合应该更多地采用事中控制方式和事前控制方式。有研究表明，中国企业以事后控制为主，经营效果较差；美国企业以事中控制为多见，经营效果较好；日本企业以事前控制见长，效果最好。

企业中运用三种控制方式的领域可以用图 11-3 表示。

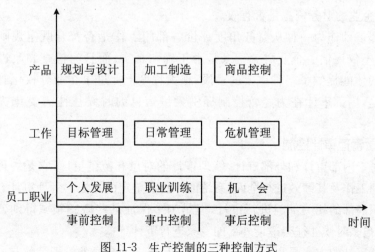

图 11-3　生产控制的三种控制方式

四、审计控制

审计控制是针对企业整体运行和经营活动的一种控制方法。审计是对反映企业资金运动过程及其结果的会议记录及财务报表进行审核、鉴定,从而判断其真实性和可靠性,最终为控制和决策提供依据。一般地,审计的形式多种多样,本书依据审计主体的不同,将审计控制概括为三种:

(一) 外部审计控制

外部审计是指由外部机构选派的审计人员对企业财务报表及其反映的财务状况进行独立评估。为了检查财务报表及其反映的资产与负债的账面情况与企业真实情况是否吻合,外部审计人员需要检查企业的财务记录,从而检验数据的真实性和准确性,并检查记录是否符合会计准则和记账程序。

外部审计的实质是为了检查企业内部是否有虚假和欺骗的行为,目的在于督促企业不做那些虚假的报表和违法的行为。

外部审计的审计人员与企业管理当局由于不存在行政上的依附关系,因而在审计控制中能够保证审计的独立性和公正性。但是,由于审计人员是来自企业外部的,因而存在着不了解企业内部的组织结构、生产流程、经营业务等情况,这样不可避免地增加了审计工作的难度。

(二) 内部审计控制

内部审计是指由企业内部的专职人员对企业财务控制系统进行全面评估。内部审计的目的在于核实企业的财务报表是否真实、分析企业的财务结构是否合理、评估企业的财务资源是否有效。

内部审计作为一种从财务角度评价各部门工作是否符合既定规则和程序的方法,不仅评估了企业财务记录是否正确和真实,而且为检查和改进现有控制系统的效能提供了一种重要的手段,很大程度上促进了企业分权化管理的发展。但是,内部审计在为经营控制提供大量信息的时候往往需要花费很多的费用。

(三) 管理审计控制

相对于内部审计和外部审计,管理审计的对象和范围更广,它是一种对企业所有管理工作及其绩效进行全面、系统的评价和鉴定的方法。管理审计有时也可以由组织内部的相关部门进行审计,但是为了保证某些敏感领域得到公正的评价,企业很多时候往往会邀请外部的专家进行审计。

管理审计的方法是利用公开记录的信息,将企业自身的管理绩效与同行业的其他企业进行比较,从而判断自身经营管理水平的高低程度。值得注意的是,管理审计是对企业的整体绩效进行评价,因而可以为企业的长期发展和战略制定提供有用的指导。

五、质量控制

质量控制是指为达到质量要求所采取的作业技术和活动。这些技术和活动包括:确定控制对象,如某一工艺过程或检验过程等;制定控制标准,即应达到的质量要求,如公差范围等;制定具体的控制方法,如操作规程等;明确所采用的检验方法,包括检验工具和仪器等。质量控制的目的在于,控制产品和服务产生、形成或实现过程中的各个环节并使它们达到规定的要求,把缺陷控制在其形成的早期并加以消除。就制造过程的质量控制来说,应该严格执行工艺规程和作业指导规范。同时,不仅要控制生产制造过程的结果,而且应控制影响生产制造过程质量的各种因素,尤其是要控制其中的关键因素。

管理聚焦

红 豆 实 验

著名质量管理专家 W. Edwards Deming(戴明)曾做了一次生动的实验,来说明正确与错误使用质量管理控制手段的不同。他的"红豆实验"结果表明,工人不能完成工作目标,常常是企业的系统造成的,并不是因为工人懒惰或缺少技能。

实验中,他使用了一个装有4000粒豆子的大容器,其中800粒是红色的,其余3200粒是白色的。戴明给参加实验的人(一般选6人)提供了一种类似桨板的工具,上面有50个孔可以用来收集豆粒。参加者代表企业工人,桨形板是他们的工具。工人们把桨形板插入盛满豆子的容器中,拿出来时每个孔中就会装进一粒红色或白色的豆子。毫无疑问,每次至少会取出数粒红豆(假定容器中红豆占20%。从统计学上讲,我们每取出50粒豆,其中应含10粒红豆)。

然后,戴明让每个工人利用手中的工具,轮流从豆桶中取出50粒豆子。他制定了一个质量标准,工人每取出50粒豆中应含2粒红豆(比预计少8粒)。这项标准成为该项工作质量控制系统的基础。

戴明作为监工检查每一轮"生产"的结果。上述豆子生产系统由此形成一个生产流程、一项标准和一个监测流程。

作为监工,戴明根据先前制定的质量控制标准来评估每个工人,即每次用桨形板所取出的豆中,红豆的比例不能超过 4%(即 50:2)。他根据工人的达标情况,对他们进行奖惩、升职、甚至解聘。戴明通过这种方式说明了奖惩制度的不合理性。因为在这一制度下,工人表现的好坏取决于企业管理系统的正常变数,与他们的个人能力无关。

在红豆实验中,没有几位工人为达标所做的努力令人满意。他们工作表现之所以不同,仅仅是由于管理层所创造系统内的正常变数所致。虽然工人们通常能够对他们的工作成果具有较多的控制权,但是任何流程都会受到此正常变数的影响,这种变数甚至会殃及最优秀的工人。

这项实验的结果使大多数人认识到,要求工人们加倍努力并不见得能提高企业组织的效率。他们认识到需要改进的是企业组织的系统本身。

红豆实验表明,设计和管理生产系统应以改善质量为目的,而不是向工人提出难以达到或毫无可能的期望。

控制是一项基础的管理职责,与企业的计划及组织流程紧密相连。它对企业员工的行为动力和团队行为具有重要影响。控制既是一个流程(使各项工作按计划进行),又是一种结果(使产品达到标准)。

(资料来源:http://www.amteam.org/print.aspx? id=440712)

六、信息控制

信息本身是一系列的数值数据和文本数据,它是经过加工处理后对组织的管理决策和管理目标的实现有价值的数据。

随着信息社会的诞生,信息已经和物质、能量一样被看成是组成世界的主要成分。信息能影响组织的发展,能给组织发展带来无尽的收益,但错误的、过时的信息也会给组织带来损失。同时,人们受困于信息的无限增长和信息处理、需求、利用之间的矛盾。因此,做好信息控制就成为每一个组织的基本管理职能之一。

信息控制是通过对信息的收集、分析、处理,选出适合组织需要的信息,并对组织的各项活动进行信息方面的评价,找出偏差予以纠正的行为。通过对信息的管理和控制,识别各类人员的信息需求,对相关数据进行收集、加工、存储和检索,对信息的传递加以规划,进而及时、准确、适用、经济地提供给组织的各级人员,并通过对信息的掌控和调度来对组织活动进行控制。目前倡导的学习型组织、知识型组织建设,凸显了信息控制对数据、信息和知识的广泛应用。

在信息控制的技术上,组织常借助管理信息系统来实现。管理信息系统通过其核心数据库对数据进行处理,提供信息为组织的计划、组织、人员配备、领导、控制职能服务,使组织与内外环境及时进行信息交换。从而加强了对组织生产经营活动的控制,提高了组织的效率。经过不断发展,管理信息系统已成为包括 OAS、EIS、DSS 等的大系统。尤其是网络技术的应用,使管理信息系统进入新的发展阶段,从而使管理控制也提高到一个新的发展水平。

思 考 与 练 习

1. 什么是控制? 在管理中控制的作用是什么?
2. 控制有哪些类型? 比较不同类型控制的优缺点。
3. 试描述控制的过程。
4. 一个有效控制系统应具备哪些条件?
5. 何谓预算控制? 预算控制的方法有哪些?

▍案例分析▍

案例一:通用汽车公司的做法

在美国通用汽车公司的一家卡车工厂,三位管理者办公室里安装了一个秘密的控制盒,它能够操纵装配线上的控制面板来调节装配线的速度。这个装置可以使管理者提高装配线的运行速度,这严重违反了通用汽车公司与汽车工人工会签订的合同。事情败露后,管理者的解释是,他们知道这么做是错误的,但是来自上级的完不成现实的生产任务的压力是如此巨大,以至于他们不得不认为这个秘密的装置是他们完成任务的唯一办法,正像其中一位管理人员描述的,通用汽车公司的高级主管会说:“我不管你怎么做,只要做成就行。”

(资料来源:赵涛. 管理学习题库[M]. 天津:天津大学出版社,2005.)

问题:

根据上例谈谈如何看待控制的两面性?

案例二　生存与发展

20 世纪 50 年代末,日本索尼公司开始向世界市场进军。公司创始人之一盛田昭夫专程赶到美国,推销刚刚试制成功的半导体微型收音机。一家著名百货公司的采购经理看了样品之后,对产品很满意,要求盛田昭夫报价。盛田昭夫报了一个价,要求订货量为 1 万架。采购经理说:“如果我订购 10 万架,报价是多少?”盛田昭夫大概计算了一下后,报了一个比 1 万架订货量高得多的单价。该采购经理几乎难以相信自己的耳朵,从来都是买得越多越便宜,没听说过厂商面对大批量订单的报价反而高于小批量订单的。

(资料来源:赵涛.管理学习题库[M].天津:天津大学出版社,2005.)

问题:

你知道盛田昭夫是怎样想的吗?

案例三:计算机化的控制系统

某图书发行公司规模较大,在全国设有20个销售服务中心。由于许多同行业的、较小企业都已将计算机应用于记录保存和账务处理,这个公司的总裁感受到巨大的压力,他要装备一个计算机化的控制系统,为公司及销售服务中心记账。

过去,公司的收支都是用手工作业方式在处理,会计部门只有两个负责人和五个会计员。账表比较简化,一张日报就显示出包括20个销售中心的数据。工资计算也类似,工资单通常都能在24小时以内处理完毕。

公司邀请了几家计算机公司去考察,他们的分析是,要想通过计算机化来节省人力和费用几乎是不可能的。但是一家公司提供的新型数据处理系统相当令人信服,公司顾问预测,如采用此系统,将有几个好处:① 信息处理加快;② 业务信息更详尽;③ 费用可节约。

信息控制系统被采用了。两年以后,总裁听到的汇报是:"采用计算机以前,会计部门仅7人,现增至9人,外加数据处理中心还有7人。要从计算机得到输出确实只需几分钟,但是我们要把最后一个销售服务中心的数据输入之后才能计算,这就是不幸的延误,因为必须等待那个工作最迟缓的单位的数据。的确,我们获得的信息更详尽,但我们不知道是否都有人看,想从计算机打印出的报告中找出所需信息并对它作出分析解释,真太费时间了。我们希望恢复过去的手工方式和账表系统,可是公司已投入这么多的资金,已到了无路可退的地步"。总裁听到这些汇报,也感到为难。

(资料来源:张根东,王兰芳,杜松奇,等.管理学原理[M].兰州:甘肃人民出版社,2008.)

问题:

1. 这家图书发行公司的计算机化控制系统何以未能达到预期的效果?能否断言计算机化系统不如手工作业系统?

2. 如果你是总裁,现在应该怎么办?

3. 你将如何设计一个计算机化的控制系统,需要考虑些什么因素?

第十二章 创 新

1. 熟悉创新的含义、类型。
2. 理解对创新认识的误区和创新的方法。
3. 掌握新型开放式的创新模式及其对我国企业组织结构创新的启示。
4. 掌握企业管理创新的相关问题。
5. 知晓企业组织结构创新所处的环境和经历的历程。
6. 理解并运用有关方法实现创新活动。

　　创新是一个民族进步的灵魂，是国家兴旺发达的不竭动力。当今社会已经进入知识经济时代。经济增长和社会进步比以往任何时候都更加依赖技术创新和高新技术产业的发展。经济一体化的今天，企业之间的竞争空前激烈，竞争的核心是综合实力的竞争，而创新能力则是这场竞争的制高点。

第一节 创 新 概 述

一、创新的含义

　　1912年，著名经济学家熊彼特在《经济发展理论》一书中首次使用了创新（innovation）一词，并将创新定义为：创新是建立一种新的生产函数，实现生产要素和生产手段的"新组合"。这种组合包括引进新产品、引进新技术、开辟新市场、控制原材料新的供应来源、实现工业的新组织等。显然，这个定义侧重于生产技术、资源配置上的创新，这些技术方面的革新是创新的重要内容。创新首先是一种思想以及在这种思想指导下的实践,是一种原则以及在这种原则指导下的具体活动,是管理的一种基本职能。创新包括下列 5 种情况:① 引入一种新产品,即消费者不熟悉的或具有新特征的产品;② 采用一种新的生产方法或营销方法;③ 开辟一个新的市场;④ 获得一种新的生产原材料、半成品和信息等的来源;⑤ 实现一种新的工业组织形式。

组织、领导与控制是企业为了保证计划目标的实现所不可缺少的重要管理职能。从某种意义上说,它们同属于管理的"维持职能",其任务是保证系统按预定的方向和规定运行。但是,管理是在动态环境中生存的社会经济系统,仅有维持是不够的,还必须不断调整系统活动的内容和目标,以适应环境变化的要求。这就是经常被人们忽视的管理"创新职能"。

管理创新是指创造一种新的更有效的资源整合模式。它既可以是新的有效资源整合以达到企业目标和责任的全过程式管理,也可以是新的具体资源整合及目标制定等方面的细节管理。

▌管理大师▐

约瑟夫·阿洛伊斯·熊彼特

约瑟夫·阿洛伊斯·熊彼特(1883～1950),美籍奥地利人,当代西方著名经济学家。《财富增长论》(即《经济发展理论》)一书是他早期成名之作。熊彼特在这本著作里首先提出的"创新理论"(innovation theory),曾在整个西方经济学界引起轰动,并且一直享有盛名。熊彼特出生于奥匈帝国的一个织布厂主的家庭,1906 年肄业于维也纳大学,攻读法律和经济,是奥地利学派主要代表人物庞巴维克的关门弟子。1919 年,他短期出任奥地利财政部长,1925 年重新回到学术界,改赴德国任波恩大学教授。1932 年迁居美国,任哈佛大学经济学教授,直到 1950 年初逝世。

参考资料:陈莞,倪德玲.最经典的管理思想[M].北京:经济科学出版社,2003.

管理工作可以概述为两个部分:一部分是设计系统的目标、结构和运行规划,启动并监视系统的运行,使之按预定规则操作的"维持功能";另一部分就是分析系统运行中的变化,进行局部或全局的调整,使系统不断呈现新的状态的"创新功能"。显然,管理内容的核心就是维持与创新。任何组织系统的任何管理工作无不包含在"维持"或"创新"中。作为管理的基本内容,维持与创新对系统的存在都是非常重要的。创新是维持基础上的发展,而维持则是创新的逻辑延续;维持是为了实现创新的成果,而创新则为更高层次的维持提供依托和框架。任何管理工作都应围绕着系统运转的维持和创新而展开。只有创新没有维持,系统便会呈现无时无刻无所不变的无序的混乱状态,而只有维持没有创新,系统则缺乏活力,犹如一潭死水,适应不了任何外界变化,最终会被环境淘汰。卓越有效的管理是实现适度的维持与适度的创新最优组合的管理。

二、创新类型

创新按照不同角度可以有许多分类方法。依据创新的对象创新可分为目标创新、技术创新、制度创新、组织机构和结构创新。

(一)目标创新

企业在一定的经济环境中从事经营活动,特定的环境要求企业按照特定的方式提供特定的产品或服务。一旦环境发生变化,要求企业的生产经营方向、管理目标以及企业在生产过程中同其他社会经济组织的关系进行相应的调整。我国的社会主义工业企业,在高度集权的计划经济体制下,必须严格按照国家的计划要求来组织企业内部的活动。经济体制改革以后,企业同国家和市场的关系发生了根本的变化,企业必须以市场为导向,通过其自身的活动来谋求生存和发展。因此,在新的经济环境中,企业必须在继承传统的基础上,借鉴国外企业管理创新的经验,将目标调整为:"调动一切资源因素,通过满足社会需要来获得财富"。至于企业在各个时期的具体的经营目标,则更需要适时地根据市场环境和消费需求的特点及变化趋势加以调整,每一次调整都是一种创新。

(二)技术创新

现代工业企业的一个主要特点是在生产过程中广泛运用先进的科学技术。技术水平是反映企业经济实力的一个重要标志,企业要在激烈的市场竞争中处于主动地位,就必须顺应甚至引导社会技术进步的方向,不断地进行技术创新。可以说,技术创新是企业创新的主要内容。企业中出现的大量创新活动都是与技术有关的,因此,有人甚至把技术创新视为企业创新的同义语。由于一定的技术都是通过一定的物质载体和利用这些载体的方法来体现的,因此企业的技术创新主要表现在要素创新、要素组合方法的创新以及产品的创新三个方面。

(三)制度创新

制度是企业组织运行方式的原则规定。而制度创新则需要从社会经济角度来分析企业系统中各成员间的正式关系的调整和变革。企业制度主要包括产权制度、经营制度和管理制度三方面的内容。一般来说,一定的产权制度决定了相应的经营制度(在产权制度不变的情况下,企业具体的经营方式可以不断地进行调整);同样,经营制度决定了相应的管理制度(在经营制度不变时,具体的管理规则和方法也可以不断改进），而管理制度的改进一旦发展到一定程度，则会要求经营制度作相应调整；经营制度的不断调整，则必然会引起产权制度的革命。因此，反过来，管理制度的变化会作用于经营制度；经营制度的变化会反作用于产权制度。我国企业制度创新的方向是不断调整和优化企业所有者、经营者、劳动者三者之间的关系，使各个方面的权利和利益得到充分体现，使组织中各成员的作用得到充分发挥。

（四）组织机构和结构创新

企业系统的正常运行，既要求具有符合企业及其环境特点的灵活性制度，又要求具有与之相适应的运行载体，即合理的组织形式。因此，企业制度创新必然要求组织机构和结构的创新和发展。组织结构是指企业系统中为了保证正常运行所需要的、各个职能部门组成及其相互关系的集合。由于机构设置和结构的形成要受到企业活动的内容、特点、规模、环境等因素的影响，因此，不同的企业，有不同的组织形式，同一企业，在不同的时期，随着经营活动的变化，也要求组织的机构和结构不断调整。组织创新的目的在于更合理地组织管理人员的能力，提高管理劳动的效率。目前企业组织结构的创新的一种主要趋势是构建"柔性"组织结构。

三、对创新认识上的误区

目前国内外企业对于创新的认识还存在一些误区，常常把创新和创造力、创新和创意、创新和发明以及创新和研发混淆在一起。如果不能理清这些概念，那么在实施创新的时候就会遇到很多问题。

（一）创新混同于创造力

创造力对于创新非常关键，没有创造力，创新就是无源之水。然而需要说明的是，创造力仅仅是创新活动的其中一个要素。很多公司并不乏富有创造力的想法，问题在于这些企业是否能贯彻实施。仅有创造力的想法，如果不能成功实施，就称不上创新。要真正实现创新还需要其他要素的配合，如创新管理流程体系、鼓励创新的企业文化、企业领导人对创新的重视和投入、奖励创新的业绩评估方式等等。

（二）创新和创意不分

创意主要是在广告产业中使用，更多是指广告创意。近年来其概念也已经扩展到产品概念的创意，但是却有人对创意产业的范围划分过宽。如果说把设计、广告、点子策划类公司归为创意产业还算中规中矩，可是研发设计也被创意产业的专业人士收入囊中，实在有些牵强。

（三）创新就是发明

真正的竞争力来自于创意带来的创新以及创意赖以产生的流程，简言之，创新不都是发明，但是发明都有创新。因为除了产品创新以外，创新还包括其他几种形式。即使是产品创新，发明和创新之间通常存在一个滞后期。比如第一项关于电视机的专利发明是在 1885 年，而现在意义上的电视机的真正创新实现是在 1936 年。

（四）创新就是研发

创新除了产品创新，还包括市场创新、商业模式创新和管理模式创新。即使是产品创新，研发投入也不必然产生产品创新。有部分国外企业，研发费用高居不下，却没有带来相应的创新成果，这已经成了 CEO 们的一块心病。其实，不断增加的研发费用并不会自动的提高创新的成功率。相反对于有些企业来说，削减内部研发费用，利用全球化的网络，在全球范围寻找低成本的技术供应商，效果反而会更好。比如近年跨国公司开始重视开放式创新，把部分研发活动外包给印度、中国的公司。创新也不等同于技术创新。过度追求技术的创新往往会忽略客户的需求，功能强大复杂，但是不能做到简单易用。而以客户为中心的创新却常常可以创造出让客户满意的产品。

四、创新方法

从长期来看，企业光靠屡试不爽的老方法是无法生存的。他们必须不断探索新的程序和技术，以满足顾客需求，夺取竞争优势或者只是为了不被对手甩在身后。创新行为背后有两条基本的组织原则：一是鼓励不同，二是打破传统。

斯坦福工程学院管理学和工程学教授罗伯·苏顿（Robert I. Sutton）提出的六条有效的策略，可以去除日常运作中的陈规陋习，并注入创意和创新。

（一）创造不适和不满

不适和不满可能令人不快，但却能帮助人们摆脱根深蒂固、不假思索的行为。对于不熟悉的事物，同事和其他人的反应可能是烦躁、焦虑和抵触。但如果你的主意讨得人人喜欢，可能说明这根本没有新意。

创新要求发明者琢磨连自己都要皱眉的想法。毕竟，令人产生不适说明该项目是陌生或冒险的。正因如此，英特尔公司的玛丽·墨菲霍伊（Mary Murphy - Hoye）这样鼓舞她团队中的研究人员："要让自己吃惊！否则你做的一切就毫无新意"。

（二）把一切看作临时情况

例行工作原则所反映的假定是，一切情况都将长久继续。创新工作所体现的原则恰恰相反。但这两种假设都有用。

只有当先前有效的东西继续有效时,利用旧有的知识才有意义。而只有当旧方法已经或行将过时,摆脱过去也才有意义。

领先或创新企业不断提醒这一点,正是因为方法目前行之有效,不代表将来仍会如此。保持创新要求把一切,包括团队、组织、流程和产品线,统统看作临时的东西。例如,当首席执行官鲍勃·高尔文(Bob Galvin)在考虑如何行销摩托罗拉公司的彩电时,他采用了"脉冲星"这个名字,将该产品跟摩托罗拉品牌区分开来。因为他把该产品线看作是临时的。这样,摩托罗拉公司一旦想要出售"脉冲星"业务,公司就不必将它从摩托罗拉品牌中剥离。不久,彩电变成了利润微薄的大路货,摩托罗拉就能够将"脉冲星"业务出售给松下电器实业公司。

(三)忽略专家

在创造性的过程中,尤其在初始阶段,无知是福。人们不知道事物该是什么样子,也就不受旧有认识的阻挠。他们能发现专家拒斥或从未想到过的东西。

当伍日照(Daniel Ng)在无知之中开设香港首家麦当劳餐厅时,经验老成的竞争对手对此嗤之以鼻:"卖汉堡包给中国人?有没有搞错呀!"在一次接受采访时,他回顾说,他最初的成功可能就是因为自己缺乏全面的管理训练。目前,他经营着香港一百五十多家麦当劳餐厅。

(四)做些荒唐的事情

想出些蠢事去做有助于搞明白那些人们心里明白、但却难以明言的东西。跟只谈论"聪明"的想法不同的是,它能产生一大堆可选行动,促进建设性差异。

网站建设商 Homestead 公司的首席执行官贾斯廷·基奇(Justin Kitch)曾在微软开发儿童教育软件。有一天,他组织了一场头脑风暴,思考公司可能开发出来的最糟糕的产品。他想,如果团队能想出糟透了的东西,然后反其道而行,就能诞生强大而有原创性的产品。团队兴致高涨,最后确定教育价值最低的产品为:电脑控制、能讲话、用来教算术的芭比娃娃。(当时的教育媒体专家认为,设计软件来开展低幼教学是对媒体资源的可笑浪费。)

基奇回想道:"我把它完全当作一个笑话交给了上司。让我难以置信的是:他们竟然造出了我们通过头脑风暴认为最糟糕的产品"。该产品若干年后销售,以其教育价值赢得了多项大奖。

上面的例子说明,蠢主意本身就有可能变成好主意。一个有用的技巧是让人们列出看似破坏性的、不实用的产品、服务以及经营模式,然后把它们想像成绝妙的主意。这种方法有两个明显的好处。首先,它迫使人们揭示并挑战可能妨碍绝佳想法形成的假定。其次,如果所产生的好主意被许多人认为是愚蠢的,它也可能正是竞争对手不会很快模仿的。

（五）引进一些"笨学生"

雇用有一种特别的憨劲或倔强的员工。为形成多样化，企业需要些不太能够或愿意学习组织规范的人。这种规范是企业的"知识和信仰"、历史、记忆和法则，即对"要做什么，为什么做"理所当然的、不言而喻的假定。

拥有大量不守规矩人员的企业更善于探索。这类人员依靠自己的知识取得结果，这样就产生出更多不同的解决方案。想要创新的企业必须容忍顶撞分子、异端分子和离经叛道者，即使他们的许多想法会导致失败。企业只雇用"好学生"可能在短期内符合成本效益，但却会在长期削弱创新。

你甚至可以雇用一些在学校成绩差的聪明人。创造力研究者迪恩·基思·西蒙顿（Dean Keith Simonton）在他的著作《天才源泉》（*Origins of Genius*）中指出，"要在学校中取得高分，往往必须在待人处事方面高度符合常规。"而成绩差的聪明人恰恰相反，他们聆听自己内心的呼喊，做他们觉得有趣和正确的事情。西蒙顿写道："达尔文憎恶学校，满足于做一名平庸的大学生，但他又通过广泛的阅读，对英格兰乡间进行科学探索，以及跟成名科学家对话，坚持不懈地自学"。

（六）解散并重组团队

团队可能沉湎过去，不能自拔。群体相处的时间越长，就越容易固步自封，忽视外面的世界。

美国的东北大学（Northeastern University）研发管理教授拉尔夫·卡茨（Ralph Katz）对 50 个团队的研究发现，在研发团队组建后的头两年里，想法的数量很多，但过了三、四年后，创造性产出达到顶峰并随后衰减。卡茨认为，团队成员会渐渐越来越着迷于自身想法的优点，并对外界的想法萌生"非我族类"的态度。

卡茨提议说，避免创造力退化的一条途径是确保团队未老先死。世界领先的助听器制造商——丹麦奥迪康（Oticon）公司的首席执行官拉斯·科林德（Lars Kolind）就是这样做的。他注意到，产品开发组在一种数码助听器产品上足足花费了一年时间。"这种似有成效的迷恋有个坏处，它让人感到长期的项目团队正在可怕地僵化成准部门"。科林德在一本财经杂志中写道，"我炸掉了那个组织"。奥迪康公司的所有团队都被解散，并根据项目时间而非职能组建了新团队。拿科林德的话来说，公司一片混乱："在三个小时内，一百多人挪了位。要保持企业生存，高层管理者的工作之一就是经常打破企业的组织状态"。

第二节 企业创新

进入新世纪,经济全球化的趋势日益高涨,企业的内外经营环境不断变化,企业是否具有变革能力决定着企业的命运。以往企业都是按一条较平滑的生命曲线发展,生命周期也相对较长,而现在企业基本上是沿着一条波浪线发展,随时须以创新为支撑,将企业推向新的一浪,而随时又可能被竞争对手的创新浪潮所吞噬,迅速衰落下去。当今企业随时处在立体创新竞争的包围和追赶中,如果企业躺在成果的摇篮里享受曾经创新的美梦,可能很快就会被竞争对手采用更高的创新所超越,因为创新竞争已成为公司竞争的焦点,市场竞争只不过是创新竞争的变现。随着信息技术的发展和世界经济一体化进程的加快,给创新传播带来了更大的便利,使得创新竞争在世界范围内展开,对敢于创新的企业提供了前所未有的机遇,对因循守旧的企业提出了更为严峻的挑战。

一、企业创新的含义

企业创新,是指从构想新概念开始,到渗透到具体的生产、操作,形成真正的生产力,从而进入市场,最终获得经济效益的全过程。创新不同于发明、创造,也不仅仅是高、精、尖、奇。创新是以市场为导向,以提高经济效益为最终目的的。

在市场经济的浪潮中,企业竞争成败的关键在于企业的创新,企业创新的关键在于企业的创新能力。企业创新能力是指企业获取先进技术和信息并结合企业内部知识进行吸收,并对知识、技术进行再加工,通过组织、生产和扩散实现经济效益的能力。企业的创新能力越强,企业创新所开辟的市场前景与利益越大,企业越有可能凸现其竞争优势,提高竞争力。

二、企业创新的地位和作用

企业创新是我国国家创新体系中的重要组成部分,政府、企业、科研机构和大专院校是国家创新体系的承担主体。在国家创新体系的构成中,企业是创新的需求者,又是创新转为经济效益的实现者,是创新体系中的重要环节,在创新中处于重要地位,发挥着重要作用。

(1)企业追求效益最大化的动机,及在市场竞争中求生存和发展的要求是企业创新的动力,从而形成购买或开发创新成果的欲望和行为,拉动知识创新。

(2)企业在使用创新成果过程中,同时检验创新成果,促进创新升级。

（3）企业把创新转化为效益，实现创新的价值和作用。并通过向社会提供更丰富、更先进的产品满足社会需求，提高社会福利，增强开发创新和改造自然的能力。

（4）企业是支持创新的重要力量。企业生存和发展对创新的高依存度，决定企业将高度重视创新投入，形成良性创新循环。

三、企业创新的动因

企业是以盈利为目的的经济行为主体，也是创新成果的主要需求者。为提高自身竞争能力和经济效益，要求企业必须进行创新，企业创新的产生是在内、外因相互作用的条件下产生的。企业创新的动因可以归结为五个因素：市场需求、技术推动、政府行为、企业家偏好和路径依赖。

（一）市场需求

市场对企业技术创新的动力激励，是通过市场需求表现出来的。企业经济利益的实现有赖于其产品和服务通过市场满足社会需求的程度，产品在市场上存在的社会需求就成为拉动企业创新的重要力量。市场需求拉动企业创新，主要有几种情形：①对新产品需求，以市场需求拉动产品创新；②对现有产品质量的更高要求，以市场需求拉动改变产品质量的过程创新；③对现有规模扩大化的需求，以市场需求拉动提高生产效率的过程创新。

（二）技术推动

技术创新是以新技术投入为特点的技术经济活动，新技术既是企业创新的前提，又是推动企业创新的重要力量。科学技术在其宏观动力和内在运动规律的共同作用之下，总在不断运动和发展，并且总要不断被应用于生产，成为推动生产技术基础变革的强大动力；科学技术上的重大突破，往往会引起技术创新活动，并形成高潮。

（三）政府行为

政府行为可以为企业创造一个有利于创新的外部环境，对企业创新起到配置和激励作用。政府的宏观调控职能能够促进市场体系的发育，加强对企业创新政策方向上的导向和支持。政府对企业技术创新的推动具体表现在各项政策的实施上，包括财政刺激政策、公共采购政策、风险投资政策、中小企业政策、专利政策和放松政府管制的政策等。此外，某些特殊的产品创新需要政府的直接参与。例如，在中国目前的发展阶段，芯片、军工产品、航天产品等关系国计民生的产品的研制与生产，都需要政府与企业的共同参与。

(四) 企业家偏好

熊彼特曾经说过,"所谓创新,是指企业家对生产要素的新的组合",企业家的偏好是推动企业创新的重要因素。企业经营的实质就是通过企业家的创新,使企业内部生产要素的组合适应市场需求,在满足市场需求中谋求企业的发展。

(五) 路径依赖

一般来说,企业创新在形成以后会具有相对稳定性和惯性,即存在所谓路径依赖,即企业一旦进行某种创新之后,惯性的力量会使这种创新在以后的发展中得到不断自我强化,而这种强化又形成了新一轮的企业创新。

四、企业创造创新条件

大多数企业都把创新理解得过于狭隘,只专注于产品或者是服务,或是把大量精力用于完善现有的东西,应该把创新扩大到企业的方方面面,去发掘全新的做法。我们需要为形成全新的创新创造条件。

(一) 拓展创新概念

人们一般认为:创新就等同于研制新的产品,而不是定价、采购、广告、分销。吉列就是把创新等同于产品延伸的突出代表。吉列最初生产剃须刀的创新只是从一个刀片,增加到两个刀片,后来又增加到三个刀片。这固然是创新,但它不能从本质上改变顾客对于产品的印象。更重要的是,这种对于创新的狭隘理解不大可能创造出新的市场和新的财富。今天的社会,只有激进的创新才能为企业带来显著的增长。要想创造新的市场和新的财富,管理者们需要站在整体商业概念和模式的高度来考虑创新。创新"先锋"并不只对成熟的商业概念进行微小的调整,而是以非传统的方式从根本上对创新进行重新思考,目标应该是创造全新的模式。戴尔、星巴克、沃尔玛,采用的都是这种全新的创新商业模式。获得最大回报的往往是那些根据不断变化的技术、人口特征和消费者习惯来创造出全新的创新商业模式,从而创造出新的利润来源的企业。遗憾的是:很少有人会创造性和整体性地去思考商业创新理念。原因是很少有管理者能具体描述自己企业的现行商业理念。一个商业理念通常会有几十个不同的方案去体现与实施,而这些方案都需要经常评估和质疑,真正的创新就是由此而产生的。不去尝试新的商业理念的企业多半不会生存很长时间。想要使自己把创新从口号变为实际行动的管理者,需要把创新作为一种企业能力来进行系统的思考和建设,它与质量、客户服务、供应链管理等其他企业能力相比更需要精力、奉献、执著和投入。

(二) 营造创新土壤

大多数企业在完善现有的东西和创造新的东西之间进行重要抉择时,支持现行做法的势力总是非常强大,而支持新兴做法的力量则不那么强大。人们认为重要的创新理所当然需要破坏制度,需要具有攻击性的人,需要隐性支出。现在人们通常把这作为企业生活的正常现象而接受了下来。为什么这是"理所当然"的?因为创新是制度的例外,制度是为过去管理的持续性、控制和效率而设计的,而创新是为未来发展、突变与新的效率设计的。企业都懂得产品研发的重要性,于是许多企业都为产品创新设计了专门的职位或部门。研发部门与营销部门密切配合,共同创新,如宝洁公司发明新一代洗衣粉。虽然这种做法本身也是对的,但它把创新限制在了少数人的圈子内。当创新被限制起来,企业中的其他人就会想:"我可以不用费心创造性地思考其他的做法,我只要做我每天做的事就行了。自会有人去想我们下一步该做什么,怎么做。"而如果创新圈子之外的人不去考虑创新问题,不提出新的创意,闭门造车的创新多半会失败。近几年来,有些企业在产品研发之外专门设立了支持创新的部门,例如创新孵化器、风险投资部门等,其想法是好的,可遗憾的是它们 般不涉及到企业核心业务的创新,好像核心业务的创新是不可为的或危险的。也有些企业的业务创新似乎只停留在每 5 年一次的特殊工程:组织一个团队,进行一些头脑风暴,雇用一些咨询顾问,然后开发出一些新的产品品种。但要警惕这些做法同样容易把创新局限在一个小范围内。激进的创新来自于营造一种对于企业命运的关注,来自于释放所有员工的想象力,并且教会员工怎样去发掘非传统创新的机会。关于未来方向的新思维往往并不是少数几个为企业工作了多年的聪明人聚在一起想出来的。组织应该大量激发多样性的战略建议,激发出千百个新创意,从中找到新的重点和方向。而高层管理者应该扮演编辑的角色,从战略的创造者转为在潮涌般的新创意中寻找最佳的模式。

(三) 释放创新热情

为了鼓励创新,为了营造一片支持创新的土壤,企业就要释放出每一个员工的创意、热情和献身精神。我们不能再把创新看作是制度的例外,看作只是某个专门的职位或部门,看作只是定期举行的工程项目。我们要把创新看作是一种重要的能力。在硅谷,一个有创意的企业家可以去找很多风险投资家融资。但在多数企业中,如果我有一个创意,我只能向一个人推销我的创意,那就是我的上司。而在外部世界,创意是有市场的,人们可以去许许多多的地方推销自己的创意。限制创新的一个原因就是人们为了得到投资、为了进行一个试验,或为了找人来实施自己的创意所要付出的巨大时间和精力。创造内部的创意市场并不能完全消除这些问题,但却能大大缓解它。激进并不意味着冒险,而是反传统的做法,它有可能极大地改变顾客的期望和行业的规则。华尔街认为:"新的创意才意味着新的财富。在 21 世纪,创新是唯一的选择。"

第三节 企业组织结构创新

一、企业组织结构创新的历程

20 世纪 90 年代以来,企业的组织结构处于积极的全面变化之中,金字塔式的层级组织模式被分散化组织方式替代,企业的组织结构趋向于向扁平式方向发展,这是自泰罗的科学管理理论出现以后最强烈的组织变革。

从企业发展史来看,企业组织结构创新大致经历三个主要阶段:即简单结构向 U 型结构和 H 型结构的转变;U 型结构和 H 型结构向分权制结构的转变;以及分权制结构向网络型结构的转变。

第一阶段:从简单结构向 U 型结构和 H 型结构转变。

简单结构向 U 型结构的转变和工业革命带动的机器大生产密切相关,其主要途径是通过专业化分工提高生产效率,通过职能化管理引入各类专业人员的"智力资源",通过正规化建设减少不确定性和降低复杂度,以及通过层级结构的建设实现有效控制。U 型结构是组织结构发展历程中的一个重大成果,无论 H 型还是 M 型结构中都包含了 U 型结构的影响。

而简单结构向 H 型结构的转变则是同行业企业之间横向一体化的结果。从有代表性的标准石油公司的形成过程中,我们可以清楚地看到这一点:众多小企业为了避免过度竞争的危害,需要在各企业之上建立组织以协调相互之间的产量和价格。为了保持这种组织的有效性,在托拉斯被法律禁止的情况下,通过横向一体化建立母子公司体制就成了一种合适的选择。从交易费用理论角度来看,这实际上是通过以企业的"内部契约"替代外部市场,减少了不确定性,避免了过度竞争,从而提高了整体利益。

第二阶段:从 U 型和 H 型结构向分权制结构转变。

M 型组织结构(又称为事业部制,分权制结构等)的出现是组织结构创新历史上的又一个里程碑。M 型结构最早出现在 19 世纪 20 年代的美国。美国的企业在一战中积累了巨大的资本和生产能力,战争结束带来的产品需求调整使得这些生产能力显得相对过剩。为了消化这些相对过剩的生产能力,企业需要发展新产品,进入新市场。这种多元化发展的战略就要求企业在组织结构方面进行相应的调整和创新,这样 M 型结构就登上了历史舞台。美国杜邦公司和通用公司作为最早提出 M 型结构思想和最早实施的企业,分别从一个 U 型企业通过产品分工和从 H 型企业通过加强内部整合完成向 M 型结构的转变。这种"殊途同归"的现象证明,M 型结构是一种集权和分权相结合的组织结构形式,它符合企业规模和经营范围进一步扩大的要求。直到今天,M 型结构仍然是大企业最重要的组织结构形式。

第三阶段:分权制结构向网络型结构转变。

这一转变目前还在进行之中,目标是使企业适应知识经济和信息时代的要求,获得足够的灵活性和创新能力。对于网络型结构有多种描述,综合来看具有以下趋势:

(1) 组织结构发展的扁平化及信息传递和交流方式的多样化趋势。

(2) 重视智力资本的作用,重视组织学习,重视组织资本积累和核心能力提高的趋势。

(3) 重视发挥市场和企业这两种资源运作方式的各自优势,重视外部网络的建设,重视通过"虚拟"和"外包"提高企业竞争力的趋势。

这些趋势是和现代企业竞争焦点的进一步转变密切相关的。随着创新作用的不断增强,智力资本和核心能力在形成,保持和增强企业竞争优势方面的作用日益突出。企业必须对自己的组织结构进行相应的调整和创新,以增强企业的学习能力,促进组织资本的积累和核心能力的提高;必须实行进一步的分权,以充分发挥全体职员的积极性和创造性,推动创新工作的有效进行;同时,信息技术的发展降低了通过市场配置资源的交易费用,也有利于信息在企业内部的准确传递和充分交流,这就为企业的虚拟化和扁平化发展创造了条件。

二、新型组织结构创新模式

(一) 传统创新模式的困境

传统创新模式已难以适应新形势的需求。

一方面,产品生命周期的缩短压缩了创新周期,企业面临的创新压力大大增强。以西门子为例,1985 年西门子约 55% 的销售额由 5 年以下的产品和系统创造,现在这一比例已超过 75%。

另一方面,在许多大企业,庞大的研发队伍和巨额研发投入已成为企业越来越难以承受之重。比如:虽经几年大幅裁减,但朗讯公司(已宣布与阿尔卡特合并)2005 年的研发人员仍有大约 9000 人;辉瑞在全球的科学家和辅助人员达 1.5 万名,约相当于 IBM 的 4 倍;西门子研发人员数量更是高达 4.5 万人。维持如此庞大的研发大军其成本之高可想而知。

为了提高盈利能力,许多企业开始压缩研发费用。多年来,惠普的研发费用占销售额的比例一直保持在 6％左右,但到 2005 年降至 4.4％。思科也由原来的17％降到 14.5％。采取类似举措的还有摩托罗拉、朗讯、爱立信和诺基亚等。研发网络的全球化也增加了企业管理研发网络的难度。一项调查表明:1975 年至2005 年,跨国公司设在总部市场之外的研发机构比例由 45％上升到了 66％,而且这一比例仍在上升。

更为残酷的是,不少企业研发投入与产出比例失调的现象日益严重。这种情况在一些制药巨头身上表现得更为明显。辉瑞就是典型之一,该公司每年的研发经费几乎相当于宝洁的 5 倍。2004 年,辉瑞为其 479 个处于早期临床前发现项目投入的资金高达每周 1.52 亿美元,其中 96％的努力最终都付诸东流。

埃森哲管理顾问公司一名负责人指出:企业只有两条出路,削减成本和提高研发效率。然而,挑战往往也伴随着机遇。在大多数成熟公司研发效率触碰到增长的天花板时,越来越多的重大创新却出自中小企业。大学和政府的实验室对于与企业结为伙伴关系的兴趣日浓,而且渴望转化其研发成果。就连那些善于创造发明的个人也希望出售或许可其拥有的知识产权。互联网的发展也为企业在全球范围内网罗人才提供了前所未有的便利。在这种背景下,一些先知先觉的公司如 IBM 和礼来制药公司(Eli Lilly)开始对其创新模式进行改革。卡夫甚至专门设立了"开放式创新高级副总裁"一职。一种充分利用公司内外资源的创新模式——开放式创新模式应运而生。

(二) 开放式创新

1. 善用外部人才

开放式创新有别于传统创新模式的突出特点是充分利用包括人才和技术在内的外部创新资源。

在利用外部人才方面,礼来制药公司摸索出了一套自己的做法。几年前,礼来投资成立了一个名为 InnoCentive 的全资子公司,目的就是更好地利用外部人才。这也是礼来对创新模式进行创新的一个尝试。InnoCentive 建有一个网站,作为科学家与制药企业在研发方面进行合作的平台。制药企业被称为"搜索者"。如果它们想解决研发过程中遇到的某个难题,它们就可以在该网站上贴出贴子,详细说明它们需要达到的目标。在全球各地的科学家(被称为"解决者"),在签了保密协议后可以进入网站的某个秘密"项目室",去了解与该难题有关的数据和产品说明。对于那些帮助企业解决了某个课题的科学家,InnoCentive 将给予他们最高 10 万美元的奖励。作为回报,相关企业获得解决方案的知识产权。

当然,礼来并不只是为了获取"牵线搭桥"的投资收益,外部人才对礼来的创新也有很大贡献。礼来的研发人员只有 8300 人左右,不到辉瑞的 56%。但它却是新药投放率最高的公司。过去 5 年,礼来在美国推出的新药达 8 种,超过了其他对手。该公司高管很自信地表示:未来几年它仍能保持这样的速度。

除了利用外部人才,通过联合研发和研发外包,企业也降低了风险和成本。目前礼来每种药的研发成本约为 11 亿美元,而且到 2010 年会达到 15 亿美元。该公司希望将其降到 8 亿美元以下。为此,礼来正在进一步加大研发外包(包括临床试验)的力度。2003 年,该公司在上海成立了一个实验室。目前礼来大约 20%的化学工作在中国进行。该公司估计,未来几年将有 20%至 30%的临床试验在中国和印度进行。

像礼来这样的公司还不少。宝洁创立了几个外部创新者网络,包括旨在将企业与大学科学家、政府和私人实验室联在一起的"九西格玛网";葛兰素史克公司正与亚洲的生物技术研究公司合作,以降低新药研发成本。波音公司则与印度 HCT 技术公司合作开发 707 飞机导航系统、座舱控制系统等所使用的软件。

2. 客户参与创新

开放式创新的另一大特点是:企业不仅围绕顾客需求进行创新,而且顾客还参与创新过程。

一些企业认识到,在创新过程中,重要的不是创新者能提供什么,而是顾客想要得到什么。一项市场调查就表明:尽管手机厂商设计的功能五花八门,但大多数手机用户真正使用到的功能不到 20%。有管理学者甚至提出,即使是企业最有价值的平台,即企业内部用于发现、设计、测试新产品(服务)的工具和技术,也能够创造性地出售或租给顾客、客户或潜在客户,使顾客或客户能够先试后买。这样做的好处在于,企业可以少走一些弯路。

以前,思科认为:大多数客户或潜在客户对这些情况并不了解。但是,慢慢有一些非常内行的客户对思科提供的解决方案开始表示不满。他们希望更深入地了解思科。为适应这些客户的要求,思科开始向他们展示思科内部的模拟过程,这些客户则表示:希望对相关设计、配置和优化模型进行修改,以适合他们使用。现在,思科不再只是简单地把产品卖给客户,它还与潜在客户举行协作会议。思科的一名高级副总裁表示:在与客户共享其工具后,思科学到了很多东西,一些客户已成为思科进行产品创新的伙伴。

作为消费品公司的宝洁也采取了类似措施。该公司已开始与沃尔玛等分销商共享部分计算机模型和市场研究技术。当然,风险是存在的,因为宝洁的许多大分销商同时也是宝洁的竞争对手,他们有自己的品牌。但是,相比较而言回报更大。在与零售商进行类似共享时,这些零售商也与宝洁共享他们用于分析的创新性工具,从而使宝洁能够更加精准地把握市场脉搏。不仅如此,宝洁CEO雷富礼还要求公司上下都要从消费者的角度而不是从科学家的角度来考虑创新问题。他提出:要让消费者决定创新。宝洁的"360度创新"概念,就是围绕顾客体验进行全方位创新,包括:达到所需性能的产品技术、能够以合适价格生产出该产品的生产技术、产品性能、外观和包装的概念性以及审美性因素等等。

IBM则更进一步,它提供研究实验室和一个1200人的工程师队伍,帮助客户开发使用下一代技术的未来产品。

3. 提高创新的效率

不论采取何种方式,最终目的都是提高创新效率,从而推动公司业绩的增长。除了充分利用外部资源外,企业创新体系的管理也同样重要。有调查表明:技术创新能力强的公司大多采取软、硬两手来提高其创新效率。

硬的方面是指技术手段和组织。技术层面包括搭建一个有利于促进其全球研发人员实现共享和协作的沟通平台。在组织方面则包括从全球角度规划的流程、角色分工和架构。此外,设立管理创新的跨地指导机构,以及拥有能确保知识和设计等实现全天候自由流动的信息系统也同样重要。

软的方面则包括培养和维持健康的创新文化及吸引和培育人才。在某些方面如创新的激励机制,不少公司做得仍不够。这种情况直接导致那些低附加值的研发点往往很难留住优秀人才。专家建议:为解决这个问题,可以给这些研发点赋予更高的责任,把它们沿着创新的食物链往上推。合理的研发人员业绩考核制度也有助于保留优秀人才和提高创新效率。

在IBM,研发工程师们的考核包括1年期和3年期。工程师们的奖金主要取决于他们在1年期考核中的业绩,而3年期考核则决定他们的职位和薪水。

提高创新效率的另一个仍不太为人注意的重要手段,是从失败中学习。2005年9月,GE召集经理们举行了一次2小时的电话会议,与会者是8名负责"想像突破"项目(即那些3至5年内潜在销售额可能达到一亿美元的新业务或产品)但因项目未达到预期目标而被搁置的经理。GE这项新措施主要是通过从失败中学习达到鼓励创新和提高创新效率的目的。

三、我国企业的组织结构创新

我国企业面临着复杂而多重的组织结构创新任务。首先,我国企业的制度化和正规化建设并未最终完成;其次,竞争的加剧、环境动荡性和不确定性的增加、企业经营范围的扩大、以及内部人员成长需要等诸多因素,都要求企业进行分权制组织结构创新;再次,研发和创新工作在竞争中的重要性日益显现,企业也必须做出相应回应。但总的来看,分权制组织结构创新是我国企业特别是大企业面临的中心任务。通过分析世界范围内组织结构创新的历程和规律,我们可以得到以下启示:

(1)分权制组织结构是一种集权和分权相结合的组织结构形式,分权分到何种程度要根据企业具体情况而定。当前,我国企业特别是国企中迫切需要建立责权利相结合的责任体系,以便真正激发员工的积极性、主动性和创造性,为企业成为市场经济中的竞争主体创造条件;同时,企业需要解决如何实现内部有效调控的问题,因为有效调控机制的滞后使得我国企业分权发展的成本和风险过高,甚至出现所谓"一抓就死,一放就乱"的现象,这已成为阻碍我国企业分权发展的瓶颈所在。因此,科学合理的责任体系和有效的调控机制的建设将是我国企业分权制组织结构创新的关键任务。

(2)许多企业已认识到研发和创新的重要性,开始加大研发投入,设立技术中心,扩大研发人员队伍。需要强调的是创新是一项有自身特色的职能,它的成功率低,回报期长,每个人的贡献也不易明确划分,因此需要不同于生产或营销的管理方式。在研发的组织建设上,要吸取学习型组织、团队组织等经验,强化以创新为导向的氛围。

(3)信息技术的发展对企业的组织结构创新将产生巨大的影响。企业信息系统的建设有利于底层信息准确及时的向上传递,从而有利于高层人员掌握全面信息,减少决策失误;也有利于企业信息在整个企业内部的广泛分配,从而为企业的分权发展并保持总体协调创造条件。因此,企业应该加强信息系统的建设,为组织结构创新提供有力的信息支持。

▌小案例▐

组织创新模式

1. 流程创新:麦当劳

麦当劳通过严格规定从原料采购、原料准备、食物烹制、上台到接订单这一流程中的每个细节,以及制定严格的员工招聘、培训、晋升、解聘规程,设定详细的店址选择依据、店面设计标准和设备管理规则等,将快餐业务当成可规模化的特许经营对象进行投资。

2. 价值转移创新:沃尔玛

公司从零售价值链中进行了根本性转移,将主要的盈利性产品从市场领先者(如宝

343

洁和雀巢）的产品转向一般零售商的大量折扣商品。这是一个关于购买力和配送范围的方程式，哪怕是最受欢迎的品牌也大约有40%的利润来自于沃尔玛。因此，它有能力进行一系列彻底的成本节约型流程改造，而这又巩固了其在主要的大数量、低成本市场配送渠道中的王者地位。

3. 有机创新：英特尔

该公司发明了动态随机存取记忆体（DRAM），带来了硅芯片取代磁芯片存储器的风暴，从而获得了强大的竞争力。到了1985年，生产同类品种的日本竞争对手越来越强大，商品化趋势越来越明显。此时，公司决定退出这一品类，转向关注微处理器业务。

4. 并购创新：GATEWAY

Gateway公司作为一个低成本的个人电脑提供商，占领着市场的主导地位。其包装别具一格，拥有非凡的广告魅力。当戴尔风驰电掣地进入该行业时，Gateway认识到自己的竞争优势地位无法继续保持，品牌建设的创新无法弥补卓越运营能力的缺失。为了解决这个问题，Gateway兼并了一家低成本电脑零售业的领袖，从而大大提高了公司的运营绩效。

（资料来源：中国管理传播网）

第四节 企业技术创新

企业技术创新是企业创新的保障，通过技术创新，企业能够更好地把握自己的竞争优势。技术创新是以市场为导向，以提高国际竞争力为目标，研究与开发新技术、新工艺、新产品，并通过市场实现其商品化、产业化，最终在市场上检验是否成功的过程。技术创新具有知识性、创造性、高投入、高效益和高风险等特点。

一、企业技术创新的主要模式

技术创新也称技术革新，是技术变革中继发明之后的一个技术应用阶段，技术创新的概念提出迄今已有70多年，但至今尚未形成一个严格统一的定义。熊彼特认为技术创新是生产要素与生产条件的新组合，国际经济合作与发展组织（OECD）的定义是技术创新包括新产品与新工艺以及产品与工艺的显著变化。国内学者认为技术创新是在经济活动中引入新产品或新工艺从而实现生产要素的重新组合，并在市场上获得成功的过程。企业技术创新的主要活动由产品创新和工艺创新两部分组成，包括从新产品及新工艺的设想、设计、研究、开发、生产和市场开发、认同与应用到商业化的完整过程。产品创新——为市场提供新产品或新服务、创造一种产品或服务的新质量;工艺创新——引入新的生产工艺条件、工艺流程、工艺设备、工艺方法。技术创新不仅是把科学技术转化为现实生产力的转化器,而且是科技与经济结合的催化剂。技术创新的根本目的就是通过满足消费者不断增长和变化的需求来保持和增强企业的竞争优势,从而提高企业当前和长远的经济效益。

企业技术创新是企业投入知识、资金、人才等要素,创造出新产品、新工艺或新客户等的活动。创新成果按类别有产品型、工艺型、市场型之分,按创新程度有革新型和改良型之分。

按企业技术创新活动投入要素和产出成果的不同,可将企业的技术创新分为以下模式:

一是原始创新模式。特点是企业能自主开发原创的核心技术,如中星自主开发并拥有若干项世界级多媒体核心技术,安波特拥有国际水平的研发能力,并有数项国际专利。

二是赶超创新模式。特点是企业能较快提高自己的技术能力,虽未必是核心技术的首创者,但已初步掌握了开发能力,整体技术能力已经赶上一流领先企业,开始有了重要的原始创新。华为和中兴从上世纪80年代小型用户交换机起步,抓住移动通讯技术从第一代向第三代升级的机会,实现了技术赶超。采取原始创新和赶超创新模式发展的企业,其核心竞争力的重要基础是企业有较强的技术能力。

三是局部创新模式。特点是企业主要从外部获得关键技术,技术能力与领先企业相比尚有差距,从而进行改良式创新。创新可能是产品创新,也可能是工艺创新。东方电气长期采取关键技术引进和局部创新的模式,从而确保获得参与重大市场的机会,并积极开展消化吸收和再创新,在若干领域的自有技术已达到国际先进水平。海信、TCL、宝钢和双鹤等通过引进生产线获得装配生产技术和能力后,进行产品创新或工艺创新,产品更适销对路,生产工艺成本更低,质量标准更高,在形成一定的技术和资金实力后开始逐步进行更高阶段的技术创新。

二、企业技术创新战略的有效实施

随着知识经济时代的到来,以创新谋求发展已成为当今企业发展的必由之路,技术创新战略也成为现代企业发展的第一战略。然而,并非任何创新都能取得成功,企业如何才能更好地把握技术创新战略,应考虑下面几个要素(资料来源:中创网):

(一)发现和抓住市场机遇

能否满足市场需求,获得商业利润,是检验创新成功与否的最终标准,所以技术创新要始于市场,终于市场,紧紧围绕市场。企业首先要对市场进行深入的了解、分析,进而发现市场的现实和潜在需求,抓住市场机遇。通常讲市场机遇主要来源于市场的拉力和技术的推力。这二者是技术创新的催化剂,其中以市场为导向的市场拉力式的技术创新,对技术创新的成功往往起着更为重要的作用。

企业技术创新的实践表明,在有企业参与的成功的技术创新的项目中,几乎所有企业从一开始就对市场需求情况有所了解,并对创新项目可能给企业带来的效益有一定的估计。同时,企业在技术创新过程中,也要作好商业化的准备,抓住创新项目可能给企业带来的商机,而不是等到项目完成,新产品或新工艺开发成功后,再去考虑市场,否则创新战略就很难成功。

(二)明确创新目标

企业在确定创新目标时要从市场出发,结合技术的可行性,认真制订出简单明确、参与者认同的切实可行的技术创新目标。确定了创新项目的目标以后,还必须据此制定有关的工作计划,把各项目标细分和转化为对项目的实际要求。工作计划分为技术和经济两方面的计划,技术方面应确定所要达到的技术要求和指标,经济方面应确定项目成本和市场回报率。企业在选择创新目标时,技术方面的因素是前提,经济方面的因素是基础,必须把它们结合起来加以考虑,做好可行性的认证工作。

(三)技术创新战略要突出重点

技术创新战略就是根据技术创新目标来构造其创新过程所遵循的指导思想,以及在这种思想指导下的一系列规划、内容和程序等方面的决策。它具有全局性、长远性和可靠性的特点。具体来讲,技术创新战略主要从宏观上解决三类问题:① 技术创新面向市场竞争采取何种态势,是进攻型或是防卫型;② 研究开发技术;③ 采用何种方式进行技术的研究和开发。企业在技术创新活动中要获得成功必须制定有效的技术创新战略,突出重点,确定长期、中期和短期发展目标及相应的措施。

(四)注意细节创新定位

企业在从事技术创新的过程中并不能一味地追求"高、精、尖"的技术,而要贴近消费者,无微不至地为消费者着想,把消费者的愿望和要求作为技术创新的出发点,哪怕是消费者提出的一个微不足道的问题,也要认真考虑。企业要学会从消费者的烦恼中捕捉用户的要求,并从解决消费者的烦恼出发来确定自己的创新定位。只有抓住一点一滴的细节创新,才能很快得到市场的回报。

（五）选择适当的合作伙伴

一项成功的创新项目,往往是多方合作的结果,这就涉及到合作伙伴的选择问题。合作伙伴的选择要有利于形成互补性的伙伴关系,包括横向和纵向互补,横向互补是指合作伙伴具有不同的产品市场目标或技术互补性。纵向互补涉及到研究开发、产品生产、市场开发等过程。合作伙伴一般包括科研机构、大专院校、企业、用户等。建立稳定而有效的伙伴关系必须以互补性为基础,项目参与各方必须各有所长、各有所需、各有所获,具有共同的责任感,这样才能形成较强的合作创新能力,项目成功的可能性才能最大。

（六）具备创新所需的必要资源

创新需要投入,创新项目能否成功的关键是看企业是否具备必要的财力、物力和人力资源。财力资源为创新项目提供经费,保证创新项目能够及时有效的实施;物力资源也可称技术资源,它分为硬件资源(设备、仪器等)和软件资源(专利、工艺等)以及技术测试能力,它是技术创新能够正常进行的技术保障;人力资源对技术创新的成功起决定性的作用,许多创新活动的成功都与参加项目的核心人员或项目负责人直接相关,项目核心人员必须具备一定的素质和技能,包括技术水平、商业意识、组织能力和工作热情等。一个合格的技术创新项目负责人应该能瞄准创新目标、实事求是、精心组织、勤奋求实、坚决果断、善于制订计划、勇于面对困难以及具有良好的交际能力、领导才能和创新意识。以上三种资源是企业技术创新的必备资源,缺一不可。

（七）创新技术的保护与持续开发

创新技术的保护取决于制度环境和技术性质。虽然我国已建立起比较好的专利制度,但目前还有不少企业专利意识差,不懂得用专利法来保护自己的发明创造和创新技术。通常,创新技术的保护除了用法律武器以外。还可利用技术的特殊性来保护。技术的保护性取决于技术的复制成本,凡易用文字、图表等表达的技术就不易保护,反之,则易于保护。对于企业来说,特别是依靠技术领先占领市场或以高新技术产业为基础技术的企业,应从两个方面加强技术保护:一方面是增强专利意识和法律观念,树立注册在先的观念;另一方面是充分利用自己的优势开发一些有特色、起点高、易于保护的实施技术。

三、我国企业技术创新管理中存在的问题

我国企业技术创新管理中存在的问题可以归结为以下几点:

（一）创新过程中缺乏战略指导

企业要想求得生存与发展,就必须在现有的基础上不断创新,并运用战略管

理将各种资源变成社会所需要的产品和服务。我国许多企业技术战略模糊不清，或者实际上根本就不存在，一些企业即使有形式上的战略，也没有被企业员工广泛理解和接受。公司的技术战略往往考虑的是外部顾客的需求，对外围技术依赖程度大，而对企业核心技术能力和技术组合平衡考虑得比较少。在 R&D 的资源分配上，缺乏战略考虑表现在过于注重现有产品和工艺的维持及一些短期发展计划，很少强调长期发展计划和新产品、新技术的基础研究活动。这些情况说明我国技术创新还处于有待提高的阶段，研究水平比较低，核心技术发展缓慢，不利于形成持久竞争优势。

（二）技术创新项目发展不平衡

许多企业的创新研究表明，长期项目对企业的长远发展具有重要的经济意义。在技术创新组合选择上，应该在短期收益项目和长期收益项目之间有一个均衡考虑，避免短期收益驱动给企业长期发展带来的负面影响。然而，我国大部分企业在技术项目的选取上，往往把注意力放在一些可用经济指标直接量化的经济收益上，把资金等组织资源不均衡地投入到当前利润获取活动中。即在现有项目的改进或成本减少等短期项目上投入过多的资源，这些通常被称为渐进型创新。而对有利于企业核心能力和自主创新能力发展和提高的长远项目缺乏战略性考虑，资源投入偏低甚至不投入（刘冀生，1995）。还有些新的技术型企业走向另一个极端，把注意力和技术开发重点放在重大创新和全新产品的开发上，而对渐进型创新的重要性及其在经济上的积极作用认识不足，导致在渐进型产品的开发上分配较少的组织资源，使渐进型产品开发的作用得不到应有的发挥。

（三）创新活动缺乏与核心能力培养的匹配

如果说企业在市场上的竞争主要体现为产品在价格与性能上的竞争，那么从其本质来看，这种竞争实际上是企业核心能力（core competence）的竞争。核心能力是企业在其发展过程中建立与发展起来的一种资产与知识的互补体系，是企业竞争优势的基础。有意识地培育和发展企业核心能力是企业成功地进行技术创新、建立与保持竞争优势的关键所在。因此，企业在技术创新项目组合选择上，应注重把企业资源相对集中在有利于核心能力的培养和发展的创新项目上，这将有利于企业的长期稳定发展，有利于企业市场收益的获取和增长，而不是盲目地追求多样化的经营组合。

（四）只注重成功的项目，忽视失败项目的作用

曼斯菲尔德（Mansfield）指出，尽管我们对技术创新研究的注意力放在了经济效益上，但并不是说仅有这些效益是重要的，相反，日益增长的知识存量明显具有超出其直接经济效益的重要性。长期以来，许多学者对技术创新活动进行了大

量的理论分析和实证研究,但一般只考察成功的技术创新项目对组织自主创新能力的积极促进作用。至于对失败创新项目的分析,往往只探讨其负面效应及其影响因素。尽管大多数失败创新项目对组织起着负面作用,例如导致资源和时间的浪费,丧失技术机会,不利于企业自主技术创新能力的提高;但也有一些失败项目对组织具有正面的影响,它们能够对后续创新项目的选择和确定产生有利的影响,能够对后续创新项目的周期缩短和费用降低作出贡献,通过组织知识存量的量的增加和结构优化,以及对组织技术范式的形成,促进企业自主创新能力的提高。

遗憾的是,许多企业在创新管理中,往往把注意力局限于可用经济指标量化的显性收益上,而忽视了创新项目的一些潜在效益。失败创新项目的正面效益主要体现在提高了后续创新项目的技术资源使用效率,提高了对外部技术机会的把握能力和后续创新项目的成功率,促进了企业自主创新能力的培养和提高。因此,在技术创新项目选择和评价上必须改变以往把重点完全放在显性经济效益上而忽视一些潜在收益的观念,必须认识到创新项目是一个具有显性效益和潜在效益的组合体。在进行创新项目选择时,应该在条件允许的情况下尽可能选取对企业具有潜在效益的项目,这样即使项目失败,也不会对企业产生过度的负面影响,有利于企业技术创新能力的持续发展。

知识链接

技术创新模式

1. 颠覆性创新:甲骨文

当数据库还是由计算机系统供应商提供时,甲骨文就推出了一款便携式数据库,可以运行于不同的计算机中。而且,它是一种关系数据库,用大家熟悉的表格将信息以行和列的形式加以储存。这两个创新点首先吸引了实验室的科学家的注意,然后软件商也开始关注甲骨文的数据库。到了20世纪80年代后期,甲骨文成了关系型数据库的市场当中当仁不让的领导者。

2. 应用性创新:弹性橡胶泥

第二次世界大战期间,美国的橡胶严重依赖进口,为了摆脱资源受困这一困境,政府开始致力于开发人造橡胶。后来,某些好玩的科学家发现了橡胶的弹性,某个企业家利用这种弹性生产了第一个玩具。

3. 产品创新:美敦力

美敦力公司在1960年推出了起搏器,至今仍是全球市场的领导者。公司90亿美元的收入中有一半来自于心率管理产品。

4. 平台创新:Adobe 的 Acrobat Reader

Adobe 在发布 Acrobat Reader 时采用免费策略,使其成为微软 Office 之外的另一种文档处理平台。当产品的普及率达到一定程度时,通过为客户提供附加价值服务,采用"收费制"。

5. 产品线延伸创新:美国运通

该公司最初的业务是为旅行者提供旅行支票,后来转向信用卡服务。它的信用卡持有人可以享受一系列金融服务,而它的竞争对手无权提供此类服务,这是运通信用卡与 Visa 和万事达信用卡最不同的地方。现在,你可以用运通卡办理房屋贷款或者抵押设定信用额度、开支票帐户和储蓄账户、设立个人退休账户等等。

6. 增强型创新:Swatch 手表

该公司首先用足够低的价格引起消费者的购买欲,然后用增强型创新进一步诱发他们的购买冲动,Swatch 就是通过这种方式实现了"木秀于林"的目标。该公司 2005 年春夏季的收藏表已经达到了 225 支,涵盖从时尚有趣的潜水表到流行表和摄影师表等17 个品种。

(资料来源:中国管理传播网)

思 考 与 练 习

1. 试述制度创新的优点?
2. 企业组织结构创新的历程是怎样的?
3. 怎样理解开放式的创新模式? 这一模式适合于中国现有的哪一类企业?
4. 我国企业组织结构创新的最大障碍是什么?
5. 试请简要说明对创新的理解。

|案例|

美国道化学(Dow Chemical)公司有效的无形资产管理

具有百年历史的美国道化学公司是一家国际化大型化学公司,生产的化学产品达2000 多种,在 1997 年全美最大的 500 家公司中排名第六十位,销售额为 200 亿美元。道化学公司管理活动的特点是通过有组织的企业无形资产管理达到提高经济效益的目的。

道化学公司的无形资产包括专利、技术诀窍、版权、商标和商业秘密等。其中专利是其主要形式，专利总数达2.9万多项，每年用于专利的费用为3000万美元，这些专利原先处于分散的无组织状态。该公司管理层认识到专利管理是知识管理中最有可能获得成功的领域。因此，他们从专利管理入手，建立起企业的无形资产管理系统。道化学公司无形资产管理分为计划、竞争力测评、分类、价值评估、投资和组合六个阶段。由于公司已经拥有大量未被充分利用的专利技术，因此无形资产管理先从组合阶段开始，即对所有专利分别进行有效性鉴别，若属有效专利，则由公司属下各业务部门来决定是否对此专利进行投资。第二步是分类，把专利分成正在使用、将要使用和不再使用三类，然后确定是否许可他人使用或放弃此专利。在计划阶段，制定专利利用与业务部门经营目标实施计划，这一阶段与价值评估和竞争力测评阶段相联系。随后是价值评估，确定无形资产的市场价值。道化学公司与一家咨询机构合作开发出一套名为"技术因子法"的综合性无形资产评估方法。这种方法能方便地快速地进行无形资产的财务评估，计算无形资产在企业资产总净值中所占百分比。在竞争力测评阶段，公司对其他竞争对手的知识、能力和无形资产情况进行评估，以便明了对比情况下本企业的知识管理状况。而这又是通过应用所谓的"知识树图"来完成的，即把本企业和竞争对手的无形资产情况同时放到一张图上，形成综合机会图，从而可以对各自的优势、无形资产覆盖范围和机会空缺等指标进行评估。根据前面对本企业在管理上存在的差距分析，公司在最后的投资阶段决定采用诸如对研究加大投资，建立合资企业，从外部获取专利技术的许可使用等策略。

　　道化学公司是在四年前开始实施这套无形资产管理模式的，并已获得丰厚的经济回报。据统计，通过放弃或赠送本企业不再具有价值的专利，公司已节省专利税4000万美元，而专利的许可使用费收入从1994年的2500万美元增加到目前的1.25亿美元。为了实施无形资产的有效管理，该公司建立了一支无形资产经理人网络，任务是开发和实施符合企业战略的无形资产管理计划。

　　（资料来源：http://www.cn21.com.cn/managetools/zyjlr/sybg/2006-01-16-jingji.htm）

问题：
1. 请分析道氏化学进行无形资产管理的动因。
2. 试分析本案例中道氏化学是如何有效进行无形资产管理的？

参 考 文 献

［1］周三多. 管理学 ［M］. 第 2 版. 北京：高等教育出版社，2005.

［2］周三多. 管理学——原理与方法 ［M］. 第四版. 上海：复旦大学出版社，2003.

［3］张中华. 管理学通论［M］. 北京：北京大学出版社，2005.

［4］褚福灵. 管理通论［M］. 北京：经济科学出版社，2004.

［5］赵涛. 管理学习题库［M］. 天津：天津大学出版社，2005.

［6］［美］斯蒂芬·P·罗宾斯. 管理学［M］. 第七版. 北京：中国人民大学出版社，2003.

［7］廖泉文. 人力资源管理［M］. 北京：高等教育出版社，2003.

［8］夏兆敢. 人力资源管理［M］. 上海：上海财经大学出版社，2006.

［9］董克用. 人力资源管理概论［M］. 北京：中国人民大学出版社，2001.

［10］陈维政. 人力资源管理［M］. 北京：高等教育出版社，2002.

［11］汪群. 培训管理［M］. 上海：上海交通大学出版社，2006.

［12］赵曙明. 人力资源战略与规划［M］. 北京：中国人民大学出版社，2002.

［13］龚国华. 生产与运营管理［M］. 上海：复旦大学出版社，2003.

［14］Robert I. Sutton. Innovation：Driving Product，Process，and Market Change［M］. John Wiley & Sons Inc，2002.

［15］詹姆斯·斯通纳. 管理学教程［M］. 北京：华夏出版社，2001.

［16］托马斯·S·贝特曼. 管理学：构建竞争优势［M］. 北京：北京大学出版社，2001.

［17］加雷思·琼斯. 当代管理学［M］. 北京：人民邮电出版社，2003.

［18］哈罗德·孔茨. 管理学［M］. 上海：上海人民出版社，2001.

［19］张明玉. 管理学［M］. 北京：科学出版社，2005.

［20］李培煊. 企业管理案例集［M］. 北京：中国铁道出版社，2001.

[21] 张明玉,张文松. 企业战略理论与实践[M]. 北京:科学出版社,2005.

[22] 杨文士. 管理学原理[M]. 北京:中国人民大学出版社,2001.

[23] 邬文兵. 企业跨越式发展战略——理论、模式与实践[M]. 北京:科学出版社,2005.

[24] 扬雄胜,扬瑧黛. 企业综合评估指标体系研究[J]. 财政研究,1998(5).

[25] 廖泉文. 人力资源考评系统[M]. 济南:山东人民出版社,2001.

[26] 夏欣跃. 浅谈基于人类绩效技术的绩效改进[J]. 企业管理,2005(7).

[27] 毛伯林,赵德武. 企业业绩评价模式[J]. 管理世界,2004(4).

[28] Michael Hammer. Reengineering work:don't automate,obliterate[J]. Harvard Business Review,July-August,1990(8):104~112.

[29] Marc J. Schniederjans and Gyu C. Kim. Implementing enterprise resource planning systemswith total quality control and business process reenginnering Survey results[J]. International Journal of Operations & Production Management,2003,23(3/4):418~429.

[30] Michael Hammer and James Champy. Reengineering the Corporation:A Manifesto for Business Revolution[M]. Harper Collins Publishers,1993.

[31] (美)迈克尔·哈默,史蒂文斯·坦顿. 改革革命:确保改革成功的指导原则[M]. 梅俊杰,杨勇艇,张旦伝,译. 上海:上海译文出版社,1998.

[32] (美)迈克尔·哈默. 超越改革:以流程为中心的组织如何改变着我们的工作和生活[M]. 沈志彦,孙康琦,楚卿子,译. 上海:上海译文出版社,1998.

[33] J·佩帕德,P·罗兰. 业务流程再造[M]. 北京:中信出版社,19991.

[34] 拜瑞·J·内勒巴夫,亚当·M·布兰登勃格. 合作竞争[M]. 合肥:安徽人民出版社,2000.

[35] Peppaard J,Rowland P. Business process reengineering[M]. New York:The Free Process,1998.

[36] 盛革. 拓展企业再造的逻辑框架与流程网络描述[J]. 科研管理,2004(1).

[37] 黄艾舟,梅绍祖. 流程管理原理及卓越流程建模方法研究[J]. 业工程与管理.2003,8(2).

[38] Malone,Thomas W. The Future of Work:Howthe New O rder of Busi-

ness Will Shape Your Organization, Your management Style and YourL ife [M]. Bo ston: Harvard Business Schoo l Press,2004.

[39] Malone Thomas W , Crow ston Kevin G. TheInterdiscip linary Study of Coordination [J]. ACMComput ing Surveys, 1994, 26 (1).

[40] Thompson James D. O rganizations in Action:Social Science Bases of Administrative Theory[M]. New Brunswick: Transaction Publishers, 2003.

[41] 席酉民, 尚玉钒. 和谐管理理论[M].北京:中国人民大学出版社,2002.

[42] [美]哈罗德·孔茨,海因茨韦里克. 管理学 [M].第 10 版. 张晓君,陶新权,马继华,等译. 北京:经济科学出版社, 1998.

[43] [美] Simon H A. 管理行为[M].詹正茂译. 北京:机械工业出版社,2004.

[44] [英] 安东尼·吉登斯. 社会的构成[M]. 李康,李猛,译. 北京:生活·读书·新知三联书店, 1998.

[45] 席酉民,肖宏文,王洪涛.和谐管理理论的提出及其原理的新发展[J]. 管理学报,2005(2).

[46] 席酉民,韩巍,尚玉钒. 面向复杂性:和谐管理的概念、原则及框架[J]. 管理科学学报,2003, 6 (4):1～8.

[47] 唐方成,马骏,席酉民. 和谐管理的耦合机制及其复杂性的涌现[J]. 系统工程理论与实践, 2004,24(11):68～75.

[48] 王琦,席酉民,汪莹. 和谐主题的涵义及其过程描述[J].管理科学, 2004, 17 (6):10～17.

[49] 陈莞,倪德玲. 最经典的管理思想[M]. 北京:经济科学出版社,2003.

[50] 徐向艺. 管辖治理——管理学的历史、现状与未来[M]. 济南:山东大学出版社,2003.

[51] 包国宪,吴建祖,雷亮. 管理学:理论与方法[M].第 2 版. 兰州:兰州大学出版社,2008.

[52] 冯贵宗. 管理学理论与方法[M]. 北京:中国农业出版社,2008.

[53] 张根东,王兰芳,杜松奇. 管理学原理[M]. 兰州:甘肃人民出版社,2008.

[54] 安玉凤. 新编现代伦理学[M]. 北京:首都师范大学出版社,2001.

[55] 苏勇. 现代管理伦理学[M]. 北京:石油工业出版社,2003.

［56］吴照云.管理学原理［M］.北京:中国社会科学出版社,2008.

［57］黄乐桢.企业应承担的八大社会责任［J］.中国经济周刊,2005(41):19～20.

［58］顾文涛,等,领导的伦理性质与伦理的领导性质［J］.社会科学,2005(4):87～92.

［59］刘军跃.管理学［M］.上海:信会计出版社,2009.

［60］王绪君.管理学［M］.北京:中国广播电视大学出版社,2008.

［61］王琦,席酉民,尚玉钒.和谐管理理论核心:和谐主题的诠释［J］.管理评论,2003,15(9):24～30.